Un Noël romantique en Laponie

SARAH
MORGAN

Un Noël romantique en Laponie

ROMAN

Traduit de l'anglais (Royaume-Uni) par
GAËLLE BRAZON

Titre original :

THE CHRISTMAS ESCAPE

Ce livre est publié avec l'aimable autorisation de HarperCollins Publishers, LLC, New York, U.S.A.

HARPERCOLLINS FRANCE
83-85, boulevard Vincent-Auriol, 75646 PARIS CEDEX 13.

www.harlequin.fr

ISBN 978-2-2804-7199-2 — ISSN 2271-0256

Pour Dawn, avec toute mon affection.

1

Robyn

Elle n'avait jamais osé espérer que ce jour arrive.

Quelqu'un de moins cynique verrait peut-être ça comme un miracle de Noël, mais Robyn ne croyait plus aux miracles. Elle était terrifiée, pourtant une autre sensation affleurait sous l'angoisse : l'espoir. Le kaléidoscope de ses émotions allait de pair avec les ondulations colorées qui chatoyaient dans le ciel. Ici, dans la Laponie suédoise, au nord du cercle arctique, l'absence de pollution et les nuits d'hiver limpides rendaient les aurores boréales fréquemment visibles.

Elle entendit la porte s'ouvrir derrière elle, le crissement de pas dans la neige, puis sentit les bras d'Erik l'enlacer.

— Tu devrais rentrer, il fait froid.

— Encore une minute. J'ai besoin de réfléchir…

C'était ici qu'elle avait toujours réfléchi le mieux, sur cette terre sauvage dominée par la nature, où un humain se sentait insignifiant sous l'étendue du ciel teinté de rose. Tout ce qu'elle avait fait d'idiot, d'égoïste, de risqué ou d'embarrassant au cours de sa vie perdait de son importance parce que cet endroit s'en moquait.

Les arbres ployaient sous le poids de la neige, qui scintillait de mille éclats bleutés et argentés. Robyn avait les joues engourdies et les cils gelés par le froid, mais seule comptait la beauté autour d'elle. Elle brûlait d'envie de sortir son appareil-photo, même si elle avait déjà de nombreuses images de la même scène.

Elle était venue ici pour échapper à tout ce qu'elle était et tout ce qu'elle avait fait, puis était tombée amoureuse de l'endroit et de l'homme. Apparemment, on pouvait se réinventer si on s'éloignait assez de tout son cercle de connaissances.

Erik tira sur la capuche du blouson de Robyn pour que sa tête soit mieux protégée.

— Si tu es en train de penser au passé, arrête.

Mais comment faire autrement ?

Robyn la rebelle.

Celle qu'elle était avant lui faisait l'effet d'une étrangère. C'était comme de se voir sur une vieille photo sans se reconnaître. Qui était cette femme ?

— Elle va venir ici. Je n'arrive pas à y croire. Elle avait trois ans la dernière fois que je l'ai vue.

Sa nièce. La fille de sa sœur.

Elle se souvenait d'un petit ange souriant aux joues roses et aux boucles blondes. Elle se rappelait son innocence, la sensation d'être acceptée et le bref espoir d'un nouveau départ, avant que Robyn ne gâche ça aussi, comme elle avait gâché tout le reste à l'époque.

Sa sœur lui avait ordonné de ne plus jamais les approcher. Il n'y avait pas eu de place pour Robyn dans la parfaite petite famille d'Elizabeth. Même maintenant, bien des années plus tard, le souvenir de cette dernière confrontation la rendait encore malade. Elle essaya d'imaginer la fillette adulte. Ressemblait-elle à sa mère ? Dès que Robyn pensait à sa sœur, ses sentiments devenaient confus. Amour. Haine. Envie. Irritation. Elle n'aurait jamais pensé qu'une seule relation puisse susciter toute cette gamme d'émotions. Elizabeth avait été l'enfant prodige. Une vraie petite princesse et, pendant quelque temps en tout cas, sa meilleure amie.

Le temps avait atténué la blessure, transformant la douleur intolérable en peine supportable.

Tout lien avait été rompu entre elles, jusqu'à ce que Robyn reçoive ce mail.

— Pourquoi me contacte-t-elle maintenant, après tout ce temps ? Elle a trente ans. C'est une adulte.

Une partie d'elle voulait s'en réjouir, mais la vie lui avait appris à être prudente. Il y avait sûrement autre chose en jeu que de simples retrouvailles. Et si sa nièce était en quête de réponses ? Et si elle n'aimait pas ce qu'elle apprenait ?

S'agissait-il d'une seconde chance… ou d'un autre désastre émotionnel imminent ?

— Tu vas pouvoir lui demander. En personne, répondit Erik. Mais je sais que ça te rend nerveuse.

— Oui.

Elle n'avait aucun secret pour lui, même s'il lui avait fallu du temps pour juger leur relation assez solide pour se confier.

— C'est une inconnue. Le dernier membre de ma famille encore en vie.

Sa sœur était morte deux ans plus tôt, tuée sur le coup en traversant la route. Le passé ne pouvait plus être réparé. La porte s'était refermée.

Erik resserra son étreinte.

— N'oublie pas que ta nièce a une fille. Ça fait deux membres de plus dans ta famille. Trois si tu comptes son mari.

Sa famille… Elle avait dû apprendre à vivre sans elle.

Robyn avait gardé ses distances, comme on le lui avait ordonné. Elle ne les avait pas recontactés. Elle avait refait sa vie. Elle s'était reconstruite. Elle avait enterré le passé et s'était éloignée de son ancienne existence autant que possible. En ville, elle s'était souvent sentie prisonnière. Étouffée par son histoire. Ici, dans ces vastes étendues enneigées avec la nature sur le pas de sa porte, elle se sentait libre.

Puis le passé avait resurgi dans sa boîte mail.

JE SUIS CHRISTY, TA NIÈCE.

— Est-ce que j'ai eu tort de lui demander de venir ici ?

C'était la première fois qu'elle invitait le passé dans le présent.

— En dehors du fait qu'on ne se connaît pas, tu crois que ça va lui plaire ?

En arrivant ici, Robyn avait eu le coup de foudre. Le calme et la tranquillité. Les tourbillons lumineux bleu-vert dans le ciel, la lumière douce qui baignait le paysage à cette époque de l'année. Pour elle qui était photographe, cette lumière était une source infinie de fascination et d'inspiration. Il y avait ici des tons et des nuances qu'elle n'avait jamais vus ailleurs dans le monde. Du bleu nuit et du jade brillant. Du rose glacé et du rose chaud.

D'aucuns trouvaient la vie ici rude et difficile, mais Robyn avait connu bien des épreuves, et ce n'était en rien comparable. Le froid n'était pas qu'une mesure de température, c'était aussi une sensation. Et elle avait eu froid. Le genre de froid qui glaçait de l'intérieur et ne pouvait pas être soulagé par des vêtements en chlorofibres et une grosse parka.

Et puis il y avait la chaleur telle qu'elle la connaissait à présent avec Erik.

— Noël en Laponie ? demanda-t-il d'un ton amusé. Comment ça pourrait ne pas lui plaire ? En particulier avec une petite fille. Dans quel autre endroit pourrait-elle jouer dans la neige, nourrir des rennes et faire du traîneau dans la forêt ?

C'était vrai, songea Robyn en contemplant les arbres. Ici, c'était le paradis pour un enfant qui aimait Noël, même si ça ne faisait pas partie des arguments de vente de leur entreprise. Elle avait peu d'expérience avec les enfants et n'avait jamais ressenti l'envie d'en avoir. Sa famille, c'était Erik. Les chiens. La forêt. Le ciel. Cette contrée sauvage, brutale et éclatante, où elle se sentait plus chez elle que n'importe où ailleurs.

La bâtisse principale avait été transmise de génération en génération dans la famille d'Erik, mais il avait développé le domaine pour attirer une clientèle haut de gamme. Ils accueillaient en général des voyageurs avertis en quête d'évasion. Des personnes au tempérament aventureux qui appréciaient le luxe, mais ne redoutaient pas de s'enfoncer dans la forêt glacée ou d'explorer les environs à ski ou en raquettes. En cas de besoin, Erik proposait ses services de guide, tandis qu'elle, en tant que photographe, montrait aux clients comment immortaliser les aurores boréales. Le phénomène étant imprévisible, elle avait donc appris la patience, à attendre jusqu'à ce que la nature lui donne ce qu'elle espérait.

À travers les branches enneigées, elle apercevait les lueurs de deux de leurs chalets, nichés plus loin dans la forêt. Il y en avait cinq en tout, baptisés en hommage à la vie sauvage arctique : Loup, Renne, Élan, Lynx et Ours. Chaque bâtisse était dotée de fenêtres allant du sol au plafond, qui offraient une vue époustouflante sur la forêt et le ciel. Le Snow Spa, qu'elle avait eu l'idée d'ajouter, remportait tous les suffrages. Ici, le maître mot était bien-être, et l'accent était mis sur la nature environnante. Sa petite équipe et elle utilisaient les ressources locales autant que possible. Les clients étaient incités à se séparer de leurs téléphones et de leurs montres.

Erik avait raison. C'était le lieu d'évasion idéal. La question qu'elle aurait dû poser n'était pas « Est-ce que ça va lui plaire ? » mais « Est-ce qu'elle va m'aimer ? ».

Elle eut un instant de panique.

— La dernière fois que j'ai vu Christy… Eh bien, ça s'est mal passé.

L'incident avec le chaton. Le souvenir de cette visite était gravé dans son âme. Malgré ses bonnes intentions, tout avait très mal tourné.

— À quel âge les enfants commencent-ils à se souvenir ? Va-t-elle se rappeler ce qui s'est passé ?

Pourvu que non… Même maintenant, bien des années plus tard, elle gardait encore en mémoire les derniers mots que sa sœur lui avait adressés.

« Tu gâches tout. Je ne veux pas de toi dans ma vie. »

Robyn se pressa contre Erik, qui resserra les bras autour d'elle.

— C'était il y a longtemps, Robyn. C'est de l'histoire ancienne.

— Mais les gens n'oublient pas l'histoire, tu ne crois pas ?

Qu'avait raconté Elizabeth à sa fille ?

Robyn la rebelle.

Que dirait sa sœur si elle la voyait aujourd'hui ? Heureuse. Mariée à un homme qu'elle aimait. Vivant au même endroit depuis des années. Gagnant bien sa vie, même si Elizabeth trouverait forcément son métier peu conventionnel.

D'après ce qu'elle savait, Christy était mariée, heureuse en ménage, et menait une vie idyllique à la campagne, comme sa mère avant elle.

Que dirait Elizabeth si elle savait que sa fille allait venir lui rendre visite ?

Robyn frissonna et se tourna vers la maison.

Elizabeth aurait été contrariée, et si elle avait pu empêcher cette rencontre elle l'aurait fait. Elle n'aurait pas voulu que sa sœur empoisonne la vie parfaite de sa fille.

2

Christy

— La vie rêvée de Christy…

Christy plaça un seau sous la fuite dans la salle de bains du rez-de-chaussée, puis jeta un coup d'œil désespéré sur la tache qui s'étendait de plus en plus sur le plafond. Elle avait parfois l'impression de vivre dans une passoire plutôt que dans un cottage.

Comment allait-elle annoncer cette nouvelle crise à Seb ? « S'il y a encore une chose qui va de travers dans cette baraque… »

Elle allait peut-être attendre quelques jours avant de lui en parler. À moins qu'elle n'essaie de faire réparer la fuite sans rien lui dire. Elle avait encore quelques économies grâce à la succession de sa mère.

Elle s'affaissa contre le mur et resserra son gros pull autour d'elle.

D'habitude, Noël était sa période préférée de l'année. La chaleur, l'intimité, l'odeur du sapin et les plats festifs. La tradition et la convivialité. Elle avait cru que le cottage renforcerait ces sentiments. Au contraire, il menaçait de les tuer.

Ce n'était pas censé se passer ainsi. Elle avait voulu créer le foyer parfait. Elle avait imaginé des animaux de compagnie, du soleil, des pommeraies, des champs de marguerites, des Noëls de rêve et un cottage tellement chéri qu'il deviendrait presque un nouveau membre de la famille.

Morose, elle fixa la tache d'humidité. Elle se sentait trahie. Si la maison était un membre de la famille, elle aurait déjà contacté des avocats. Elle avait établi une liste pour la journée : vingt-deux points écrits dans son cahier, classés par ordre de priorité, prêts à être biffés – oh, comme elle aimait cette étape – et jusqu'ici elle n'avait pas tracé la moindre ligne. Le cottage refusait de coopérer.

Dès qu'elle avait posé les yeux sur cet endroit par une belle journée de juin, elle avait eu le coup de foudre. Elle s'était dit que, si seulement ils pouvaient vivre ici, elle ne se plaindrait plus jamais de rien.

Toujours faire attention à ce qu'on souhaite.

Tout était de sa faute.

Le cottage n'était pas dans leurs moyens, et Seb avait rechigné à l'idée de se mettre le couteau sous la gorge, mais elle l'avait convaincu qu'ils y arriveraient. Quelques sacrifices ne seraient rien en comparaison des avantages. Holly pourrait aller à l'école du village et inviter ses amis à jouer dans leur joli jardin. Elle ferait partie de la communauté locale. Ils pourraient peut-être même prendre un chiot.

Il s'avérait qu'il y avait déjà bien assez de faune dans la maison sans en rajouter. Quant à la communauté locale…

Son téléphone vibra. Jetant un coup d'œil dessus, elle poussa un grognement. Son doigt flotta un instant au-dessus de l'écran. *Rejeter l'appel, rejeter l'appel…*

La politesse l'emporta.

— Alison ! Ça me fait plaisir de vous entendre.

Une goutte d'eau glacée tomba sur sa tête, la faisant tressaillir.

— Oui, je sais que j'ai promis d'appeler, mais… Si je viens à la prochaine réunion du groupe de lecture cette semaine ?

Dis-lui non, Christy. Dis-lui que tu détestes les livres qu'ils choisissent, que tu te sens prise de haut par les membres et que tu ne supportes pas l'idée de passer encore une soirée dans une salle paroissiale pleine de courants d'air.

— Oui. Je serai là. J'ai hâte d'y être.

Chaque mensonge sapait un peu plus son amour-propre. Mais elle devait vivre dans cet endroit. Les villageois se méfiaient déjà d'elle. Si elle contrariait la matriarche des lieux, l'épicerie refuserait peut-être de lui vendre du pain et du lait.

— De quoi manger ? Oui, vous pouvez compter sur moi pour une quiche… Végétarienne ? Pas de souci.

Après avoir raccroché, elle ferma les yeux.

— Tu es pitoyable, Christy. Pitoyable.

Elle le pressentait, il n'y aurait qu'une seule façon d'échapper à la torture du groupe de lecture et à l'ennui intense du comité de levée de fonds du village : déménager. Ce qui ne serait peut-être pas une mauvaise idée.

À en croire les gros titres, tout le monde voulait quitter la ville pour emménager à la campagne. Si la maison était mise en vente au printemps ou à l'été, les gens seraient séduits par l'idée de vivre dans ce cottage de conte de fées, comme elle avant eux. Ils ne découvriraient la vérité qu'en recevant la clé.

— Maman !

Le cri venait de la cuisine.

— J'arrive !

Christy pointa le doigt vers le plafond.

— Pas bouger. Si tu t'effondres alors que Noël approche, c'est terminé. Je te quitte.

Et voilà qu'elle perdait la tête, à parler à une maison comme si c'était une personne qui avait une dent contre elle.

Tout en fermant la porte derrière elle, elle formula mentalement une annonce immobilière.

Magnifique cottage campagnard à vendre. Conviendrait à une famille amatrice de courants d'air, intéressée par la faune locale (souris, chauve-souris, rats et un écureuil de temps à autre) et dotée d'argent à gaspiller. Doit apprécier les livres ennuyeux et les villageois prompts à juger.

— Maman !

Cette fois, le cri était plus fort, et Christy se hâta dans la cuisine.

— Oh non… Holly, mais qu'est-ce que tu as fait ?

— Je t'ai fait une peinture, annonça l'enfant en brandissant fièrement le papier.

Christy esquissa un sourire.

— La plus grande partie semble avoir atterri dans tes cheveux et sur ta figure.

— Je m'en fiche.

— Je sais.

Certains jours, elle se demandait si Holly était vraiment sa fille. Au même âge, elle avait adoré porter des robes et rester propre. Holly n'était jamais plus heureuse que lorsqu'elle grimpait à un arbre ou cherchait des vers dans la boue.

— Combien de dodos jusqu'à Noël ? demanda la fillette.

Sans lâcher son pinceau, elle se trémoussa sur sa chaise, projetant des gouttes de peinture partout sur la table.

— Est-ce qu'on peut aller en Laponie aujourd'hui ?

— Pas aujourd'hui. Il reste sept dodos avant le voyage. Quatorze dodos avant Noël.

Christy attrapa une éponge pour nettoyer le bazar. La pluie qui tombait dehors battait la fenêtre. Leur petit jardin, qui était si joli pendant les mois d'été, s'était transformé en marécage détrempé.

— Ne secoue pas le pinceau, ma puce.

Elle vérifia la météo sur son téléphone et sentit son humeur s'assombrir en voyant la quantité de pluie annoncée. C'était impossible de ne pas anticiper le prochain désastre que le cottage lui réservait. Une autre fuite. Davantage d'humidité.

— Je veux aller en Laponie. Je veux voir la neige et les aurores boréales.

Christy aussi. Un Noël ici aurait dû être romantique et merveilleusement festif, mais peu importait le nombre de décorations qu'elle ajoutait au sapin, de guirlandes qu'elle suspendait, rien ne changeait la réalité : tout ce qu'elle espérait du cottage, c'était de s'en échapper. La Laponie leur offrirait un Noël inoubliable, et c'était pour ça qu'elle avait pioché dans leurs précieuses économies pour payer ce voyage.

— Oui, la neige, ça va être chouette.

Il n'y avait pas que la neige qui motivait Christy. Elle allait enfin rencontrer sa mystérieuse tante. Sa seule parente encore en vie. Robyn et son mari possédaient un hôtel haut de gamme pour voyageurs intrépides, avec son propre centre de bien-être, le Snow Spa. De quoi faire rêver…

Et rendre visite à sa tante rebelle pouvait probablement être qualifié d'intrépide.

Elle se sentait un peu déloyale, comme si elle trahissait la mémoire de sa mère en décidant de voir Robyn. Mais c'était ridicule. Elle était une adulte. Sa mère était morte. C'était la décision de Christy.

Qu'avait fait sa tante exactement pour causer une telle brouille ? Christy l'ignorait, mais ressentit un élan d'empathie. Être à la hauteur des attentes incroyablement élevées de sa mère n'avait rien eu de simple, et elle était bien placée pour le savoir.

« Tu es enceinte, Christy ? Tu ne connais cet homme que depuis quelques semaines ! Comment as-tu pu être aussi imprudente ? C'est la pire erreur que tu aies jamais faite. »

Bien sûr, sa mère s'était ravisée après avoir rencontré sa petite-fille, mais cette légère brume de déception ne s'était jamais vraiment dissipée.

— 18 heures. C'est l'heure du bain.

Elle ôta doucement le pinceau de la main de sa fille. Holly était la meilleure chose qui lui soit jamais arrivée, pas la pire. Non prévue ne voulait pas dire non désirée. Et jamais elle ne penserait à elle comme à une erreur. Jamais.

— Est-ce que le Père Noël sera là ? On va le voir ?

— J'espère bien. On va essayer, en tout cas.

Elle ignorait quel type d'activités étaient disponibles près de l'hôtel. Le Père Noël appréciait-il le Snow Spa ? S'autorisait-il parfois un petit bain glacé ? Une séance de sauna ? Quoi qu'il en soit, elle savait que Holly s'amuserait bien. Elle était allée voir le site Internet de sa tante, et les chalets en forêt semblaient idylliques.

— Le Père Noël a un métier qui l'occupe beaucoup.

— Comme papa.

— Comme papa.

Christy regarda l'heure. Seb lui avait envoyé un SMS pour la prévenir qu'il rentrerait tard. C'était la troisième fois cette semaine. Quatre fois la semaine précédente.

Quand Christy avait imaginé leur vie à la campagne, elle avait pensé que Seb continuerait le télétravail, mais des changements dans son entreprise l'obligeaient à retourner au bureau. Il était plus stressé que d'habitude, et Christy ne pouvait pas se défaire de l'impression que quelque chose n'allait pas.

Détestait-il le cottage ? La vie à la campagne ?

Depuis quelque temps, elle se réveillait la nuit en se demandant si tout ça n'avait pas été une erreur. Elle ne ressentait pas ce qu'elle s'était attendue à ressentir en vivant ici.

Il ne s'agissait pas seulement du cottage ou de l'argent. Elle se sentait seule, même si elle ne l'avait avoué à personne. Après tout le mal qu'elle s'était donné pour persuader Seb de déménager, comment admettre que les rues animées et les cafés bondés de Londres lui manquaient ? L'agitation, le bruit et la compagnie d'inconnus indifférents lui manquaient. Vivre dans un appartement bien chauffé lui manquait.

Au début, le cottage avait été à la hauteur du rêve, mais ils avaient ensuite vécu leur premier hiver. Après un violent orage, ils avaient compris que la toiture devait être remplacée. La chaudière était tombée en panne, et il y avait de l'humidité dans un coin de la cuisine. Ils avaient passé toute la période des fêtes à frissonner et à feindre la gaieté pour Holly. Cette expérience avait été éprouvante, et c'était aussi pour ça que Christy avait organisé ce voyage en Laponie. Elle ne voulait pas revivre un Noël comme le dernier.

Avec un soupir, elle finit de ranger la cuisine.

Elle avait fait un choix. À présent, elle devait vivre avec.

Où était Seb ? Comment était-elle censée préparer un repas délicieux alors qu'elle n'avait aucune idée de l'heure à laquelle il rentrait à la maison ? C'était un cauchemar organisationnel.

Sans s'apercevoir de l'anxiété de sa mère, Holly se frotta le visage, étalant de la peinture sur sa peau.

— Le Père Noël, il se fait aider par les elfes.

— C'est vrai.

Elle aussi avait besoin de l'aide des elfes, de préférence ceux qui s'y connaissaient en construction et pouvaient réparer un toit qui fuyait.

Après avoir enlevé son ordinateur portable de la cuisine, elle mit le couvert pour le dîner.

En tant que graphiste freelance, elle pouvait travailler n'importe où. Elle avait passé la matinée à avancer sur un projet pour un client, un œil sur sa fille, un œil sur l'écran. Par conséquent, il régnait dans la maison le joyeux désordre d'une enfant laissée à elle-même. Christy entendait la voix de sa mère dans sa tête, même si celle-ci était morte depuis plus de deux ans. « Un jouet à la fois. Tu dois être plus stricte avec elle, Christy. Apprends-lui à respecter les règles. C'est une vraie sauvageonne. »

Son instinct protecteur se réveilla. Holly était audacieuse, curieuse et aventureuse, et Christy ne voulait pas la brider. Elle admirait sa fille, elle l'enviait même parfois. Avait-elle jamais été aussi intrépide ?

Mais elle savait ce qui avait vraiment inquiété sa mère : la ressemblance de Holly avec Robyn.

Toute sa vie, elle avait entendu parler de sa tante Robyn de la même façon : comme un avertissement de ce qui se passerait si la discipline n'était pas appliquée.

Christy n'avait jamais su précisément ce que Robyn avait fait. À chaque fois qu'elle avait demandé, la réponse de sa mère avait été soit « Ne prononce pas ce nom dans cette maison », soit « Tu ne tiens pas à le savoir ».

Tenait-elle à le savoir ? Elle n'en était pas sûre. En tout cas, elle trouvait dommage de ne pas au moins faire l'effort de contacter le seul membre de sa famille encore en vie.

Même si aucune affinité ne se créait avec sa tante, elle aurait dix jours entiers sans avoir à penser au seau percé qui lui servait de maison. Dix jours de moments privilégiés avec sa famille. Et avec Alix, bien sûr. La perspective de passer du temps avec sa plus vieille amie lui remonta le moral. Alix était la sœur qu'elle n'avait jamais eue. C'était étrange de penser qu'elle avait partagé plus de Noëls avec elle qu'avec Seb et Holly.

— Je t'ai peint une forêt.

Comme elle n'avait plus son pinceau, Holly appliquait de la peinture verte sur le papier avec son doigt.

— C'est magnifique, affirma Christy.

Elle souleva sa fille, la porta jusqu'à l'évier et lui nettoya les mains avant que la forêt ne soit transférée sur les murs de la cuisine.

— Montre-moi la Laponie sur la carte.

Holly gigota pour descendre, traversa la pièce en courant et s'arrêta devant la carte que Seb avait punaisée au mur.

Pendant qu'elle la fixait d'un air concentré, Christy remplit le lave-vaisselle à toute vitesse.

— Tu trouves ?

— C'est là. Tout en haut. L'Arctique.

Haussée sur la pointe des pieds, Holly fit glisser son doigt taché de peinture sur la carte.

— Mais nous, on sera… ici.

Elle pressa le doigt sur le nord de la Suède et adressa un sourire enthousiaste à sa mère.

Elle avait les yeux bleus et les longs cils de son père. C'était, comme Christy l'avait découvert quelques minutes seulement après l'avoir rencontré, une combinaison irrésistible. Elle avait vite craqué pour lui, comme beaucoup de femmes avant elle, à en croire la réputation de Seb.

Mais c'était elle qu'il avait épousée.

Fierté, amour, joie… Tous ces sentiments se mêlaient en elle pendant qu'elle regardait sa fille.

Elle ne regrettait rien. Elle ne remonterait pas le temps. Elle ne changerait absolument rien. Sauf le cottage. Elle changerait ça en une minute new-yorkaise, comme dirait Alix.

À peine avait-elle pensé à elle que le téléphone sonnait et que le nom de son amie s'affichait sur l'écran.

— Alix !

Holly tendit aussitôt la main vers le portable.

— Tata Alix !

Techniquement, Alix n'était pas sa tante, mais comme elle et Christy étaient aussi proches que des sœurs l'appellation avait semblé appropriée.

— Je dois lui parler en premier, lança Christy en levant l'appareil hors de sa portée. Tu pourras lui dire bonjour quand j'aurai terminé.

De son bras libre, elle souleva Holly et la reposa sur sa chaise. Comme Seb allait arriver en retard, elle avait le temps de bavarder avec son amie avant de remettre un peu d'ordre dans la maison.

— Comment va New York ?

— Il fait froid, répondit Alix d'une voix claire et posée. C'est rare d'avoir de la neige en décembre, mais la météo n'en fait qu'à sa tête, ces temps-ci.

Christy eut une pensée pour la fuite dans la salle de bains.

— Ne m'en parle pas.

— C'est le bon moment pour papoter ? Je te dérange ?

— Non. C'est super d'entendre ta voix. Ça fait un bail que tu n'as pas appelé.

Devait-elle avouer que les jours où elles n'arrêtaient pas de s'envoyer des messages lui manquaient ? Non, ce serait injuste. Alix se concentrait sur sa carrière. Christy se l'imaginait en ce moment même, à Manhattan, cheveux sombres tirés en arrière, robe cintrée, talons hauts que la plupart des femmes regarderaient avec horreur et ne porteraient jamais.

— Tu dois sûrement être très occupée.

— Tu me connais. Je ne m'arrête jamais. C'est la folie au boulot.

— Je suis jalouse de ta vie glamour, fit Christy en tenant le téléphone d'une main et en continuant à nettoyer de l'autre.

— Tu plaisantes ? Moi, je suis jalouse de ton cottage idyllique à la campagne.

Idyllique ? Christy frissonna et se recroquevilla dans son pull.

Elle réprima l'envie d'avouer les doutes qui la taraudaient. Elle n'était pas prête à se confier à qui que ce soit, pas même à Alix. Pas après avoir fait tout un plat à propos de sa vie ici.

— Quand a lieu ta soirée ? Et qu'est-ce que tu vas mettre ?

— Ce soir, justement, et je ne sais pas. Quelque chose de noir et de sérieux. C'est pour le boulot, après tout.

Elle s'interrompit, et Christy entendit des klaxons en fond sonore.

— C'est un dîner de remise de prix, remarqua-t-elle.

— Exactement. Du travail, mais en tenue chic. J'aurais sûrement dû te demander ton avis. De nous deux, c'est toi la plus élégante.

Élégante ? Ces jours-ci, elle choisissait ses vêtements en fonction de leur confort et de leur durabilité, en s'efforçant de ne pas penser à toutes les robes et les chaussures dont elle n'avait plus l'utilité. Christy baissa les yeux sur son pantalon de yoga et remarqua une petite tache de peinture. Comment était-ce arrivé ? Elle faisait toujours tellement attention.

— Ne t'habille pas en noir. C'est ennuyeux, et ça ne te ressemble pas du tout.

— Bien vu. D'accord, je mettrai peut-être quelque chose de plus coloré. En parlant de ça, on a une gamme fabuleuse en ce moment. Est-ce qu'une adorable petite fille de quatre ans de ma connaissance aurait besoin d'un nouveau déguisement ? Il y a un super costume de licorne.

— Tu lui en as déjà envoyé un.

Christy alluma les guirlandes électriques dans la cuisine. Après avoir découvert que leur lueur douce et chaude masquait les taches d'humidité sur les murs, elle en avait accroché partout. Holly était persuadée que c'étaient des décorations de Noël, ce que Christy n'avait pas démenti, mais elle avait déjà décidé qu'elle ne les enlèverait pas en janvier. Si son avenir devait être rempli de gros pulls et de chaussettes humides, il serait aussi rempli de guirlandes lumineuses.

— Il n'y a pas assez de jours dans la semaine pour qu'elle porte ce que tu envoies. Tu es où, là ?

— En route pour une réunion. C'est complètement bouché sur la Cinquième Avenue.

Bouché sur la Cinquième Avenue. Des gens. De la vie. De l'ambiance.

— On dirait une vraie New-Yorkaise.

— C'est mon troisième voyage en huit semaines. Je commence à me faire l'effet d'en être une.

Christy rangea les peintures et vida l'eau. Elle n'était pas envieuse. Vraiment pas. Elle appréciait l'équilibre qu'elle avait trouvé entre son travail et la maternité, même si elle avait parfois l'impression de transiger dans les deux domaines. C'était la vie qu'elle avait choisie, même si ce serait plus agréable d'avoir un mari ponctuel et une maison étanche.

— Ça me fait toujours sourire, de t'imaginer travaillant pour une société de jouets internationale.

— Pourquoi ? Parce que je suis une célibataire sans enfants ? C'est une entreprise, Christy. Un univers froid et impitoyable. On vend peut-être des jouets, mais il n'y a rien de mignon et de chaleureux dans ce travail. Et je m'y connais plus en matière de jouets que n'importe qui. Je sais quels jouets sont susceptibles de faire sourire un enfant pendant cinq minutes ou cinq jours. Je sais quels jouets vont casser avant la fin de la journée, quels jouets peuvent convaincre quelqu'un de réviser à fond pour ses examens et quel jouet est tellement génial qu'il peut faire oublier à un enfant que ses parents n'ont aucune envie de l'avoir près d'eux…

Il y eut un instant de silence.

— J'ai vraiment dit ça ? Ne fais pas attention. Le décalage horaire me rend morose. À moins que ce ne soit cette période de l'année. Tu sais combien Noël me perturbe.

Le ton léger d'Alix dissimulait des strates d'émotions et de souvenirs.

— Ce que je veux dire, c'est que j'ai une expérience personnelle approfondie en matière de jouets. Les jouets sont une monnaie, et personne ne connaît leur valeur mieux que moi.

— Parfois ils sont un geste d'amour, fit remarquer Christy en ressentant une bouffée de compassion. Tu as des nouvelles de tes parents ?

— Non, heureusement. Ce n'est pas comme si j'avais eu envie de passer Noël avec l'un ou l'autre, de toute façon. Tu imagines ? Pitié, achève-moi.

Tout en rangeant les tubes et les pinceaux dans une boîte, Christy songea avec gratitude à l'amour que ses parents lui avaient donné et à l'exemple qu'ils lui avaient montré. Elle avait pris modèle sur leur vie de famille pour bâtir la sienne, adoptant les habitudes et les traditions de son enfance.

Elle repensa aux nuits qu'Alix avait passées chez elle. Il y avait eu beaucoup de nuits et beaucoup de constats d'enfant. « Mes parents ne veulent pas que je traîne dans leurs pattes. Ils n'ont jamais voulu de moi. »

Christy rangea la boîte d'art dans le placard. Sa maison prenait peut-être l'eau, mais sa fille se savait aimée.

— Tu te rappelles toutes ces fois où ma mère nous a grondées parce qu'on parlait jusqu'à l'aube ?

— Et parce qu'on faisait du chocolat chaud à 2 heures du matin.

— Et parce qu'on mettait des miettes de biscuits dans le lit.

Christy s'adossa au placard, l'esprit tourné vers le passé.

— On faisait des projets en permanence. Et regarde-nous maintenant.

Alix eut un bref éclat de rire.

— Je voulais grimper les échelons, et toi, tu voulais un mari, un enfant et un cottage à la campagne. A priori, on a toutes les deux obtenu ce qu'on voulait.

Christy tourna la tête vers la fenêtre dégoulinante de pluie.

— Oui.

Mais que se passait-il quand, au bout du compte, ce qu'on avait rêvé d'avoir n'était pas si fantastique que ça ?

— Est-ce que tu es satisfaite de ta vie ?

— Bien sûr. C'est quoi, cette question ?

— Tu ne te sens jamais seule ?

— Tu veux rire ? Je suis avec des gens toute la journée, et même quand je ne suis pas avec eux en personne, ils m'appellent.

Christy attendit qu'Alix lui retourne la question. En vain.

— Tu ne regrettes rien ?

— Comme quoi ? Tu me demandes si j'ai envie de me marier, d'avoir des enfants et de déménager à la campagne ? On sait toutes les deux que ce n'est pas pour moi. Je ne veux pas de cette responsabilité. Je veux dire, si on se plante, un enfant peut rester perturbé à vie. J'en suis la preuve vivante, non ?

Christy sentit une douleur dans sa poitrine.

— Tu n'es pas perturbée. Et tu ne te planterais pas.

— Ah, mais ça, tu n'en sais rien. Quoi qu'il en soit, ça me plaît de vivre à cent à l'heure.

Et Alix avançait tellement vite que tout était flou autour d'elle, même Christy.

Elle avait des choses à dire, mais s'en sentait incapable.

Pourquoi était-ce soudain si difficile de partager ses secrets les plus intimes avec son amie ?

— Je n'arrête pas de te dire que l'adrénaline ne fait pas partie des principaux groupes d'aliments.

— C'est mon carburant préféré, avec le chocolat. Au fait, je t'ai dit que le renne chantant avec le nez qui brille dans le noir que j'ai envoyé à notre petite puce sera *le* jouet de Noël ? Elle sera l'enfant la plus populaire du village.

Les jouets sont une monnaie.

Christy versa un verre de lait à Holly.

— Je l'ai mis à l'abri jusqu'à tu-sais-quand.

Holly tourna brusquement la tête.

— Est-ce que vous parlez de Noël ?

Alix éclata de rire.

— J'ai entendu. Elle est tellement futée. Donne-le-lui tout de suite. Je lui ai acheté autre chose pour le grand jour. C'est un kit d'expériences scientifiques junior, qui n'est même pas encore sorti sur le marché. Elle va adorer. Je te le dis : cette petite va sauver le monde.

— Alix, elle n'a même pas encore cinq ans. Il *faut* que tu arrêtes de lui acheter des choses.

— Pourquoi ? Je veux que chacun de ses Noëls soit parfait. C'est la personne la plus importante dans ma vie, à part toi, bien sûr, et je présume que tu n'as pas envie d'un renne avec un nez qui brille dans le noir. À qui d'autre veux-tu que j'envoie des jouets ? Il faut que j'y aille. Je dois appeler Tokyo.

Tokyo.

Une bouffée d'envie envahit Christy. Aujourd'hui, elle avait appelé le plombier et le dentiste. Elle ne saurait même pas comment s'y prendre pour appeler Tokyo.

— Ce n'est pas le milieu de la nuit, là-bas ?

— Oui. Mais les affaires ne dorment jamais.

— Exact. Bon, eh bien, promets-moi de ne pas mettre quelque chose de noir et d'ennuyeux à ton prestigieux dîner de remise de prix ce soir, déclara-t-elle en se dirigeant vers le couloir, un chiffon à la main.

— Je n'ai que ça dans ma valise.

Christy commença à épousseter la table.

— Tu es sur la Cinquième Avenue, Alix. Trouve-toi quelque chose de glamour.

Elle ne s'était rien acheté de neuf depuis tellement longtemps. À quoi bon ? Une fois de temps en temps, Seb et elle prenaient une baby-sitter et se rendaient au pub du coin, mais ce n'était pas comme avec leur ancien appartement, où ils se trouvaient à deux pas de n'importe quel type de restaurant. De toute façon, ces derniers temps, il avait été trop fatigué pour sortir. Et puis il y avait l'argent. Après avoir quitté son travail en agence à la naissance de Holly, elle s'était spécialisée dans la création de sites Internet pour les petites entreprises. C'était plus souple et moins exigeant. Ça rapportait également moins.

Alix continuait à parler.

— Tu as appris autre chose sur ta tante ? Tu n'as toujours pas découvert le sombre et terrible secret de famille ?

— Non.

Christy entra dans le bureau de Seb pour que Holly ne puisse pas écouter la suite.

— J'ai décidé qu'il valait mieux avoir cette conversation en personne.

Elle préférerait l'éviter tout court, mais il ne fallait sûrement pas trop compter là-dessus. Et s'il s'agissait de quelque chose de vraiment horrible ? Et si c'était difficile à entendre ? Elle ôta une plante morte du bureau et jeta un coup d'œil par la fenêtre. La pluie ruisselait sur la vitre.

— Il fait un temps affreux ici. J'espère que ça ira pour Seb. Ça ne va pas être drôle sur la route en revenant de la gare.

— Il n'est pas à la maison ?

— Il travaille tard.

Sitôt la phrase prononcée, elle la regretta. Rien n'échappait à Alix.

Après une pause, la question prévisible arriva.

— Est-ce que tout va bien ?

— Bien sûr.

À une époque, Christy racontait tout à Alix, mais ça avait changé le jour où elle avait épousé Seb. C'était la seule fois au cours de leur longue amitié qu'elles s'étaient retrouvées opposées dans une confrontation.

« Ne fais pas ça, Christy. Ne te marie pas avec lui. Est-ce que tu le connais si bien que ça ? C'est un coureur de jupons. Ce n'est pas le genre d'homme qui partage ton rêve de vie à la campagne avec deux enfants et un chien. Tu commets une erreur. Ce n'est pas grave que tu sois enceinte. »

Christy repensait un peu trop souvent à cet horrible moment. Ce n'était même pas comme si elles s'étaient disputées. Tremblante et bouleversée, elle avait simplement rétorqué à Alix qu'elle avait tort et qu'elle était sûre de sa décision. Elle s'était dit qu'Alix n'avait fait que veiller sur elle, que son inquiétude avait été motivée par sa vie de famille déplorable, mais ses paroles s'étaient gravées au plus profond d'elle, comme une cicatrice.

Elles n'en avaient jamais reparlé. Quand Alix l'avait contactée après le mariage, pleine d'appréhension, pour s'assurer que tout allait bien entre elles, Christy avait répondu que, *bien sûr*, tout allait bien. À quoi bon relancer cette conversation ? Ça ne servirait à rien. Ce n'était pas comme si elles pouvaient effacer ce qui était arrivé. Mieux valait tourner la page.

Mais elle avait eu plus de mal que prévu. Les mots avaient continué à retentir en elle, comme des boîtes de conserve accrochées à la voiture de jeunes mariés.

Quand Alix venait chez eux, Christy avait tendance à en rajouter en matière de bonheur familial. Elle veillait à ce que tout soit parfait et souriait en permanence. Elle était encore plus démonstrative que d'habitude avec Seb. *Regarde comme on est heureux. Regarde comme tu t'es trompée.*

Elle passa le chiffon sur le bureau de Seb, puis sur son ordinateur portable. Si seulement elle parvenait à oublier cet échange... Plus jeune, elle n'avait jamais imaginé que son amitié avec Alix puisse changer un jour. Quand elles avaient été allongées dans sa chambre, dans le noir, à parler de tout et de rien, des garçons jusqu'aux bébés, tout au long de la nuit, elle avait pensé : *Ce sera toujours comme ça.* Découvrir qu'une amitié adulte s'accompagnait de complications avait été un choc désagréable.

Elle saisit la photo de mariage que Seb gardait sur son bureau.

Les yeux baissés sur le cliché, Christy ressentit une pointe de tristesse. Contrairement à Holly, qui rêvait de devenir scientifique ou exploratrice, Christy avait rêvé de mariages quand elle était petite. Son mariage était censé être le plus beau jour de sa vie, mais comme c'était souvent le cas rien ne s'était déroulé comme elle l'avait prévu.

Elle était là, vêtue d'une robe effleurant son ventre légèrement arrondi, et puis il y avait Alix et Zac, le meilleur ami de Seb, postés autour d'eux comme des serre-livres, chacun affichant le sourire de circonstance.

C'était Zac qui était intervenu lorsque Alix avait essayé d'arrêter le mariage. Il l'avait propulsée hors de la pièce, appréciant peu qu'elle clame haut et fort que ce mariage était une erreur.

Que s'était-il passé une fois qu'ils s'étaient retrouvés seuls tous les deux ? Ils n'en avaient parlé ni l'un ni l'autre, mais à la suite de ce tête-à-tête Alix avait été résolue à ne plus jamais croiser le chemin de Zac.

Christy sortit du tiroir le spray nettoyant pour écran et ouvrit l'ordinateur de Seb.

— Amuse-toi bien ce soir. Envoie-moi des photos. J'ai hâte de te voir la semaine prochaine.

Leur amitié avait peut-être changé, mais elle était toujours solide. Elles étaient toujours proches de bien des façons. Elles n'avaient pas besoin de s'aventurer dans cette zone interdite.

Lorsqu'elle passa le chiffon sur l'écran, il s'illumina. Seb avait dû oublier d'éteindre son ordinateur. Elle y jeta un coup d'œil distrait, puis un autre, plus attentif.

Son cœur s'emballa, et elle entendit à peine Alix demander :

— Christy ? Tu es toujours là ?

Elle se laissa tomber dans le fauteuil de bureau.

— Oui.

Sa main tremblait tellement qu'elle faillit laisser tomber le portable.

Avait-elle mal compris ce mail ?

Elle le relut en s'efforçant de garder son calme.

TU ES LA MEILLEURE, MANDY. QU'EST-CE QUE JE FERAIS SANS TOI ? RENDEZ-VOUS À COVENT GARDEN À 18 HEURES. EN CAS DE PROBLÈME, APPELLE-MOI SUR MON PORTABLE. NE M'APPELLE PAS À LA MAISON.

Elle eut l'impression de recevoir un coup de poing dans le ventre, et ses poumons se vidèrent de tout l'air qu'ils contenaient.

Mandy ? Qui était Mandy ? C'était peut-être innocent, mais dans ce cas pourquoi ne voudrait-il pas que cette femme l'appelle à la maison ? Et pourquoi n'en parlerait-il pas à Christy ? Pourquoi mentir ? Que lui cachait-il ?

Il lui avait dit qu'il travaillait tard, mais elle avait la preuve sous les yeux que ce n'était pas vrai. Il rejoignait une autre femme à Covent Garden et ne voulait pas qu'elle le sache.

Elle les imagina riant ensemble dans un bar à la mode. En train d'échanger des sourires au restaurant.

La panique l'envahit. Il y avait forcément une explication. Il ne lui ferait pas ça.

Vraiment ? Elle entendait encore la voix d'Alix dans sa tête. « Est-ce que tu le connais si bien que ça ? »

Ses mains et ses jambes tremblaient. Que faire maintenant ?

Elle ne pouvait pas avouer qu'elle avait regardé dans son ordinateur. C'était un abus de confiance. D'un autre côté, il trahissait sa confiance à elle, non ? Elle n'avait même pas eu à cliquer pour voir le mail. Il n'avait pas essayé de le cacher ou de l'effacer.

Elle se sentait oppressée. Qu'est-ce que ça signifiait ? Était-il malheureux ? Était-elle responsable ? Après tout, c'était elle qui les avait fait déménager loin de Londres. Elle ferait mieux de lui poser la question. Mais elle ne voulait pas le faire. Elle ne voulait pas que tout ça arrive.

— Christy ?

Elle avait oublié qu'Alix était au téléphone. Elle devait se débarrasser d'elle. Même si elle réussissait à aborder le sujet avec son amie, ce qui était impossible, Alix avait une façon d'affronter les choses qui était différente de la sienne. Pour commencer, Alix n'évitait pas les situations difficiles. Si elle voulait savoir quelque chose, elle demandait. Si quelqu'un l'agaçait, elle disait : « Tu m'agaces. » Voilà pourquoi, avant le mariage, elle avait dit : « Tu commets une erreur. » Quelqu'un d'autre aurait peut-être dit : « Tu ne penses pas que… » ou « Il est possible que tu… » Mais pas Alix.

Christy gérait les choses autrement.

— Désolée, tu as appelé en pleine heure de pointe.

Elle parvint à insuffler la bonne dose de faux entrain dans sa voix.

— Je nettoie plus de peinture que tu n'en as jamais vu de ta vie. Passe une bonne soirée. On s'appelle bientôt.

Après avoir raccroché, elle marcha jusqu'à la cuisine dans un état second, entendant à peine Holly protester qu'elle aurait voulu parler à tata Alix.

Elle devait s'occuper. Oui, c'était la solution.

Elle alluma le four pour réchauffer le ragoût qu'elle avait préparé plus tôt. Puis elle finit de remplir le lave-vaisselle. Ses mains tremblaient tellement qu'une assiette lui glissa des doigts et se brisa avec fracas. Des éclats de porcelaine s'éparpillèrent partout sur le carrelage.

Holly sauta sur sa chaise en hurlant.

Au moins, nettoyer ce bazar lui donnait de quoi s'occuper, songea Christy. Une autre tâche pour combler ces espaces béants où le stress et l'anxiété tentaient de s'installer.

— Tout va bien. Reste calme. Ne bouge pas. Je vais régler ça.

Elle s'adressait à elle-même autant qu'à sa fille.

Elle prit une inspiration, puis jeta les morceaux de vaisselle cassée à la poubelle.

— Maman ? Pourquoi tu pleures ?

Elle pleurait ? Elle posa la paume sur sa joue et la trouva humide. *Elle pleurait.*

— Maman a le nez qui coule un peu, c'est tout.

Elle se moucha.

— Je suis peut-être en train de m'enrhumer.

Holly se précipita vers Christy et passa les bras autour de ses jambes.

— Les bisous, ça répare tout.

— C'est vrai, tu as raison

Si seulement c'était suffisant… Tandis qu'elle serrait sa fille contre elle, celle-ci ajouta :

— Et c'est bientôt Noël.

Noël. Un moment familial.

L'émotion lui monta à la gorge et gonfla dans sa poitrine. Elle ne pouvait pas affronter Seb avant Noël. Impossible. Mieux valait faire comme si tout était normal. Elle pouvait y arriver. Elle avait l'habitude.

— C'est l'heure d'aller au lit, déclara-t-elle en soulevant Holly dans ses bras. Dis donc, tu commences à être trop grande pour que je te porte.

— Je veux attendre papa. Je veux que papa me fasse un bisou avant de faire dodo.

— Papa va rentrer tard ce soir.

En pilotage automatique, elle emmena Holly à l'étage.

— Est-ce qu'on va voir un renne en Laponie ? demanda sa fille.

— Je suis sûre qu'on va voir un renne.

Elle refusait que ses émotions s'immiscent dans ce moment avec sa fille, mais elle dut faire tant d'efforts pour les tenir à distance qu'après lui avoir donné le bain et lu deux histoires elle aussi était presque prête à aller se coucher.

Elle alluma la veilleuse qui projetait des lueurs bleues et vertes au plafond.

Lorsqu'ils avaient emménagé, Christy avait suggéré une chambre de princesse comme celle qu'elle avait eue enfant, mais Holly, qui était fascinée par la neige et la glace, avait voulu que sa chambre ressemble à une station de recherche polaire. « Quand je serai grande, je serai une scientifique comme tonton Zac. » Ils avaient mis un certain temps à tomber d'accord sur un concept qu'ils puissent fabriquer eux-mêmes, mais Seb et Zac avaient enfin transformé la chambre un mois plus tôt. Pendant qu'ils travaillaient sur la structure, Christy avait peint des champs de neige et des montagnes sur le mur en face du lit. Elle avait essayé de ne pas être déçue que son rêve de baldaquin vaporeux, de guirlandes lumineuses et de rose pastel soit supplanté par du gris acier pour les prétendus laboratoire et coin nuit.

Ce n'était pas ce qu'elle aurait choisi pour elle-même, mais, elle devait l'admettre, c'était confortable.

Après avoir embrassé sa fille, elle laissa la porte de la chambre entrebâillée et redescendit.

Le sentiment de malaise était devenu un nœud de tension.

Elle mit le couvert. Alluma des bougies, puis les moucha une heure plus tard, Seb n'étant toujours pas arrivé. Elle éteignit le four.

Elle avait cuisiné le ragoût pendant que Holly profitait d'une demi-heure de télévision.

Sa mère à elle avait refusé d'avoir une télévision dans la maison. L'enfance de Christy avait été un carrousel d'enseignements minutieusement organisé. Cours de violon, cours de piano, cours de danse classique, leçons d'équitation, pédagogie de l'art et cours de mandarin. Sa mère avait insisté pour que le moindre moment de sa vie soit productif. S'affaler sur le canapé n'était pas vu d'un bon œil, sauf si c'était avec un livre à la main. « Parle-moi du livre, Christy. Discutons-en. »

Christy jeta un coup d'œil sur le mince ouvrage qui occupait la console depuis des semaines. La couverture lui rappelait qu'il avait remporté un prix littéraire majeur, mais à chaque fois qu'elle commençait à le lire elle ne dépassait jamais le deuxième chapitre. Elle savait déjà que le héros mourait. Les personnages étaient horribles et prenaient des décisions horribles, ce qui signifiait que la fin ne pouvait être qu'horrible. Pourquoi fallait-il que les livres jugés dignes d'être lus par le groupe de lecture soient toujours déprimants ? En quoi un livre qui rendait ses lecteurs malheureux était-il bon ? Elle ne pouvait se résoudre à le lire, autrement dit elle allait devoir parcourir des critiques sur Internet si elle voulait avoir la moindre chance de paraître intelligente et impliquée. *Qu'aurais-je fait différemment si j'avais été dans la même situation ? Tout !*

Elle jeta un coup d'œil par la fenêtre.

Toujours pas de Seb.

Lorsqu'elle entendit enfin sa voiture s'engager dans l'allée, le ragoût était froid et figé.

Elle se lissa les cheveux, ferma les yeux un instant et prit une profonde inspiration.

Elle allait faire comme si tout était normal. Tout se passerait bien. Et peut-être qu'elle s'imaginait des choses, de toute façon, et que le problème n'en était pas un. Il devait y avoir une explication toute simple.

Quand il ouvrit la porte d'entrée, elle était prête. Elle parvint même à sourire.

— Tu es drôlement en retard. J'étais inquiète. Est-ce que tes rendez-vous se sont prolongés ? Tu dois être épuisé.

Elle s'approcha de lui, le cœur meurtri, l'esprit en ébullition.

— Oui. Désolé.

Il accrocha son manteau, puis l'embrassa rapidement.

— Il fait un de ces froids.

— Oui. Il paraît qu'il va neiger. Tu imagines ?

Étaient-ils vraiment en train de parler de la météo ? Mais que leur était-il arrivé ?

Son humeur s'assombrit davantage.

Seb la suivit dans la cuisine, oublia de se courber et se cogna la tête à l'embrasure de la porte.

— Bon sang… Cette maison me déteste. Pourquoi est-ce que les types qui l'ont construite n'ont pas fait des portes plus hautes ?

Tout en se frottant le front, il fusilla du regard l'entrée de la cuisine.

— Ils n'étaient sûrement pas aussi grands que toi, répondit Christy.

Pour une fois, elle avait l'impression que le cottage et elle étaient du même côté. Elle se sentait blessée, trahie et furieuse contre Seb de donner raison à Alix.

— Je sais que j'aurais dû t'appeler, mais…

— Je ne m'attends pas à ce que tu appelles. Je sais que tu es très pris.

Elle voulait s'éloigner du sujet.

— Tu veux quelque chose à boire ? Du vin ?

Il hésita.

— Il y a de la bière ?

— De la bière ? Je ne… Oui, je crois…

Elle ouvrit la porte du réfrigérateur tellement brusquement que tout le contenu en trembla. Elle avait mis du sauvignon blanc au frais, mais il voulait de la bière. Ils buvaient toujours du vin. Pourquoi voulait-il de la bière, tout à coup ? Était-ce l'influence d'une autre femme ? Elle fouilla derrière les légumes et deux récipients de nourriture pour Holly, avant de trouver une bouteille de bière laissée là par Zac.

— Tiens, fit-elle en la lui tendant d'un geste sec.

Il la décapsula, but quelques gorgées au goulot, puis abaissa la bouteille.

— Merci. Holly dort ?

— Oui. Elle a essayé de rester éveillée pour toi.

Il fit la grimace.

— Je déteste manquer l'histoire du soir.

Mandy sait-elle que tu as une fille qui attend le bisou de son papa avant de s'endormir ?

— Le dîner est immangeable, mais il y a de la soupe dans le frigo. Je peux te la réchauffer.

— Pas la peine.

Il tira sur sa cravate et défit le bouton du haut de sa chemise.

— J'ai acheté de quoi grignoter avant de sauter dans le train. Ça va ? Tu as l'air tendue.

— Tendue ? Je ne suis pas tendue. Tout va bien.

Elle avait du mal à respirer. Avait-il mangé avec elle ? Dîné aux chandelles ? Avaient-ils ri ? S'étaient-ils tenu la main ?

— Il y a du fromage dans le frigo. Et du raisin.

— Je ne veux rien, merci.

Après avoir fini sa bière, il reposa la bouteille. Il garda le silence un long moment, puis la regarda.

— Il faut qu'on parle, Christy.

Quoi ? Non ! Non, absolument pas. Pas maintenant. Pas juste avant Noël.

— Tu dois être fatigué, alors je me suis dit qu'on pouvait allumer la cheminée et regarder un film, ou…

— Christy.

Sa voix se durcit.

— J'ai quelque chose à te dire.

Et elle ne voulait pas l'entendre. Pas maintenant. Peut-être jamais. Elle n'avait pas encore pris de décision là-dessus.

— Ce n'est vraiment pas la peine de…

— Il le faut. Je sais que tu détestes parler des sujets difficiles, mais celui-ci ne peut pas être évité.

Détestait-elle parler des sujets difficiles ? Oui, c'était vrai. Mais éviter d'en parler était une façon tout à fait valide de les gérer, et s'il savait que c'était ce qu'elle préférait, pourquoi l'obligeait-il à affronter quelque chose qu'elle choisirait probablement d'ignorer ?

— Seb…

— J'ai besoin de parler. J'ai quelque chose à te dire. Et ça ne va pas te plaire.

Le cœur de Christy fit un bond dans sa poitrine et ses genoux faillirent céder sous elle. Elle voulait qu'il se taise, mais à l'évidence il n'en avait pas la moindre intention. Elle n'avait pas d'autre choix que de respirer et de traverser cette épreuve.

— Qu'y a-t-il ?

Il inspira profondément.

— Je ne peux pas venir en Laponie avec vous. En tout cas, pas tout de suite. Pas au moment où on l'a prévu.

Il était immobile, les épaules crispées, comme s'il redoutait sa réaction.

— J'ai une réunion mardi à laquelle je dois assister.

— Une… réunion ?

Ce n'était pas ce qu'elle s'était imaginé. Elle s'était attendue à des aveux à propos d'une femme. À de mauvaises décisions. *J'ai fait une erreur, mais j'espère que tu me pardonneras.*

— Je sais que tu vas être déçue. C'est le voyage de tes rêves. En plus, c'est Noël, et je sais ce que ça représente pour toi.

Il savait ce que Noël représentait pour elle, mais il allait quand même tout gâcher.

— Tu es en train de me dire que tu ne viens pas en Laponie ?

— Si, je viens, mais quelques jours plus tard. Je vais changer mon vol. Partez sans moi.

Sans lui ? C'étaient des vacances en famille ! Un voyage exceptionnel dont, avec un peu de chance, Holly se souviendrait pour le reste de sa vie. Ce ne serait pas la même chose si son papa n'était pas là. Ce ne serait pas un voyage familial sans Seb. C'était si difficile à comprendre ?

— Tu veux dire que tu dois *travailler* à Noël, déclara-t-elle, la gorge nouée par l'émotion.

— Pas les 24 et 25, mais au début du voyage, oui. Et crois-moi quand je te dis que ça ne me rend pas plus heureux que toi.

Elle ne le croyait pas. S'il n'était pas heureux, pourquoi le faisait-il ?

— C'est quoi, cette réunion ? Tu as une équipe. Tu ne peux pas déléguer ?

— Non. Je suis le seul à pouvoir m'en occuper. C'est compliqué dans ce milieu, et je n'ai pas le choix.

Il parlait sans la regarder, et ça semblait significatif. Il avait toujours été doué pour le contact visuel. C'était l'une des nombreuses choses qui l'avaient attirée chez lui au départ. Il la regardait. Il la voyait.

Mais plus maintenant. Il ne la regardait pas. Il ne venait pas en Laponie avec eux. Apparemment, il n'avait pas le choix.

Il y avait toujours le choix.

Le travail ? Croyait-il vraiment qu'elle allait gober ça ? Il assurait dans son métier, c'était une certitude. Il avait déjà obtenu plusieurs promotions. Mais personne n'était indispensable. Et s'il s'agissait bien de travail, alors qui était Mandy, et pourquoi mentait-il à propos de leur rendez-vous ?

La panique l'empêchait de réfléchir. L'avertissement d'Alix tournait en boucle dans sa tête, et elle n'arrivait plus à l'étouffer.

« Est-ce que tu le connais si bien que ça ? C'est un coureur de jupons. »

Était-ce vrai ? Alix avait-elle vu juste ?

Et que devait-elle faire, à présent ?

Partait-elle en Laponie sans lui, en espérant que le problème se résoudrait en son absence ? Ou allaient-ils décevoir Holly, en restant à la maison et en affrontant la situation ?

Dans tous les cas, Noël semblait d'ores et déjà gâché.

3

Alix

Était-elle satisfaite de sa vie ? Qu'est-ce que c'était que cette question ? Et pourquoi Christy l'avait-elle posée ?

Alix aimait sa vie. Elle aimait son appartement londonien, avec ses fenêtres qui donnaient sur le fleuve. Elle aimait avoir son grand lit confortable pour elle toute seule. Elle ne dormait pas d'un côté, à attendre que quelqu'un vienne occuper le reste du matelas. Elle dormait au milieu. Si elle voulait lire au milieu de la nuit, elle allumait une lampe. Son réfrigérateur était rempli de ses aliments préférés, ses étagères étaient chargées de ses livres préférés. Et surtout, elle aimait son travail, profitant de chaque instant fabuleux, compliqué, frustrant, stimulant. Si elle se sentait seule ? N'importe quoi !

Debout devant le miroir de sa luxueuse chambre d'hôtel, Alix se maquilla avec soin.

Elle adorait tout particulièrement son travail en cet instant, où elle avait quelques minutes pour penser au succès de la campagne publicitaire de Noël qu'elle avait menée l'an dernier. Elle avait même fait sourire son chef, et ce n'était arrivé que deux fois depuis qu'elle était devenue la vice-présidente marketing de Dream Toys.

Elle avait passé les deux derniers jours au siège social sur la Cinquième Avenue, à assister à une succession de présentations et à boire café sur café pour se tenir éveillée. Ils faisaient désormais une grande partie de leurs affaires en ligne, et c'était grâce au travail d'Alix et de son équipe que leurs ventes n'avaient cessé d'augmenter. Quelle année ! Alors que de nombreuses entreprises étaient en difficulté, la leur était en pleine croissance, grâce à une sélection minutieuse des produits de la gamme, ainsi qu'au talent d'Alix pour repérer le jouet idéal et en faire l'objet le plus convoité par tous les enfants.

Son année s'était achevée par le lancement de la campagne pour la période des fêtes, et c'était pour cette raison qu'elle était ici maintenant, en route pour le dîner de remise de prix.

« Campagne de l'année ».

Au travail, on la surnommait la reine de Noël. Ses collègues déboulaient dans son bureau pour lui poser des questions sur les fêtes de fin d'année, impatients d'avoir son avis. Le fait qu'ils la prennent pour la spécialiste de tout ce qui était lié à cette période amusait Alix au plus point. Elle s'y connaissait en jouets, point. Tout ce qu'elle savait sur les fêtes à proprement parler, elle l'avait appris en observant et en écoutant. Elle n'avait aucune expérience personnelle d'un Noël en famille. Elle ignorait ce qu'on ressentait quand on célébrait ce moment avec ses proches. Ses parents avaient divorcé quand elle avait six ans. Ensuite, pendant quelques années douloureuses, elle avait été bringuebalée entre son père et sa mère comme un cadeau de Noël non désiré. « Si tu la prends cette année, je la prendrai l'année prochaine. » S'ils avaient pu la ramener au magasin et se faire rembourser, ils l'auraient fait, elle en était sûre.

Noël avait été une période stressante pour chacun d'entre eux, jusqu'à l'année où ses parents avaient dû voyager à l'étranger pour leur travail et avaient demandé à la mère de Christy de garder Alix.

Dans la maison chaude et confortable de son amie, elle avait passé son premier Noël en famille, et le fait qu'il ne s'agissait pas de la sienne n'avait pas d'importance. Elle s'était assise sous leur immense sapin et avait contemplé avec fascination les décorations étincelantes. Elle avait donné un coup de main en cuisine, mangé à table, joué à des jeux et fait de longues promenades hivernales en leur compagnie. Elle avait même eu droit à sa propre chaussette : rouge avec un nœud et remplie de cadeaux attentionnés.

La mère de Christy, Elizabeth, l'avait traitée comme si elle était sa propre fille. Alix ne l'avait surprise à évoquer le sujet qu'une seule fois.

« Cette pauvre petite… Certaines personnes ne devraient pas avoir d'enfants. »

C'était le premier des nombreux Noëls qu'elle avait passés avec elles. Grâce à cette expérience, elle s'estimait idéalement placée pour créer le Noël parfait pour les enfants.

Ignorant la légère sensation de vide dans sa poitrine, elle pointa la brosse de son mascara en direction du miroir.

— Alix Carpenter, tu es un imposteur. Espérons qu'ils ne s'en rendront jamais compte.

Une vague de fatigue la submergea.

Heureusement qu'il y avait l'adrénaline, le maquillage et la perspective des vacances. Elle avait posé deux semaines entières pour Noël. Deux semaines pour faire la grasse matinée, ignorer son téléphone et rattraper les séries télé dont tout le monde parlait, mais qu'elle n'avait jamais le temps de regarder. Et surtout, ce qui était le plus enthousiasmant, toute une semaine avec Holly et Christy en Laponie.

Combien de fois avaient-elles parlé de la Laponie quand elles étaient petites ?

C'était un rêve qui s'était insinué dans son travail, et sur sa proposition l'entreprise avait récemment lancé une gamme arctique. Un loup télécommandé, un jeu de société pour toute la famille, qui consistait à faire la course à skis, en motoneige et en traîneau partout en Laponie. *Si vous croisez un renne, reculez de cinq cases.* Une veilleuse qui projetait une lueur bleu-vert au plafond de la chambre. Elle en avait déjà envoyé une à Holly.

Ce voyage serait peut-être une source d'inspiration pour trouver d'autres jouets à ajouter à la nouvelle gamme, mais si ce n'était pas le cas, ce n'était pas grave. L'important était de passer de bons moments avec Holly et Christy. Quelle meilleure façon de fêter Noël ?

Seb serait là, lui aussi, bien sûr, mais même si leur relation avait connu des débuts chaotiques ils avaient tourné la page.

Ils aimaient tous les deux Christy.

De tous les défis que l'amitié pouvait soulever, le seul qu'Alix n'ait pas prévu était que sa meilleure amie épouse un homme qu'elle n'appréciait pas.

Elle fronça les sourcils. Non, ce n'était pas le bon terme. En réalité, elle ne lui faisait pas confiance. Elle l'avait vaguement connu avant que Christy ne le rencontre. Il avait fréquenté le bar branché où elle se rendait souvent après le travail, où la clientèle était le méli-mélo habituel d'employés urbains stressés. Ils n'avaient jamais été intéressés l'un par l'autre, mais elle avait été au courant de sa réputation avec les femmes. Alors, quand Christy et lui avaient été attirés comme des aimants dès leur première rencontre, elle s'était inquiétée. L'inquiétude avait laissé place à l'angoisse lorsque Christy avait annoncé peu de temps après qu'elle était enceinte et avait l'intention d'épouser Seb. Ce qui aurait dû être une aventure légère et sans lendemain s'était transformé en une relation à vie.

Mais, à en croire la rumeur, ce n'était pas du tout le genre de Seb Sullivan.

Et elle s'était sentie coupable et responsable parce que Christy n'aurait jamais rencontré Seb sans elle.

Elle avait tout tenté pour dissuader son amie de convoler, ce qui ne lui avait pas attiré les bonnes grâces de Seb, ni de Christy, ni du témoin – bien que ce soit une tout autre histoire –, mais elle n'y avait attaché aucune importance à ce moment-là. Elle avait essayé d'empêcher son amie de commettre une terrible erreur. L'amitié, ça voulait dire veiller sur la personne qu'on aimait et être honnête à propos des choses importantes, non ? Le bonheur de Christy était important pour elle, mais Christy avait décidé que son bonheur était d'épouser Seb.

Heureusement, ce petit accroc n'avait pas abîmé leur amitié, et rien n'y parviendrait jamais. Leur lien était indestructible, elle le savait. Certes, elle se sentait un peu évincée par la relation de Christy avec Seb, mais elle devait bien admettre que jusqu'ici leur mariage semblait fonctionner. Seb était un bon père, et il semblait aimer Christy. Il avait adopté le rêve de Christy d'emménager dans un cottage dans un petit village à la campagne. Alix n'avait pas réussi à imaginer Seb passant ses week-ends à faire des promenades dans la boue ou buvant une bière au pub du coin, mais apparemment elle l'avait mal jugé : ils vivaient dans le cottage depuis dix-huit mois, et tout semblait se passer à merveille.

Alix n'avait jamais été aussi heureuse de se tromper.

Derrière elle était accrochée la robe qu'elle avait achetée dans l'après-midi, profitant d'une demi-heure de pause entre deux rendez-vous. Elle était argentée, avec un col haut, et lui allait à la perfection. Pas de noir. Rien de professionnel. Mais Alix l'adorait. La tenue était même un peu festive, et si on ne pouvait pas scintiller à Manhattan en décembre, alors quand ?

Certaine que Christy approuverait, elle enfila la robe.

Sur un coup de tête, elle prit un selfie et tapa un message pour son amie.

J'ai suivi ton conseil. Nouvelle robe. Je vais ressembler à un ornement de sapin de Noël.

Avant de l'envoyer, elle hésita, pesant le pour et le contre. À une époque, elle ne se serait même pas posé la question. Christy et elle échangeaient alors des messages plusieurs fois par jour dans une conversation presque ininterrompue, mais tout avait changé après le mariage. Les messages de Christy s'étaient faits moins fréquents. Et c'était normal, bien sûr. Son amie était mariée. Très occupée. Mais cette évolution avait rempli Alix de doutes. Lui envoyait-elle trop de messages ? À partir de combien était-ce trop ? Surtout en venant déjà d'appeler Christy. La dérangeait-elle ? Incertaine, Alix avait essayé d'espacer ses appels et ses messages.

Elle appuya sur Envoyer, un peu mal à l'aise d'avoir autant réfléchi à quelque chose d'aussi simple que d'écrire à son amie à propos d'une robe. Dans tous les autres domaines de sa vie, elle était déterminée et pleine d'assurance.

Pitoyable.

Elle attrapa son sac à main, s'examina une dernière fois dans la glace, puis sortit de la chambre.

Elle n'attachait pas beaucoup d'importance au dîner ou à la cérémonie, mais elle avait hâte de voir les autres membres de son équipe. Elle n'oubliait jamais que c'était un travail collectif, qu'elle accomplissait avec des gens bien.

Seule ? Pas du tout.

Elle s'installait dans la voiture qui lui avait été réservée lorsqu'elle s'aperçut que Christy n'avait pas répondu. Mais, avec un décalage horaire de cinq heures, ça n'avait rien d'étonnant. Son amie devait déjà dormir profondément.

En repensant à leur conversation, elle ravala une pointe d'inquiétude. Elle avait la sensation que quelque chose n'allait pas, mais si c'était le cas Christy lui en aurait parlé. Elles ne se confiaient peut-être plus le moindre détail de leurs vies et ne bavardaient plus aussi souvent qu'avant, mais elles partageaient encore les choses importantes.

Elle se renfonça dans la banquette, profitant de l'instant présent. Manhattan de jour était amusant, intéressant et fascinant, mais de nuit c'était spectaculaire.

Elle ne comprenait pas vraiment pourquoi, mais venir dans cette ville lui procurait à chaque fois une sensation de réussite.

Elle avait survécu à une enfance glaciale et s'était construit une belle vie. Personne ne savait ce qu'il y avait dans son passé. Personne n'y attachait d'importance.

Son téléphone bipa, et elle regarda l'écran. Elle s'attendait à voir la réponse de Christy, mais c'était sa mère.

Je ne serai pas de retour à Londres pour Noël, mais je t'ai fait un virement. Fiona.

Alix fixa le message un instant, puis leva les yeux au ciel.

Coucou, ma chérie. Passe un bon Noël. Bisous, maman.

Même pas en rêve.

Elle imagina l'assistante de sa mère passant la tête dans le bureau chaotique de Fiona. *Je voulais vous rappeler d'envoyer un cadeau à votre fille, professeur Carpenter.* L'interruption aurait agacé sa mère.

Elle était soulagée et un peu fière de ne rien ressentir. À une époque, un message comme celui-ci lui aurait gâché la journée, mais elle s'était endurcie. Elle avait travaillé dur pour atteindre ce niveau de contrôle émotionnel. Les sentiments, les émotions fortes, étaient gênants au mieux, douloureux au pire, et elle mettait un point d'honneur à les éviter. Ça simplifiait tellement la vie qu'elle ne comprenait pas pourquoi plus de gens ne faisaient pas la même chose. Rien que la semaine dernière, elle avait dû réconforter son assistante, en pleine crise de larmes parce que son petit ami venait de rompre avec elle. Alix lui avait tendu un mouchoir, lui avait donné le reste de la journée et s'était retenue de lui dire qu'en restant célibataire elle n'aurait plus jamais à subir de genre de chose.

— Nous sommes arrivés, mademoiselle Carpenter.

La voiture s'arrêta doucement devant l'un des plus beaux hôtels de New York, et un homme en uniforme s'avança pour lui ouvrir la portière.

Alix glissa un billet dans sa main, puis entra dans le hall en marbre.

Un immense sapin de Noël s'élevait vers le plafond en une superbe pyramide argentée et scintillante. Alix pensa aux décorations que Holly aimait accrocher à l'arbre. Un renne difforme qu'elle avait fait cuire au four. Une étoile aux branches inégales. À ses yeux, c'était bien plus joli que les ornements qui décoraient cet arbre avec une symétrie étincelante.

Rien que d'y penser, elle se sentait réchauffée de l'intérieur.

Elle allait passer un merveilleux Noël en famille, mais pas avec la sienne, voilà tout.

Son chef, Miles, l'attendait, téléphone à la main.

— Tu avais raison à propos de ce renne.

Il lui montra l'écran.

— Ça se vend tellement vite qu'on n'arrive pas à réapprovisionner les magasins.

C'était typique de sa part de foncer tête baissée dans le travail, ce qui convenait tout à fait à Alix.

Tout en discutant chiffres et stratégie, ils se dirigèrent vers leur table dans la salle de bal.

La pièce se remplissait rapidement. Lorsqu'ils s'assirent enfin et que la soirée commença, Alix s'autorisa une gorgée de champagne.

Elle bavarda avec ses collègues, gardant la conversation légère et neutre. Quand ils lui demandèrent ce qu'elle avait prévu pour les vacances, elle répondit qu'elle allait passer les fêtes en Laponie avec des amis.

Quand l'un d'eux l'interrogea sur sa famille, elle éluda, comme toujours. Elle se contrefichait que ses parents n'aient aucune envie de passer Noël avec elle, mais c'était difficile d'en convaincre les gens, alors elle préférait ne pas en parler.

Ça aurait été facile pour elle de détester Noël, mais grâce à Christy elle adorait cette période. Elle avait toujours apprécié la générosité de son amie à sa juste valeur. Leur lien était la chose la plus importante au monde pour elle. *Ça*, c'était une relation où elle voulait bien engager ses émotions, songea-t-elle en buvant une autre gorgée de champagne. Elle aimait Christy comme une sœur, et Christy l'aimait en retour. Leurs vies ayant été entremêlées depuis l'enfance, elles connaissaient le moindre détail l'une sur l'autre. Elle savait que Christy détestait le beurre de cacahuètes et dormait toujours avec deux oreillers. Elle savait qu'elle préférait les bains aux douches, qu'elle n'allait jamais au lit sans appliquer de crème hydratante et qu'elle jetait son mascara au bout de trois mois exactement. (Elle cochait la date dans son agenda.) Elle savait que Christy préférerait toujours manger une carotte crue plutôt qu'une coupe de glace et qu'elle n'avait été ivre morte qu'une fois dans sa vie. (Vodka. Jamais plus.) Elle savait que la méthode de Christy pour gérer une situation difficile était de l'ignorer et que la dernière chose qu'elle faisait avant d'aller se coucher était la liste de ses obligations du lendemain.

Et Christy aussi la connaissait. Christy était la seule à savoir qu'Alix avait perdu sa virginité avec Charlie Harris et qu'elle aimait parfois dormir avec la lumière allumée. Elles pouvaient tout se confier. Plus d'une fois, elle s'était dit que pour réussir à survivre à l'enfance et à l'adolescence l'essentiel n'était pas d'avoir de bons parents, mais une meilleure amie. C'était la seule relation dont elle s'était permis de dépendre. Par moments, elle ne se sentait plus aussi proche de Christy qu'auparavant, mais ça n'avait rien d'étonnant étant donné que les circonstances étaient différentes. Au fond d'elles-mêmes, elles avaient un lien particulier, et ça ne changerait jamais.

— Réveille-toi, Carpenter, souffla Miles en lui donnant un petit coup de coude. On a gagné. Monte sur scène, fais-leur un discours.

Elle entendit les applaudissements, vit les images de leur campagne défiler sur les écrans géants et accompagna le reste de son équipe pour recevoir le prix.

Alors qu'elle retournait à son siège, elle sentit son téléphone vibrer.

Elle jeta un coup d'œil sur l'écran et vit le nom de Christy s'afficher.

Il était 3 heures du matin à Londres. Christy croyait fermement aux vertus réparatrices du sommeil, ce qui expliquait qu'elle n'avait pas de cernes sous les yeux, au contraire d'Alix. Jamais elle ne l'appellerait au milieu de la nuit, sauf en cas d'urgence.

— Excusez-moi.

Alix adressa un sourire à ses collègues, puis zigzagua entre les tables pour retourner dans le hall.

Elle trouva un endroit tranquille et s'assit sur un somptueux canapé à côté d'un autre sapin de Noël brillant de mille feux. C'était comme être dans une forêt étincelante parée de sa tenue de fête.

— Christy ? Est-ce que tout va bien ?

Elle posa la question même si elle savait que la réponse serait forcément non.

— Allô ?

Son amie avait-elle déjà raccroché ? se demanda-t-elle, avant d'entendre un bruit étouffé.

— Tu pleures ?

Elle se redressa. Christy était plus émotive qu'elle, mais elle pleurait rarement.

— Christy ?

— Je vais bien, répondit-elle en reniflant. Je te dérange ? Est-ce que la remise de prix est finie ?

— Oui. C'était ennuyeux, de toute façon.

Alix se déchaussa et massa ses talons douloureux.

— Dis-moi pourquoi tu es encore debout à cette heure-ci.

— J'ai besoin d'un service.

— Un service ?

Son cœur fit un bond dans sa poitrine. Ça faisait longtemps que Christy ne lui avait pas demandé de l'aide pour quoi que ce soit. Et elle n'avait pas anticipé à quel point ce serait difficile à supporter. Alors qu'elle avait occupé une place centrale dans la vie de Christy, elle se retrouvait désormais en périphérie.

— Quel service ? C'est comme si c'était fait.

Peu importe de quoi tu as besoin, je suis là pour toi.

Il y eut une pause, comme si Christy avait du mal à trouver les mots.

— J'ai besoin que tu emmènes Holly en Laponie.

— On emmène Holly en Laponie, non ?

— Toi, je veux dire, pas moi. Je ne peux pas y aller tout de suite.

— Je… Quoi ?

Voilà qui ne faisait pas partie de la liste des choses qu'elle avait imaginées.

— Mais c'est le voyage rêvé. Le Noël parfait. Tu le planifies depuis des siècles.

— Je sais. Je vous rejoindrai. Quelques jours plus tard, c'est tout. Tout va bien.

Le tremblement dans sa voix indiquait le contraire.

— Mais j'ai besoin que tu t'occupes de Holly.

Tout en contemplant l'énorme sapin de Noël devant elle, Alix sentit un soupçon s'insinuer en elle. On avait besoin d'elle, très bien, mais…

— Que s'est-il passé ? Et que devient Seb, dans tout ça ?

— Il a une réunion à laquelle il doit assister. C'est pour le travail, répondit Christy en butant sur les mots. C'est décevant, bien sûr, mais ce sont des choses qui arrivent. On prendra un vol quelques jours plus tard pour vous rejoindre.

Le travail ? Qui repoussait un voyage en Laponie prévu depuis longtemps pour travailler ?

Elle devait arrêter de se poser ces questions. De toute façon, qu'est-ce qu'elle y connaissait, en matière de relation ?

Alix suivit des yeux une femme glamour et un homme séduisant qui traversaient le hall bras dessus, bras dessous. Il s'arrêta pour l'embrasser, et elle se mit à rire, puis l'embrassa à son tour, sans se soucier de qui pouvait les voir.

Elle détourna le regard.

Si Christy avait été là, elle aurait secoué la tête. *Tu n'es vraiment pas romantique, Alix.*

C'était peut-être vrai, mais ça lui avait permis d'éviter les désastres affectifs. Elle n'avait jamais eu « le cœur brisé », comme on disait. À vrai dire, le dernier homme qu'elle avait fréquenté lui avait même demandé si elle avait un cœur, ce qu'elle avait trouvé un peu sévère. Selon elle, sortir avec quelqu'un était comparable à un processus de recrutement. On établissait une fiche de poste, puis on recherchait un candidat qui y correspondait. Le romantisme et la passion étaient imprévisibles et indéfinissables. Et on ne pouvait pas s'y fier. Elle n'était pas intéressée, mais Christy l'était. Christy était la grande romantique dans toute sa splendeur, et Seb devait le savoir, à présent. Elle fronça les sourcils. Le savait-il ? Bien sûr, il ne pouvait pas connaître Christy aussi bien qu'elle ; après tout, elle avait une longueur d'avance de vingt ans. Mais il devait être au courant de ce détail basique, non ?

Comme un collègue approchait, elle lui indiqua d'un geste qu'elle avait besoin d'être seule.

— C'est Noël. Il a essayé d'expliquer à son chef qu'il emmenait sa fille en voyage en Laponie ?

Quel chef ne se laisserait pas attendrir ?

— Il ne pouvait pas dire non ?

— Tu es trop critique, là.

Alix ferma les yeux.

— Désolée. Ce n'était pas mon intention.

— Il n'a pas le choix, alors je vais rester avec lui. Ce sera bien de passer un peu de temps rien que nous deux, sans Holly.

Mais Christy n'avait encore jamais laissé sa fille plus de quelques heures.

Il y avait quelque chose que son amie ne lui disait pas. De quoi s'agissait-il ? Et surtout, pourquoi se taisait-elle ? Elles n'échangeaient peut-être plus autant qu'avant, mais elles n'avaient pas de secrets l'une pour l'autre. N'est-ce pas ?

— Raconte-moi, Christy. Qu'est-ce qui ne va pas ? Dis-le-moi.

— Il n'y a rien à raconter. Et je viens de te le dire.

Alix était mal à l'aise. Il n'y avait qu'un seul sujet sur lequel Christie n'était pas franche avec elle : son mariage. Pouvait-elle poser la question ? Non, impossible. Pas après ce qui s'était passé. Christy lui avait pardonné d'être intervenue cette fois-là, mais elle risquait de ne pas recommencer.

— Dis-moi comment je peux t'aider.

Parle-moi. Je suis ta meilleure amie.

Christy attendait peut-être de la voir en personne pour se confier à elle. Certains sujets n'étaient pas forcément faciles à aborder au téléphone.

— Dis-moi que tu t'occuperas de Holly. Tu allais là-bas de toute façon, alors la seule chose qui change, c'est qu'elle sera sous ton entière responsabilité.

Son entière responsabilité ?

L'angoisse d'Alix changea d'objet. Elle adorait Holly. À ses yeux, l'enfant était un prolongement de Christy. Elle l'aimait comme sa propre fille. Mais s'occuper d'elle seule ? Ça, ce n'était pas dans ses cordes. Et si elle pleurait ? Si ses parents lui manquaient ? Si elle était malheureuse et qu'Alix ne soit pas à la hauteur ? Et si ça devenait un Noël inoubliable pour de mauvaises raisons ?

Christy lui avait peut-être pardonné sa franchise avant le mariage, mais elle ne lui pardonnerait certainement pas si quelque chose arrivait à sa fille.

— On sait toutes les deux que je ne suis pas la meilleure personne pour ça.

— Tu es la personne idéale. Elle t'aime.

Mais qu'adviendrait-il de cet amour si Alix gérait mal la situation ?

— Et si jamais elle ne se plaît pas avec moi ?

— Je te demande de l'emmener dans un endroit féerique pendant quelques jours, pas de l'élever toute seule.

— Mais je n'y connais rien, moi, à tout le tralala du Noël en famille. C'est ton domaine. Je ne fais que participer.

Alix se passa la main sur la nuque. Il faisait froid dehors. Comment pouvait-il faire aussi chaud dans ce bâtiment ?

— Ce n'est pas vraiment comme de faire du baby-sitting pendant une soirée. Il y a le voyage, pour commencer. Et on serait vraiment loin de vous.

Plus elle y réfléchissait, plus l'idée la terrifiait.

— Et si vous manquez à Holly et qu'elle fait une grosse colère ?

— Elle n'en a pas fait depuis ses deux ans, et même à l'époque c'était rare. Elle est d'humeur égale. Tu le sais.

— Mais tu sais aussi qu'elle est aventureuse. Elle n'a aucune notion du danger. Et si elle grimpe sur quelque chose pendant que j'ai le dos tourné et qu'elle a un accident ?

— Ça n'arrivera pas, parce que tu ne tourneras pas le dos.

Elle serait obligée de garder constamment les yeux rivés sur la petite fille.

— Et si elle fait un cauchemar ?

— Tu seras là.

— Mais c'est toi qu'elle voudrait pour la rassurer.

Son cœur tambourinait dans sa poitrine.

— Je n'aurai personne pour m'aider.

— Tu n'as besoin de personne pour t'aider.

Mais si, elle en avait besoin. Elle ne pouvait pas faire ça. Elle devait dire non, pour le bien de Holly.

— Christy…

— Elle sera sage, il n'y aura pas de problème.

— Tu veux rire ? Ta fille peut s'attirer des problèmes dans une pièce vide.

— C'est vrai, mais tu le sais, donc tu la surveilleras. Elle sera ravie de passer du temps avec toi, et je vous rejoindrai quelques jours plus tard. S'il te plaît, Alix. Je sais que je profite de toi et de notre amitié, mais tu es la seule personne à qui je peux demander ça.

Alix voulait que leur amitié soit une affaire de confidences et de conversations sans prise de tête. De virées shopping et de soirées en ville une fois de temps en temps (avec du vin). Elle ne voulait pas être entièrement responsable d'une enfant.

Dis non, dis non, dis non.

— D'accord.

D'une façon ou d'une autre, elle s'en sortirait. Si Holly pleurait, elle la soudoierait avec des jouets. Combien pouvait-elle en fourrer dans sa valise ?

— Si tu es sûre de toi.

— Tu es la meilleure.

— Pour me couvrir de louanges, mieux vaut attendre que je te la rende en vie et sans phobie.

Elle ferait peut-être bien d'acheter un livre sur l'éducation.

— Et tante Brebis galeuse ? Tu l'as prévenue ?

— Pas encore. Je voulais d'abord te demander si tu étais d'accord avec ce plan.

C'était loin d'être le cas, mais elle n'avait pas vraiment le choix.

Alix effleura le drapé fluide de sa robe argentée.

Elle allait devoir établir une stratégie, afin d'anticiper tous les scénarios possibles. En plus des jouets, elle aurait son ordinateur portable, sur lequel elles pourraient regarder des films. Son amie n'avait pas souvent recours à ça, mais elle n'était pas Christy. Elle ne voulait pas que Holly se souvienne de ce Noël comme étant le pire de tous. Elle ne voulait pas la rendre à sa mère complètement traumatisée.

L'angoisse la tenaillait. Leur amitié n'avait jamais exigé d'elle qu'elle relève ce genre de défi.

— Que veux-tu que je fasse ?

— Tu rentres bien à Londres ce week-end ? Viens à la maison comme prévu la semaine prochaine. Comme ça, vous pourrez faire le voyage ensemble.

— Elle n'a encore jamais pris l'avion.

Et si elle perdait Holly à l'aéroport ? Et si elle tendait le passeport, puis découvrait en se retournant que la petite fille avait disparu ? Et si Holly piquait une crise et décidait qu'elle ne voulait plus jamais voler nulle part ?

— Arrête de t'inquiéter, tu veux ? C'est un rêve qui se concrétise pour elle.

Et c'était bien ça le problème, songea Alix.

Elle n'était pas la personne idéale pour veiller sur les rêves d'une enfant. Elle était inquiète pour Holly, mais elle s'inquiétait aussi pour elle-même et son amie.

Christy lui avait enfin demandé de l'aide. Et si elle ne parvenait pas à remplir sa mission ?

Quelles seraient les conséquences pour leur amitié ?

4

Christy

Voilà, c'était fait.

Christy posa le téléphone et retourna dans la chambre, mais trouva le lit vide.

Seb, qui se tenait près de la fenêtre, se tourna vers elle quand elle entra dans la pièce.

— Je me demandais où tu étais partie. Tout va bien ?

Elle éprouva une pointe de culpabilité, même si ce n'était pas à elle d'avoir des remords.

— Désolée. Je t'ai réveillé ?

Elle frissonna et resserra les pans de son peignoir autour d'elle. Elle avait mal à la tête. Elle était fatiguée, mais ses pensées se bousculaient dans son cerveau. Elle n'arriverait pas à dormir. Son esprit tournait en rond depuis qu'elle avait vu ce mail.

— Je t'ai entendue parler.

— J'ai appelé Alix. C'est sa grosse cérémonie de remise de prix ce soir.

Pourquoi éprouvait-elle le besoin de justifier son amitié ? Et elle n'avait même pas demandé à Alix comment ça s'était passé, s'aperçut-elle. Depuis quand était-elle aussi égoïste ? *Depuis qu'elle avait dû se battre pour son mariage.*

— Et tu as voulu l'appeler au beau milieu de la nuit ? C'est un peu extrême, non ? Même pour vous ?

Il affichait la même expression que d'habitude quand il parlait d'Alix. Circonspecte. Sur la défensive.

Avant leur mariage, il lui avait dit que c'était comme d'avoir une troisième personne dans leur relation. Il avait fallu cette soudaine explosion la veille de la cérémonie pour qu'elle se rende compte qu'il avait peut-être raison. Mais elle n'avait pas l'intention de mettre fin à son amitié avec Alix, alors elle n'en avait pas reparlé, et lui non plus. Elle avait espéré que tout finirait par se résoudre tout seul, parce que la tension entre sa meilleure amie et son mari était une source de stress permanente. Elle s'était parfois demandé si Seb était jaloux d'Alix, mais pourquoi le serait-il ? Elle s'était mariée avec lui, bon sang. Elle l'avait choisi. Mais, de temps en temps, elle s'interrogeait : voyait-il l'amour comme un gâteau au chocolat, avec un nombre limité de parts à distribuer ? Christy savait que son amitié avec Alix n'enlevait rien à sa relation avec Seb. Elle les adorait tous les deux. Pourquoi ne s'appréciaient-ils pas ? Alix n'avait rien dit de négatif sur Seb après leur confrontation, et à certains moments Christy était persuadée que l'incident était derrière eux. Et puis une petite étincelle enflammait à nouveau le passé.

— Je voulais lui parler de Noël. Et de la Laponie.

Mais pas de Seb. Ni de son mariage. Elle n'avait pas abordé ces sujets.

— Vous allez pouvoir passer plus de temps toutes les deux, remarqua Seb, la mine impassible. Ça te fera plaisir.

C'était ce qu'il pensait ? Qu'elle voulait être avec Alix ?

— Je voulais que *nous* on passe du temps ensemble.

Elle sentait le fossé entre eux s'agrandir. C'était comme de sauter dans un bateau en train de partir, puis découvrir qu'on avait laissé son compagnon sur la rive.

— C'est toujours ce que je veux, alors j'ai décidé de rester ici et de partir quelques jours plus tard avec toi. J'ai déjà changé les billets.

Elle retint son souffle, incertaine de sa réaction.

— Tu quoi ? s'exclama-t-il.

Christy jeta un coup d'œil par-dessus son épaule, puis s'empressa d'aller fermer la porte de la chambre.

— Ne parle pas si fort. Tu vas réveiller Holly.

— Tu as annulé Noël ?

— Non, je n'ai pas annulé Noël. Comment peux-tu penser ça ?

L'idée même était ridicule.

— Tu sais que c'est ma période préférée de l'année. Rien n'a changé pour Noël. Tout ce que j'ai fait, c'est repousser nos billets de quelques jours. Le tien et le mien.

Il semblait consterné.

— Mais c'est le rêve de Holly. Elle n'a que ça à la bouche depuis des semaines.

Et, tout en sachant ça, il avait quand même été prêt à écourter de plusieurs jours le temps qu'ils devaient passer ensemble.

La famille, c'était son rêve à elle. Est-ce qu'il l'ignorait ? Pour qui pensait-il qu'elle faisait tout ça ? Les tâches ménagères, la routine familière, les repas, la décoration, le vin dans le réfrigérateur. Elle faisait tout ça pour eux. Sans ménager ses efforts. Certains soirs, elle tombait presque d'épuisement, pourtant il ne savait pas combien sa famille comptait pour elle ? Qu'elle était prête à tout ou presque pour la protéger ?

Elle releva le menton. Elle y avait réfléchi la majeure partie de la journée et avait fini par prendre une décision : peu importait qui était cette Mandy, et ce qu'elle voulait, Christy n'allait pas laisser cette femme s'immiscer dans sa vie et s'emparer de ce qui était à elle.

Mais ça voulait dire parler du problème. Reconnaître qu'il y en avait un, alors qu'elle n'avait qu'une envie : faire l'autruche.

— Holly part toujours. Elle fera le voyage avec Alix, comme prévu.

— Incroyable, marmonna Seb en fourrageant dans ses cheveux. Tu en as parlé avec Alix ? Bah… évidemment que tu en as parlé avec Alix.

— Qu'est-ce que tu insinues ?

— Rien. Tu lui as dit quoi exactement ?

Il pensait qu'elle se confiait plus à Alix qu'à lui. Et elle ne pouvait pas vraiment s'offusquer, parce que c'était ce qu'elle faisait à une époque. Mais plus depuis longtemps.

— Je lui ai dit ce que tu m'as dit. Que tu as une réunion de travail…

Tout en répétant l'excuse qu'il lui avait donnée, elle parvint à empêcher sa voix de trembler.

— … et que je reste ici pour être à tes côtés.

Il soutint son regard.

— Tu veux que Holly parte avec Alix ?

— Pourquoi pas ?

Quels que soient ses défauts, et la distance qui avait grandi entre elles, Alix ne la trahirait jamais et ne la laisserait jamais tomber. En cet instant, Christy n'était pas sûre de pouvoir en dire autant à propos de son mari.

— Alix adore Holly, et Holly adore Alix.

— Je ne remets pas en question son affection, seulement ses qualifications.

— C'est ma meilleure amie.

Il pinça les lèvres.

— On ne va pas demander ce que ça fait de moi.

Et voilà que la conversation portait désormais sur Alix.

— Seb…

— Elle ne connaît rien aux enfants.

— Elle travaille pour une société de jouets !

Seb lui lança un regard peu amène.

— Elle connaît les marchés et les données, elle sait anticiper ce qui va se vendre. Mais ça ne fait pas d'elle une mère de substitution. Ce n'est pas une bonne idée.

Bien qu'Alix elle-même ait dit presque la même chose, Christy se sentit blessée.

— Je sais qu'il y a un passif entre vous deux…

— Il ne s'agit pas de ça. On a dépassé ce stade.

— Vraiment ? Tu en es sûr ?

— Ce n'est pas juste.

Il paraissait fatigué.

— Elle vient passer Noël avec nous, non ? On a une relation tout à fait cordiale. Je respecte votre amitié, même si j'aimerais bien, parfois, que tu parles à moi plutôt qu'à Alix. J'admire beaucoup de choses chez elle, notamment sa loyauté envers toi. Elle est intelligente et pleine d'humour, c'est quelqu'un de bien. Ça ne veut pas dire qu'elle devrait être responsable de Holly. C'est une trop lourde charge.

Il marqua une pause, avant de demander :

— Comment a-t-elle réagi quand tu lui as demandé ? Avec enthousiasme ?

Il aurait été facile de mentir. Alix avait accepté, non ? Mais s'il devait y avoir des mensonges dans leur mariage, Christy ne voulait pas qu'ils viennent d'elle.

— En gros, elle a réagi comme toi. Elle ne pense pas être la personne idéale, mais moi, je sais qu'elle l'est. Et elle a fini par dire qu'elle le ferait.

Et elle lui en était reconnaissante, parce que si Alix avait refusé elle aurait dû annuler le voyage entier.

— Je ne sais pas ce qui t'inquiète. Alix a déjà passé beaucoup de temps avec Holly.

— Avec toi dans les parages, toujours aux commandes. Et si notre fille a un accident ? Et si Alix ne la surveille pas d'assez près ?

— Alix sait qu'elle est aventureuse. Elle fera attention.

Il était temps de cesser de parler d'Alix, songea-t-elle, tandis qu'il rétorquait :

— Alix est douée pour offrir des jouets, mais comment se débrouillerait-elle pour le reste ? Les choses sérieuses ? Ce n'est pas idéal, ni pour elle, ni pour Holly. Ni pour nous. Tu vas passer ton temps à t'inquiéter pour la petite. Ça va être stressant.

Il marqua une courte pause, avant de conclure :

— Tu devrais annuler ton changement de billet et partir à la date prévue.

Et le laisser seul avec Mandy ?

Demande-lui franchement, Christy. C'est ce que ferait Alix.

Elle releva le menton.

— Il y a une raison pour que tu ne veuilles pas que je reste ?

— Oui. L'un de nous devrait être avec notre fille.

— Ce sera le cas. Quelques jours plus tard. Ça nous fera du bien de passer un peu de temps rien que tous les deux. On ne le fait pas assez. Je tiens à rester ici. Si tu dois travailler, je veux être là pour toi.

Dis-moi la vérité.

Il la contempla un long moment, et elle sentit ses doutes s'envoler. C'était évident : il lui cachait quelque chose d'important. Au fond d'elle-même, elle s'était raccrochée à l'espoir qu'elle se faisait des idées, que ce fameux mail avait une explication simple. Mais à en juger par l'expression de Seb c'était loin d'être le cas.

L'émotion qu'elle avait contenue jusqu'ici la submergea. Ses yeux se remplirent de larmes. Ses jambes se mirent à trembler. Elle ne voulait pas en arriver là, vraiment pas, mais elle ne voyait plus comment l'éviter.

— On pourrait arrêter les petits jeux ? Je suis au courant, Seb.

Elle vit le changement se produire en lui. Il se raidit, prêt à nier.

— Au courant de quoi ?

— Je ne suis pas stupide ! Tu vas à Londres plusieurs fois par semaine, tu travailles tard…

Elle était toujours incapable de prononcer la phrase « Je sais que tu as une maîtresse ». Si elle disait ces mots à voix haute, tout deviendrait réel, et c'était la dernière chose qu'elle voulait.

— J'étais dans ton bureau, hier, et j'ai vu le mail sur ton ordinateur. Celui que tu as envoyé pour confirmer ton rendez-vous. Je sais que tu n'étais pas au travail.

Il y eut un long silence.

— Je ne voulais pas que tu voies ça.

— Évidemment. Quand comptais-tu me le dire, Seb ?

Il semblait exténué.

— J'espérais ne pas avoir à le faire.

Elle en resta bouche bée. Il n'avait jamais eu l'intention de lui en parler ?

Comment en étaient-ils arrivés là ?

Les paroles d'Alix résonnèrent dans sa tête. *Est-ce que tu le connais si bien que ça ?*

— Pourquoi ne me l'aurais-tu pas dit ? Pourquoi fais-tu ça ? Tu n'aimes pas notre vie ?

Sa voix se brisa sous l'effet du stress et de l'émotion. Toutes ses incertitudes remontèrent à la surface, ainsi que les craintes avivées par Alix. Leur relation n'avait pas vraiment suivi la voie classique, c'était indéniable. Et ils n'en avaient jamais parlé. Pas depuis le début. Ils étaient tellement heureux qu'elle avait jugé ça inutile, mais à présent elle s'interrogeait : avait-elle gardé le silence parce qu'elle avait peur ? Elle avait toujours détesté les confrontations, quelles qu'elles soient.

— Je sais qu'on s'est mariés très vite. On se connaissait à peine. Cette nuit-là… ça a été passionné, impulsif et spontané.

Les mots se bousculaient dans sa bouche.

— Je sais tout ça. Et si je n'étais pas tombée enceinte… Je t'ai dit à l'époque que ce n'était pas la peine que tu m'épouses, que j'étais prête à élever notre fille toute seule, mais tu as tellement insisté, et j'en avais tellement envie. J'ai cru que ce qu'on avait était bien réel. Que notre relation deviendrait encore plus belle. J'y croyais vraiment, Seb. Je t'aimais. Je t'aime toujours.

Il semblait stupéfait.

— Je ne comprends rien à ce que tu dis.

— Je sais que tu vois cette Mandy. Je sais que tu lui as dit de ne pas appeler à la maison. Tu as dit que tu ne voulais pas que je sois au courant.

Alix avait eu raison, songea-t-elle, le visage ruisselant de larmes. Depuis le début, elle avait eu raison, et Christy ne pouvait pas le supporter.

— Tu nous as laissés tomber, Seb. Tu nous as laissés tomber.

Elle entrevit son expression bouleversée avant qu'il ne franchisse les quelques pas qui les séparaient pour la prendre dans ses bras.

— Je sais. Je sais, mais je vais tout arranger. Je t'en prie, ne pleure pas, Christy. Bon sang, où sont les mouchoirs ?

Après avoir jeté un rapide coup d'œil autour de lui, il renonça et lui essuya les joues du bout des doigts.

— Je ne voulais pas que tout ça arrive, mais je vais faire ce qu'il faut. Ne t'inquiète pas. Rien ne va changer. Tout va rester comme tu le veux. Comme tu l'aimes.

Comment pouvait-il croire que leur vie n'allait pas changer ? S'attendait-il à ce qu'elle fasse semblant de rien ?

Elle ne pouvait quand même pas fermer les yeux sur la situation.

Qu'était-elle prête à pardonner ?

Elle sanglota contre l'épaule de Seb, respirant sa chaleur, sa force. Agrippée à son T-shirt, elle posa la question qui la torturait :

— Tu l'aimes, Seb ? Est-ce que tu l'aimes ?

Il la repoussa si brusquement qu'elle faillit trébucher.

— De quoi parles-tu ?

— Mandy. Est-ce que tu l'aimes ? J'ai besoin de le savoir.

— Si je *l'aime* ?

Il la fixa d'un air à la fois incrédule et perplexe.

— C'est quoi, cette question ? Ça n'a ni queue ni tête.

Il s'interrompit une seconde.

— Attends… Tu crois que je te trompe ?

— Tu l'as admis toi-même ! Et comme si ça ne suffisait pas, tu as aussi admis que tu n'avais jamais eu l'intention de me le dire. Alors si ce n'est pas de l'amour, c'est quoi, Seb ? C'est pour le plaisir ? C'est une distraction ? Je suis ennuyeuse ? Est-ce que la vie à la campagne te rend dingue ?

— Arrête.

Il secoua brièvement la tête, comme pour s'éclaircir les idées.

— Je n'ai pas de liaison. Qui t'a mis cette idée dans la tête ?

Sa bouche se crispa.

— Question inutile. Alix.

— Ça n'a rien à voir avec Alix. Je ne discute pas de notre relation avec elle.

— Alors tu es arrivée à cette conclusion toute seule.

Il se passa la main sur la nuque.

— Ça fait plus mal que ça ne le devrait. Je suppose qu'on ne peut pas se défaire de sa réputation aussi facilement que ça.

C'était au tour de Christy d'être perplexe.

— Tu n'as pas de liaison ?

Il laissa retomber sa main.

— Tu penses vraiment que je te ferais ça ? Que je nous ferais ça ?

Il la regardait d'une façon qui la fit se tortiller et se recroqueviller intérieurement, comme si elle les avait insultés tous les deux avec ses suppositions. Elle voulait lui dire qu'elle avait passé des heures à réfléchir à d'autres explications, mais qu'étant incapable d'en trouver, et ayant la preuve qu'il mentait, elle n'avait cessé de revenir à celle-ci.

À présent, elle ne savait plus quoi penser. Il n'avait pas vraiment nié, après tout. Sa réponse n'en était pas une, et la voix d'Alix était si forte dans la tête de Christy qu'elle avait envie de se boucher les oreilles.

— Alors qui est Mandy ? Et pourquoi ne peut-elle pas appeler à la maison ? Et pourquoi passes-tu soudain autant de temps à Londres ?

Elle l'observa attentivement, étudiant ses yeux et son langage corporel. Elle devrait le savoir, non ? Rien qu'en le regardant, elle devrait le savoir. Mais ce n'était pas le cas. Et il la scrutait, lui aussi, comme s'il cherchait quelque chose.

Se connaissaient-ils si bien que ça, en réalité ?

— À un moment donné, déclara Seb, il faudra probablement qu'on discute du fait qu'en voyant un nom de femme dans ma boîte mail tu en conclus automatiquement que je te trompe, mais je suppose que ça peut attendre. Mandy travaille pour un cabinet de recrutement. Je n'ai pas de liaison, Christy. J'ai perdu mon boulot. Je vais à Londres pour passer des entretiens et rencontrer des recruteurs, mais ce n'est pas évident de trouver autre chose.

Un cabinet de recrutement ?

— Tu as… tu as perdu ton boulot ?

Elle se laissa tomber sur le bord du lit. La sensation immédiate de soulagement fut remplacée par d'autres émotions plus complexes.

— Quand ?

— Il y a trois mois.

— Trois…

Elle n'arrivait plus à respirer. Elle ne comprenait pas. C'était tellement inattendu. Elle avait pensé… elle avait cru…

— Et tu ne me l'as pas dit ? Pourquoi ?

— Je ne voulais pas que tu t'inquiètes. J'espérais que j'allais pouvoir rattraper le coup et trouver du travail. Comme ça, je t'aurais annoncé la bonne et la mauvaise nouvelle en même temps, pour que tu n'angoisses pas trop. Mais les semaines ont défilé, et il ne s'est rien passé. Et plus j'attendais, plus c'était dur de te le dire. Et puis, voilà qu'on arrive à Noël. Je sais à quel point tu aimes la période des fêtes, et tu avais organisé ce voyage en Laponie. Les vacances de rêve. Le Noël parfait. Tu tiens vraiment à faire ça pour Holly, et je ne voulais pas tout gâcher. J'avais prévu de t'en parler en janvier. Mais quand on m'a proposé cet entretien j'ai compris que je ne pouvais pas refuser. Je dois y aller, Christy, même si ça contrarie tes projets.

Il avait perdu son travail. Il avait un entretien.

Il ne la trompait pas. Elle était profondément soulagée à propos de ça, et secouée pour le reste. Bouleversée pour lui.

— Bien sûr que tu dois y aller. Et ça ne gâche rien du tout.

Elle se sentait coupable. Toutes ces nuits où il ne dormait pas, il s'inquiétait d'avoir perdu son travail. Il pensait à elle. Il la protégeait.

— J'aurais aimé que tu me le dises. Je ne supporte pas l'idée que tu aies traversé cette épreuve seul, en gardant tout ça sur le cœur. J'aurais pu t'aider. Je suis ta femme.

Et dire qu'elle ne s'était doutée de rien… Quel genre d'épouse était-elle ? Et le fait qu'il ait été incapable de se confier à elle en disait long sur leur mariage, non ? Elle s'était tellement concentrée sur les aspects extérieurs de leur famille – le cottage, leur mode de vie – qu'elle en avait oublié de veiller sur le côté intérieur.

Tout le soulagement qu'elle avait ressenti en découvrant qu'il ne la trompait pas s'envola. Elle se sentait affreusement mal.

— Ça aurait changé quoi que je te le dise ? demanda Seb

d'un ton las. C'est mon problème. Tu es la raison pour laquelle ça compte autant, Christy. Toi et Holly. J'ai des responsabilités, je le sais, et j'essaie de les assumer, crois-moi. J'ai peur de ne pas pouvoir être ce que tu veux ou ce dont tu as besoin. J'ai peur de ne pas être à la hauteur et de te décevoir.

— Tu as peur ?

— Ça fait des mois que j'ai peur.

Il s'interrompit, se frotta le front, puis reprit :

— Je n'arrête pas d'entendre Alix dans ma tête, en train de te dire que c'était une erreur de m'épouser. Elle avait peut-être raison.

— Bien sûr que non ! Et je regrette que tu aies entendu ça. Je regrette qu'Alix l'ait dit.

C'était vraiment ce qu'il pensait ? La connaissait-il si mal ?

Certes, ils avaient passé très peu de temps ensemble en couple avant la naissance de Holly. Mais il aurait quand même dû savoir qu'elle l'aurait soutenu sans hésiter, non ?

Apparemment pas. Il avait estimé qu'il devait gérer cette situation tout seul.

Jusque-là, elle s'était sentie impuissante, et un peu choquée, mais à présent elle éprouvait aussi de la culpabilité.

Dans sa détermination à être la meilleure mère possible, elle avait délaissé les autres aspects de sa vie. Elle n'avait pas fait attention à Seb. À leur relation. À leurs besoins en tant que couple.

C'était elle qui avait décrété qu'ils avaient les moyens d'acheter le cottage. À vouloir créer une vie de famille parfaite, elle avait tellement tiré sur les cordons de la bourse qu'ils menaçaient de rompre. Elle n'avait pas envisagé que la vie puisse mal tourner. Elle n'avait prévu aucune mesure de protection. Et maintenant, ça…

Elle pensa à tous ces jours où il s'était rendu à Londres, prétendant aller travailler.

Comment avait-elle fait pour ne rien soupçonner ? Il y avait forcément eu des indices.

C'était elle qui n'avait pas été à la hauteur et les avait laissés tomber. Elle était une horrible personne.

Elle était soulagée à présent d'avoir décalé les billets. Il ne s'agissait pas seulement du travail de Seb. Il s'agissait d'eux. De leur relation.

Allaient-ils réussir à réparer les dégâts ?

5

Alix

Traînant ses bagages sur l'allée inégale qui serpentait dans le jardin envahi de végétation, Alix s'avança vers la porte d'entrée. Ce n'était pas difficile de comprendre pourquoi son amie était tombée amoureuse de cet endroit. Tout y était accueillant. Les murs de pierre couleur miel étaient couverts de lierre, de la lumière brillait aux fenêtres et des volutes de fumée s'échappaient de la cheminée. Un buisson de houx apportait une touche de couleur, comme si les baies rouges annonçaient au monde que le cottage était prêt pour Noël.

Ne manquait plus pour compléter ce tableau hivernal festif qu'une couche de neige fraîche. À en croire la météo, ça n'allait pas tarder.

Elle ressentit une pointe de nostalgie.

Quand elle était petite, allongée dans son lit, elle rêvait d'un endroit comme celui-ci. Et puis elle s'était rendu compte qu'un foyer ce n'était pas une maison couleur miel ou des roses autour de la porte. L'important, c'étaient les gens. On se sentait chez soi quand on était désiré et aimé.

N'ayant jamais connu ça avec sa famille, elle avait appris à vivre sans.

Elle était responsable de son propre bonheur et de sa propre sécurité. Quant à l'amour… Eh bien, il n'y avait rien de mal à s'aimer soi-même, n'est-ce pas ? Elle se traitait bien, et elle aimait le côté stable et prévisible de sa vie. Dès son plus jeune âge, elle avait appris à ne dépendre que d'elle-même, et elle avait toujours été heureuse d'avoir cette capacité. Elle n'attendait rien des autres, et les autres n'attendaient rien d'elle.

Jusqu'à maintenant.

Elle s'arrêta un instant, pas tout à fait prête à annoncer son arrivée. Christy attendait d'elle qu'elle soit présente et s'occupe de Holly, même si elle ne lui avait toujours pas expliqué pourquoi.

Ils avaient des problèmes de couple. C'était forcément ça.

Elle était bouleversée pour son amie. C'était exactement ce qu'elle avait redouté, mais elle ne dirait pas un mot de plus sur le sujet. Son rôle était simplement d'apporter son aide sans poser de questions.

Alix resta immobile, troublée par le silence autour d'elle.

La vie à la campagne était peut-être pleine de charme, mais ce n'était pas pour elle. Elle aimait passer du temps avec son amie, mais au bout de deux jours d'air pur, de balades dans la boue et de chants d'oiseaux à l'aube, elle était prête à retourner en ville. Le cottage était idyllique, mais, elle le savait, vivre dans une petite communauté où tout le monde se connaissait la rendrait claustrophobe. Elle n'avait aucune envie de s'inscrire à un groupe de lecture comme Christy ou de faire partie d'un comité local. Elle aimait choisir ce que les gens savaient d'elle. Elle ne voulait pas qu'on connaisse le moindre détail de sa vie privée. Lors de sa dernière visite, deux personnes avaient arrêté Christy en la croisant dans le village pour lui demander si tout allait bien après son rendez-vous chez le médecin.

À cette pensée, Alix frissonna et se remit à marcher. Elle appréciait l'anonymat que garantissait la vie dans une grande ville. Elle aimait l'animation et le rythme effréné de Londres. En ville, elle ne se sentait jamais seule, même quand elle l'était. Elle avait acheté un appartement lumineux, spacieux et moderne dans un ancien entrepôt qui donnait sur le fleuve. De grandes fenêtres, des murs en briques apparentes, une cuisine dernier cri. Il y avait même un balcon.

Cet endroit ? songea-t-elle en frappant à la porte d'entrée. Il encourageait un rythme de vie tranquille, qui l'exaspérerait en un rien de temps.

Elle entendit des pas précipités, des cris surexcités, puis la porte s'ouvrit. Alix eut un bref aperçu de boucles blondes et d'une miniblouse blanche sur une robe bleue, avant que Holly ne se jette sur elle comme un chiot qui n'avait pas vu son maître depuis des mois.

Ravie de cet accueil enthousiaste, Alix posa tout ce qu'elle tenait, souleva Holly et la couvrit de baisers.

— Comment va ma petite puce préférée ? Tu es prête pour l'aventure ?

Holly était le portrait craché de Christy (hormis les yeux, qui étaient ceux de Seb), mais la ressemblance s'arrêtait là. Christy avait été une enfant particulièrement propre et soignée. Holly avait envie de grimper dans tous les arbres et de sauter dans toutes les flaques d'eau boueuse qu'elle trouvait sur son chemin. Ses vêtements étaient sales et déchirés au bout de cinq minutes. Elle adorait jouer à la bagarre avec Alix.

— On peut faire un combat d'épée, tata Alix ?

Alix éclata de rire.

— Tu me laisses enlever mon manteau d'abord ?

Elle jeta un coup d'œil vers Christy, qui était apparue derrière sa fille, et sentit son ventre se nouer.

Étaient-elles censées prétendre que tout allait bien ?

— Coucou !

Le sourire de Christy était un peu trop large, mais ça n'avait rien de surprenant.

Noël ne se déroulait pas à la perfection, ce qui devait être une source de stress pour son amie. Christy aimait que tout se passe comme prévu. Elle faisait des listes. Ces listes amusaient Alix autant qu'elles l'exaspéraient, mais elle comprenait que son amie en ait besoin. Elle connaissait cette caractéristique. Après vingt ans d'amitié, il n'y avait pas grand-chose qu'elle ignorait sur elle.

Mais elle ne savait pas pourquoi son amie retardait son départ.

— On va en Laponie ! Ensemble ! s'exclama Holly.

Elle passa les bras autour du cou d'Alix et claqua plusieurs bisous sonores sur sa joue. Elle était spontanée, téméraire et sujette aux accidents. Tout le contraire de sa mère, ce qui faisait d'elle un cauchemar pour n'importe quel baby-sitter.

L'estomac d'Alix fit une embardée. C'était comme si on lui confiait de la porcelaine fragile en lui disant de ne pas la casser.

— Ensemble ! répéta-t-elle, essayant de faire preuve du même enthousiasme.

À cet instant, elle se rendit compte à quel point elle avait espéré que son amie ait changé d'avis.

— Papa et maman viendront plus tard, alors on a un moment surprise spécial, toi et moi, expliqua la fillette.

Du moment que la surprise n'était pas son incapacité à s'occuper d'une enfant…

— J'ai hâte d'y être.

Elle reposa Holly, puis enlaça son amie.

— Tu m'as manqué.

— Toi aussi, tu m'as manqué.

C'était ce qu'elles se disaient toujours, mais cette fois, étrangement, la sensation était différente.

Même l'étreinte de Christy était différente. Brève. Superficielle. Elle prit les bagages d'Alix et les porta dans le cottage.

— Comment s'est passé ton voyage ?

— C'était sympa, merci.

Elle lança un regard vers son amie, en quête d'indices. En apparence, Christy était aussi pomponnée et parfaite que d'habitude. Cheveux relevés en une torsade soignée. Pull à col roulé noir et jean skinny. Maquillage impeccable.

Mais sous le maquillage ?

— C'est superbe, ici. On se croirait dans un film de Noël.

La pièce était décorée avec des guirlandes lumineuses et du gui. Des bougies délicates à la flamme vacillante étaient posées sur la console près de la porte d'entrée. L'air embaumait la cannelle et la figue chaude. Tout lui rappelait l'époque où elle passait les fêtes chez Christy.

— L'an prochain, on filmera notre publicité de Noël dans votre cottage. C'est idyllique. Tu devrais inscrire la maison sur un de ces sites de cinéma. Hollywood ne tarderait pas à frapper à ta porte.

— Peut-être, répondit Christy en esquissant un sourire. Je t'ai préparé un lit dans la chambre de Holly.

— Génial. Je vous ai apporté des cadeaux.

Alix lui tendit le champagne et les fleurs, puis souleva Holly à nouveau.

— C'est une bien jolie robe que tu portes sous cette blouse blanche.

— Elle me gratte. C'est maman qui m'a obligée à la mettre.

— C'est une robe de fête, et on fait la fête, affirma Christy.

Elle essaya de replacer la barrette qui retenait les boucles de sa fille, mais Holly était déjà en mouvement. Certaines choses refusaient d'être ordonnées.

— Tu m'as apporté des cadeaux, tata Alix ?

Christy fit claquer sa langue.

— Ce n'est pas poli de demander ça…

— Si je t'ai apporté des cadeaux ?

Alix fit tournoyer la petite fille, soulagée de pouvoir concentrer son attention sur quelqu'un d'autre.

— Bien sûr que je t'ai apporté des cadeaux. On va monter mes bagages et on verra ce que je trouve dedans. Si on partage ta chambre, est-ce que ça veut dire qu'on aura droit à un festin de minuit ?

Christy secoua la tête.

— Tu as une très mauvaise influence.

— C'est ce que je te dis tout le temps.

Son amie voulait pourtant qu'elle s'occupe de Holly.

— Ça sent bon, dis donc.

— J'ai fait du coq au vin. On mange à 19 heures.

Bien sûr. Le dîner était toujours à 19 heures.

— Miam, mon plat préféré. Est-ce que ce coq au vin est un pot-de-vin ? Parce que je t'ai déjà dit oui.

— J'ai pensé que ce serait sympa.

Christy ferma la porte et s'y adossa.

— Et que ça t'empêcherait de repartir.

— Pourquoi je repartirais ?

— On a une *énorme* surprise pour toi, tata Alix !

Holly courut vers la cuisine, et Alix profita de son absence pour interroger son amie.

— C'est quoi, cette surprise ? Et pourquoi as-tu l'air aussi stressée ?

— Promets-moi de ne pas t'énerver. J'aurais probablement dû t'appeler, mais j'avais peur que tu ne viennes pas si je le faisais, et j'ai vraiment besoin de toi en ce moment, et…

— Pourquoi je m'énerverais ? Que se passe-t-il, Christy ? Je sais qu'il y a des choses que tu ne me dis pas.

Alix accrocha son manteau, soulagée que son amie ait au moins besoin d'elle

— Depuis quand a-t-on des secrets l'une pour l'autre ? C'est quoi, cette surprise ?

Christy déglutit visiblement.

— Je sais que ça ne va pas te plaire, mais sincèrement je pense que ça sera la meilleure solution en fin de compte…

— Qu'est-ce…

Alix s'interrompit lorsque Holly réapparut. Cette fois, elle n'était pas seule.

Il occupait toute l'embrasure de la porte. Le sommet de son crâne était dangereusement proche du chambranle, qui avait été construit à un siècle où les occupants étaient d'une carrure moins impressionnante.

— J'ai nettoyé la gouttière, Christy. La fuite devrait être réparée.

Il aperçut Alix. Elle eut l'impression de vivre les secondes les plus gênantes et intenses de sa vie, avant qu'il ne la salue d'un bref hochement de tête.

— Alix.

Elle avait le vertige. Elle dut se retenir pour ne pas tourner les talons.

Non ! Sérieusement ?

Pourquoi Christy ne lui avait-elle pas dit que Zac serait ici ? Elle serait venue plus tard. Ou demain matin. Ou pas du tout. Et son amie le savait. C'était probablement pour cette raison qu'elle se comportait de façon aussi étrange.

Elle avait les mains moites. Tout son corps semblait vibrer de nervosité.

Confrontation ou évitement. Adrénaline. Elle s'efforça de rationaliser sa réaction et de ne surtout pas bouger. Elle pensait à la dernière fois qu'ils s'étaient vus, et elle savait que lui aussi. Ce n'était pas un souvenir qu'ils risquaient d'oublier.

Cinq ans. Ils ne s'étaient pas croisés depuis cinq ans.

Le revoir éveillait en elle des sensations intenses, et Alix évitait le plus possible les sensations intenses.

— Salut. Ça fait un bout de temps.

Mais pas assez longtemps. Grâce à des manœuvres stratégiques de la part d'Alix, et au fait que Zac passait la majeure partie de l'année à voyager pour son travail, elle ne l'avait pas revu depuis le mariage. Qu'était-elle censée dire ? « Ça me fait plaisir de te voir » ? Hors de question.

— Tu joues les hommes à tout faire, on dirait.

— Absolument, et il nous sauve la vie, intervint Christy. En tout cas, il sauve le cottage. On a eu une autre fuite. Incroyable, non ? Zac est arrivé un peu plus tôt et s'est gentiment occupé du problème. Un vrai héros.

Elle cessa enfin de babiller nerveusement pour l'embrasser sur la joue. Le regard de Zac, qui était resté rivé sur Alix jusqu'à cet instant, s'adoucit.

— Pas de souci. Est-ce qu'il y a d'autres fuites à réparer ? D'autres problèmes à résoudre ?

Le contraste était frappant dans sa façon de répondre. Il était doux et gentil avec Christy, mais les hommes l'étaient toujours avec elle. C'était peut-être dû à son air fragile, ou peut-être parce qu'elle était la personne la moins conflictuelle qu'Alix ait jamais connue, du moins en apparence. Quand elle était enfant, elle avait trouvé frustrant que son amie ait tant de mal à s'affirmer. Elle était la seule à savoir que Christy ressentait bien des choses, mais refusait de les exprimer. Elle gardait ses émotions à l'intérieur d'elle, bien cachées. Pourquoi était-elle incapable de dire à quiconque que non ce n'était pas acceptable de la traiter de cette façon ? Au lieu de ça, elle restait là, docile et accommodante, et laissait Alix s'en charger. Et Alix avait endossé ce rôle sans sourciller, même si d'un certain côté elle avait redouté ce qui se passerait quand elle ne serait plus là. « Dis ce que tu penses vraiment », avait-elle conseillé à Christy, mais son amie avait toujours suivi la voie de la paix. À quoi servaient les conflits ? À quoi bon se brouiller avec les gens ?

Et maintenant, face à Zac et au souvenir de ce qui était probablement la plus grosse confrontation de sa vie, Alix voyait enfin les mérites de cette approche. Si elle avait été conciliante et avait gardé le silence, elle ne se sentirait pas comme un homard plongé sans prévenir dans une casserole d'eau bouillante.

— S'il y a d'autres problèmes ? répéta Christy avec un rire hystérique. Tout le cottage ? Combien de temps tu as devant toi ?

Il lui lança un regard pénétrant.

— Les vieilles bâtisses donnent parfois cette impression, mais cet endroit est solide. Il a seulement besoin de soins attentionnés.

Voilà de quoi elle avait besoin, songea Alix. De soins attentionnés. À défaut de ça, de vin. Et si Zac dînait ici, elle allait avoir besoin de plus d'un verre.

— J'ai mis le couvert, annonça Holly en la tirant par la main. Tu es à côté de tonton Zac.

Joie et bonheur… Décidément, rien ne lui serait épargné.

Alix se concentra sur Holly.

— Et si tu m'emmenais dans ta nouvelle chambre ? J'ai hâte de voir ta station de recherche polaire.

Elle suivit Holly à l'étage. Ce n'était qu'une soirée, et elle pouvait tout à fait supporter un repas gênant. Mais elle était contrariée. Ce qui aurait dû être un moment sympa et relaxant serait désormais rempli de stress et de tension. Mais surtout, la présence de Zac signifiait que ce serait plus compliqué de parler à Christy.

C'était une maigre consolation de savoir que ce serait sans aucun doute une épreuve pour lui aussi.

Quand Holly ouvrit la porte de sa chambre, Alix s'immobilisa sur le seuil, stupéfaite.

— C'est… Waouh !

Elle entra dans la pièce et regarda autour d'elle. Le décor était d'une incroyable créativité. Elle aurait tout donné pour une chambre comme celle-ci quand elle était petite.

— Tu as une aurore boréale sur ton mur. Et la neige brille.

— Maman a fait ça avec de la peinture spéciale.

Alors que Holly grimpait à toute allure sur son lit mezzanine, il y eut un horrible bruit de déchirure lorsque sa robe s'accrocha à l'échelle. Elle se figea, puis tourna la tête vers Alix.

— Oups... Tu veux que je le dise à ta maman à ta place ?

Après avoir tiré d'un coup sec sur le tissu, la fillette se jeta sur son lit. L'impact finit de déloger sa barrette.

— Non, je lui dirai. C'est bête, les robes.

Alix repensa au jour où Christy avait renversé du jus de fruits sur sa robe. Bouleversée, elle avait eu trop peur de le dire à sa mère, même si ça avait été un accident. En fin de compte, Alix avait porté le chapeau. Apparemment, Holly n'avait pas ce genre de craintes.

Assise en tailleur sur le matelas, son genou émergeant du trou dans sa robe, les cheveux ébouriffés, elle montra ses jouets préférés à Alix, qui sourit.

— Tu as l'air super bien installée, là-haut. C'est ton papa qui t'a construit la mezzanine ?

— Tonton Zac. Il sait tout faire. Et en plus, il est déjà allé dans une vraie station de recherche.

Alors là, il avait une fan, songea Alix. Ah, la jeunesse...

Le fait qu'il puisse concrétiser les rêves d'une petite fille ne l'aidait pas, elle, à se sentir plus à l'aise avec lui.

— Alix ! Holly ! cria Christy depuis le bas de l'escalier. Je suis en train de servir l'apéro.

Évidement... Rien ne bouleversait le programme de Christy, pas même une maison pleine d'invités.

— On arrive, répondit Alix, avant de poser sa valise dans un coin. Il y a de la place ici pour une autre exploratrice polaire ?

— Tu dors dans le lit. Moi, je dors ici.

Holly se précipita en bas de l'échelle et sortit un matelas gonflable de sous le lit.

— Et tonton Zac dort dans le salon.

Quoi ? Il passait la nuit ici ?

Mais quelle horreur… Elle ne devait surtout pas vagabonder dans la maison une fois les lumières éteintes. Elle n'avait vraiment pas besoin de se cogner contre lui dans le noir.

Alors qu'elle se dirigeait vers la cuisine, elle entendit des voix masculines étouffées. Elle entra dans la pièce et trouva Zac en grande conversation avec Seb. Ils se turent aussitôt, ce qui ne fit rien pour l'apaiser.

Puis elle vit l'expression anxieuse de Christy et prit une résolution : elle ne dirait et ne ferait rien qui empirerait les choses pour son amie.

Et elle n'avait pas l'intention de montrer à Zac à quel point elle était perturbée.

L'indifférence. Voilà, c'était la solution. Elle devait paraître indifférente.

— Salut, Seb.

Avec un sourire chaleureux, elle traversa la pièce et l'embrassa sur la joue. Elle en était consciente, elle avait toujours tendance à surcompenser.

— Comment ça va ?

— Bien. Et toi ?

— Super. Impeccable.

Ils mentaient tous les deux, pensa-t-elle en prenant le verre de champagne que lui tendait Christy. Si tout allait bien, pourquoi était-ce elle qui emmenait Holly en Laponie ?

Christy ne lui avait toujours rien expliqué, et Alix ne l'avait pas interrogée, même si elle avait eu du mal à s'en empêcher.

— C'est l'occasion, déclara Christy. Ça fait des siècles que je n'ai pas bu de champagne.

Elle tendit un verre à Zac, puis regarda Holly de plus près et poussa une exclamation.

— Qu'est-ce qui est arrivé à ta robe toute neuve ?

— Elle m'a gênée pendant que je grimpais.

Rejeter la faute sur la robe. Excellente stratégie. Alix essaya de ne pas sourire.

— Oh ! Holly…, souffla Christy. Bon, ce n'est pas grave. Je réparerai le trou.

— Pas la peine. Je déteste les robes.

Sa mère choisit d'ignorer la remarque et se tourna à nouveau vers Zac.

— On en était où ? Ah oui, le champagne !

Il secoua la tête.

— Merci, mais je vais rester à la bière.

Son refus fit à Alix l'effet d'une critique, mais pas question de se laisser culpabiliser. Libre à lui de penser qu'elle était une fêtarde frivole amatrice de champagne. Elle s'en contrefichait.

— Ça en fera plus pour nous, répliqua Christy.

Elle leva son verre en direction d'Alix.

— À ta santé ! Félicitations pour ton prix, madame la génie. Alix revient tout juste de New York, ajouta-t-elle à l'intention de Zac.

— Fantastique, lança Seb avec un sourire crispé. Bravo, Alix.

Zac hocha la tête, et Alix avala une grosse gorgée de champagne.

Il n'était manifestement pas impressionné par les prix, mais elle n'avait pas besoin de son approbation.

Elle ne savait pas grand-chose sur ce qu'il faisait, sinon qu'il était un scientifique travaillant la majeure partie de l'année comme guide d'expéditions polaires. Un jour, Christy avait montré à Alix une photo de Zac debout à l'avant d'un bateau, bien campé sur ses jambes, sa carrure déjà impressionnante accentuée par le gilet de sauvetage, avec un décor de glace et de neige en arrière-plan. Ce soir, ces larges épaules étaient couvertes d'un épais pull à torsades. Elle ignorait ce qu'il portait d'autre, parce qu'elle refusait de laisser son regard s'attarder.

Au lieu de ça, elle se concentra sur la cuisine.

— C'est vraiment joli, ici, Christy.

C'était à peine mieux que de parler de la météo. Mais ce n'était pas comme si elle mentait. La pièce était jolie.

Les lumières étaient tamisées et des bougies brillaient sur la table. De l'autre côté des portes-fenêtres, le jardin était illuminé par de petites lampes solaires.

Observant les branches de houx disposées artistiquement dans le pichet, Alix ressentit l'esprit de Noël pour la première fois. Même le célèbre sapin du Rockefeller Center et les illuminations de la Cinquième Avenue ne lui avaient pas fait cet effet, mais le foyer de Christy l'enveloppait comme un câlin, exactement comme lorsqu'elle était petite. Son amie avait hérité de la capacité de sa mère à transformer une maison en un nid accueillant.

Elle n'avait jamais oublié la gentillesse que la famille de Christy lui avait témoignée. L'hospitalité généreuse était passée de mère en fille, et tout ici le prouvait. Bien sûr, ce n'était pas la seule chose dont Christy ait hérité. Elle souffrait d'un manque de souplesse et de spontanéité – si ce n'était pas organisé à l'avance, ça n'arrivait pas –, mais pour quelqu'un comme Alix, dont la vie de famille avait été imprévisible, cette structure avait des avantages. Elle s'inquiétait parfois, trouvant que Christy se mettait trop la pression pour vivre sa vie d'une certaine façon, mais ça semblait lui réussir. Ce qu'ils mangeaient était cuisiné sur place, et les repas étaient savourés à table avec chandelles et argenterie. Pas d'en-cas rapides pendant que chacun faisait sa propre activité. Pas de fast-food ni de plateaux-repas devant la télé.

Alix avait vu les efforts permanents que faisait Christy pour rendre sa maison magnifique tout en étant une mère présente et attentive. Elle semblait passer la moitié de ses journées à ranger les jouets de Holly, que sa fille s'empressait de ressortir dans l'instant. Aux yeux d'Alix, le rangement avait tout d'une tâche ingrate et inutile, et essayer de donner à Holly une apparence soignée en était une autre. La petite fille voulait explorer et crapahuter partout, et une robe à laquelle il fallait faire attention n'était rien d'autre qu'un obstacle.

Ils sirotèrent leurs boissons, grignotèrent les allumettes au fromage que Christy avait préparées avec Holly, puis ce fut l'heure de coucher l'enfant, une annonce qui déclencha les protestations habituelles.

Seb posa son verre, mais Christy secoua la tête.

— Restez ici tous les deux. Alix et moi, on va la mettre au lit.

Soulagée que Christy ait prévu de passer un peu de temps seule avec elle, Alix suivit la mère et la fille à l'étage. Elle allait enfin apprendre ce qui se passait.

— Est-ce qu'Alix peut me lire mon histoire ? demanda Holly en fonçant dans sa chambre et en attrapant un livre sur son lit.

— D'accord, mais d'abord, le bain.

Il n'y eut pas d'occasion de discuter pendant les préparatifs du coucher, et lorsque Holly ferma enfin les yeux il était presque l'heure du dîner.

Alix suivit Christy dans la salle de bains et l'aida à repêcher les jouets.

— Christy…

— Je sais, tu m'en veux de ne pas t'avoir prévenue, et je suis désolée, mais je ne savais pas quoi faire. Tu te rends compte à quel point c'est difficile pour moi ? Je suis piégée entre vous deux.

Haussant légèrement le ton, Christy lâcha les jouets dans un panier par terre.

— Je t'aime, mais j'aime aussi Zac. Je sais que tu n'as pas envie de l'entendre, mais il est génial. Il a construit la chambre dont Holly rêvait, il a réparé certaines des choses qui vont de travers dans cette maison, et crois-moi, ce n'est pas ça qui manque.

— Tant mieux. Je suis ravie pour toi.

Alix était déconcertée. Elle s'était préparée à écouter attentivement Christy lui raconter son problème. Elle ne voulait pas parler de Zac. Elle avait hâte que le week-end s'achève pour qu'il s'en aille.

— Arrête de t'inquiéter. Tout va bien. On se comportera de façon civilisée. Je peux dîner avec un homme sans qu'il soit ma personne préférée.

Christy s'affala contre le mur.

— Le plus frustrant, c'est que j'ai toujours pensé que vous iriez bien ensemble. Tu te rappelles la première fois que tu l'as vu ? Tu m'as dit que c'était le mec le plus sexy que tu aies jamais rencontré.

— Je ne me rappelle pas avoir dit ça.

— Eh bien, tu l'as dit.

Alix passa un doigt sous le col de son pull.

— Dans ce cas, ça prouve bien qu'il ne faut jamais se fier aux apparences.

— Toi et lui…

Christy fronça les sourcils.

— Il y avait quelque chose, une espèce d'alchimie, de l'électricité…

— Ça m'a fait un choc de le rencontrer, si c'est ce que tu veux dire.

— Alors tu ne l'as pas trouvé sexy ? demanda Christy en l'observant.

Si elle disait non, son amie allait-elle la croire ? Probablement pas. Il y avait des hommes que toutes les femmes trouvaient sexy, et Zac en faisait partie.

— Il n'est pas mon genre.

Elle avait envie d'ouvrir une fenêtre.

— Tu ne m'as toujours pas dit pourquoi il est là.

— Je pense vraiment que tu l'apprécierais si tu…

— On peut arrêter de parler de Zac ?

Elle plongea la main dans l'eau tiède du bain de Holly et récupéra un autre jouet.

— Arrête de t'inquiéter. C'est un dîner. Je peux quand même passer un repas sans le tuer.

— Il ne s'agit pas seulement d'un repas. Ça fait un moment que j'essaie de trouver une façon de te le dire.

Christy ferma la porte de la salle de bains, puis s'adossa au battant.

Alix savait ce qui allait suivre. Elle reconnaissait les signes. C'était comme ça que Christy agissait quand elle se préparait pour dire quelque chose qu'elle jugeait difficile. D'abord, elle fermait la porte pour ne pas être interrompue. Ensuite, elle allait inspirer et expirer profondément… Voilà…

— Allez, vas-y, dis-le.

Elle se percha sur le bord de la baignoire, et le sous-marin en plastique qu'elle tenait se mit à goutter sur ses jambes. Elle voulait savoir ce qui n'allait pas chez son amie.

— J'ai besoin de te parler du voyage, commença Christy.

— Du voyage ?

C'était toujours pénible d'attendre que Christy révèle ce qu'elle ne voulait pas dire. Prenant son mal en patience, Alix regarda son amie ramasser une serviette humide par terre et l'étendre sur le sèche-serviette, l'étirant jusqu'à ce qu'elle soit parfaitement droite.

— Quand j'ai dit à Seb que tu allais t'occuper de Holly, ça l'a inquiété.

— Inquiété ?

— Il a trouvé que ce n'était pas correct de te demander de gérer une petite fille toute seule.

N'importe quoi ! songea Alix.

— Tu veux dire qu'il ne me fait pas confiance.

Christy prit place à côté d'elle.

— Ce n'est pas ça. En fait, il pense que ça sera beaucoup trop lourd pour toi. Que ce n'est pas juste. Tu seras en vacances, après tout. C'est ton Noël. Tu n'as pas décidé de venir pour jouer les baby-sitters.

— Christy, je t'aime, mais s'il te plaît, pas de mensonges entre nous. Seb ne veut pas que je m'occupe de sa fille.

Elle en éprouva une peine profonde et inattendue. Elle avait cru qu'ils avaient dépassé ce stade de méfiance. Oui, elle avait dit des choses qu'elle n'aurait pas dû dire, mais ça remontait à plusieurs années, et elle n'avait pas commis d'impair depuis. Elle avait gardé tous ses doutes pour elle.

Christy courba les épaules.

— Ce n'est pas vrai, mais il ne veut pas que tu le fasses seule.

— Très bien. Sur place, j'aurai Robyn pour me donner un coup de main.

Elle ignorait tout de la tante rebelle, mais elle ne pouvait pas être si horrible que ça, n'est-ce pas ? Tout soutien de la part d'une personne adulte serait le bienvenu.

— Pas Robyn, répliqua Christy en se levant d'un bond. On descend ? Il est presque 19 heures.

— Dans un instant. Tu ne m'as toujours pas dit ce qui ne va pas.

Elles n'avaient même pas encore atteint la partie la plus importante de la conversation. Elle fit une pause, avant de reprendre :

— Attends une seconde… Si ce n'est pas Robyn, qui sera là pour m'aider ?

Les doigts sur la poignée, Christy était prête à ouvrir la porte.

— Zac.

Laissant retomber sa main, elle se tourna vers Alix.

— Zac sera là pour t'aider.

— Pardon ?

— Zac. J'ai vraiment besoin de vin.

— Si ce n'est pas une blague, j'ai besoin de vin, moi aussi. De beaucoup de vin. Il n'y a pas un vignoble dans le coin ?

Mais, à en juger par l'expression de son amie, elle ne plaisantait pas.

— Christy, pourquoi voudrais-tu… Zac n'acceptera jamais.

— Il l'a déjà fait.

Alix eut un étourdissement.

— Il a accepté d'aller en Laponie avec moi ?

— Pas exactement, répondit Christy en détournant le regard. Il a accepté d'aller en Laponie, mais il pense que dès que tu seras au courant de sa présence tu renonceras à venir.

Alix, qui était justement en train de réfléchir à une façon de se désister, sentit ses cheveux se dresser sur sa nuque.

— Pourquoi est-ce que je renoncerais à venir ?

Christy semblait lasse.

— Votre relation n'est pas franchement harmonieuse. Je ne crois pas que vous ayez échangé un seul mot le jour de mon mariage.

Mais ils en avaient échangé beaucoup la veille. Beaucoup trop.

— Je suppose qu'on se concentrait tous les deux sur vous.

— Tu as dit qu'on ne devait pas se mentir.

— Je ne mens pas. Je me rappelle très bien lui avoir demandé de me passer le sel pendant le dîner de réception.

— Pour quelle raison ? Pour en verser sur les plaies que tu lui as faites ?

Alix parvint à sourire.

— Tu es dure, là.

Était-ce à cause de Zac que Christy avait été si bizarre au téléphone ? Non. Si Christy disait vrai, Zac s'était retrouvé impliqué alors qu'elle avait déjà fait appel à Alix. Autrement dit, le problème initial existait toujours. Et Alix était prête à parier qu'il ne s'agissait pas du travail.

— Il y a une certaine… tension entre nous. Je le reconnais.

— Sans blague. Pourquoi crois-tu que je ne t'aie pas appelée pour te prévenir ? À chaque fois que je t'ai dit qu'il allait venir, tu as annulé.

— Ça n'avait rien à voir avec Zac. J'ai eu des imprévus, c'est tout.

Christy soupira.

— Vraiment ? Parce que je trouve que c'est une drôle de coïncidence. Et tu dois bien admettre que vous n'éprouvez pas des sentiments très chaleureux l'un pour l'autre.

Des sentiments chaleureux ?

— Je n'ai pas de sentiments pour lui du tout, alors il n'y a pas de raison de penser que ça pourrait influer sur ma décision.

Christy n'avait pas l'air convaincue.

— Il pensait que ça te mettrait mal à l'aise de passer du temps avec lui. Et aussi que tu ne voudrais pas de cette responsabilité.

Ce qui prouvait qu'il était beaucoup plus perspicace qu'elle ne l'aurait souhaité ou soupçonné.

— Tout d'abord, je peux assumer cette responsabilité. Je la prends très au sérieux, mais je peux l'assumer.

Pourvu que ce soit vrai… Et si ce n'était pas vrai ? Et si elle ne parvenait pas à l'assumer ?

— Pour ce qui est de passer du temps avec lui, on se verrait à peine, alors peu m'importe qu'il soit là ou pas. Je ne rechercherai pas sa compagnie, il ne recherchera pas la mienne.

— Alors tu ne fais pas machine arrière ?

Oh ! elle en brûlait d'envie… Mais ça signifiait faire faux bond à son amie, et ça, c'était hors de question. Et puis sa fierté était en jeu.

— Non. Je t'ai donné ma parole.

— Je sais, mais… tu es sûre ? Je sais qu'il s'est passé quelque chose entre vous la veille du mariage, et on n'en a jamais parlé, mais…

— C'est de l'histoire ancienne.

— Vous vous êtes disputés, c'est ça ? Sûrement à propos du fait que j'épouse Seb.

En repensant à ce jour-là, Alix sentit une bouffée de honte l'envahir. Elle se rappelait ce qu'elle avait dit, pas seulement à Christy, mais après, quand Zac l'avait propulsée hors de la pièce pour interrompre son flot de paroles. Elle n'avait jamais révélé les détails de leur tête-à-tête à qui que ce soit, pas même à sa meilleure amie. Elle avait fait beaucoup d'erreurs ce jour-là.

— On a peut-être eu un échange un peu tendu, mais rien qui doive t'inquiéter. De l'eau a coulé sous les ponts.

— Tu en es sûre ?

Christy ramassa un canard jaune en caoutchouc qui traînait par terre.

— Même si quelqu'un ne parle pas de quelque chose, ça ne veut pas dire que c'est oublié.

Alix ouvrit la bouche, puis la referma. Parlaient-elles toujours de Zac ? Ou parlaient-elles de Christy ? Elle savait que Christy attaquait rarement de front les sujets difficiles. En général, elle les ignorait en espérant qu'ils disparaissent. C'était pour cette raison qu'Alix s'était fixé pour mission d'aborder le problème sans détour.

« Je suis désolée pour ce que j'ai dit au mariage. Est-ce que tu me pardonnes ? »

Et Christy avait répondu : « Bien sûr que je te pardonne. »

Mais si jamais elle ne l'avait pas fait ?

Alix eut l'impression d'être plongée dans un bain d'eau glacée. Elle avait toujours pensé que sa franchise n'avait pas abîmé leur amitié. Elle s'était peut-être trompée.

Son anxiété monta d'un cran. Elle voulait prendre Christy dans ses bras en lui demandant de ne pas la rejeter. Mais elle se retint et s'obligea à sourire.

— Eh bien, j'espère que la réunion de Seb se passera bien. Et ne t'inquiète pas pour Holly. Je veillerai à ce qu'elle s'amuse bien.

Pour la première fois au cours de leur longue amitié, Alix était mal à l'aise. Et elle ne savait pas comment gérer ça.

Christy rinça la baignoire.

— Me voilà soulagée. J'avais peur que tu changes d'avis. Et ce sera peut-être une bonne chose, en fin de compte. Zac et toi, vous pourrez apprendre à mieux vous connaître, étant donné que vous allez vivre au même endroit. Vous êtes nos meilleurs amis. Je veux que vous vous aimiez.

Absolument zéro chance que ça arrive.

L'idée de passer du temps avec lui l'horrifiait. Mais ce ne serait sûrement pas nécessaire. Ils auraient chacun leur propre chambre et prépareraient un planning pour s'occuper de Holly. Elle était douée pour les tableaux. Ils se croiseraient seulement au moment de se passer la petite fille, mais ce n'était pas la peine de rentrer dans les détails avec Christy.

— Ça m'étonne qu'il trouve le temps. Il n'a pas son boulot de globe-trotter ?

Il serait peut-être réclamé ailleurs. Pour une réunion qu'il prétendrait urgente, comme Seb.

— Il partage son temps entre son travail de guide d'expédition pour une société d'aventures extrêmes et ses conférences en glaciologie. Apparemment, il décide de son emploi du temps. Et sa présence apportera une autre dimension. Il est tellement calé à propos de l'Arctique.

— Quel intérêt ? On ne va pas rejouer les expéditions de Scott, après tout. C'est une aventure, d'accord, mais ce n'est pas de l'exploration polaire. On va séjourner dans un hôtel de luxe. Je veux dire, tu as vu les photos du Snow Spa ?

Pourquoi parlaient-elles de la Laponie alors qu'elles devraient discuter de ce qui inquiétait Christy ? Pourquoi son amie ne se confiait-elle pas à elle ? Il n'y avait qu'une seule explication possible : Christy ne se sentait plus capable de lui parler. Et si c'était le cas, qu'est-ce que ça révélait sur leur amitié ? L'amitié, c'était la capacité à se faire confiance et à tout partager, quelle que soit la situation, non ?

— Ça a l'air paradisiaque. Et toi aussi, tu pourras en profiter, quand tu nous rejoindras.

— Je rattraperai le temps perdu avec Holly.

Désemparée, Alix finit par demander :

— Si tu avais besoin de me parler, tu le ferais, n'est-ce pas ?

— Bien sûr, répondit Christy en ouvrant la porte. Il n'y a rien à dire.

À cet instant, Alix eut une illumination : elle avait eu tort de penser que son intervention bien intentionnée n'avait pas abîmé leur amitié. Il y avait eu des conséquences. Elle ne s'en était simplement pas aperçue jusqu'ici.

Son cœur se serra. Elle n'était pas douée pour les relations, elle le savait, et c'était pour ça qu'elle restait célibataire. Mais elle avait vraiment cru qu'avec Christy c'était du solide. C'était la seule relation dans sa vie qui ait duré.

Et elle avait gâché ça aussi.

Elle éprouvait une douloureuse sensation de perte et une affreuse impression d'isolement, mais c'était le sentiment d'échec qui prédominait. Tout le monde semblait capable d'entretenir de multiples relations, alors qu'elle n'arrivait même pas à en gérer une.

— D'accord, très bien, fit-elle avec un sourire forcé. Je te promets que notre petite puce va s'éclater.

— Merci.

La main de Christy s'attarda sur la poignée de la porte.

— Zac et toi, vous allez vous tenir, hein ? Je ne veux pas de tension devant Holly.

— Ça va aller.

Alix était bien décidée à ne pas décevoir Christy. Elle ferait le nécessaire, même si ça impliquait d'être gentille et polie avec Zac. Et ce ne serait pas facile. Il allait la scruter. La juger avec ses yeux gris-bleu qui lui rappelaient la brume écossaise. Non, c'était trop romantique. Elle ne voulait pas utiliser d'analogies romantiques à propos de Zac. Ses yeux étaient comme… comme… le gris métallique d'un navire de guerre. Le ciel avant la tempête.

Mais qu'importe ce qui arriverait, elle serait douce et amicale, pour le bien de Holly.

Christy lui toucha le bras.

— Et tu feras en sorte que tout soit dans l'esprit de Noël ?

— Tu plaisantes ? Noël, c'est ma spécialité. Personne ne fait Noël comme moi. Je suis la reine de Noël. Tu devrais voir quelques-unes des décorations que je vous ai apportées cette année. Et puis on va être dans une forêt de sapins enneigés. Même moi, je ne peux pas gâcher ça. C'est un paysage hivernal sur mesure qui nous attend. Et j'ai une valise pleine de cadeaux déjà emballés au cas où la lèvre de Holly se mette à frémir. Et tu sais que je suis super pour ce qui est de s'amuser. Je suis la P-DG de l'amusement.

En jacassant de la sorte, elle espérait masquer à quel point elle se sentait mal.

— Allez, redescendons boire un autre verre. Tu as l'air d'en avoir besoin.

Et de son côté elle en avait vraiment besoin.

La perspective d'aller en Laponie avec Holly était intimidante. La Laponie avec Holly et Zac était autrement terrifiante. Mais rien de tout ça n'était aussi effrayant que l'idée de perdre son amitié avec Christy.

Quand elles redescendirent, elles trouvèrent Zac seul dans la cuisine.

— Seb a reçu un appel. Il est dans son bureau.

— Un appel ? C'était qui ? Il te l'a dit ?

Christy semblait inquiète.

— Je vais aller voir ce qui se passe.

Depuis quand Seb avait-il besoin de soutien pour une conversation téléphonique ?

Alix jeta un coup d'œil vers son amie, puis sur la casserole qui bouillonnait sur la cuisinière.

— Tu veux que je fasse quelque chose pour ralentir le dîner ? C'est censé être prêt quand ?

— Quoi ? marmonna Christy d'un ton distrait. Oh ! éteins tout. Ça n'a pas d'importance.

Alix la suivit du regard lorsqu'elle sortit de la pièce en trombe.

Depuis quand le planning n'avait-il plus d'importance ? En général, tout était organisé à la minute près.

Et maintenant, grâce à la mystérieuse crise dont son amie refusait de parler, elle se retrouvait seule avec Zac.

Elle baissa le feu sous la casserole, puis prit son verre de champagne.

La tension dans la pièce était si forte qu'elle en était presque palpable.

Il parla le premier.

— Tu m'évites.

— Quoi ? Moi ?

Alix but une gorgée de champagne.

— Je suis occupée. Tu es occupé. Nos chemins ne se sont jamais croisés.

Il secoua lentement la tête.

— Tu penses vraiment que je vais gober ça ?

— C'est la vérité.

Des guirlandes lumineuses étaient accrochées aux poutres en chêne et des bougies allumées étaient posées sur toutes les surfaces. La table avait été décorée avec des touches blanches et argentées. Une composition artistique de pommes de pin et de houx trônait au milieu.

Des notes de jazz relaxantes étaient audibles en arrière-fond, et des odeurs délicieuses flottaient dans la pièce. L'ambiance n'aurait pas pu être plus apaisante, pourtant Alix ne se sentait pas du tout calme.

Elle ne pouvait pas baisser la garde un seul instant, parce que Zac était là, à la regarder avec ces yeux qui en voyaient beaucoup trop. Il ne faisait pas que la regarder, il la transperçait, pénétrant dans ses pensées, ses peurs, ses angoisses.

Normalement, elle n'avait aucun mal à combler un silence, mais celui-ci la déstabilisait. Zac allait évoquer la dernière fois qu'ils s'étaient vus. C'était inévitable. Comment allait-elle faire face ?

— Tu peux te détendre, déclara-t-il. Ce n'est pas ce soir qu'on va parler de ce qui s'est passé au mariage.

Il avait bien lu dans ses pensées, et c'était troublant. Elle avait l'habitude de sélectionner ce que les gens savaient sur elle. Elle était tellement sûre de la force de ses propres défenses qu'elle se sentait rarement vulnérable. Mais avec lui elle se sentait fragile et exposée.

— Je suis d'accord.

— Cette conversation peut attendre un moment où on ne risquera pas d'être interrompus.

— Cette conversation n'aura jamais lieu.

Elle se resservit, mais versa le champagne trop vite. Le liquide déborda en moussant, se répandant sur sa main et sur le plan de travail.

Il s'avança vers elle, puis ôta doucement la bouteille de ses doigts tremblants et mouillés.

Sa tête était proche de la sienne, l'ombre de sa mâchoire directement dans le champ de vision d'Alix.

— Tu n'as pas besoin d'être nerveuse.

— Oh ! je t'en prie. Est-ce que j'ai l'air nerveuse ?

— Non, mais tu as appris à cacher ce que tu ressens, n'est-ce pas ?

Il attrapa un chiffon et épongea les petites flaques de champagne.

— Ça empêche les gens de te connaître. Ça les empêche de t'approcher de trop près.

— Tu veux que je te dise ce que je ressens ? Ça m'agace que tu m'aies volé la bouteille de champagne.

— Évidemment.

Il sourit et lui remplit son verre. Sa main à lui ne tremblait pas, constata-t-elle, encore plus énervée.

— Tu sais ce qui ne va pas avec Christy et Seb ?

— Ils ont répondu au téléphone, répliqua-t-il en rangeant la bouteille dans le réfrigérateur. Pourquoi ça signifierait que quelque chose ne va pas ?

— D'abord, parce que Christy ne donnerait jamais la priorité à un coup de fil plutôt qu'au repas. Le dîner est à 19 heures. Et il est maintenant…

Elle vérifia l'heure.

— … 19 h 10. Et elle a laissé l'eau des pommes de terre déborder. Je m'inquiète pour elle. Et pour lui, bien sûr. Mais ça ne te fait probablement ni chaud ni froid.

Il referma la porte du réfrigérateur.

— Ce n'est pas parce que je ne me mêle pas de leurs affaires que ça ne me fait ni chaud ni froid.

— Tu trouves que je me mêle de leurs affaires ?

Il soupira.

— Tu pourrais rentrer les griffes cinq minutes ? Je ne suis pas d'humeur à t'affronter, Alix.

C'était soit la confrontation, soit l'évitement… et, si elle se défilait, elle décevrait Christy.

— Je m'inquiète pour nos amis, c'est tout. Que se passe-t-il ? Si tu es au courant de quelque chose, dis-le-moi, je t'en prie. Je ne supporte pas cette tension.

Il prit sa bière et s'appuya contre le plan de travail.

— Qu'est-ce que tu me demandes exactement ?

— Christy. Seb. Ils retardent leur voyage. Ils restent tout seuls ici.

— Je suis sûr qu'ils ont une bonne raison. C'est seulement pour deux ou trois jours. Les projets, ça change. La vie est imprévisible. Je pense qu'on peut faire confiance à Christy et Seb pour décider de leurs propres priorités.

Mais quelque chose n'allait pas. Pourquoi ne le voyait-il pas ? Et puis, quand on aimait quelqu'un, il ne s'agissait pas d'ingérence.

— Je veux les aider.

Il garda le silence un instant, puis posa sa bière.

— Est-ce qu'ils t'ont demandé de l'aide ?

— Oui. J'emmène Holly…

— Pour ce qui est de leur relation, je veux dire. Ils t'ont demandé ton avis ? Tes conseils ?

Elle se balança d'un pied sur l'autre.

— Pas exactement, mais…

— Est-ce que tu es une spécialiste en thérapie de couple ? Tu as des compétences professionnelles dans ce domaine que j'ignorerais ?

Rien de tout ça. Aucune compétence en matière de relations. À part son talent pour les gâcher. Pour ça, elle était excellente.

— Les relations sont aussi uniques que les gens, et je connais Christy. Je sais quand elle est malheureuse ou stressée.

— Est-ce que tu sais aussi quand te mettre en retrait ?

Ce n'était pas naturel de rester aussi calme. S'il n'y avait pas eu ce moment explosif pendant le mariage, un moment qu'elle essayait d'oublier de toutes ses forces, elle aurait pensé qu'il n'était pas capable d'afficher la moindre émotion.

Mais elle avait vu ses émotions. Elle en avait été la cible.

Elle déglutit et s'efforça de chasser ce souvenir de son esprit.

Il fallait qu'elle soit davantage comme lui. Froide et impénétrable. Elle allait se mettre devant un miroir et s'entraîner à hausser un sourcil, comme il le faisait maintenant.

— Je trouve ça important de soutenir une amie en difficulté.

— Parfois, la meilleure façon de soutenir quelqu'un, c'est de ne rien faire.

— Eh bien, c'est la différence entre nous. Moi, je préfère être dans l'action.

Elle croisa son regard un instant, et du champagne gicla sur sa main. Bon sang… Est-ce qu'elle tremblait ? Elle devait reposer son verre.

— Je me demandais si Seb t'avait dit quelque chose, c'est tout. Tu es son ami. Il te parle. Tu dois savoir ce qui se passe.

— Ce que je crois, c'est qu'il faut laisser les gens s'occuper de leurs problèmes.

Il marqua une pause.

— Contrairement à toi.

Elle se sentit rougir.

— C'était il y a cinq ans, et je suis intervenue pour une bonne raison.

— C'est parce que tu as laissé ta peur des relations fausser ta vision de celle de quelqu'un d'autre.

Les mots la piquèrent au vif.

L'amitié, n'était-ce pas se montrer honnête quand on pensait que son amie faisait une énorme erreur ? Mais, tout compte fait, la réponse à cette question n'était pas si simple. À l'époque, elle avait été convaincue d'avoir bien agi, mais elle n'en était désormais plus si sûre. Et elle regrettait ce qui s'était passé. Elle le regrettait du fond du cœur.

— Tu ne sais pas de quoi tu parles.

— Non ?

Il soutint son regard pendant un long moment inconfortable.

— Si Christy t'avait écoutée, ce mariage n'aurait peut-être pas eu lieu. Et pourtant ils sont toujours ensemble, malgré tous tes efforts. Ce n'est pas ta relation, Alix. C'est leur relation, et tu n'as pas à t'en soucier ni à essayer de la réparer. Alors peu importe ce qui se passe – en admettant qu'il se passe quelque chose –, je pense que la meilleure chose que tu puisses faire pour eux, c'est te rappeler que ce n'est pas ton problème.

— Si Christy a un problème, j'ai un problème.

— Tu *es* le problème de Christy, Alix.

Il paraissait exaspéré.

— À cause de toi, elle a failli planter mon ami à l'autel. Alors maintenant, lâche l'affaire et mets tes propres problèmes de côté.

Ses mots ajoutèrent une autre meurtrissure à la collection qu'elle avait déjà accumulée.

Ce n'était pas elle le problème. Il se trompait.

Il ne comprenait pas qu'elle avait tenu ces propos parce qu'elle avait tenté d'empêcher Christy de commettre une terrible erreur.

— Christy et moi sommes extrêmement proches.

— Si vous êtes si proches que ça, pourquoi me demandes-tu ce qui ne va pas ? Pourquoi ne te confie-t-elle pas ses problèmes ? Et si c'était parce qu'elle craignait que tu t'immisces à nouveau dans sa vie ?

Il avait mis le doigt sur sa plus grande peur : que Christy n'ait plus assez confiance en elle pour lui raconter ses secrets.

Elle tourna la tête en direction du bureau.

Où étaient-ils ? Qu'est-ce que c'était que ce coup de fil qui réclamait leur présence à tous les deux et pendant aussi longtemps ?

Elle sentit un pincement d'anxiété. Pour que Christy en abandonne son repas, il devait s'agir de quelque chose d'important. Seb et elle ne revenaient toujours pas. Que se passait-il ?

— C'est peut-être parce que tu es ici, finit-elle par répondre. On n'a pas eu l'occasion de parler.

Elle n'allait jamais survivre à un week-end entier avec cet homme, et encore moins à dix jours pendant Noël.

— Tu devrais lâcher prise, conseilla Zac d'un ton las. Demain, tu peux retourner à Londres. Ou à New York. Ou quel que soit l'endroit où tu comptes passer les fêtes. Tu n'as pas besoin de venir en Laponie, Alix.

Il cherchait à se débarrasser d'elle. Il ne voulait pas d'elle dans ses pattes.

Mais elle avait fait une promesse à son amie, et elle ne comptait pas la rompre, même si la situation était délicate. Elle avait peut-être gâché leur amitié cinq ans plus tôt, mais elle n'allait pas refaire la même erreur maintenant.

— Je vais en Laponie. Avec Holly. Je vais lui offrir le meilleur Noël de sa vie, jusqu'à ce que Christy et Seb nous rejoignent. Et rien ne se mettra en travers de ça.

— Tu en es sûre ? Christy t'a dit que moi aussi je venais ?

Alix vida son verre d'un trait.

— Il se peut qu'elle m'en ait touché un mot.

— Et tu n'y vois pas d'inconvénient ?

Bien sûr que si, et il le savait.

— Ce que tu fais et où tu vas ne me regarde pas.

Et elle veillerait à ce qu'aucun de ses mouvements n'empiète sur les siens.

— Donc, ce que tu dis, c'est que tu es heureuse de venir avec moi en Laponie ?

Heureuse ? *Heureuse ?* Est-ce qu'elle avait l'air heureuse ?

— Je ne viens pas *avec toi*, Zac. J'emmène Holly.

Pourquoi la regardait-il aussi fixement ? C'était perturbant.

— Si tu décides d'être là toi aussi, c'est ton choix.

— Et tu penses que tu es la personne idéale pour faire ça ?

— Tu as déjà pensé à te reconvertir dans le droit ? J'ai l'impression de subir un interrogatoire.

D'abord, il lui disait qu'elle était une horrible amie, et maintenant il mettait en doute sa capacité à veiller sur une enfant.

— Et j'estime être la personne idéale pour faire ça, oui. Noël, ça rime avec divertissement, et je suis super pour ça. Personne ne prend le divertissement aussi sérieusement que moi.

Elle crut voir une lueur amusée dans ses yeux, mais elle disparut aussitôt.

— Le divertissement n'est pas forcément lié aux jouets coûteux, déclara-t-il.

— Non. On peut s'éclater avec des jouets pour tous les budgets.

Sa plaisanterie ne le fit pas sourire. Elle avait dû imaginer l'amusement dans son regard. Elle n'allait pas beaucoup se divertir avec lui dans les parages. Était-il même capable de rire ? Elle porta son verre à ses lèvres, avant de s'apercevoir qu'il était vide.

— Noël, ce n'est pas une histoire de tableaux Excel et de bénéfices. L'important, ce n'est pas quel jouet va plaire au plus grand nombre.

— Tu es en train de me faire la morale ? Parce qu'à moins que tu aies changé de statut depuis notre dernière rencontre tu n'es pas marié et tu n'as pas d'enfants. Alors si c'est ça ton critère pour juger les compétences de quelqu'un pour s'occuper de Noël, tu n'es pas plus qualifié que moi. Probablement moins, parce qu'il en faut beaucoup pour te faire sourire.

Il l'observa sans ciller.

— Tu penses que je n'ai pas le sens de l'humour.

— Je ne pense pas à toi. Jamais.

Un long silence s'ensuivit, sans qu'il la quitte du regard un seul instant.

— Vraiment ?

— Absolument. Quand Christy a cité ton nom la dernière fois, je lui ai dit : « Qui ça ? »

Cette fois, il sourit. À peine, mais c'était indéniable.

— J'essaie sincèrement de t'offrir une porte de sortie, Alix.

— Qu'est-ce qui te fait penser que j'ai besoin d'une porte de sortie ?

— Pour commencer, parce que je n'arrive pas à t'imaginer dans l'Arctique.

— Tu n'as pas à m'imaginer. Tu me verras sur place.

Son expression sceptique était agaçante.

— Ce ne sera pas la première fois que je verrai de la neige, Zac. Tu es déjà venu à New York en février ?

— Le fait que tu compares New York à la Laponie suédoise m'indique que tu as besoin de te pencher sur une carte.

— Je ne comparais pas. Je disais simplement que ce n'est pas la première fois que je vais être exposée au froid. Je suis sûre que tu es un pro pour tous ces trucs polaires, et on est d'accord, si on croise un ours blanc, c'est ton domaine…

— Si on croise un ours blanc, c'est qu'on sera au zoo, rétorqua-t-il d'une voix traînante. Il n'y a pas d'ours blanc là où on va.

— Oh.

Elle avait eu l'intention de faire des recherches à ce sujet, et c'était un soulagement de l'apprendre.

— Je le savais, bien sûr.

— On risque de croiser un loup. Je veux bien prendre la tête d'une excursion pour aller observer les loups.

— Très drôle. Je sais qu'il n'y a pas de loups non plus.

— Il y a des loups, Alix.

Il finit sa bière.

— Je vais peut-être prendre la main pour ce qui est de faire découvrir à Holly la faune et la flore locale.

— Excellente idée.

Il y avait des loups ?

— Pour quelle autre raison, à part la faune, penses-tu que je puisse vouloir une porte de sortie ?

— Je vais être là. Après ce qui s'est passé, je pensais que c'était rédhibitoire pour toi, expliqua-t-il en posant sa bouteille vide. À la réflexion, c'est peut-être le bon moment pour en parler.

— Non, ça ne l'est pas.

Des loups ? Quels loups ? Zac serait plus dangereux pour elle que n'importe quel animal polaire.

— C'est du passé. On va prétendre que ce jour n'est jamais arrivé. C'est comme un ours blanc en Laponie.

— Un ours blanc ?

— Oui. Ça n'existe pas.

— Alix…

Il s'interrompit, le regard fixé par-dessus son épaule. Puis il sourit, et ce sourire transforma son visage sévère, le rendant incroyablement séduisant.

— Coucou, chaton. Pourquoi tu es réveillée ?

Holly approcha, un ours en peluche serré contre elle.

— Je voulais maman. J'ai entendu des voix. Vous vous disputiez, toi et tata Alix ?

— Si on se disputait ? Non, on ne se disputait pas, la rassura Alix en la soulevant dans ses bras. On parlait… un peu fort.

La fillette enfouit le visage au creux de son épaule.

— Tu avais l'air féroce.

— Non, je te jure. Je ne suis jamais féroce. Alors qu'est-ce que tu fais debout ? On va retourner te mettre au lit.

— Vous devriez vous embrasser pour faire la paix.

Elle jeta un coup d'œil vers Zac. Il riait. Dans d'autres circonstances, avec quelqu'un d'autre, elle aurait peut-être ri, elle aussi. À cet instant, elle comprit : elle avait juré à Christy qu'ils seraient polis l'un envers l'autre, mais ce serait difficile de tenir cette promesse.

— Pas la peine, parce qu'on ne se disputait pas. Allez, maintenant, au lit.

— Je veux que Zac me porte.

Holly tendit les bras si brusquement qu'Alix aurait perdu l'équilibre si Zac ne s'était pas approché pour la stabiliser.

— Viens par là, fit-il en récupérant la petite fille et en l'installant confortablement sur un bras.

— Tu veux bien me lire une histoire ?

Il la regarda avec le plus grand sérieux.

— Tu n'as pas déjà eu droit à deux histoires ? Je ne veux pas que ta maman se fâche.

— Maman ne se fâche jamais.

Holly appuya la tête sur son épaule.

— Je t'aime, tonton Zac. Quand je serai grande, je me marierai avec toi.

Pas très douée pour cerner les gens, cette petite, pensa Alix férocement. Mais il fallait bien l'admettre, Zac accueillit cette déclaration d'amour passionnée avec la gravité appropriée.

— Je t'aime aussi, ma petite scientifique. Tu es prête à retourner dans ta station de recherche ?

Il la fit tournoyer en l'air, et Holly pouffa de rire.

— On peut y aller en fusée ? Trois…

— Deux, un !

Tandis que Zac sortait de la cuisine en imitant des bruits de fusée, Holly fit signe à Alix de les suivre.

Ce n'était pas parce qu'il savait s'y prendre avec Holly que ses sentiments pour lui allaient changer, songea-t-elle en leur emboîtant le pas dans l'escalier.

Quand elle entra dans la chambre, elle se retrouva pressée contre le dos de Zac.

— Désolée.

Elle avait le souffle court.

— Il n'y a pas beaucoup de place ici.

La pièce était trop petite. Trop sombre. Elle n'était éclairée que par les étoiles phosphorescentes au plafond et les lumières colorées projetées par la veilleuse.

Zac borda Holly, puis la petite fille se blottit contre son oreiller et choisit un renne en peluche comme doudou pour la nuit.

— Tu as déjà vu un renne, tonton Zac ?

— Oui. J'ai vu des rennes au cours de l'un de mes voyages en Arctique.

— Tu m'emmèneras voir des rennes en Laponie ?

— D'accord. C'est promis.

Il glissa le renne sous les draps à côté d'elle.

— Et maintenant, dodo. Tu auras besoin de toute ton énergie pour le voyage.

— Tu peux rester jusqu'à ce que je m'endorme ?

— Oui.

— Et toi, tata Alix ?

— Eh bien, tu n'as pas besoin de deux…

— *S'il te plaît.*

— Bien sûr.

Elle se colla contre le mur, mais Holly tapota le lit.

— Je veux que tu viennes ici.

C'était plus rapide d'obéir que de protester, alors elle s'assit avec raideur, sa jambe contre la cuisse dure de Zac. Se sentait-il aussi mal à l'aise qu'elle ?

C'était un cauchemar. Holly était comme une corde invisible qui les liait l'un à l'autre. Allaient-ils subir la même chose en Laponie ?

Elle resta assise, crispée, et lorsque Holly s'endormit enfin elle se leva brusquement. Elle sortit de la pièce sur la pointe des pieds, Zac sur ses talons.

— Alors on va en Laponie ensemble, murmura-t-il. Qui l'eût cru…

— On n'y va pas ensemble, répliqua-t-elle sèchement, avant de baisser la voix.

Elle n'avait pas besoin d'une autre leçon de réconciliation de la part de Holly.

Il se pencha vers elle.

— Ce n'est pas la peine d'avoir peur.

— Peur ? Tu crois que j'ai peur ?

— Je sais que tu as peur, Alix.

Ils étaient coincés ensemble sur le palier étroit devant la chambre de Holly. Trop près. Elle distinguait sa barbe naissante et ses cils épais. Que voyait-il d'elle ? Ses joues empourprées, sûrement, l'étincelle dans ses yeux, à n'en pas douter. Mais c'était l'aspect interne qui l'inquiétait, pas l'aspect externe.

Que pouvait-il voir de ça ?

— Je n'ai pas peur, parvint-elle à dire malgré sa bouche desséchée. Tu ne serais pas en tête de la liste des gens avec qui je voudrais passer mes vacances, c'est vrai, mais je suis sûre qu'on va trouver une façon de se supporter.

En était-elle sûre ? Non, bon sang, pas du tout.

Comment allait-elle réussir à éviter de parler de ce qui s'était passé cinq ans plus tôt ?

Il l'étudia un moment.

— Dans ce cas, on dirait bien qu'on va passer les fêtes ensemble. Tu ferais bien de faire ta liste au Père Noël.

Elle savait exactement ce qu'elle allait demander au Père Noël.

De la patience.

6

Robyn

Les conditions étaient parfaites. Le ciel était dégagé. L'air était limpide et glacial.

Robyn s'approcha de l'homme pour vérifier les paramètres de l'appareil-photo.

— Le froid va vider la batterie. J'en ai de rechange en cas de besoin.

Elle en avait rempli un sac à dos. Il n'y avait rien de pire que d'essayer d'immortaliser un moment exceptionnel et de découvrir que la batterie de son appareil était déchargée. Elle avait aussi apporté un trépied, parce qu'elle en avait vu plus d'un se casser à cause du froid.

Cette semaine, elle avait pour clients un couple allemand et un autre originaire de Chicago.

Elle préférait travailler avec des petits groupes et n'emmenait jamais plus de quatre personnes en excursion. De cette façon, elle portait une attention individuelle à chacun d'entre eux et veillait à ce qu'ils puissent prendre des photos qui les rendent fiers.

Erik et elle fournissaient à leurs clients des vêtements de plein air ultra-résistants, mais comme elle le savait, même en étant bien couverts, les clients étaient frigorifiés au bout d'une heure. C'était pour cette raison qu'elle apportait toujours un thermos de chocolat chaud lors de ses safaris-photos.

— C'est incroyable.

Les yeux levés vers le ciel, la touriste de Chicago était trop fascinée pour prendre des photos.

— Souvent, quand on rêve de quelque chose, on sait que ça ne sera probablement pas à la hauteur de nos attentes, mais là, ça les dépasse.

Elle semblait très émue, ce qui n'étonnait pas Robyn le moins du monde.

Elle avait ressenti la même chose à son arrivée ici, avec pour seuls bagages un sac à dos, un appareil-photo et un passé auquel elle tentait d'échapper.

— J'ai vu vos photos, déclara la femme en lui jetant un coup d'œil. Vous avez un talent extraordinaire. Comment avez-vous commencé ? Avez-vous fait une école des beaux-arts ?

Robyn faillit éclater de rire. La thérapie pouvait-elle être considérée comme une école des beaux-arts ?

— Comme souvent dans la vie, ça a été une combinaison de chance et de timing. Un de mes amis est devenu mon professeur, puis mon mentor.

Elle ne rentra pas dans les détails. Elle avait laissé son passé derrière elle et refusait qu'il s'immisce dans sa vie actuelle ou influe sur la personne qu'elle était à présent. Elle s'était pardonné depuis longtemps et avait appris à accepter ce pan de sa personnalité.

C'était une des raisons pour lesquelles l'arrivée imminente de Christy déclenchait des sentiments mitigés en elle. Elle ne pourrait pas éviter le passé. Elle était enthousiaste à l'idée de voir sa nièce, mais il y aurait forcément des questions. Et Robyn devrait réfléchir à quelles réponses donner. Elle allait devoir parler de quelque chose dont elle n'aimait pas discuter.

Tu gâches tout. Je ne veux pas de toi dans ma vie.

Avait-elle vraiment tourné la page ou s'était-elle seulement cachée du passé ?

Elle avait vécu deux vies, et elles étaient sur le point de converger.

Elle installa un trépied pour un autre client.

— Utilisez votre télécommande pour le déclencher à distance. Comme ça, vous ne secouerez pas l'appareil au moment de prendre la photo. Et puis ça vous permettra de garder vos gants et d'éviter les engelures.

Elle lui sourit, puis fit quelques mètres dans la neige pour rejoindre Erik.

— On a reçu un coup de fil, annonça-t-il en lui tendant un mug rempli de chocolat pour qu'elle se réchauffe. C'était Christy. Il y a eu une complication.

— Elle ne vient pas ? Elle a changé d'avis ?

Et, maintenant que la rencontre n'allait peut-être pas avoir lieu, elle se rendait compte à quel point elle en avait envie. À quel point elle était prête à courir le risque de reprendre contact avec sa famille.

— Elle vient toujours, mais arrivera quelques jours plus tard. Seb a des obligations professionnelles. En revanche, ses amis viendront comme prévu avec la petite Holly.

Robyn se détendit. Ils n'allaient quand même pas envoyer leur fille ici s'ils n'avaient pas l'intention de venir, n'est-ce pas ?

— Je croyais que c'était une amie. Alix ?

— Maintenant, ce sont deux amis. Zac. C'était le témoin à leur mariage. Ils ont dû se dire que ce serait plus facile avec deux personnes.

Comme à son habitude, Erik ne s'en faisait pas à propos de ce changement de programme. Il prenait la vie comme elle venait, en affrontant les problèmes quand il y en avait plutôt que de les anticiper comme elle le faisait.

— Ils sont en couple ?

— C'est ce que j'ai cru comprendre.

Robyn noua les mains autour du mug pour absorber sa chaleur.

— Eh bien, ça me donnera l'occasion de faire connaissance avec Holly avant l'arrivée de Christy. Ou peut-être que ça empirera les choses. Quand on s'y prend mal avec l'enfant, on ne fait pas plaisir à la mère.

— Pourquoi est-ce que tu t'y prendrais mal ?

Parce qu'elle l'avait déjà fait par le passé.

— Je ne m'y connais pas vraiment en matière d'enfants.

— Les enfants sont des gens comme les autres. Ils sont tous différents. On reçoit souvent des enfants ici, et ils t'adorent tous.

Elle but à petites gorgées, savourant la chaleur et le réconfort apportés par sa boisson.

— Ils adorent cet endroit.

— Et tu veilles à ce qu'ils en profitent au maximum. Tu sais ce que les gens veulent, quel que soit leur âge.

La mine perplexe, il secoua la tête.

— Tu es une femme pleine d'assurance, Robyn. Les seules fois où tu te montres hésitante et incertaine, c'est quand on parle de ta famille.

— C'est peut-être parce que j'ai toujours fait des erreurs monumentales avec ma famille.

— C'était il y a longtemps.

— Je sais, mais…

Elle prit une inspiration, puis demanda :

— Et si jamais elle me rejette, Erik ? Et si elle répond qu'elle ne veut pas que je fasse partie de sa vie quand je lui dirai la vérité ?

Erik se redressa de toute sa hauteur.

— Alors elle ne méritera pas de faire partie de la tienne. Et maintenant, arrête de ressasser les éventualités et concentre-toi sur les réalités.

Elle finit son chocolat.

— Il nous reste un seul chalet disponible pour les premiers jours, mais si leurs amis sont en couple ça ne posera pas de problème. Ils pourront partager.

Quelques jours de plus que prévu, et elle rencontrerait Christy.

Maintenant que ce rendez-vous tant attendu était reporté, elle n'était pas sûre de savoir si elle était soulagée ou déçue.

Robyn avait fui les complications pendant plus de vingt ans, en particulier celles liées à sa famille. Elle avait vécu une vie simple, et c'était ce qui lui convenait. Mais à présent elle avait rouvert la porte.

Rien ne pouvait être aussi blessant que la famille, elle le savait.

Cette décision allait-elle être une erreur ?

7

Christy

Christy agita la main jusqu'à ce qu'elle ne distingue plus les boucles de Holly et que la voiture disparaisse. La température avait chuté au cours de la nuit, et le jardin était recouvert d'une couche de givre argenté. Voilà qui aurait dû lui mettre le cœur à la fête, mais pour l'instant elle avait l'impression que quelqu'un lui avait arraché une partie d'elle-même. Elle voulait poursuivre la voiture, leur dire qu'elle avait changé d'avis. Rien de tout ça n'avait de sens. C'était Noël. Les familles étaient censées être réunies à Noël.

Étrangement ébranlée, elle referma la porte sur sa fille, ses amis et le froid hivernal. Son monde familier et rassurant lui donnait l'impression de se désintégrer et de glisser entre ses doigts comme des grains de sable.

Elle n'avait jamais été séparée de son enfant auparavant, en tout cas pas pour plus de quelques heures. Elle était surprise par le déchirement physique qu'elle ressentait, le besoin désespéré de la rattraper et de la garder en sécurité.

Et si elle manquait trop à Holly ? Et si sa fille avait besoin d'elle ?

Ce n'était pas comme si Christy pouvait la rejoindre rapidement. Une sensation de panique lui comprima la poitrine. Le cottage lui semblait vide et silencieux.

— Tu aurais dû y aller, déclara Seb calmement. Je sais à quel point c'est important pour toi et à quel point son absence va t'angoisser. Je ne veux pas que tu t'inquiètes.

Trop tard. Elle était inquiète, et pas seulement pour Holly.

La culpabilité lui fit l'effet d'un coup de poignard, lui rappelant désagréablement leur situation actuelle. Elle ne cessait de penser aux matins où Seb se levait tôt et l'embrassait avant de partir à Londres pour le travail. Sauf qu'il n'y avait pas eu de travail. Seulement de l'anxiété, du stress et un marché du travail stagnant. Et elle ne s'était doutée de rien. Elle avait regardé l'homme qu'elle aimait faire mine de partir pour le travail tous les jours, trop obsédée par sa fille, le cottage et son petit coin de vie à elle pour remarquer quoi que ce soit d'anormal.

Qu'est-ce que cela disait sur elle ? Sur leur relation ? Rien de bon, elle en était sûre. Depuis quand était-elle aussi égocentrique ?

Il fallait que ça change. Et ça allait changer, tout de suite.

— Je suis contente d'être restée, Seb. Je veux être ici avec toi.

— Pourquoi ?

Il se tenait à distance. Inaccessible. Intouchable.

— Tu ne me fais pas confiance ? Tu es toujours convaincue que j'ai une liaison torride avec quelqu'un, et tu ne veux pas me laisser seul ?

— Non.

Si seulement elle pouvait retirer ses paroles, et surtout ne pas les avoir dites…

— Je veux être ici pour te soutenir. C'est évident que tu as vécu des moments très difficiles, et tu as traversé cette épreuve tout seul.

Elle cherchait à bâtir un pont entre eux, mais Seb ne semblait pas disposé à l'emprunter.

— Ça ira. C'est ma responsabilité, pas la tienne. Je vais trouver une solution.

Pourquoi l'excluait-il ? Pour une question de fierté ? Ou ne la considérait-il pas comme une source de soutien ?

Un profond sentiment de malaise l'envahit.

— En quoi est-ce ta responsabilité ? Je sais que tu es fâché parce que j'ai tiré des conclusions hâtives, et je suis vraiment désolée, mais ne me repousse pas.

Intérieurement, elle maudit Alix pour avoir planté dans sa tête cette graine du doute la veille de son mariage. Elle était restée là, en sommeil.

— On est une équipe. Ce qui touche l'un de nous nous touche tous les deux. Quand on s'est mariés, on a signé pour partager tout ce qui se passe dans nos vies, pas seulement les bons moments.

Elle ignora la petite voix dans sa tête lui rappelant qu'elle était loin de tout partager avec lui. Ses pensées sur le cottage. Sa peur d'avoir commis une erreur en emménageant à la campagne. C'était différent.

— Je ne te repousse pas, répondit-il.

Il ramassa le courrier qu'elle avait posé sur la table, mais n'avait pas eu le temps d'ouvrir.

— Je ne t'en veux même pas. Je vois bien de quoi ça avait l'air selon ton point de vue. À tes yeux, je rencontrais une femme.

Mais elle aurait dû lui faire confiance. Une liaison n'aurait pas dû être son hypothèse par défaut.

— J'ai tiré la mauvaise conclusion. Tu ne m'as jamais donné de raison de ne pas te faire confiance, Seb. J'ai confiance en toi, je te jure. Je… je veux t'aider. Je veux savoir ce qui s'est passé. Absolument tout. Je ne veux pas que tu me protèges. Je veux que tu sois honnête. Et je veux faire tout mon possible pour réduire le stress que tu subis. C'est pour ça que je suis ici.

Il leva les yeux du courrier pour la fixer.

— Tu veux que je sois honnête ? Alors, en toute honnêteté : ta présence ici rend la situation plus stressante qu'autre chose.

— Oh !

Christy fit un pas en arrière. Il trouvait sa compagnie stressante ?

— Mais… je suis ta femme.

— Exactement.

Il reposa le courrier sans l'ouvrir.

— Si tu es ici, je ne peux pas me concentrer sur la préparation de mon entretien et ma recherche d'emploi. Je pense aussi à toi. J'ai constamment les enjeux à l'esprit. Cette pression supplémentaire me distrait. Ça m'empêche de réfléchir avec lucidité.

Cette pression ?

— Les enjeux ?

— Mes responsabilités, répondit-il, le front luisant de transpiration. Tu crois que je ne sais pas tout ce qui repose là-dessus ? Notre foyer. Notre mode de vie. Ton bonheur. Toutes les choses que tu aimes et qui sont importantes pour toi. Je sais tout ça. Crois-moi, je le sens. C'est bien pour ça que je n'ai pas fait une nuit complète depuis des mois.

Elle l'ignorait. Elle ne savait rien de tout ça. Chacun de ses mots la faisait sombrer un peu plus, et elle ne savait pas à quoi s'attaquer en premier. Sa vie s'écroulait tellement vite qu'elle n'allait bientôt plus avoir que des ruines à ses pieds.

Elle avait fait de son mieux pour que leur maison soit confortable et leurs vies prévisibles, et il s'avérait qu'elle n'avait fait que le stresser.

Elle noua les bras autour de son buste. Sans le bavardage joyeux et les rires de Holly, le cottage semblait plus froid que d'habitude.

Ils devaient avancer pas à pas. Un problème après l'autre.

— Dis-moi pourquoi tu ne dors pas. C'est à cause du travail ? Mais rien de tout ça n'est de ta faute.

— Peut-être pas, mais c'est ma responsabilité. Toi, tu n'as pas signé pour ça.

Responsabilité. Il n'arrêtait pas de répéter ce mot, et à en croire son ton, c'était loin de le réjouir. Elle rangea cette constatation dans un coin de son cerveau. Elle y réfléchirait plus tard. Pour l'instant, il y avait des sujets plus urgents à aborder.

— À t'entendre, on a passé une espèce de contrat.

— Ce n'est pas ça, le mariage ? Un contrat ?

— Non. Tu sous-entends que c'est une transaction commerciale et…

Elle fronça les sourcils.

— On ne s'est pas mariés pour une histoire de contrat. On s'est mariés parce que…

— Tu étais enceinte.

Sa voix était monocorde et ses yeux fatigués.

— On s'est mariés parce que tu étais enceinte, Christy.

Il énonça ce fait comme s'ils l'avaient tous les deux nié jusqu'ici. Comme si c'était un sombre secret qu'ils devaient avouer.

Elle se frotta la poitrine pour tenter de soulager la douleur qui s'était logée sous ses côtes. Était-il complètement aveugle aux sentiments qu'elle avait pour lui ? Ou décrivait-il son propre ressenti ?

Regrettait-il de l'avoir épousée ? Était-ce ce qu'il sous-entendait ?

Regrettait-il d'avoir eu leur fille ?

Elle pensa à sa façon d'être avec Holly. Aux gloussements de leur petite puce quand il jouait avec elle et à ses efforts pour rester éveillée jusqu'à ce que Seb rentre à la maison et lui lise son histoire. Sa patience infinie et son affection.

Non, il ne pouvait pas regretter leur fille. Elle refusait de croire ça. Autrement dit, la seule chose qu'il regrettait, c'était elle.

Son cœur fit une embardée. Cette conversation lui donnait l'impression d'être sur le pont d'un navire en pleine tempête. Elle se sentait déséquilibrée et ne savait pas à quel garde-corps se raccrocher.

— Ce n'est pas pour ça que je me suis mariée avec toi. Je ne veux plus jamais que tu dises ça. Pense à Holly. Et si jamais elle t'entendait ?

Elle deviendra comme Alix. Elle aura les mêmes problèmes qu'Alix.

— Je pense tout le temps à Holly. Pourquoi crois-tu que j'aie des insomnies ?

Il subissait manifestement une pression dont elle avait ignoré l'existence.

— Je ne vois pas notre relation comme un contrat, protesta-t-elle. Je la vois comme un partenariat. Et tous les partenariats ont des hauts et des bas. Il y a toujours des imprévus, Seb. C'est la vie. Je le sais mieux que quiconque, et toi aussi. Tu as perdu ta mère quand tu étais petit. J'ai perdu mon père, et puis ma mère il y a quelques années…

Elle déglutit.

— On sait tous les deux que la vie n'est pas un conte de fées. Raison de plus pour se soutenir dans les mauvaises passes et célébrer les bons moments.

Il crispa les mâchoires.

— Peut-être, mais ce n'est pas pour toi que le moment est difficile. C'est mon problème et je le gère. Tu n'as pas à t'inquiéter.

Comment lui faire comprendre que ses inquiétudes à lui étaient les siennes à elle ? Qu'ils étaient tous les deux dans la même galère ?

Elle avait une certitude : elle n'allait rien résoudre en restant ici, dans ce cottage vide et froid, à avoir avec Seb une conversation qui ne clarifiait pas du tout la situation. L'ambiance actuelle n'était pas propice à l'intimité, ni même à une vraie discussion. En l'absence de Holly, leurs échanges semblaient empruntés et artificiels. Ils étaient comme deux étrangers, piégés dans une boucle temporelle.

— Viens, allons faire un tour, lança-t-elle.

— On sort ?

Il fronça les sourcils.

— Où ça ? Il est 11 heures du matin.

— Et le soleil brille. Allons nous promener. On a rarement l'occasion de le faire.

— Il fait un froid de canard, Christy. Ils prévoient de la neige.

— Et alors ?

C'était la meilleure chose à faire, songea-t-elle en attrapant son manteau. Tout valait mieux que de rester dans cette maison étrangement silencieuse.

— On va bien se couvrir. Ce sera un bon entraînement pour la Laponie.

En admettant que la Laponie soit toujours au programme. Elle avait cru que le travail de Seb était le cœur du problème, mais elle voyait désormais qu'ils avaient des soucis beaucoup plus importants. Comme le fait qu'il croie qu'elle l'avait épousé seulement parce qu'elle était enceinte. Sous-estimait-il à ce point les sentiments qu'elle avait pour lui ? Qu'était-il arrivé à l'incroyable connexion qui s'était produite entre eux le jour de leur rencontre ? Quelques minutes après lui avoir été présentée, elle avait eu l'impression de le connaître depuis toujours, et c'était une sensation qu'elle n'avait jamais éprouvée avec quiconque. Il fallait peut-être qu'elle lui rappelle ce qui les liait.

— Tu te souviens de la balade qu'on a faite après notre première nuit ensemble ?

— Regent's Park. Il neigeait, ce matin-là aussi, et tu étais excitée comme une petite fille.

Enfin, il sourit, et la tension retomba légèrement.

— Je n'avais jamais vu quelqu'un d'aussi enthousiaste. Tous les gens que je connaissais se plaignaient toujours de la neige.

— Il m'arrive de bonnes choses quand il neige.

Elle enfila ses bottes, soulagée de voir qu'il faisait de même.

— Des choses heureuses.

— Des choses heureuses ? Des chevilles cassées et des engelures, tu veux dire ?

Ça faisait du bien de se détacher de toute cette gravité pendant un instant.

— Je veux dire comme faire des bonhommes de neige. Te rencontrer. Notre premier rendez-vous a eu lieu dans la neige.

Après avoir verrouillé le cottage, ils descendirent l'allée verglacée jusqu'au portail à l'entrée de leur propriété.

Il grinça lorsque Seb l'ouvrit.

— Comment tu appelles la nuit d'avant ?

— Ce n'était pas un rendez-vous. Pas un vrai. Un rendez-vous, c'est quelque chose qu'on planifie. Notre nuit ensemble, c'était…

Le visage levé vers le ciel, elle inspira l'air froid et tenta de trouver les mots justes.

— C'était le destin.

La météo d'aujourd'hui lui rappelait ce jour-là. Elle avait toujours aimé l'hiver. Les feuilles givrées qui scintillaient sous le soleil pâle. La morsure de l'air froid. La légère odeur de fumée de bois.

L'air embaumait Noël.

Seb remonta le col de son manteau.

— Alors notre premier rendez-vous a consisté en quoi ? Une bataille de boules de neige ? Je crois me souvenir que tu visais très bien.

— La faute à une enfance passée dans l'équipe de netball. Et si ma mémoire est bonne, tu t'en es donné à cœur joie.

Ils parlaient, mais chacun de leurs échanges était pesant. Forcé. Comme s'ils avançaient à l'aveuglette sur un chemin inconnu. Une constatation s'imposait : l'essentiel de leur vie de famille tournait autour de Holly. Le temps passé ensemble. Leurs conversations.

Il lui jeta un coup d'œil.

— On s'en est donné à cœur joie tous les deux, ce matin-là, et la nuit d'avant.

Et maintenant, elle se demandait s'il le regrettait. Estimait-il qu'une nuit de plaisir s'était transformée en une vie de responsabilités ?

Elle voulait réparer ça, dès maintenant, mais elle ignorait comment.

Se sentant impuissante et un peu désespérée, Christy glissa la main dans la sienne. Quand il referma les doigts sur les siens, le soulagement l'envahit.

C'était un début.

Ils suivirent le chemin qui s'éloignait du cottage. Le sol était dur sous leurs pieds et brillait à cause du gel.

— Ça semblait naturel, déclara-t-elle. Dès le début, ça m'a semblé naturel. Cette journée avec toi était spéciale. Magique. Et je n'arrêtais pas de repenser à cette nuit-là.

— Et puis tu as découvert que tu en avais gardé un souvenir permanent.

Elle s'arrêta de marcher.

— Tout n'était pas lié à Holly, Seb.

— Notre relation tout entière repose sur Holly. On s'est mariés à cause de Holly. Me retrouver au chômage serait pénible quelle que soit ma situation personnelle, mais ça l'est encore plus parce que je suis un papa avec des responsabilités.

Et ce sentiment de responsabilité l'écrasait. C'était évident.

On s'est mariés à cause de Holly.

— On s'est mariés parce qu'il y avait quelque chose de spécial entre nous. Si je n'étais pas tombée enceinte, on aurait peut-être davantage pris notre temps, mais on ne se serait pas mariés si ça n'avait pas été une évidence.

Malgré une soudaine bouffée de panique à l'idée qu'il n'ait pas ressenti la même chose, elle poursuivit :

— Avant Holly, il y avait *nous*. Nous deux. Sans ça, il n'y aurait pas de Holly. Et oui, on se connaissait à peine, mais il y avait quelque chose entre nous, Seb. Quelque chose de puissant. Il ne s'agissait pas seulement de sexe. On a parlé. Toute la nuit. Et ensuite on a passé presque tout notre temps ensemble, et on s'est éclatés.

Il l'avait aidée à explorer un pan de sa personnalité qu'elle avait enterré. Un côté aventureux. Une partie d'elle-même qui ne suivait pas toujours les règles et ne faisait pas automatiquement ce que les gens attendaient d'elle. Elle ne se trompait pas, elle en était sûre, mais comment le lui rappeler ? Les pressions qu'il subissait en ce moment avaient-elles balayé tous les souvenirs du passé ?

Il faisait trop froid pour rester immobile. Elle frissonna et se remit à marcher. C'était peut-être mieux de laisser les émotions de côté pour l'instant.

— Dis-moi ce qui s'est passé avec ton travail. Raconte-moi tout. Je veux savoir. Je croyais que l'entreprise était en pleine expansion et se portait bien.

— C'était le cas jusqu'à il y a un an. Les clients ont réduit leurs budgets, ce qui a poussé les agences à réduire leur personnel. Plutôt simple, comme équation. S'il n'y a pas de travail, il n'y a pas besoin d'employés.

— Mais tu es vraiment doué pour ce boulot. Avant de me rencontrer, tu avais eu deux grosses promotions en moins d'un an. Tu étais l'étoile montante de l'entreprise.

Pendant un instant, seul le craquement des bottes de Seb sur le sol glacé rompit le silence.

— C'est du passé, finit-il par répondre. Les choses ont changé. Étant donné la situation dans laquelle ils étaient, je me serais sûrement renvoyé, moi aussi.

— Qu'est-ce qui a changé ?

— Moi.

Ils descendirent le chemin étroit qui menait au village en serpentant à travers les champs et les fermes.

— J'ai changé. J'ai perdu mon mordant.

C'était un énorme aveu, surtout venant de Seb, qui au moment de leur rencontre débordait de confiance en lui et en ses compétences.

Il aurait été simple de dire « Ne sois pas bête » ou « Je suis sûre que ce n'est pas vrai », mais ça reviendrait à ne pas prendre au sérieux ses pensées et ses sentiments. Pour l'instant, elle voulait savoir absolument tout ce qui lui passait par la tête.

— Qu'est-ce qui te fait dire ça ?

— Ce que je préférais dans mon travail, c'était de présenter un projet à de nouveaux clients. Étudier leurs objectifs et leurs problèmes, trouver comment communiquer avec leur cible. J'ai toujours été bon pour ça.

— Je sais. Tu trouvais ça exaltant et stimulant. Tu travaillais sur tes argumentaires jusqu'à minuit, et tu étais toujours tellement ravi quand tu gagnais. Ce qui arrivait souvent.

— Oui.

Il s'humecta les lèvres.

— Pas dernièrement. Comme je l'ai dit, j'ai perdu mon mordant. Je n'arrivais plus à trouver ce petit quelque chose qui faisait la différence.

— Mais tu travaillais toujours pour la même entreprise. Les mêmes gens. Qu'est-ce qui a changé ?

Il enfonça les mains dans ses poches.

— J'imagine que ça a commencé à devenir important.

— Quoi donc ?

— Tomber juste. Réussir. Mieux faire. Obtenir la promotion suivante, grimper les échelons.

Christy avait du mal à comprendre.

— Mais ce n'était pas déjà ce que tu faisais ?

— Pas délibérément. Au début, je vivais dans l'instant présent. J'allais de pitch en pitch, de succès en succès. J'abordais ce travail comme une partie de poker. Le but, c'était de gagner, de battre la concurrence, et j'utilisais toutes les stratégies possibles et imaginables pour y arriver. C'était marrant.

Il haussa les épaules, comme si c'était quelque chose qui était censé l'embarrasser.

— Je prenais mon pied.

— Tu as gagné plusieurs gros comptes.

— Oui. Mais ça, c'était avant.

Ils arrivaient au village. Des guirlandes lumineuses étaient suspendues entre les arbres, tandis que les vitrines des magasins étaient décorées de rubans rouges et d'ornements. La rue principale menait à la place du village, bordée de jolis cottages aux toits de chaume et aux murs couleur miel couverts de lierre. Au loin se dressait la flèche de l'église du XIIIe siècle qui avait été un jour au cœur du village. Cet endroit donnait l'impression d'être à un million de kilomètres de Londres.

Normalement, Christy aurait savouré l'ambiance de Noël, mais pour l'instant elle réservait toute son attention à Seb.

— Avant quoi ? Qu'est-ce qui a changé ? Pourquoi est-ce devenu soudain si important ?

Il s'arrêta pour regarder dans la vitrine d'une boulangerie.

— Ma vie a changé. En un instant. En tout cas, c'est l'impression que ça m'a fait. J'étais un célibataire sans attaches, je suis devenu un mari et le père d'un enfant.

La bouche de Christy se dessécha.

— Tu veux dire que c'est à cause de nous que les choses ont changé au travail ?

Comme il ne répondait pas, elle insista :

— Seb ?

Il lui jeta un coup d'œil.

— Avant de te rencontrer, je me moquais bien d'avoir une carrière. Je faisais un travail parce que ça me plaisait, et si ça ne me plaisait plus, alors je cherchais autre chose. Je ne ressentais pas la pression de devoir me dépasser ou d'en vouloir davantage. L'important, c'était l'instant présent.

Il eut un sourire las.

— Tout ce qui comptait pour moi, c'était de prendre du bon temps. De tout déchirer au boulot. De m'éclater. Quelques bières pour célébrer une bonne journée. Une autre victoire. Un autre client. Une autre prime. Aller en boîte, peut-être. Les femmes.

Seb Sullivan n'est pas du genre à se caser, Christy.

Sa bouche était si sèche que les mots eurent du mal à sortir.

— Et ensuite, tu m'as rencontrée, et j'ai tout gâché.

Un couple passa à côté d'eux, main dans la main, hilare. Christy éprouva une pointe d'envie. Que voyaient-ils en les croisant, Seb et elle ? Deux personnes qui se tenaient à distance l'une de l'autre et avaient visiblement une conversation difficile. Sa famille, qui avait toujours été la chose la plus importante au monde pour elle, semblait menacée. Qu'est-ce que ça signifiait pour elle ? Pour Holly ?

— Non, pas gâché. Mais ça a été un gros changement pour moi, répondit Seb sans prendre de gants. Je m'y connaissais pour ce qui était de m'amuser. D'avoir la belle vie. De saisir l'instant présent. J'ignorais tout en matière de responsabilités. Mais tout à coup j'ai dû m'impliquer. J'étais un célibataire qui ne s'occupait que de lui-même, qui n'avait personne d'autre que lui à satisfaire, et je suis devenu un père et un mari.

— C'est un gros changement.

Le cœur de Christy tambourinait dans sa poitrine.

— Ce n'est pas comme ça que tu imaginais ta vie, n'est-ce pas ?

C'était son rêve à elle, et elle se rendait compte seulement maintenant qu'elle ne lui avait jamais demandé de quoi il rêvait. Une question essentielle, pourtant elle l'avait fait passer au second plan derrière la passion et le romantisme.

Il observa le gâteau au chocolat à la décoration élaborée exposé dans la vitrine.

— Probablement pas. Je ne me suis jamais imaginé marié avec des enfants.

Il lui lança un regard en coin et esquissa un sourire.

— Beaucoup trop adulte pour moi. Je suis le mec qui ne rappelait jamais après un rancard et dépensait l'argent dès l'instant où il le gagnait. La plus grosse décision que je devais prendre chaque jour, c'était dans quel restaurant j'allais manger. Mon but, c'était prendre du bon temps. Ne pas me laisser abattre par la vie. Pas d'attaches. Pas de responsabilités. Je n'avais même pas de plante verte. Et puis je t'ai rencontrée.

Elle eut du mal à retrouver sa voix.

— Oui.

— Je parie que tu regrettes ce jour-là, marmonna-t-il en se passant la main sur la nuque.

— Quoi ? Qu'est-ce qui te prend de dire ça ?

— Parce que ta vie n'aurait pas pu être plus différente de la mienne. Ton éducation, ton vécu, tout a été différent. Soyons francs : normalement, tu n'aurais jamais mis les pieds dans ce bar. Tu allais à des concerts et à des groupes de lecture, tu recevais des amis à dîner.

Il tendit la main pour repousser une mèche de cheveux du visage de Christy.

— Cette soirée n'était pas dans tes habitudes, et tu n'étais là qu'à cause d'Alix. Elle essayait de t'encourager à te lâcher.

Il eut un sourire en coin.

— Au bout du compte, c'est moi qui t'ai aidée, à commencer

par tes cheveux. Tu avais une torsade très serrée, très chic, et je t'ai enlevé ta barrette. Tu te rappelles ?

— Je me rappelle.

Elle se souvenait de tout, notamment de ce qu'elle avait ressenti. Les picotements d'excitation dans son ventre, le délicieux sentiment d'anticipation quand elle avait senti les doigts de Seb dans ses cheveux, puis quand il lui avait pris le visage entre ses mains. L'éclat de son sourire. Son regard qui n'était que pour elle. L'attirance avait été tellement forte qu'elle en avait eu le souffle coupé. Elle n'avait pas su quoi faire de tous ces sentiments, mais elle avait su qu'elle voulait s'y accrocher pour toujours.

Il lui toucha le visage, avec des doigts aussi doux que son regard.

— C'était censé être une simple nuit de plaisir avec le mauvais garçon, pas vrai ? Sauf que je t'ai mise enceinte et j'ai gâché ta vie parfaite. Je suis désolé, princesse.

Elle s'écarta brusquement.

— Ne m'appelle pas comme ça ! Et, s'il te plaît, ne redis jamais que tu as gâché ma vie. Je ne changerais rien.

— Vraiment ?

Non, pas la moindre chose. Mais elle commençait à se demander si lui le ferait, et c'était une pensée terrifiante.

Il lui avait enfin donné un aperçu de ce qui se passait dans sa tête. Ce qu'avait été sa vie, et ce qu'elle était maintenant. La différence était frappante. Tout avait été un aussi gros changement pour lui que pour elle. Mais, de son côté, elle avait adoré ce changement. Oui, sa grossesse avait été un accident, et une surprise, mais il s'était agi d'une agréable surprise. Pour elle, leur histoire avait été rapide, intense, exaltante, mais aussi profonde et réelle. Et elle avait toujours voulu être maman. Mais pour lui…

Il n'avait ressenti que de la pression. La pression de se ranger. D'abandonner la vie qu'il aimait. De subvenir à leurs besoins. Et cette pression l'avait lentement brisé.

À présent, elle avait enfin une bonne vision de la situation, et ce qu'elle voyait était effrayant et menaçant. Elle aurait aimé remonter dans le passé, seulement quelques jours plus tôt, quand son plus gros problème était un cottage qui prenait l'eau.

Une partie d'elle-même voulait fuir le problème, mais elle savait qu'elle devait l'affronter. Pour Seb. Elle voulait qu'il soit avec elle, oui, mais plus que tout elle souhaitait son bonheur. Et pourtant, il avait été malheureux, contraint de se débrouiller tout seul avec ses problèmes.

— Tu n'as pas gâché ma vie, mais à t'entendre j'ai gâché la tienne.

Elle fit un pas de côté pour laisser passer une famille qui traînait un gros sapin de Noël derrière elle.

— Les pots après le travail, les boîtes de nuit, les femmes… Tu as dû renoncer à tout ça. Tu aimais ton travail parce que tu ne ressentais pas de pression, mais tout à coup ça t'est tombé dessus, et tout le plaisir que tu en retirais s'est envolé. Et moi, j'ignorais que tu éprouvais ça.

Elle avait dû faire quelque chose pour qu'il estime ne pas pouvoir lui parler et lui dire la vérité. Il avait jugé qu'il ne pouvait pas se confier à elle. Elle pensa à Alix, à l'époque où elles se racontaient absolument tout. Elle avait voulu que ce soit pareil entre elle et Seb.

Il haussa les épaules.

— Je présume que tous les pères ressentent la même pression et la même responsabilité.

Et la même panique.

— Mais moi aussi je travaillais, Seb. C'était notre responsabilité, pas seulement la tienne.

— Pas vraiment. Je sais combien tu voulais rester à la maison avec Holly. Tu vois précisément à quoi la vie de famille devrait ressembler, et je voulais que tu aies la vie que tu rêvais d'avoir et que tu méritais.

Et il avait cru que c'était son rôle de lui fournir ça, ce qui expliquait pourquoi il avait l'impression de l'avoir déçue.

Elle sentit quelque chose de froid dans ses cheveux et sur sa joue. Il neigeait. Il neigeait pour de bon, dans ce joli village de l'Oxfordshire, avec ses murs en pierres blondes, ses guirlandes lumineuses et les cloches de l'église qui sonnaient un peu plus loin.

Ça aurait dû être un moment parfait, pourtant elle n'avait jamais eu aussi peur de sa vie.

— Et la vie que tu méritais, toi, Seb ? Et ton bonheur ? Ta vision de la vie de famille ?

Elle ne lui avait même pas demandé son avis sur le sujet, jamais. Elle avait reproduit sa propre expérience. Elle avait imité ce que sa mère avait fait sans rien remettre en question.

Il haussa à nouveau les épaules.

— Je n'avais pas vraiment de vision. Tu en savais plus que moi là-dessus. Je crois que je te considérais comme la spécialiste et j'étais heureux de suivre ton exemple.

Christy pensa à la vie qu'elle avait créée pour eux. *La spécialiste ?* Parfois, c'était épuisant. Les listes interminables, l'effort constant d'être maîtresse de toutes les situations. Chaque fois qu'elle rangeait des jouets pour que le cottage ait l'air à peu près convenable, elle avait l'impression de décevoir sa fille, et à chaque fois que la maison n'était pas d'une propreté irréprochable elle entendait la voix de sa mère dans sa tête.

— Mais quelle vision avais-tu pour notre famille ? Tu devais bien avoir quelques idées là-dessus.

Elle était gênée d'avoir attendu cet instant pour poser cette question, mais Seb ne semblait pas trouver ça étrange.

— Pas vraiment. Il n'y avait personne à la maison quand j'étais jeune. Ma mère n'était plus là, et mon père travaillait à l'extérieur. Notre appartement était un endroit où on mangeait et dormait, mais ce n'était pas un foyer. On ne se mettait jamais à table pour les repas.

Il lui sourit.

— Pas de bougies ni de conversation. C'était du fast-food, mangé sur les genoux devant la télé. Je ne voulais pas de ça pour Holly. Ta vision me paraissait plutôt bonne. Mais je n'avais pas anticipé le fait qu'avoir une famille soit un puits financier sans fond.

Elle lui toucha le bras.

— Et c'est moi qui ai voulu qu'on vienne vivre à la campagne. Je m'en veux énormément. Pourquoi ne m'as-tu pas dit que tu ressentais tout ça ? Pourquoi as-tu accepté qu'on déménage et qu'on achète le cottage ?

— Parce que c'était ton rêve, répondit-il doucement. Et je voulais vraiment que ton rêve devienne réalité.

— Mais pas au détriment du tien.

Elle s'obligea à poser la question qui lui brûlait les lèvres.

— Si tu pouvais revenir en arrière, agirais-tu autrement ? Choisirais-tu de ne pas danser avec moi ? De ne pas me raccompagner ? De ne pas faire ta vie avec moi ? De ne pas être un père pour notre fille ? Est-ce que tu regrettes tout ça, Seb ?

S'il avait pu choisir une autre voie, l'aurait-il fait ?

Subitement, son avenir tout entier semblait incertain. La vie qu'elle avait imaginée était menacée.

Tout en attendant sa réponse, elle sentit la panique l'envahir.

Elle avait essayé de rendre leur vie parfaite. Elle avait essayé de se rendre parfaite. Et ce faisant elle était devenue aussi imparfaite qu'on pouvait l'être.

8

Alix

— C'est l'aventure !

Tandis qu'ils traversaient l'aéroport, Holly sautillait entre eux et, de temps en temps, se jetait en l'air et se balançait à leurs mains.

— C'est rigolo. Tu ne trouves pas ça rigolo, tata Alix ?

L'épaule d'Alix lui faisait mal, mais elle n'allait pas donner à Zac une seule raison de mettre en doute ses capacités. Hors de question qu'il soit meilleur qu'elle à ce jeu-là.

— Je ne me rappelle pas la dernière fois où je me suis autant amusée.

Zac pensait qu'elle allait renoncer à ce voyage, mais elle était bien décidée à lui prouver le contraire, et pas seulement parce qu'elle l'avait promis à Christy.

— J'ai vu de la neige depuis l'avion, poursuivit la fillette en se balançant à nouveau, manquant arracher le bras d'Alix au passage.

— Ce n'est pas la neige qui manque, c'est sûr.

La petite fille ne tenait plus en place depuis qu'ils étaient partis du cottage et n'avait pas dormi pendant le vol. Alix était abasourdie par son niveau d'énergie. Elles avaient fait des dessins et des puzzles, lu des livres et joué aux devinettes jusqu'à ce qu'Alix soit épuisée. Lors de la dernière manche, elle avait été incapable de penser à un seul objet commençant par la lettre *m*.

Comment son amie faisait-elle ?

Elle avait besoin de dormir pendant une semaine. C'était peut-être à cause de Holly que Christy ne lui écrivait pas plus souvent. Pourquoi n'y avait-elle pas pensé avant ?

— Tu veux que je te porte ?

La voix de Zac était grave et soyeuse, et elle lui jeta un coup d'œil irrité.

— Non, bien sûr que je ne veux pas que tu me portes. Je préférerais m'allonger par terre et mourir dans la seconde plutôt que de me faire porter par toi.

Il haussa un sourcil.

— Je parlais à Holly.

— Oh ! je le savais. Je plaisantais, ajouta-t-elle dans l'espoir de préserver sa dignité.

Il sourit et souleva Holly dans ses bras sans reposer la question.

Ce qu'il pouvait être agaçant et exaspérant.

Ils arrivèrent à la zone de retrait des bagages. Les valises commençaient déjà à apparaître sur le tapis roulant.

Holly gigota dans les bras de Zac.

— Je veux monter dessus.

— Non, répondit-il en la tenant fermement. Tu vas rester ici, avec tous tes doigts et tous tes orteils.

Et maintenant elle comprenait pourquoi il avait pris Holly dans ses bras. Pour la protéger.

La femme qui se tenait près d'eux lui adressa un sourire mélancolique.

— Vous avez une magnifique famille.

Alix dévoila ses dents en une approximation de sourire.

Vraiment ? Ils avaient l'air d'une famille ? La simple idée que Zac et elle puissent être ensemble autrement que contraints et forcés était absurde. Cette femme ne savait clairement pas déchiffrer le langage corporel.

Entre-temps, Holly était soudain arrivée à court d'énergie. Épuisée, elle laissa tomber sa tête sur l'épaule de Zac.

— Je veux maman.

Le ventre d'Alix se noua. Voilà les trois mots qu'elle avait redouté d'entendre.

Elle lança un coup d'œil nerveux vers Zac, mais il ne semblait pas partager sa panique.

Il serra la petite fille contre lui.

— Ferme les yeux et dors un peu.

— Je ne suis pas fatiguée.

Elle eut un léger hoquet, puis demanda :

— Maman arrive quand ?

— Elle va bientôt nous rejoindre, mais d'abord on doit aller à notre chalet et tout préparer pour qu'il soit bien confortable. Peut-être faire un gros bonhomme de neige pour elle. Elle va vouloir un bonhomme de neige, c'est clair.

Les paupières de Holly s'abaissèrent, mais elle s'obligea à rouvrir les yeux. Sa tête dodelinait comme si elle était trop lourde pour son cou. Sa détermination à lutter contre le sommeil était presque comique.

— Elle arrive bientôt ?

— Très bientôt. Et toi et le bonhomme de neige, vous vous amuserez tellement que vous ne vous rendrez même pas compte qu'elle n'est pas là.

Zac scruta le tapis roulant, puis fit un signe du menton.

— Là, en voilà une. Recule un peu, je vais…

— Je peux m'occuper d'une valise, Zac.

Alix s'avança et la souleva du tapis roulant, tellement résolue à prouver sa force et sa capacité qu'elle faillit perdre l'équilibre.

Zac attrapa la valise de son bras libre, puis la posa sur le chariot. Alix leva les yeux au ciel.

— J'aurais pu le faire, mais si tu as besoin de jouer les machos, pas de souci.

— Jouer les machos ?

— De prouver ta virilité. Je suis sûre que ton amour-propre souffre de ne pas pouvoir affronter au moins deux ours polaires avant le petit déjeuner.

— Il n'y a pas beaucoup d'ours polaires à Londres.

Il hissa la dernière valise sur le chariot.

— Tu penses que je suis macho ?

— Je ne pense pas du tout à toi. Je crois que je ne te reconnaîtrais même pas si je te croisais dans…

Tout l'air s'échappa de ses poumons lorsqu'il l'attrapa par le poignet et l'attira vers lui.

— Tu ne me reconnaîtrais pas ?

Les yeux de Zac étaient rivés aux siens, sa bouche était à quelques centimètres de la sienne.

— Tu ne penses pas à moi, Alix ?

Son cœur battait si fort qu'elle avait l'impression qu'il allait jaillir de sa poitrine.

— Jamais, fit-elle d'une voix éraillée.

Malgré sa réponse, il continua de la fixer de son regard perçant et intense.

Les bruits et les mouvements de l'aéroport semblèrent se fondre dans l'arrière-plan, et il n'y eut plus que le rythme de son pouls qui devenait incontrôlable.

— On va faire semblant pendant combien de temps ? Et si on était honnêtes une seconde ?

Il baissa la tête, et Alix eut soudain du mal à respirer. Allait-il vraiment… Oui, il allait… Là, maintenant…

— Je veux maman.

Holly releva la tête et Zac lâcha le poignet d'Alix.

— Rendors-toi, ma grande.

Cette fois, sa voix n'était plus de velours, elle était rude et âpre. Au moins, c'était une consolation qu'il ait l'air aussi perturbé qu'Alix.

Tout son corps était dans un état d'alerte extrême.

Il l'avait presque embrassée. Au beau milieu de l'aéroport.

L'aurait-elle repoussé ? Bien sûr qu'elle l'aurait repoussé. Elle l'aurait peut-être même giflé, ce qui aurait donné de quoi réfléchir à cette bonne femme aux idées romantiques.

— Allons-y, déclara Zac.

Maussade, la bouche pincée, il resserra son étreinte autour de Holly, puis agrippa la poignée du chariot à bagages.

— Je suis chargé comme une mule, alors tu vas devoir t'occuper de la voiture de location.

— Pas de problème.

Excellente excuse pour s'éloigner de lui.

Après avoir traversé l'aéroport en silence, ils signèrent les formulaires nécessaires et récupérèrent les clés de leur voiture.

Alix l'aida à installer la petite fille endormie dans le siège-auto.

— On aurait dû accepter quand Robyn a proposé de venir nous chercher. Étant donné qu'on a atterri sur de la glace et de la neige, j'imagine que les routes seront dans le même état.

Et la perspective d'être coincée dans une voiture avec Zac pendant deux heures ne faisait rien pour calmer son stress.

— Ça lui aurait fait perdre son temps. Et on aura peut-être besoin de notre propre véhicule.

Zac rangea leurs bagages dans le coffre, puis s'installa au volant, tandis qu'elle prenait place à côté de lui.

— Ne t'en fais pas. Ici, toutes les voitures sont équipées de pneus neige, et j'ai déjà conduit sur ces routes. Christy pensait que ce serait mieux que la petite rencontre Robyn après s'être reposée. Holly n'aime pas rester trop longtemps attachée en voiture. Elle s'ennuie. D'après Christy, sa dernière manie est de détacher sa ceinture.

Ô joie.

— Je devrais peut-être m'asseoir à l'arrière. Ce sera plus sûr.

Il se tourna vers elle.

— Pour toi ou pour elle ?

— Tu n'es pas drôle.

Ignorant son rire, elle défit sa ceinture.

— Je peux être drôle, Alix. Mais tu es toujours trop tendue en ma présence pour le remarquer.

Pas de doute, il était l'homme le plus exaspérant qu'elle ait jamais rencontré.

— Je m'assois à l'arrière à cause de Holly. Pas la peine de prendre la grosse tête, ça n'a rien à voir avec toi.

— Bien sûr que non.

— Ce que tu peux être agaçant.

— Je fais de mon mieux. C'est étonnant à quel point c'est amusant de t'agacer.

Elle claqua la portière tellement fort que Holly ouvrit les yeux. Alix lui caressa doucement les cheveux, et son cœur se serra, tant la fillette ressemblait à Christy. Toute son irritation disparut. Que faisait son amie en ce moment ? Était-elle triste ? Stressée ? Elle détestait l'idée que Christy soit seule pour affronter un problème. Qu'elle soit malheureuse sans son soutien. Et elle détestait ne pas savoir ce qui n'allait pas.

Pourquoi Christy ne lui parlait-elle pas ? Alix avait-elle été une mauvaise amie ?

Sa gorge se noua.

Tout à coup, elle se sentait dépassée par la situation. Elle avait mal à la tête, elle était fatiguée et elle ignorait si elle était capable de gérer ce qui l'attendait. Elle devait être sur ses gardes avec Zac, et la tâche l'exténuait déjà.

Profondément triste, elle tourna les yeux vers la fenêtre et regarda le paysage défiler.

C'était magnifique, mais elle regrettait d'en profiter sans Christy. Combien de fois avaient-elles parlé de la Laponie quand elles étaient enfants ? *C'est là-bas que vit le Père Noël.*

Alix avait toujours su que le Père Noël n'existait pas, mais elle avait farouchement protégé les croyances magiques de son amie.

La route était enneigée, les alentours étaient nimbés d'une lumière étrange et magnifique, le ciel était teinté de rose pâle. Zac conduisait avec une assurance tranquille, aussi à l'aise dans ce paysage glacé qu'il l'aurait été dans les rues de Londres. Et, même si elle ne l'admettrait jamais, cette assurance la soulageait. Elle n'aurait jamais voulu faire ce trajet toute seule, en particulier seule avec Holly.

Pour la première fois depuis que Christy lui avait annoncé qu'elle aurait de la compagnie au cours de ce voyage, elle était soulagée que Zac soit avec elles.

Tant qu'il ne le saurait pas, ce ne serait pas un problème.

Se sentant un peu plus maîtresse de ses émotions, elle se renfonça dans son siège, appréciant la chaleur et le ronronnement de la voiture. Á côté d'elle, Holly dormait, ses cils formant des croissants sombres sur ses joues veloutées. La route serpentait à travers la forêt et des villages endormis où de jolies maisons rouges étaient nichées au milieu d'arbres couverts de neige. C'était le paysage féerique dont Holly avait rêvé, et elle n'était pas réveillée pour le voir.

Zac jeta un coup d'œil dans le rétroviseur et croisa son regard.

— Elle va bien ?

— Elle dort.

Elle éprouva une pointe d'envie.

— Tu n'aimerais pas pouvoir dormir comme ça ?

— Tu ne dors pas ?

Il en savait déjà bien assez long sur elle. Elle n'allait pas en plus lui parler de ses problèmes d'insomnie.

— Alors que Noël approche à grands pas ? Je suis beaucoup trop surexcitée.

Elle crut le voir sourire.

— Je ne t'aurais jamais prise pour une fan de Noël, Alix.

— Tu plaisantes ? Noël, c'est mon métier.

— Exactement. Ton métier.

— Je suis très douée dans mon domaine.

Il l'observa dans le rétroviseur.

— J'en suis sûr. Je suis certain que tu sais tout ce qu'il y a à savoir sur le côté commercial de Noël. Mais pour ce qui est du reste ?

— Le reste ?

— L'important, ce n'est pas ce qu'on achète, c'est ce qu'on donne.

— Oh ! je t'en prie.

Elle décida aussitôt d'utiliser cette phrase dans la campagne publicitaire de l'an prochain. Elle la visualisait déjà. Une petite fille emballant un cadeau pour ses parents endormis. *L'important, ce n'est pas ce qu'on achète, c'est ce qu'on donne.*

— Je ne t'aurais jamais imaginé aussi sentimental.

— Ce n'est pas du sentiment, Alix. C'est de l'émotion. Et contrairement à toi, je n'ai pas peur des émotions.

Si jamais elle lui dévoilait les siennes en cette seconde, il serait sans aucun doute pétrifié.

— J'en sais très long sur ce qui est de donner. D'ailleurs, la vente, c'est donner. Je vends des produits que les gens achètent et donnent à d'autres gens. Donner.

Il y eut une longue pause.

— Parle-moi de ton cadeau de Noël préféré.

Rien de plus facile.

— C'était l'année où j'ai eu un poney.

— Un poney, répéta-t-il en hochant la tête. C'est un gros cadeau.

Alix entendait la voix de sa mère dans sa tête. « C'est toi qui étais censé l'avoir pour Noël cette année, Anthony. Ça tombe vraiment mal. » Et son père qui répondait : « Ne t'en fais pas. Je lui ai acheté quelque chose de spécial. Je te garantis que tu n'auras pas besoin de passer de temps avec *elle.* »

Elle avait adoré ce poney, mais elle avait passé la plus grande partie de ce Noël à pleurer dans son encolure.

Et elle n'ajouta pas qu'elle l'avait gardé pendant seulement un mois avant que sa mère et elle ne déménagent. Le poney avait été vendu.

C'était loin d'être un souvenir agréable.

— Et toi, ton meilleur Noël ?

Zac hésita.

— Je ne sais pas.

Si, il le savait, devina-t-elle. Pourquoi ne voulait-il pas répondre ?

— Raconte-moi.

— C'est celui où mon père a pris un jour de congé.

Comme ils traversaient un village, il ralentit.

— Il était médecin, et il travaillait tout le temps pendant les fêtes quand j'étais petit. J'avais écrit au Père Noël en disant que tout ce que je voulais c'était que mon papa soit à la maison. Et c'est ce qui est arrivé : le matin de Noël, il était là, assis près du sapin avec une tasse de thé. Vu de l'extérieur, cette journée n'a rien eu de particulier, mais pour moi ça a été le meilleur Noël dont j'aurais pu rêver. Et mon père le savait. Il m'a donné de son temps, et c'était inestimable.

Elle eut l'impression qu'un éléphant lui écrasait la poitrine.

— On dirait que tu viens d'une famille aimante. C'est chouette.

— Tu es bouleversée, remarqua Zac, toute trace d'humour disparue de sa voix. J'aurais mieux fait de ne rien dire.

Le fait qu'il sache des choses personnelles sur elle la mettait mal à l'aise. C'était pour cette raison qu'elle se confiait le moins possible à qui que ce soit.

— Je ne suis pas bouleversée. Tout va bien. Je n'ai aucun problème avec les familles heureuses des autres personnes, Zac. J'aime voir des familles heureuses. Ça donne la foi, et tout et tout.

Elle tourna à nouveau la tête vers la vitre. Elle imaginait très bien le Noël de Zac parce qu'elle l'avait vu de nombreuses fois. Quand elle était plus jeune, elle déambulait dans la rue où elle vivait et regardait chez les gens. Elle avait vu des feux de cheminée, des décorations, des familles rassemblées. Elle avait vu des rires et de l'amour. Et elle s'était demandé ce que les curieux verraient s'ils passaient devant sa maison et regardaient par la fenêtre le soir du réveillon. Une petite fille assise avec un livre, toute seule, sans chaussette de Noël dans les parages parce que ses parents ne voulaient pas « perpétuer un mensonge », selon leurs propres mots. Et même aujourd'hui, alors qu'elle savait que tout le côté réunion de famille tenait du mythe et que de nombreuses personnes trouvaient la période des fêtes stressante, elle continuait à éprouver la sensation d'isolement et de solitude qui avait marqué son enfance.

Elle la repoussa avec détermination. Ses sentiments étaient sa responsabilité. Grâce à Christy, elle avait eu de nombreux Noëls heureux. Elle ne croyait pas au Père Noël, mais elle croyait au pouvoir de l'amitié.

— Tu sais où on va, au fait ?

— Oui. On est bientôt arrivés. Quand est-ce que Christy et toi avez commencé à passer Noël ensemble ?

La question la prit par surprise.

— Je devais avoir huit ans.

Et elle s'efforçait de ne jamais repenser à ce Noël-là.

— Alors c'était deux ans après le divorce de tes parents ?

Une bouffée d'anxiété l'envahit.

— Je ne me rappelle pas t'avoir dit ça.

— Tu étais bouleversée, répondit-il d'une voix égale. Vraiment bouleversée.

— Et toi, tu étais au mauvais endroit au mauvais moment. Si tu pouvais oublier toute cette conversation – la soirée tout entière –, ce serait bien.

Qu'avait-elle dit d'autre ? Que lui avait-elle raconté ? Elle n'avait que de vagues souvenirs de cette nuit-là.

Il actionna une manette, et un voyant s'alluma sur le tableau de bord.

— Pourquoi as-tu besoin que je l'oublie ? Tu as peur de paraître vulnérable parce que je sais quelque chose de personnel sur toi, mais c'est le principe même d'une relation, Alix. C'est comme ça qu'on connaît quelqu'un.

— Toi et moi, on n'a pas de relation.

Il croisa son regard dans le rétroviseur. Un instant bref et troublant.

— Tu crois te protéger en gardant les gens à distance, mais en évitant les mauvaises choses tu évites aussi les bonnes.

— Quand je voudrai des conseils sur comment vivre ma vie, je demanderai, merci bien.

— Parle-moi du divorce. Ça s'est mal passé ?

Pourquoi insistait-il autant ? La plupart des gens préféraient ignorer les problèmes et le passé des autres, pas s'y plonger.

— Cette question montre l'étendue de ton ignorance. Il n'y avait pas grande différence entre mes parents divorcés et mes parents mariés.

Elle sentait sa nuque devenir moite de transpiration. Elle avait redouté que Holly se réveille et se mette à crier, mais à présent elle avait presque envie que ça se produise. Tout valait mieux que l'intimité suffocante de ce trajet en voiture.

— Ils avaient presque toujours vécu des vies séparées, de toute façon. Ils ont tous les deux admis qu'ils n'auraient jamais dû être en couple. L'ambiance à la maison était parfaitement calme. Je ne me rappelle pas qu'ils aient jamais échangé un mot plus haut que l'autre.

En fait, elle ne se souvenait d'aucun échange qui n'ait été d'ordre pratique. *Alix a un récital de violon jeudi. Tu peux y assister ?*

— Ils ont tous les deux une carrière universitaire, dédiée à leur propre domaine de recherche.

— Qui sont ?

— Mon père est physicien. Il vit en Californie. Ma mère est spécialisée en littérature russe. Et je ne comprends pas du tout pourquoi tu veux savoir tout ça, de toute façon.

Il ignora sa remarque.

— Ta chaussette de Noël était remplie de livres reliés de Tolstoï ?

— Non. J'avais le droit de choisir mes propres cadeaux. Tous les ans, ils me donnaient un catalogue, dans lequel je pouvais choisir dix choses. Ils étaient très généreux.

— Tu ne faisais pas de liste au Père Noël ?

Elle s'assura que Holly dormait toujours, avant de répondre :

— Mes parents n'encourageaient pas ce genre de chose. Ne t'inquiète pas, je ne vais pas tout gâcher pour Holly.

— Je ne m'en fais pas pour ça. Je sais que tu aimes Holly.

— Oh.

Elle s'attendait tellement à devoir se défendre que sa réponse la désarçonna.

— Oui, c'est vrai. Et j'ai bien l'intention de concrétiser ses rêves de Noël si c'est en mon pouvoir.

— Alors tu as quand même un côté sentimental.

Elle fronça les sourcils.

— Pratique. Elle demande quelque chose, je fais le nécessaire pour que ça arrive. Mon métier consiste à transformer les rêves de Noël des gens en réalité.

— Mais, avec Holly, tu le fais parce que tu l'aimes. Ça, c'est de l'émotion, Alix.

Cette conversation commençait à la mettre mal à l'aise.

— Où veux-tu en venir ?

— Je ne sais pas trop. Je veux peut-être dire que tu ne peux pas avancer dans la vie sans ressentir d'émotion, même si c'est ce que tu veux. Et qui voudrait ça ?

C'était tout à fait ce qu'elle voulait.

— On parlait de Holly.

— On parlait de Noël. Si ton métier c'est de concrétiser les rêves des autres gens, qui s'occupe des tiens ?

— J'exauce mes propres vœux. Comme toujours. Tu ne vas pas tarder à me dire que toi tu crois au Père Noël.

— C'est le cas.

Elle ne put retenir un sourire.

— Alors j'espère qu'il t'apportera tout ce que tu désires.

— J'ai bon espoir.

Comme la route se rétrécissait, il ralentit.

— Comment en es-tu venue à passer ce premier Noël avec Christy ?

Un coup de chance.

— Cette année-là, mes parents avaient tous les deux des voyages de recherche prévus au même moment. Ma mère a demandé à Elizabeth, la mère de Christy, si je pouvais rester chez elles.

Alix regarda la neige par la fenêtre. De la neige à perte de vue, comme dans un conte de Noël, éclairée par les phares de la voiture.

— C'était comme de pénétrer dans un autre monde. La famille de Christy mettait les petits plats dans les grands pour Noël : une couronne sur la porte, des illuminations sur la maison, un immense sapin, des chaussettes accrochées à la cheminée. Une boisson et un biscuit pour le Père Noël.

Elle se rappelait encore l'émerveillement qu'elle avait ressenti ce premier matin quand elle était descendue sur la pointe des pieds avec son amie et avait vu la chaussette gonflée de cadeaux qui l'attendait. Il y avait même son nom dessus. *Alix.* Malgré toutes ses certitudes, à cet instant précis, elle avait failli croire au Père Noël.

— Par la suite, j'ai passé tous mes Noëls avec elles. Mes parents n'aimaient pas la saison des fêtes, et Christy adorait m'avoir avec elle. Tu dois sûrement te dire que c'était beaucoup demander, que je m'imposais…

— Je me dis que tu leur as sûrement rendu service. Christy était fille unique. Je suis sûr qu'Elizabeth était contente qu'elle ait de la compagnie.

— Tu connaissais Elizabeth ?

— Non. C'est une supposition, qui repose sur ce que je sais sur Christy. J'ai rencontré Elizabeth une seule fois, au mariage. Elle m'a donné l'impression d'être quelqu'un qui avait une idée très précise de ce qu'elle voulait.

— La vie d'Elizabeth était un travail de précision. Tout était programmé et contrôlé. Mais elle était gentille avec moi.

L'émotion l'envahit quand elle pensa à la mère de Christy. *Les filles, vous avez tellement de chance d'avoir une amitié aussi forte. Peu importe ce qui arrivera dans la vie, vous pourrez toujours compter l'une sur l'autre.*

Alix y avait cru. Mais si jamais ce n'était pas le cas ? Elle n'avait jamais envisagé que leur amitié puisse changer, pourtant rien n'était pareil.

Qu'est-ce que cela signifiait ?

La seule personne qui l'ait jamais aimée de façon inconditionnelle était Christy. Christy avait été là pour elle au pire moment de sa vie, et Alix lui vouait une loyauté indéfectible. Mais à présent elle avait l'impression que son amie n'avait plus besoin d'elle, et cette constatation l'affligeait comme jamais rien d'autre auparavant. En plus de la profonde sensation de perte, elle éprouvait une angoisse sourde. Si Christy avait des problèmes avec Seb, à qui en parlait-elle ? Qui la soutenait ?

Elle vérifia discrètement son téléphone, mais Christy ne lui avait pas écrit.

Alix lui envoya un message pour la prévenir qu'ils avaient bien atterri et que Holly allait bien.

Elle brûlait d'envie d'arranger les choses, mais elle ne savait pas comment s'y prendre. Elle ne pouvait pas effacer le passé. Si ça avait été possible, elle n'aurait pas hésité.

— Alors tu étais la sœur que Christy n'a jamais eue.

Alix avait presque oublié la présence de Zac.

— Oui, je suppose. On est proches.

Elles n'étaient pas particulièrement proches en ce moment, songea-t-elle, la bouche sèche.

— Et je sais que tu penses que je me mêle de ce qui ne me regarde pas, mais je veux qu'elle soit heureuse, c'est tout.

— Et tu ne crois pas que Seb la rende heureuse ?

— Je ne sais pas. Tout ce que je sais, c'est que s'ils ont des problèmes il est peu probable que ce soit la faute de Christy. C'est la personne la plus chaleureuse, la plus gentille, la plus loyale que je connaisse. En fait, elle est presque parfaite.

Comme il gardait le silence, elle demanda :

— Tu n'es pas d'accord ?

Il haussa les épaules.

— Personne n'est parfait, Alix.

— Christy, si.

Comment faisait-il pour ne pas le voir ?

— Même petite, elle mettait la barre très haut. Tu savais qu'elle rangeait sa chambre tous les jours ? Elle ne faisait jamais ses devoirs en retard, ne se tachait jamais quand elle mangeait et n'oubliait jamais rien.

Plongée dans ses pensées, Alix sourit.

— Je me souviens d'un Noël. Elizabeth lui avait donné un cahier spécial avec des pages de planification et des listes de choses à faire. J'ai trouvé que c'était le cadeau le plus ennuyeux qu'on puisse imaginer, mais Christy l'a adoré. Elle continue à faire des listes, exactement comme sa mère. Tous les ans, elle a un nouveau cahier.

— Et le reste ? La cigarette ? Les drogues ? La rébellion adolescente ? Découcher ? Laisser tomber ses vêtements par terre sans jamais les ramasser ?

— Pas le genre de Christy. Sa mère et elle étaient plutôt comme des amies. Elles étaient rarement en désaccord sur quoi que ce soit.

À part cette fois-là, bien sûr, mais les inquiétudes d'Elizabeth avaient été compréhensibles. Alix les avait partagées.

— Et elle est toujours parfaite. Franchement, je ne sais pas comment elle arrive à tout faire. C'est une mère fabuleuse, elle tient sa maison à la perfection, elle fait de la cuisine maison et elle continue à travailler. Si tu veux mon avis, Seb est l'homme le plus chanceux de la Terre.

— Peut-être.

— Peut-être ?

— Je n'ai pas l'expérience de la perfection, mais j'aurais tendance à penser que ça doit être l'enfer au quotidien.

— Tu… Quoi ?

— Comment font les autres pour trouver leur place dans ce monde parfait ? Seb aussi doit être parfait, j'imagine.

— Tu es ridicule.

— Vraiment ?

Il la regarda dans le rétroviseur.

— Tu as dit que Christy avait planifié toute sa vie. Qu'elle voulait que les choses se passent d'une certaine façon.

— Il n'y a pas de mal à savoir ce qu'on veut et à faire le nécessaire pour l'obtenir.

— Tant que les objectifs de l'autre personne sont alignés aux nôtres et qu'on va dans la même direction. Mais si jamais on est avec quelqu'un dont les objectifs sont différents ? Qui veut que sa vie soit différente ? Qu'arrive-t-il aux compromis ? Et puis on sait tous que la vie ne se passe jamais comme prévu. Dans ces cas-là, que se passe-t-il ? Parfois, les meilleures choses dans la vie arrivent de façon inattendue.

— Et parfois elles résultent d'une bonne planification. La stabilité et la prédictibilité sont importantes pour un enfant.

Elle était bien placée pour le savoir. Elle n'en avait pas bénéficié.

— Mais une planification aussi rigide peut causer du stress quand les choses tournent mal.

— Une planification rigide signifie qu'il y a moins de risques que les choses tournent mal.

Il lui jeta un autre coup d'œil.

— Mais c'est la vie, et la vie peut mal tourner. C'est un fait. Que se passe-t-il quand les plans de Christy sont bouleversés ?

Elle stresse.

— Elle se débrouille. Elle s'adapte. Elle raye des choses sur sa liste et elle en fait une autre. Il n'y a rien qu'elle ne puisse gérer.

— On dirait un cas typique de fille unique.

— Qu'est-ce que tu veux dire par là ?

— Ça peut être difficile. Beaucoup d'attentes reposent sur une seule personne.

— Peut-être, même si ça n'a pas été mon vécu.

Alix pensa à l'éducation de Christy. Cours de piano. Devoirs. Repas. Tout était planifié. Alix avait parfois pensé que ça semblait un peu fatigant de ne jamais avoir le temps de s'affaler sur son lit sans rien faire, mais elle avait surtout envié à Christy la structure et l'intérêt parental.

— Tu es fille unique ? demanda Zac en l'observant.

— Oui, mais je ne suis probablement pas un cas typique.

Elle détourna la conversation vers un sujet moins personnel.

— Ces maisons sont jolies. J'aime bien leur couleur rouge. Elles ressemblent au chalet du Père Noël.

— C'est le *Falu rödfärg*, « rouge de Falun ». Cette peinture a commencé à être utilisée au XVIe siècle. Elle contient un pigment minéral qui est un sous-produit de l'extraction du cuivre et permet de protéger le bois.

— Tu es déjà venu ici ? Dans cette partie de la Suède ?

— Très souvent. La première fois, c'était lors d'un voyage universitaire. Ce pays propose des randonnées parmi les meilleures au monde. Tu as déjà entendu le terme *Allemansrätten* ? C'est le droit d'accès public à la nature. Littéralement, ça veut dire « la liberté de se promener ». En Suède, on a le droit d'explorer la nature à sa guise, du moment qu'on n'abîme rien. Et on est censé faire preuve de bon sens, bien sûr. On ne doit pas jeter ses déchets, on doit respecter la propriété des gens et ne pas les déranger, ce genre de chose.

Alix était intriguée.

— Alors, on peut monter sa tente en pleine nature et camper sous les étoiles sans se faire réprimander ou sans être obligé de bouger ?

— En général, oui, répondit-il en souriant. De toutes les questions que tu aurais pu poser, je n'aurais jamais anticipé celle-ci. Je ne t'imagine pas vraiment avec une tente, Alix.

— Mais, après tout, tu ne connais pas la moindre chose sur moi.

Il croisa son regard.

— J'en connais quelques-unes.

Ignorant sa remarque, elle demanda :

— Où as-tu fait de la randonnée ?

— Lors de mon premier voyage, j'ai fait le trek du *Kungsleden*, « la Voie royale ».

Tandis qu'il lui racontait son excursion, elle oublia pendant quelques minutes qu'il était la dernière personne dont elle aurait choisi la compagnie, tant elle était absorbée par ses descriptions des paysages arctiques et son évidente passion pour cet endroit.

Elle se pencha pour mieux voir les alentours. La route traversait d'immenses forêts d'épicéas et de pins enneigés, tandis que des montagnes s'élevaient au loin.

— C'est rassurant de voir qu'ils ne risquent pas de manquer d'arbres de Noël.

C'était un paysage hivernal digne d'un conte de fées. Soudain, les arbres se firent plus rares, l'horizon s'élargit, et Alix inspira brusquement, les yeux rivés sur le lac à la surface gelée qui apparaissait devant eux. Sur la rive se trouvait un grand chalet, peint du rouge suédois traditionnel. *Falu rödfärg*. Elle le savait, désormais. Le toit en pente était recouvert de neige et des lumières brillaient aux fenêtres. Elle n'avait jamais rien vu d'aussi charmant et accueillant. Avec un pincement au cœur, elle pensa à toutes les fois où Christy et elle avaient parlé de la Laponie. Comme elle regrettait que son amie ne soit pas là pour découvrir cet endroit avec elle…

— On est arrivés ?

— On dirait, répondit Zac en lui lançant un regard. C'est trop rustique pour toi ? Trop éloigné de tout ? Tu veux retourner dans la ville la plus proche ?

Il la taquinait, mais c'était plus facile à gérer que sa compassion.

— Quelles sont les chances que tu ailles te balader et que tu te fasses dévorer par un loup ?

Il lui adressa un large sourire.

— Très minimes. Mais je suis sûr qu'il peut m'arriver un tas d'autres accidents.

— L'espoir fait vivre.

Elle ouvrit la portière et eut le souffle coupé par le froid mordant. Elle la referma aussitôt, puis se pencha sur Holly pour resserrer les pans de son gros manteau autour d'elle. Son manque d'expérience lui sautait aux yeux. Faisait-il trop froid pour une enfant aussi jeune ? Dans quoi d'autre devait-elle l'emmitoufler ? Les gens qui vivaient dans l'Arctique avaient probablement des enfants, alors ça devait être possible de les garder en vie dans de telles températures.

— Et voilà notre hôtesse.

Apparemment indifférent au froid, Zac jaillit de la voiture et fit quelques pas vers la femme qui venait de sortir de la bâtisse.

Tante Robyn, selon toute vraisemblance.

Alix ne savait pas vraiment à quoi elle s'était attendue, mais elle était surprise de voir cette femme à l'allure normale, chaleureuse, amicale, qui s'approchait avec un sourire accueillant. Elle semblait mince sous toutes les couches de vêtements qu'elle portait. Une boucle blonde était visible sous la fourrure de sa capuche.

Dès leur plus jeune âge, Christy et elle avaient débattu et émis des suppositions sur la « méchante tante Robyn » et ce qu'elle avait pu faire pour causer une telle rupture entre elle et sa sœur.

Après avoir vérifié que Holly dormait toujours, Alix descendit de la voiture au moment où Robyn les rejoignait. Au même instant, un gros chien sortit en trombe du chalet et bondit vers eux.

En voyant son épais pelage et ses yeux pâles, elle se figea.

— C'est un loup ?

— Non, répondit Zac. C'est un husky sibérien.

Il s'avança devant elle et laissa l'animal renifler sa main.

— Salut, toi.

— Elle s'appelle Suka. Elle est amicale, mais un peu trop enthousiaste.

La femme fit un geste de la main, et la chienne s'assit.

— On l'a depuis qu'elle est bébé. Elle était censée rester à l'intérieur, parce que je ne voulais pas qu'elle fasse peur à la petite.

Comme Suka ne semblait pas sur le point d'attaquer qui que ce soit, Alix tendit elle aussi la main vers elle. L'animal agita la queue et lui donna un petit coup de tête.

— Elle est jolie.

— Et très énergique, ajouta la femme en caressant la chienne avec affection. Je suis Robyn. Vous devez être Alix et Zac. Où est Holly ?

— Elle dort à poings fermés.

D'un pas hésitant, Robyn s'approcha de la voiture et observa l'enfant assoupie.

De près, l'air de famille était indéniable. Elle avait la même silhouette mince et athlétique qu'Elizabeth. Les yeux bleus de Christy.

— Le voyage l'a épuisée, et elle dort depuis l'aéroport, déclara Alix. C'est sûrement mieux comme ça. J'avais peur qu'elle soit fatiguée et que sa mère lui manque, mais…

Elle s'arrêta au milieu de sa phrase. Robyn avait posé la main sur la vitre, et ses yeux brillaient de larmes.

— On dirait Christy au même âge, murmura-t-elle. Elle lui ressemble comme deux gouttes d'eau.

Elle avait déjà rencontré Christy ? Alix n'était pas au courant. Quand ? Elle était sûre que Christy l'ignorait.

Elle n'avait pas imaginé que cette rencontre puisse être émouvante, mais maintenant qu'elle y pensait le contraire aurait été impossible. Robyn n'avait pas vu sa famille depuis trente ans. Et c'était à elle, Alix, de gérer ce moment délicat. Comment ? Elle n'était pas très douée avec les émotions dans les situations les plus simples, et ce n'était pas la situation la plus simple. Pour la millionième fois depuis qu'ils avaient quitté le cottage, elle regretta que Christy ne soit pas avec eux.

Elle perdait pied, ne sachant que dire, lorsqu'un homme arriva du chalet, suivant les traces de Robyn dans la neige.

Il adressa un bref sourire à Alix, puis attira Robyn contre lui en lui parlant en suédois.

Robyn hocha la tête, pressa ses mains gantées sur ses joues et parvint à sourire.

— Désolée.

Elle regarda Alix d'un air gêné.

— C'est seulement que…

— Pas de souci. Tout va bien. Je comprends.

En réalité, elle ne comprenait pas, mais ça Robyn n'y était pour rien.

— Elle va être tellement contente de vous rencontrer.

Pourvu que ce soit vrai et que Holly n'ait pas son tout premier épisode de timidité avec des inconnus…

Zac se présenta et Erik lui serra la main.

— Vous avez passé du temps au Svalbard. J'ai lu vos travaux sur la dynamique de la calotte glaciaire.

Génial, songea Alix. Même au beau milieu de nulle part, il avait bonne réputation. C'était elle qui ne se sentait pas à la hauteur, mais c'était surtout à cause de Holly.

Apparemment, Zac ne partageait pas ses angoisses.

— Cet endroit est spectaculaire. Il n'y a presque pas de pollution lumineuse. Vous devez être sous l'ovale auroral ici.

— Oui. Tout ce qu'il nous faut, c'est un ciel dégagé, et vous verrez les aurores boréales.

Robyn semblait s'être ressaisie.

— Je me suis dit que vous auriez envie de vous installer le plus tôt possible. Si vous roulez encore deux minutes dans cette direction, vous tomberez sur Loup, expliqua-t-elle en désignant le sentier enneigé qui s'enfonçait dans la forêt.

Alix ressentit une pointe d'inquiétude.

— Loup ?

Robyn sourit.

— Votre chalet. Vous pouvez vous garer devant. La porte est ouverte. Je vais vous suivre, et on pourra discuter au chaud. Erik va ramener Suka à la maison. Je ne veux pas commencer ma relation avec Holly en lui faisant peur.

Holly n'aurait sûrement pas peur du chien, mais Alix comprenait la logique de ne pas l'exposer à trop de nouveautés à la fois. Elle se contenta de hocher la tête, puis remonta dans la voiture bien chauffée.

Zac roula doucement sur la piste cabossée qui serpentait entre les arbres.

— Elle a l'air gentille, remarqua Alix. Pas effrayante.

Et c'était rassurant de constater qu'elle n'était pas la seule à ne pas vraiment savoir comment s'occuper d'un enfant.

Il lui jeta un regard rapide.

— Effrayante ?

Devait-elle avouer que, quand elles étaient petites, Christy et elle avaient inventé une dizaine d'histoires différentes expliquant pourquoi le nom de tante Robyn ne devait pas être prononcé ?

Elle avait fumé dans la maison : un péché pour lequel Elizabeth bannirait quelqu'un sans hésiter.

Elle était arrivée en retard pour le dîner à plusieurs reprises : une autre offense qui aurait frappé fort au cœur des valeurs d'Elizabeth.

Elle avait volé un objet précieux. Elles avaient débattu sur ce que ça pouvait être. Christy avait parié sur un bijou. Alix avait estimé plus probable qu'il s'agisse d'un vêtement.

Puis, en grandissant, leurs hypothèses étaient devenues plus sombres.

Elle avait *forcément* couché avec quelqu'un d'inapproprié. À moins qu'elle n'ait assassiné quelqu'un. Elle avait couché avec quelqu'un, puis l'avait assassiné ? Les possibilités étaient infinies.

À présent, avec l'expérience, Alix savait qu'une rupture pouvait arriver pour des raisons beaucoup moins dramatiques. Une déchirure dans le tissu d'une relation qui n'avait jamais été réparée. Un malentendu. Une remarque, faite avec les meilleures intentions du monde, occasionnant une blessure qui s'infectait.

Un sentiment d'impuissance l'envahit quand elle pensa à sa propre situation. Elle s'était persuadée qu'elle avait bien agi en exprimant ses doutes à son amie. Mais sa conversation avec Zac l'avait troublée : et si l'angoisse qu'elle avait ressentie avait été la conséquence de ce qu'elle avait vécu pendant son enfance plutôt que d'une action particulière de Seb ?

Avait-elle vraiment su avec certitude que Seb n'était pas le bon pour Christy ?

Elle ferma les yeux. Si elle pouvait remonter le temps, elle le ferait.

Son premier souhait sur sa liste de Noël serait que sa relation avec Christy redevienne comme avant.

— Ça doit être ça.

La voix de Zac la tira de ses pensées, et c'était aussi bien, parce qu'elles n'avaient rien d'agréable.

Elle n'avait pas accordé beaucoup d'attention à leur lieu de séjour. Comme Christy, elle avait vu des photos du Snow Spa, du bâtiment principal et de quelques chalets romantiques qui semblaient idéaux pour les couples en lune de miel.

— Oh.

Elle contempla le joli chalet qui apparaissait devant eux, comme une tache rouge se détachant sur un arrière-plan d'arbres surchargés de neige. Des lumières brillaient aux fenêtres.

— C'est…

— Romantique ?

Zac se mit à rire, un rire silencieux qui lui secoua les épaules.

— C'est l'endroit parfait pour que tu me demandes en mariage.

— Dans tes rêves.

Allait-elle vraiment être coincée ici avec lui ?

Non. Elle allait expliquer la situation à Robyn. Explorer d'autres options. Il devait bien y avoir des chambres disponibles dans le chalet principal, non ? Zac ou elle pouvait s'installer là-bas.

— Il n'y a pas assez de place ici pour nous deux. Hors de question que je reste dans cet espace confiné avec toi.

Il se gara et coupa le contact.

— Pourquoi ? Tu es inquiète pour ta vertu ?

— C'est surtout une question de santé et de sécurité. Ma santé. Ta sécurité.

Tout en détachant sa ceinture, elle sourit gentiment.

— Je risque de te tuer. Et si je te traînais dans la forêt, il leur faudrait des semaines pour retrouver ton corps.

Il se tourna vers elle, tellement détendu que c'en était agaçant.

— J'ai plus de chances que toi de survivre dans cette forêt. Je connais l'Arctique. En parlant de ça, tu devrais mettre des après-skis avant de marcher jusqu'au chalet.

— Je pense que je devrais arriver à me débrouiller pour arriver jusqu'à la porte, merci bien.

— Comme tu veux. Mais avant la fin de la journée tu vas me demander mon aide et mes conseils, petite citadine.

— Je te déteste. Et ne m'appelle pas « petite citadine ». C'est condescendant et ça m'énerve.

— Je sais.

— Tu admets que tu fais exprès de m'énerver ?

— Je préfère que tu sois énervée plutôt que triste. Je présume que tu n'as pas envie de me parler de ce qui t'a bouleversée, alors je me suis dit que j'allais t'embêter pour te changer les idées.

Il tendit le bras pour récupérer un sac posé sur le plancher.

— Et puis, de toute façon, je te file un coup de main avec Holly. Tu ne peux pas te permettre de me détester.

Il regarda en direction de la forêt, une lueur d'anticipation dans les yeux.

— Regarde-moi toute cette neige. Si tu mènes bien ton jeu, je t'apprendrai à skier.

— Je sais déjà skier.

— Je ne savais pas qu'ils faisaient des skis avec des talons. Ça doit être une nouvelle invention. Des ski-lettos. Mais sérieusement, poursuivit-il en contemplant le chalet, ça ne me surprendrait pas qu'une petite citadine comme toi disjoncte dans un endroit aussi perdu. Ici, personne ne t'entendra hurler.

— Si tu m'appelles « petite citadine » encore une fois, c'est toi qui vas hurler.

— Comment je peux t'appeler ?

Elle ferma son manteau.

— Tu n'auras pas besoin de m'appeler quoi que ce soit, parce qu'on se verra à peine.

Il reporta son attention sur son visage.

— Et qu'est-ce qui te fait dire ça ?

— On n'a pas besoin d'être deux pour s'occuper de Holly. On se relaiera.

— Pourquoi tu vas hurler, tata Alix ?

En entendant la voix ensommeillée qui provenait de la banquette arrière, Alix foudroya Zac du regard, puis se tourna vers Holly.

— Parce que je suis super contente d'être ici. Regarde ! Tu as vu toute cette neige ?

Elle se glissa hors de la voiture et prit Holly dans ses bras. Elle la fit rebondir contre elle, lui montra les arbres et le joli chalet rouge, tout en priant pour qu'elle ne se mette pas à pleurer.

— Robyn a dit que le chalet était ouvert. On va voir ?

Elle commença à marcher vers la porte et perdit aussitôt l'équilibre. Sans lâcher Holly, elle tomba rudement sur le sol.

Une douleur vive lui transperça la hanche et remonta jusqu'à sa mâchoire.

La fillette poussa un cri de joie.

— On patine !

Note pour plus tard : ne pas aller patiner, songea Alix. La neige n'était-elle pas censée être douce et moelleuse ?

— Contente que ça t'ait plu.

— Encore !

— Ce n'est pas une très bonne idée, intervint Zac, avant de lui ôter Holly des bras. Sois prudente. Ça glisse.

Elle allait peut-être avoir besoin d'une prothèse de la hanche, se dit-elle en se relevant maladroitement.

— Sans blague.

— Tu aurais dû suivre mon conseil et mettre tes après-skis.

Il fit passer Holly sur un bras et tendit la main à Alix.

— Je vais bien, merci. Je n'ai pas besoin d'aide.

— Oh ! Alix !

Robyn apparut près d'eux.

— Vous vous êtes fait mal ? J'aurais dû vous dire de faire attention sur le chemin. J'aurais dû aller vous chercher des bottes. Vous en trouverez plusieurs paires dans le chalet.

— Merci. En admettant que je puisse marcher demain, je les mettrai, c'est sûr.

Sans paraître se soucier de sa douleur, Zac se dirigea vers le chalet.

— C'est idyllique, Robyn.

— N'est-ce pas ? On l'adore.

Robyn marcha à côté d'Alix, prête à la rattraper si elle glissait à nouveau.

— C'est notre meilleur chalet. Quand Christy nous a écrit pour nous annoncer le changement de programme, j'ai eu peur que ça ne vous convienne pas, mais quand j'ai appris que vous étiez ensemble j'ai compris que ce serait parfait.

Ensemble ? Que voulait-elle dire par là ?

— Vraiment, on ne peut pas prendre votre meilleur chalet.

Résolue à ne pas rester sous le même toit que Zac plus longtemps que nécessaire, Alix se déchaussa, franchit le seuil et tomba amoureuse.

L'un d'eux allait devoir s'installer ailleurs, certes, mais ce ne serait pas elle.

Cet endroit était parfait.

Le parquet en pin blanchi donnait au décor un style minimaliste, adouci et réchauffé par une épaisse peau de mouton posée sur le sol. Un coin cuisine était aménagé dans un angle, encadré de fenêtres ouvrant sur la forêt. Alix aimait ce décor scandinave classique, caractérisé par des lignes épurées et des couleurs neutres.

— C'est magnifique.

Grâce à la baie vitrée qui surplombait les arbres enneigés, la pièce donnait l'impression de faire partie intégrante de la forêt. Les trois autres murs étaient peints en blanc lumineux pour réfléchir la lumière. Des touches de couleur provenaient des coussins bleu vif empilés sur le canapé et des grandes photographies sur les murs. Alix s'approcha pour mieux les examiner. Il s'agissait d'une série de scènes hivernales en Arctique. Une forêt sous la neige, le ciel traversé de lueurs fantomatiques bleues et vertes. Un gros plan d'un lièvre arctique. Un loup, dont la fourrure avait été capturée dans ses moindres détails par l'appareil-photo. Le caractère sauvage du cliché la fit frissonner.

— Elles sont superbes. C'est un photographe local ?

— Moi, répondit Robyn en rougissant.

Zac étudia les photographies, puis leur hôtesse.

— Attendez… C'est vous, R. R. Svennson ?

— Oui.

— J'adore votre travail. J'ai deux de vos photos sur le mur de mon bureau.

— Lesquelles ?

— *Lumières du matin* et *Nature inexplorée.*

Robyn sourit.

— Je me souviens de celles-là. J'avais fait une exposition à Londres.

— Il y a quatre ans, acquiesça Zac. C'est là que je les ai achetées.

Robyn était venue à Londres quatre ans plus tôt ? Christy était-elle au courant ? Elizabeth était encore vivante à cette époque-là. Avait-elle su que sa sœur était à Londres ? Le fait qu'Elizabeth, qui faisait passer sa famille avant tout, ne soit pas restée en contact avec sa propre sœur n'avait aucun sens.

Alix se refusait à croire qu'un lien aussi fort puisse être facilement brisé.

Elle avait un millier de questions, mais n'osait en poser aucune.

— On a conçu cet espace pour qu'il soit flexible, déclara Robyn en ouvrant une porte. Là, c'est la chambre principale. Elle donne sur le lac, qui est privé. Ici, il y a une alcôve.

Elle ouvrit une autre porte.

— On s'est dit que Holly pourrait trouver ça sympa et douillet. J'y ai mis quelques jouets.

C'était douillet, en effet. Des coussins et des peluches étaient disposés devant les oreillers. L'épaisse couverture invitait l'occupant à se blottir dessous et à apprécier la neige qui tombait de l'autre côté des fenêtres.

Robyn adressa un sourire hésitant à la petite fille, qui le lui rendit, bien à l'abri dans les bras de Zac.

— J'aime bien.

La fillette ayant marqué son approbation, ils retournèrent dans le salon. Holly semblait rechigner à lâcher Zac, ce qui permit à Alix de se détendre un moment.

— C'est spectaculaire.

La perspective de passer dix jours dans ce paysage féerique lui remonta le moral. Elle s'imagina se réveillant tôt et buvant son premier café de la journée sur ce canapé, enveloppée dans cette couverture, profitant de la paix de la forêt.

Le seul élément stressant était Zac.

Elle avait besoin qu'il aille dormir ailleurs.

Elle ouvrit la bouche pour aborder cette option, mais Robyn parla la première.

— Je suis contente que ça vous plaise, parce que c'est le seul logement disponible pour l'instant. Quand Christy a appelé pour dire que Zac venait avec vous, j'ai paniqué à propos de l'hébergement. Ça a été un soulagement d'apprendre que vous étiez un couple.

Un couple ?

— Ce chalet est parfait, la rassura Zac. Et Alix et moi vous en sommes reconnaissants, n'est-ce pas, Alix ?

Une minute… N'allait-il pas au moins…

— Alix ?

Il lui lança un regard sévère, et elle parvint à sourire.

— Très reconnaissants. Merci, Robyn.

— Je vous en prie. C'est plus grand que ça en a l'air. Il y a un local à skis, qui permet de skier jusqu'à la porte, ainsi qu'un sauna. Vous skiez, Alix ?

— Du ski alpin, oui, mais je n'ai jamais fait de ski de fond. Cela dit, je suis impatiente d'essayer.

Un couple ? Qu'avait dit Christy à Erik, et comment Zac pouvait-il être aussi détendu sur le sujet ?

Après leur avoir montré le local à skis, Robyn ouvrit la porte du sauna. Un poêle à bois était installé dans un coin.

— C'est incroyable.

Zac passa la tête à l'intérieur, puis fit glisser sa main sur le bois.

— Du tremble ?

— Oui. Et le sol est en planches de pin.

Holly finit par lever la tête de l'épaule de Zac.

— Tu as un chien ?

Robyn acquiesça.

— J'en ai deux. Nova et Suka. Deux huskies. Tu feras leur connaissance demain.

Elle jeta un coup d'œil vers Alix.

— Elle n'a pas de problème avec les chiens ? Pas d'allergie aux poils, par exemple ?

Une allergie aux poils ?

Comme Alix la fixait d'un air hébété, Zac répondit à sa place :

— Pour autant qu'on sache, elle n'a aucun souci avec les animaux. Pourquoi ?

— C'est une chose qu'on préfère vérifier.

Sans rentrer dans les détails, Robyn se tourna vers Holly.

— Tu as un chien à la maison ?

Holly secoua la tête.

— Je pense que tu vas aimer mes chiennes, et que mes chiennes vont t'aimer, affirma leur hôtesse, avant de se diriger vers la cuisine. Vous devez être fatigués, alors je vais vous laisser vous installer. Je repasserai demain matin pour qu'on discute de votre première journée. Le frigo et le congélateur sont bien remplis.

Elle ouvrit la porte du réfrigérateur et leur montra son contenu.

— Il y a du vin au frais. Du ragoût de renne pour ce soir et un dessert aux mûres de Logan. Les instructions sont dans ce dossier sur le plan de travail. Vous y trouverez aussi une liste des autres repas que vous pouvez commander. Il y a plein de bon café, et on livre un assortiment de viennoiseries fraîches tous les matins. Si vous avez besoin de quoi que ce soit, n'hésitez pas à m'appeler. Dans une heure, j'emmène un petit groupe de clients faire une balade en raquettes pour voir l'aurore boréale, mais ensuite je serai à la maison toute la soirée. Vous trouverez plein de vêtements d'extérieur dans le local à skis. Je vous suggère de les mettre par-dessus vos propres vêtements, mais vous n'allez probablement pas sortir ce soir. Vous voulez sûrement faire manger Holly et la mettre au lit.

Elle sourit à la fillette.

— Je te dis à demain. Tu aimes le chocolat chaud ?

Le visage de Holly s'illumina.

— Oui !

— Bien, parce que c'est la meilleure façon de se réchauffer quand on est dehors dans la neige. Demain, on va trouver l'arbre de Noël parfait et peut-être voir quelques rennes.

Ravie, Holly se trémoussa dans les bras de Zac.

Alix sentit quelque chose frémir dans sa poitrine. Elle l'imaginait bien en père. Il serait drôle, impliqué, intéressé. Il organiserait d'incroyables aventures en plein air. Il ne fermerait jamais la porte de son bureau en laissant son enfant de l'autre côté.

Troublée d'une façon incompréhensible, elle détourna les yeux et marcha jusqu'à la fenêtre.

Contre son gré, son esprit dériva vers son père. Elle avait reçu un SMS de sa mère, mais il ne lui avait rien envoyé. Ce qui n'avait rien d'inhabituel. Il se souvenait rarement des événements spécifiques comme les anniversaires ou Noël, et sa mère n'estimait pas que c'était son rôle de les lui rappeler. De temps en temps, il lui envoyait une carte postale sans raison particulière, mais ça ne faisait que faire remonter à la surface une partie d'elle-même qu'elle préférait garder enterrée. C'était plus facile de n'avoir aucune nouvelle. Pendant des semaines, voire des mois, elle ne pensait pas à lui, puis tout à coup il la contactait, et elle se rappelait à quel point elle était tout en bas de la liste de ses priorités.

Pourquoi pensait-elle à son père ? C'était peut-être lié aux changements dans sa relation avec Christy. Elle se sentait plus vulnérable que d'habitude. Plus seule.

Holly gigota pour que Zac la repose par terre, puis retourna explorer sa chambre, tandis qu'il raccompagnait Robyn jusqu'à la porte.

Alix resta près de la fenêtre.

Elle contempla la forêt à travers l'immense vitre. Le paysage lui rappelait les contes de fées qu'elle lisait quand elle était petite, comme *La Reine des neiges*.

— Je crois que je suis amoureuse.

— Ça peut se comprendre.

La voix de Zac résonna dans son dos.

— Il ne faut pas t'en vouloir. Tu n'es pas la première.

Elle se tourna lentement vers lui, interpellée par son ton satisfait et un peu arrogant.

— Tu ne peux quand même pas croire que je parlais de toi.

— Pas la peine d'être gênée.

— Je parlais du chalet. De cet endroit. Je suis amoureuse de cet endroit.

Elle accentua les mots pour mieux faire passer le message, mais il se contenta de sourire et retraversa le salon en direction des chambres.

— Je n'en doute pas.

Elle le foudroya du regard.

— Tu es vraiment pénible.

— C'est bien pour ça que tu m'aimes. Ce n'est pas l'heure d'aller au lit ?

Une onde de chaleur se répandit dans tout son corps.

— Si tu insinues que…

Elle s'interrompit aussitôt. Il parlait de Holly, bien sûr. Soulagée d'avoir évité un autre malentendu gênant, elle se tourna à nouveau vers la forêt et appuya son front brûlant contre la vitre froide. Comment allait-elle survivre à cette cohabitation forcée avec Zac ?

9

Christy

Son plan allait-il marcher ? Ou allait-elle se ridiculiser ?

Elle enfila sa plus jolie robe en laine noire, releva ses cheveux et mit ses boucles d'oreilles préférées. C'était beaucoup trop habillé pour une soirée à la maison, mais c'était le but. Ils devaient bousculer leur vie, leurs habitudes. Ils avaient besoin d'échapper à leur quotidien trop pesant et de retrouver un peu de légèreté. Elle devait lui rappeler que leur relation ne reposait pas que sur Holly. Qu'elle n'avait pas toujours reposé sur Holly, même si leur vie à deux n'avait pas duré très longtemps.

Dans son bureau au rez-de-chaussée, Seb était en train de chercher du travail et de se préparer pour son entretien. La porte était restée fermée toute la journée. Christy ne l'avait ouverte qu'une seule fois pour lui apporter une tasse de thé et une tranche de son cake au gingembre maison, dont il raffolait.

Elle éprouvait le besoin viscéral de parler à nouveau avec lui, mais ce n'était pas possible pour l'instant. Il se concentrait sur le travail et l'entretien. Elle n'avait pas d'autre choix que de ruminer leur conversation de la veille.

Même s'il n'avait pas dit qu'il regrettait de l'avoir épousée, il y avait eu quelque chose de pesant dans leur discussion. Un côté grave et sérieux qui minait leur relation, en sapait toute l'énergie. Ils se noyaient, entraînés sous la surface par le poids de la vie. La pression qu'il ressentait, ce sens accru de ses responsabilités…, c'était à cause d'elle.

Qu'avait-il dit ? « J'ai constamment les enjeux à l'esprit. »

Apparemment, les enjeux, c'était elle. Il était stressé par sa faute, et rien de ce qu'elle disait ne semblait le rassurer.

Alors elle tentait une nouvelle approche. Elle allait tout essayer pour lui faire oublier les enjeux et les responsabilités. Ils avaient besoin de redécouvrir ensemble les sentiments qu'ils avaient partagés au début de leur relation, avant Holly et le mariage. Pas seulement dans son intérêt à lui, mais aussi pour elle. Mais comment ? Comment se débarrasser de tout le stress et de l'anxiété pour simplement prendre plaisir à être ensemble ?

Elle avait décidé de préparer un dîner romantique et avait dressé la liste de tout ce qu'elle avait besoin de faire pour que la soirée soit parfaite. Cette liste comportait dix-neuf étapes, et il ne lui en restait plus que deux à barrer.

Elle avait passé la plus grande partie de l'après-midi dans la cuisine. Le canard qui était en train de rôtir dans le four serait servi avec la sauce préférée de Seb. Elle avait décoré la table avec des bougies et sorti l'argenterie qu'elle réservait aux invités.

À présent, il était temps de s'occuper d'elle.

Elle s'observa dans la glace, puis se laissa tomber sur le lit, abattue.

Elle avait l'air… ordinaire. Ennuyeuse. Ne répétait-elle pas constamment à Alix d'arrêter de porter du noir ? Elle pourrait se rendre à un enterrement après le dîner sans avoir besoin de se changer.

Ce n'était pas ça qui allait rappeler à Seb la femme avec qui il avait dansé ce soir-là.

Elle avait besoin de quelque chose d'étincelant. De sexy. Elle avait besoin de…

— Et merde.

Elle se leva, ôta sa robe et fouilla à nouveau dans son armoire. Cette fois, elle savait exactement ce qu'elle allait mettre. Pourquoi n'y avait-elle pas pensé plus tôt ? Probablement parce que la robe en question était cachée tout au fond, en compagnie de quelques autres qu'elle avait portées quand elle était une célibataire londonienne. Elles ne lui étaient d'aucune utilité dans sa vie actuelle, alors elle les avait complètement oubliées.

Jusqu'à maintenant.

Voilà… un chatoiement bleu paon. En sortant la robe, elle ressentit une bouffée de nostalgie. Elle l'avait trouvée dans une petite boutique nichée dans une ruelle de Knightsbridge. Même si elle avait été attirée par la couleur, elle avait failli la remettre à sa place. Elle l'avait jugée beaucoup trop sexy et décolletée, et ce n'était pas du tout le genre de robe qu'elle portait d'habitude. Mais elle avait fait cette virée shopping avec Alix, qui avait insisté pour qu'elle l'essaie, puis pour qu'elle l'achète.

Malgré ses réserves, Christy était tombée amoureuse des couleurs. Le camaïeu de bleus et de verts de la robe lui rappela l'aurore boréale dessinée par Holly. À la pensée de sa fille, son cœur se serra. Quand elle lui avait parlé ce matin, Holly avait été tellement surexcitée que Christy avait eu du mal à saisir ce qu'elle disait. Elle avait compris les mots « neige » et « chiens » avant que Holly ne détale pour retourner s'amuser, remplacée au bout du fil par Alix.

La conversation n'avait pas duré longtemps, principalement parce que Christy n'avait pas l'intention de parler de ce qui se passait dans sa vie en ce moment. Comment en serait-elle capable après ce qui était arrivé ?

Cela dit, une partie d'elle rêvait de se blottir sur le canapé avec son amie et de décortiquer tout ça avec elle. Alix et elle avaient toujours tout résolu ensemble. L'école. Les amis. Les vêtements. La fac. Le travail. Les garçons. La sexualité. La famille. La maison. Il n'y avait pas de sujet qu'elles n'aient disséqué au cours de leur longue amitié. C'était ironique, et affreusement dur, de ne pas pouvoir confier à son amie ce qui était, sans le moindre doute, la chose la plus difficile qu'elle ait jamais eu à vivre. Non seulement ce serait déloyal envers Seb, mais en plus Alix était incapable d'être objective.

En enfilant la robe, Christy fut aussitôt ramenée au jour où elle l'avait portée pour la dernière fois. L'obscurité, les tourbillons de lumières, la chaleur lancinante et Seb Sullivan, appuyé au bar avec l'assurance tranquille de quelqu'un qui se sentait parfaitement bien dans sa peau.

Qu'était-il arrivé à cet homme ? Il avait disparu, remplacé par quelqu'un qu'elle reconnaissait à peine. Et, apparemment, c'était elle la responsable, à son insu. À terme, Seb allait devoir mettre de l'ordre dans ses pensées et ses sentiments, mais ça ne signifiait pas qu'elle ne pouvait rien faire pour l'aider.

Elle contempla ses bras nus dans le miroir, puis tourna la tête vers la fenêtre pour regarder la neige qui avait doucement recouvert le sol.

Devait-elle risquer la pneumonie pour sauver sa relation ?

Oui, absolument.

Elle pouvait mettre un châle, bien sûr, mais ça gâcherait sa tenue. Non, elle allait plutôt monter le chauffage en espérant que la chaudière tienne le coup.

Après avoir choisi d'autres boucles d'oreilles, elle laissa ses cheveux retomber sur ses épaules. Elle chaussa des escarpins aux talons vertigineux, puis descendit dans la cuisine.

Elle avait une dernière chose à barrer sur sa liste spéciale soirée parfaite, se souvint-elle avant d'entrer dans la pièce. Dès leur emménagement, Seb avait installé un système audio sans fil dans tout le cottage. Elle sortit son téléphone et sélectionna une playlist de jazz doux.

Les notes graves et sensuelles du saxophone se mirent à flotter dans l'air, réchauffant l'atmosphère. En cet instant, avec les guirlandes lumineuses qui brillaient depuis les poutres basses, le cottage semblait aussi romantique que lorsqu'elle l'avait vu pour la première fois. L'ambiance lui rappelait ce petit café qu'ils avaient découvert dans une ruelle pavée de Londres.

Elle éprouva un moment de satisfaction. Elle avait fait tout ce qui était en son pouvoir pour que la soirée soit parfaite.

Penché dans le réfrigérateur, Seb ne la vit pas arriver.

— J'aurais pu jurer qu'il y avait un bocal d'olives là-dedans. On les a finies ?

Il se tourna vers elle, et son expression changea.

Elle ne savait pas à quoi elle s'était attendue, mais elle n'était pas déçue.

Malgré la faible lumière, elle vit quelque chose s'animer dans ses yeux, comme si elle avait réveillé une partie de lui qui était restée endormie pendant des années. C'était comme s'il la voyait pour la première fois. Ou peut-être qu'il était en train de se rappeler cette première fois, comme elle.

Le regard qu'ils échangèrent la ramena aussitôt au soir où ils s'étaient rencontrés. Alix l'avait entraînée dans un bar chic et glamour pour lui redonner le sourire après une énième déception romantique. Seb s'était trouvé au bar à côté d'elle, riant avec un ami. Alix avait dû la surprendre en train de le dévisager, parce qu'elle avait marmonné « Pas ton genre » à l'oreille de Christy une fraction de seconde avant qu'il ne se tourne vers elle. Christy avait décidé que, si c'était le cas, alors son genre n'était pas le bon.

— Salut, je m'appelle Seb.

Son sourire avait été une combinaison fatale de chaleur et

d'espièglerie. Elle avait été envahie de picotements électrisants et d'une délicieuse sensation de connexion. Et quand elle avait croisé son regard bleu amusé elle avait su qu'il éprouvait la même chose.

Ses rancards avec ceux qui étaient son prétendu type d'homme n'étaient pas vraiment concluants de toute façon. Il était peut-être temps de balayer ces principes.

— Je m'appelle Christy.

— Et moi, Alix.

Son amie s'était presque interposée entre eux, comme pour tenter de couper le courant électrique qui les reliait, mais Seb n'avait pas détourné le regard de Christy.

— Je parie que tu danses super bien, Christy.

Alix avait froncé les sourcils.

— On vient d'arriver, et non, elle…

— J'adore danser.

Christy avait saisi la main qu'il tendait vers elle et s'était laissé entraîner sur la piste de danse. D'un bref coup d'œil en arrière, elle avait vu son amie secouer furieusement la tête et articuler « non ! », mais elle l'avait ignorée. C'était Alix qui l'avait amenée ici ! Et ce n'était qu'une danse. Quel mal y avait-il à ça ?

Mais cette danse avait été suivie d'une autre, puis de dix, puis s'était transformée en un baiser frénétique, passionné, étourdissant, dans un coin sombre du bar, suivi d'un au revoir précipité à Alix. Chez lui, ils avaient bu d'autres verres, avant de vivre la partie de jambes en l'air la plus excitante et la plus incroyable de sa vie. Seb Sullivan était aussi doué pour le sexe que pour la danse, et cette nuit était devenue inoubliable pour bien des raisons, et pour une en particulier : Holly.

Si elle n'était pas tombée enceinte cette nuit-là, que se serait-il passé ? Il lui avait déjà dit qu'il n'était pas du genre à appeler le lendemain matin, pourtant il l'avait appelée, non ? Il avait téléphoné tous les jours pendant trois semaines, puis elle avait eu un retard de règles…

Combien de temps leur relation aurait-elle duré ?

Alix avait dit qu'il n'était pas son genre, mais Christy savait qu'elle se trompait.

Il s'avérait que Seb Sullivan était exactement son genre. C'étaient tous les hommes avec qui elle était sortie avant lui qui n'avaient pas été adéquats.

— Christy…

Il s'humecta les lèvres.

— Tu es…

— Trop habillée ? Ou peut-être pas assez, étant donné la température extérieure.

Tout en esquissant un sourire timide, elle pria pour qu'il ne rie pas.

Il fit lentement courir son regard sur elle, la détaillant de la tête aux pieds.

Il ne rit pas.

— C'est la robe que tu portais le soir de notre rencontre.

Le fait qu'il s'en souvienne lui donna de l'espoir.

— Je ne l'ai jamais remise depuis.

— En effet, acquiesça-t-il d'une drôle de voix. Pourquoi ?

— Je suppose que c'est en partie parce que je suis tombée enceinte cette nuit-là, et qu'il n'y a pas de place dans cette robe pour un bébé en plus de moi, et en partie parce que…

Elle glissa les mains sur ses hanches, et il suivit le mouvement des yeux.

— … quand Holly est née, on a fait des choses différentes. On a mis de l'argent de côté. On a passé plus de temps à la maison. Ou alors on dînait avec des amis. Parfois, on était trop fatigués pour faire quoi que ce soit à part dormir. On ne…

— On ne faisait aucune sortie tous les deux ?

— On n'allait nulle part où je puisse mettre une robe comme celle-là.

Elle haussa les épaules.

— Il va falloir monter le chauffage, sinon je vais geler sur place.

Il referma doucement la porte du réfrigérateur.

— J'ai quelques idées en tête pour nous réchauffer.

Il marcha vers elle et la prit dans ses bras.

— Il devrait y avoir une étiquette « Attention danger » sur cette robe.

Quand il pressa sa bouche douce et chaude contre la sienne, elle lui rendit son baiser, comprenant aussitôt qu'ils n'avaient pas perdu ce qu'ils avaient eu. C'était toujours là, quelque part, enterré sous le poids de la vie réelle et des obligations parentales. Alors que les notes de jazz continuaient à résonner autour d'eux, elle sentit l'excitation monter en elle, accompagnée de soulagement, parce qu'elle avait enfin une certitude : tout allait bien se passer. Ils allaient s'en sortir. Ils parviendraient à tout arranger. Ils pourraient…

Elle laissa échapper un petit cri lorsqu'il la souleva dans ses bras.

— Je devrais sortir le canard du four…

— Oublie le canard. Il se débrouillera.

Tout en la portant hors de la cuisine, il reprit possession de ses lèvres. Cette fois, il n'oublia pas de se courber en passant la porte du couloir.

Sans la lâcher, il monta les marches et entra dans leur chambre. Christy y avait allumé des bougies et d'autres guirlandes lumineuses en vue de ce qu'elle avait espéré être une conclusion romantique à leur soirée.

Ce n'était pas tout à fait ce qu'elle avait planifié, mais ça ne la dérangeait pas. Ça faisait longtemps qu'ils n'avaient rien fait de spontané.

Tandis qu'il l'allongeait sur le lit sans cesser de l'embrasser, elle tira sur sa chemise.

— J'ai besoin de te toucher.

Il déposa une pluie de baisers sur sa joue, sur son cou, puis plus bas.

— J'ai oublié comment faire l'amour sans tendre l'oreille au cas où Holly débarque dans la chambre sans prévenir.

Quand il tira sur le haut de sa robe pour dégager son décolleté, elle ne put retenir un gémissement.

— Je suis sûre que c'est quelque chose qu'on peut réapprendre. Ça m'a manqué, tout ça. Tu m'as manqué.

— Je ressens la même chose.

Il s'installa sur ses cuisses et continua à baisser sa robe. Elle ondulait sous lui, le suppliant de se dépêcher, lorsqu'il y eut un grondement sinistre, suivi d'une pluie de plâtre et de poussière.

Avec un juron, Seb couvrit son corps du sien et la serra contre lui jusqu'à ce que les cendres blanches cessent de tomber.

— Ça va ?

— Je… Oui. Que s'est-il passé ?

— Ce foutu plafond s'est effondré. Enfin, une partie, en tout cas. La faute à toute cette pluie, j'imagine. Il doit y avoir une fuite dans le grenier quelque part. Cette baraque va finir par nous achever. Ou achever nos finances. On ferait mieux de bouger. Ce serait dommage de se faire ensevelir si jamais le plafond tout entier s'écroule.

Il se débarrassa des plus gros morceaux, puis relâcha son étreinte et aida Christy à se relever.

— C'est incroyable.

Elle se frotta les cheveux et les épaules pour en ôter la poussière et les débris, puis leva les yeux vers le plâtre qui pendait du plafond.

— Oui.

Elle s'était tellement démenée pour que tout soit parfait, et voilà que tout était gâché. Même ce soir, alors que c'était si important, le cottage l'avait laissée tomber.

Pendant un instant, ils restèrent assis en silence.

Qu'y avait-il à ajouter ? Il avait raison. Cet endroit allait les achever. Littéralement.

Elle ôta un morceau de plâtre de ses jambes, puis regarda Seb. Ses cheveux sombres étaient saupoudrés de poussière blanche et ses épaules tremblaient. Pendant un instant, elle crut qu'il pleurait, avant de se rendre compte qu'il riait. Il riait tellement qu'il n'arrivait plus à parler.

Elle le contempla, stupéfaite.

— Qu'est-ce qu'il y a de drôle ?

— Tout ça.

Il était courbé en deux, le souffle court entre deux éclats de rire.

— On ne pouvait pas rêver mieux, comme soirée.

— Comment ça ?

— Eh bien, on pourra dire que la terre a tremblé.

C'était un soulagement de le voir rire, même si ce n'était pas vraiment le genre de divertissement qu'elle avait eu en tête.

— Pour la séduction, c'est raté.

Elle se mit à rire à son tour, ce qui était étrange parce qu'elle avait plutôt envie de pleurer. C'était comme si le cottage complotait contre elle.

Comme pour ajouter à ses déboires, le détecteur de fumée se déclencha. Le son strident qui résonnait dans toute la maison porta un coup fatal à ce qui restait d'intimité.

— Oups, s'exclama Seb. Ça doit vouloir dire que le canard ne se débrouille pas si bien que ça, après tout.

Sans cesser de rire, il s'élança vers la porte, seulement vêtu de son jean. Il s'arrêta sur le seuil et tendit la main vers elle.

— Il vaut mieux que tu viennes avec moi. Si jamais le cottage est en flammes, on aura besoin d'évacuer, et si le toit est sur le point de s'effondrer, je ne veux pas que tu sois piégée dans les décombres. Pas question que les secouristes se rincent l'œil sur toi dans cette robe.

Elle remplaça ses talons hauts par des ballerines, enfila un gros pull, puis attrapa sa main.

— C'était censé être la soirée parfaite. J'avais tout prévu dans le moindre détail.

— Cette soirée est parfaite. On essaie de s'échapper d'un bâtiment en feu qui menace de s'écrouler. Tu portes une robe courte très sexy, comme toutes les bonnes héroïnes de cinéma, ce qui me permet de jouer les héros de films d'action, même si mon visage n'est pas assez crasseux pour ça. C'est ce qui nous est arrivé de plus palpitant depuis un bail.

Et il était plus lui-même qu'il ne l'avait été depuis longtemps.

Elle jeta un coup d'œil vers leur lit, désormais recouvert de fragments du plafond, avant de refermer la porte de la chambre.

Une fois dans la cuisine, Seb ouvrit la fenêtre et la porte de derrière pour tenter de dissiper la fumée.

Enfin, l'alarme s'interrompit, et il ouvrit le four avec précaution.

En voyant des panaches de fumée émerger, il le referma aussitôt.

— Je crois que le canard est cuit, chérie.

— Sans blague.

Elle se laissa tomber sur la chaise la plus proche.

— Ça doit être la soirée la moins romantique qu'on ait jamais passée.

— Je ne sais pas, répondit Seb en essayant de chasser la fumée vers l'extérieur. La nuit où Holly a eu le croup et où on a dû foncer à l'hôpital n'était pas mal dans son genre.

Elle essaya de rire à nouveau, mais sans y parvenir. Ils avaient si peu de temps pour améliorer leur relation avant de rejoindre les autres. Sa gorge se noua et ses yeux s'embuèrent.

— Je voulais que ce soit parfait. Et maintenant, la soirée est gâchée. Je suis désolée.

— Pourquoi es-tu désolée ? Ce n'est pas de ta faute.

Il ouvrit la fenêtre en grand, puis jeta un coup d'œil vers Christy.

— Tu pleures ? Ne pleure pas !

— Je ne pleure pas.

Elle essuya ses joues du dos de la main.

— C'est la fumée qui me fait larmoyer. Et si, c'est ma faute. C'est moi qui ai voulu habiter ici…

Elle eut un hoquet.

— … et c'est moi qui ai choisi de faire du canard.

Elle pensa aux dîners de sa mère. À l'ambiance détendue. L'excellente nourriture. Aux conversations stimulantes. Pas d'effondrement de plafond. Pas d'alarme stridente. Pas d'invités courant dans une maison enfumée. Pas de canard carbonisé.

— Hé…

Abandonnant sa tâche, il s'accroupit devant elle.

— Je sais que tu aimes que tout soit parfait, mais la vie, ce n'est pas ça.

— Pas ces derniers temps, c'est sûr. Mais rien que cette fois…

Elle renifla.

— … cette fois qui était tellement importante, je voulais que les choses se déroulent sans incident. Et ça aurait dû arriver. J'ai suivi ma liste. J'ai été vigilante.

— Tu as établi une liste pour la soirée ?

— Oui, répondit-elle en se frottant les yeux. Nourriture. Musique. Boissons. Lumières. Ma mère a toujours fait comme ça, et il ne lui est jamais rien arrivé de ce genre. Je n'aurais pas dû cuisiner du canard. Elle disait toujours qu'il fallait préparer des plats qui n'avaient pas besoin d'attention de dernière minute. J'aurais dû faire du saumon.

— Mon cœur, j'ai quelque chose à te dire.

Au son de sa voix sérieuse, elle le regarda. Comme il semblait profondément chagriné, elle anticipa un autre désastre.

— Quoi ?

— Je suis content que tu aies fait du canard. Je déteste le saumon.

Elle le fixa.

— Tu détestes le saumon ?

— J'ai horreur de ça, affirma-t-il en frissonnant.

— Mais…

Comment pouvait-elle ne pas savoir ça ?

— C'est ma façon de le cuisiner ? Quelque chose que je fais ou ne fais pas ?

— Non. Rien à voir avec la cuisinière.

— Alors qu'est-ce qui te fait horreur, exactement ?

— Tout.

Il se laissa retomber sur ses talons.

— Le goût. La texture gluante. L'odeur de poisson. Ça me dégoûte.

Tout en se mouchant, elle réfléchit aux implications de cet aveu.

— Mais je te prépare du saumon toutes les semaines. Les oméga 3 sont importants pour la santé. Et à chaque fois, tu le manges et tu dis que c'est super.

— Je mens. Ce n'est pas super, même si ce n'est pas de ta faute. Je sais que ça te prend du temps en cuisine, et j'apprécie tes efforts.

— Je te fais du saumon depuis presque cinq ans. Quand as-tu commencé à détester ça ?

Il grimaça.

— Dès le début. Cinq ans.

— Cinq *ans* ?

— Cinquante-deux semaines par an.

Il inclina la tête sur le côté et marqua une pause.

— D'après mes calculs, ça fait environ deux cent soixante

morceaux de saumon que j'arrive à avaler avec le sourire. Ça fait beaucoup d'oméga 3. Je suis fort !

— Tu… Non ! Ce n'est pas possible. Pourquoi ne m'as-tu rien dit ?

Il lui toucha doucement la joue.

— Parce que tu fais tellement d'efforts pour créer ce foyer parfait pour nous. Pour nous offrir l'alimentation parfaite. La perfection partout. Et, franchement, je ne te connaissais pas si bien que ça quand on s'est installés ensemble. Je ne voulais vraiment pas risquer de te vexer en disant que je n'aimais pas quelque chose. Et puis j'étais embarrassé. « Complexé » serait une meilleure description.

— Complexé ? Parce que tu n'aimes pas le saumon ?

— Je suis le premier à admettre que quand je t'ai rencontrée je n'avais pas un palais très sophistiqué. J'étais plutôt du genre burgers et steaks. Si je voulais changer, je mangeais de la pizza. J'étais M. Je-mange-dehors ou Je-me-fais-livrer. J'étais incapable de me débrouiller dans une cuisine. Alors que toi, tu préparais des repas et des gâteaux compliqués comme dans une émission télé, avec toutes les garnitures. Je ne connaissais même pas ce mot-là, d'ailleurs. Et on mangeait à table, pas sur nos genoux. Il y avait des serviettes. De l'argenterie. Des chandelles. Une vie civilisée.

Ses yeux étaient d'un bleu intense.

— Chaque soirée avec toi me faisait l'effet d'un rancard dans un restaurant chic. Je ne savais pas ce que je mangeais la moitié du temps.

Elle se moucha à nouveau.

— La première fois que je t'ai servi du quinoa…

— J'ai cru que c'étaient des graines pour oiseau.

Ils s'esclaffèrent de concert, puis elle haussa les épaules.

— Mais le saumon ?

— Les premières fois, j'en ai mangé pour être poli. Ensuite, tu en as cuisiné toutes les semaines, et je n'ai pas réussi à trouver comment te dire à quel point je déteste le saumon. Plus je laissais traîner, plus ça devenait difficile.

Elle n'avait pas été au courant qu'il avait perdu son travail, et elle découvrait tout à coup qu'il détestait le saumon. Qu'ignorait-elle d'autre sur lui ?

— Mais c'est affreux.

Il posa les mains sur les siennes.

— Mon cœur, ce n'est pas affreux. Mais il est peut-être temps qu'on soit un peu plus honnêtes l'un envers l'autre.

Il se releva et l'aida à faire de même.

— Et on devrait peut-être tous les deux arrêter de faire autant d'efforts.

— Qu'est-ce que tu veux dire ?

— Tu t'évertues à rendre la vie parfaite, et quand le résultat n'est pas à la hauteur, ce qui est inévitable, tu es déçue et tu te sens personnellement responsable.

Il frotta la poussière qu'elle avait sur sa joue.

— Et moi, je m'évertue à être assez parfait pour faire partie de ton monde parfait. J'avoue que je vérifie même ton petit cahier de temps en temps pour savoir ce que je suis supposé faire.

Elle sentit son visage s'enflammer.

— Tu es au courant pour mon cahier ?

— Bien sûr. Pourquoi ? C'est un secret ?

— C'est mon organisation en coulisse.

— Pourquoi faut-il que ce soit en coulisse ?

— Parce que c'est censé paraître facile et sans efforts.

— Pourquoi ?

Il secoua la tête d'un air perplexe.

— Tu crois que je ne sais pas tous les efforts que tu fais pour notre foyer ? Crois-moi, j'en suis bien conscient. C'est aussi pour ça que je me sens sous pression pour apporter ma pierre à l'édifice.

C'est important pour toi que les choses se fassent d'une certaine façon. Je ne veux pas te décevoir.

— Mais tu ne me déçois pas.

Ses yeux se remplirent à nouveau de larmes.

— C'est moi qui te déçois. Ce soir, ce devait être un moment spécial. Mémorable. On passe tellement peu de temps ensemble, et tu te sentais sous pression, et je voulais te rappeler comment c'était quand on n'était que tous les deux…

Sa respiration était saccadée.

— Je voulais qu'on s'amuse, et maintenant, c'est raté.

— Tu plaisantes ? Ça faisait longtemps que je ne m'étais pas autant amusé. Et que je n'avais pas autant ri.

— Tu es sincère ?

En effet, il paraissait plus joyeux.

— Oui. La soirée ne s'est pas déroulée comme prévu, c'est vrai, mais ça ne veut pas dire que ça ne peut pas être romantique.

Il lui passa la main dans les cheveux et en délogea quelques petits éclats de plâtre.

— Tu trouves ça romantique ? s'étonna Christy.

— Absolument. Je ne t'ai jamais dit que tu étais jolie avec des bouts de plafond dans les cheveux ?

Elle émit un rire étranglé.

— Toutes les femmes rêvent d'entendre un homme leur dire ça.

— Voilà… Tu ris.

Il l'attira contre lui.

— Le rire, c'est le signe d'un bon rancard. Allez, maintenant, plus de larmes. J'ai une idée.

Elle appuya la tête contre son torse. Le plus incroyable, c'était qu'elle se sentait plus proche de lui en cet instant qu'elle ne l'avait été depuis des mois. C'était comme s'ils étaient du même côté, complices.

— Si ton idée n'inclut pas de réduire ce cottage en cendres, je n'ai probablement pas envie de l'entendre.

— Elle implique de contacter cet entrepreneur local que Zac a recruté pour l'aider quand on a emménagé. S'il peut nous caler dans son planning, on lui donnera les clés du cottage pour qu'il fasse les réparations pendant notre voyage.

Elle prit une grande inspiration.

— Mais on ne part pas pour la Laponie avant plusieurs jours. Et tu as besoin de paix et de tranquillité pour préparer ton entretien. Et de repos. On ne peut pas dormir dans cette chambre, et notre lit ne rentrera pas dans celle de Holly. J'avais un programme détaillé pour les prochains jours, qui te laissait le temps de te préparer, tout en ayant du repos et des bons petits plats et…

— Chut…

Il lui couvrit les lèvres de ses doigts.

— Passe-moi ton programme. Ton cahier. Où est-il ?

Elle le sortit d'un tiroir et le lui tendit.

— J'ai pensé qu'on pouvait… oh !

Il venait de jeter son cahier avec les restes calcinés du canard.

— Qu'est-ce que tu fais ? s'exclama-t-elle.

— Je bazarde ton programme. Ça te rend malheureuse, parce que la vie ne marche pas comme ça, et ça me rend malheureux, moi aussi. Alors on va laisser tomber les programmes et faire dans la spontanéité, et on commence tout de suite. Va faire tes bagages.

— Mes bagages ? Pour aller où ?

Son cœur battait la chamade. Elle paniquait presque en voyant sa liste à côté des pelures de pommes de terre. Cette liste était sa vie. Sans elle, Christy n'était pas sûre de pouvoir gérer les choses.

— On va se faire une escapade romantique, répondit-il.

— Quoi ? Seb, on ne peut pas partir comme ça.

— Pourquoi pas ?

— Parce que…

Elle s'interrompit. Pouvait-elle dire que ce n'était pas sur sa liste ?

— On n'a rien organisé.

— J'organise ça tout de suite.

Il avait son téléphone à la main et faisait défiler les pages.

Était-il sérieux ?

— Je dois aller au groupe de lecture demain. Je dois préparer une quiche.

Point quatre sur sa liste.

Il releva les yeux.

— Tu détestes ce groupe de lecture. Tu dis toujours que tes choix de livres les font ricaner.

— C'est vrai, et je n'aime pas ça, tu as raison, mais on essaie de faire partie de cette communauté, et je ne peux pas ne pas y aller.

— Bien sûr que si. La vie est trop courte pour passer du temps avec des gens qui te mettent mal à l'aise. Appelle-les pour leur dire que tu as un imprévu.

— Tu veux que je mente ?

— Ce n'est pas tout à fait mentir. Il s'agit vraiment de quelque chose qui n'était pas prévu.

— Tu ne connais pas Alison Whitley comme moi. Elle peut se montrer très désapprobatrice.

— Et alors ? Pourquoi as-tu besoin qu'elle ait une bonne opinion de toi ?

Il baissa son portable.

— Attends une minute. Tu as vraiment peur de cette vieille bique grincheuse ?

— Oui ! Elle a été la directrice de l'école du village pendant trente ans. Elle me donne constamment l'impression que je devrais être en retenue.

Il secoua la tête.

— Tu choisis ton groupe de lecture plutôt qu'une escapade romantique ?

Elle faisait ce choix parce que l'autre solution était une conversation difficile.

D'un autre côté, il s'agissait de son mariage, et Seb lui proposait de passer du temps tout seuls. De prendre le temps de parler.

Elle se redressa.

— Non. Je vais lui envoyer un SMS pour lui dire que j'ai mal au ventre.

La perspective de cette conversation allait sûrement lui donner mal au ventre, alors ce ne serait pas un mensonge.

Seb lui fit un clin d'œil.

— Dis-lui que c'est le saumon. Combien de temps il te faut pour faire tes bagages ?

— Tu veux partir maintenant ? Il est déjà 20 heures.

Elle repensa au soir de leur rencontre. Il s'était comporté exactement de la même façon. « Viens, on y va. Allons manger un morceau. Allons marcher le long du fleuve. »

Il reporta son attention sur son téléphone.

— Oublie la routine et les heures de coucher. Avant de te rencontrer, j'allais me coucher quand la fête s'arrêtait.

Elle oublia Alison Whitley et le groupe de lecture pour se rappeler combien ils avaient été proches au début de leur relation.

— En résumé, tu dis que j'ai gâché ta vie.

— Non, tu as changé ma vie, et ça m'a plu. Mais on a peut-être remisé un peu trop de choses de cette époque-là.

Il leva son portable.

— Je dois passer des coups de fil. Va préparer quelques affaires.

Il était résolu. Spontané. C'était l'homme qu'elle avait rencontré dans le bar ce soir-là. « Viens, on entre dans le parc en passant par-dessus la clôture. »

Elle avait l'impression de se tenir au bord de quelque chose d'inconnu et d'un peu dangereux.

— Je n'ai pas de liste. Comment veux-tu que je prévoie quoi que ce soit sans savoir où on va ?

— Il te faut des vêtements chauds, de quoi marcher confortablement, et si tu veux prendre une robe sexy, je suis sûr qu'on en trouvera l'utilité.

Il ne releva pas les yeux de son téléphone.

— Et tu dois emporter toutes tes affaires pour la Laponie parce qu'on ira droit à l'aéroport depuis Londres.

— Londres ?

— Oui, répondit-il en pianotant rapidement sur les touches. Mon entretien a lieu là-bas, et je vais devoir faire le trajet dans quelques jours, de toute façon. Autant partir plus tôt et y passer un peu de temps.

— On va à Londres ?

L'enthousiasme disproportionné qu'elle éprouvait était probablement lourd de sens, mais elle ne pouvait pas l'analyser pour l'instant. Sa tête était déjà bien assez remplie comme ça.

— On peut se le permettre ?

Il esquissa un sourire.

— Je suis optimiste à propos de ce travail. Lâchons-nous un peu.

Une bouffée d'émotion envahit Christy. Voilà ce qu'elle avait ressenti lorsqu'ils s'étaient rencontrés. Comme si elle était sur le point d'embarquer pour une incroyable aventure.

Noël à Londres… Comme ça lui avait manqué ! Les vitrines décorées. Knightsbridge. Le Musée d'histoire naturelle. Le London Eye, brillant de mille feux dans le ciel nocturne.

— On pourra aller faire du patin à glace ?

Il l'attira contre lui et la serra fort dans ses bras.

— On va tout faire, absolument tout.

10

Alix

Alix entendit des cris aigus et des gloussements adorables pendant que Holly essayait de retarder le moment d'aller au lit et de s'amuser jusqu'à la toute dernière minute. Elle entendit la voix grave de Zac, d'autres rires, puis des pas légers, avant que la petite fille n'entre dans le salon en dansant.

— Tata Alix ! Viens me lire une histoire.

— Tu as Zac.

— Je vous veux tous les deux.

Elle sautilla jusqu'à Alix et leva les bras pour qu'elle la soulève.

— Je veux l'histoire du bébé ours polaire.

— Je ne la connais pas, celle-là.

— Tonton Zac va te la raconter.

Holly se trémoussa contre elle, paraissant beaucoup trop alerte après un aussi long voyage.

Avaient-ils eu tort de la laisser dormir pendant le voyage ? Alix n'avait aucune idée de ce qu'était la meilleure approche.

Zac apparut sur le seuil, muni d'un livre et d'une peluche.

— J'ai perdu mon public.

— Je suis loin d'être une experte, mais le rituel du coucher n'est pas censé être un moment calme et tranquille ?

— Je suppose que ça dépend. Je préfère que mon rituel du coucher soit plus excitant.

Il lui fit un clin d'œil, puis retourna dans la chambre sans lui laisser l'occasion de répondre.

— Ça va, tata Alix ? demanda Holly en l'étudiant attentivement. Tu es toute rose.

— C'est à cause du feu. Il me donne chaud.

Elle entra dans l'alcôve douillette, puis borda Holly. C'était seulement maintenant qu'ils étaient tous les trois sur le lit qu'elle se rendait compte à quel point il était petit.

Holly se tortilla sur le matelas.

— Ce lit est bizarre.

— C'est le lit le plus confortable au monde, répliqua Alix en calant les nombreuses peluches autour d'elle. Je rêverais d'y dormir.

— Tu pourrais dormir avec moi. Noël, c'est demain ?

— Pas encore, poussin. Bientôt.

— Je veux que ça soit Noël tout de suite. Vous allez dormir avec moi tous les deux cette nuit ?

Holly se pelotonna sous la couette, serrée contre les jouets qui prenaient presque toute la place.

Alix secourut une jolie souris au museau pointu qui était sur le point de tomber par terre.

— Je crois qu'il y a un peu trop de monde ici. Tu as déjà assez de compagnie comme ça.

— Où est-ce que vous allez dormir ?

C'était un problème qu'elle n'avait pas encore abordé, mais Zac y avait déjà clairement songé.

— Tata Alix sera dans la chambre, et moi, dans le salon, sur le canapé.

— Je veux que vous dormiez tous les deux avec moi ici. J'ai peur.

Alix sentit un frisson d'appréhension la parcourir. Elle ne voulait pas que Holly fasse de mauvais rêves.

— Ça va aller.

Zac se pencha et ajouta un autre jouet au groupe qui partageait déjà le lit de Holly.

— De quoi as-tu peur exactement ?

Alix s'en voulut. C'était la question qu'elle aurait lui dû poser, bien sûr.

Holly serra son ours en peluche contre elle.

— Des ours blancs.

— Les ours blancs ne vivent pas ici.

— Des loups.

Zac réfléchit.

— Tous les loups sont occupés ailleurs. Et ils ne s'intéressent pas aux petites filles.

— Ils ont aimé le petit chaperon rouge.

— Bien vu…, fit-il d'un ton songeur. Mais ton pyjama est bleu. Pas de rouge en vue.

— Il y a peut-être un monstre sous le lit.

Alix secoua la tête.

— Il n'y a pas…

— Et si je vérifiais ?

Zac s'agenouilla pour jeter un œil.

— Pas de monstre. Il n'y a rien sous le lit. Tu es en sécurité.

Alix le regarda. Pourquoi n'avait-elle pas pensé à faire ça ?

Holly était bien décidée à faire durer le moment.

— Et si je fais des mauvais rêves ?

— Alors tu nous appelleras, et on viendra s'asseoir près de toi.

— Vous allez laisser la porte ouverte ?

Zac se leva.

— La porte sera ouverte. Allez, dors bien.

Alix sentit une partie de sa tension se dissiper. Il était doué avec la petite. C'était rassurant de savoir qu'en cas de crise il serait capable de se débrouiller.

Holly tendit les bras vers Alix. Elle se pencha et enlaça la petite fille, inspirant son shampoing et son innocence, sentant ses boucles douces lui chatouiller les joues.

— Bonne nuit, ma puce.

— Je t'aime, tata Alix.

— Je… t'aime aussi.

Elle buta sur les mots, consciente que Zac écoutait. Qu'est-ce qui n'allait pas chez elle, pour qu'elle ait autant de mal à dire cette phrase à une petite fille ? Une petite fille qu'elle aimait vraiment ?

Mais Holly parut satisfaite de sa réponse hésitante.

— Tu es belle comme une princesse et intelligente comme une astronaute.

— Oh ! Eh bien, merci. Je crois.

Holly se roula en boule, le renne calé sous le menton.

— Quand tu te marieras, je pourrai être ta demoiselle d'honneur ?

— Je… Quoi ? Je ne… Oui ! Absolument !

Demoiselle d'honneur ? D'où est-ce que ça sortait, ça ?

— Je ne voudrais personne d'autre que toi comme demoiselle d'honneur. Tu serais parfaite. La seule…

Oh ! arrête de babiller, Alix !

— Mais je ne me marierai probablement pas, alors…

— Pourquoi ? demanda Holly, les yeux écarquillés.

Pourquoi, pourquoi, pourquoi. Tout était matière à *pourquoi.*

— Parce que…

Au secours ! Voilà pourquoi c'était une mauvaise idée qu'elle soit seule avec une enfant. Cette conversation était aussi problématique que de parler du Père Noël. Pire même.

— Je suis heureuse toute seule. Et c'est très bien comme ça. Tout le monde ne veut pas se marier, Holly. Il faut rencontrer la bonne personne.

Et il fallait éprouver des sentiments forts pour quelqu'un, or elle s'était entraînée à contrôler ce genre d'élans. Il fallait aussi être doué pour les relations, ce qui n'était vraiment pas son cas.

Holly se rapprocha d'elle.

— Tonton Zac n'est pas marié non plus. Tu pourrais te marier avec lui.

Zac émit un bruit étranglé.

— En voilà une idée intéressante.

Alix s'obligea à sourire et se concentra sur Holly.

— En général, il faut que les deux personnes s'aiment avant de se marier.

— J'aime tonton Zac. Tu n'aimes pas tonton Zac ?

Découragée, Alix courba les épaules. Comment Christy faisait-elle pour gérer toutes ces questions gênantes ? Mais bon, du moment que Holly ne demandait pas comment on faisait les bébés…

— Je suis sûre que beaucoup de gens trouveraient que tonton Zac est…

Quoi donc ?

— Une bonne personne.

— Une *bonne personne ?*

Elle tourna les yeux vers lui.

— Tu dois bien avoir quelques qualités qui compensent le reste.

Il haussa un sourcil.

— Je ne me doutais pas que tu avais autant d'estime pour moi. On devrait réserver l'église tout de suite.

— Ça suffit !

Il y avait une limite à ce qu'elle était prête à tolérer, même pour faire plaisir à Holly.

— Il est l'heure de se coucher, sinon ta maman va m'en vouloir de te laisser rester debout aussi tard.

— D'accord, répondit Holly en se pelotonnant sous la couette. Je t'aime, tonton Zac.

— Moi aussi, je t'aime.

Il semblait tout à fait à l'aise avec ces mots.

À combien de femmes les avait-il dits ?

Elle se leva rapidement et borda Holly. La réponse à cette question ne l'intéressait pas du tout.

— Fais dodo maintenant.

La petite fille attrapa la main de Zac.

— Si tu te mariais avec tata Alix, alors je serais votre demoiselle d'honneur.

Alix tourna les talons et fonça vers le réfrigérateur.

Du vin. Robyn avait parlé de vin. Elle avait besoin d'un verre, tout de suite.

Elle sortit une bouteille, puis trouva deux verres. Zac serait sûrement dans le même état qu'elle et ne dirait pas non à un peu d'alcool.

— On dirait que tonton Zac a déjà réussi à pousser tata Alix à la boisson.

L'amusement audible dans sa voix était plus perturbant que tout ce qui s'était passé avant.

— Voilà pourquoi je n'ai pas d'enfants. Enfin, c'est l'une des raisons, déclara-t-elle en remplissant les deux verres. Toutes ces questions gênantes… À partir de maintenant, tu as pour mission officielle de répondre à toutes les questions gênantes.

Prenant le verre qu'elle lui tendait, il répondit :

— C'est assez simple. Il faut répondre franchement. Les gamins ont un détecteur de mensonge intégré.

— J'aurais dû lui dire que toi et moi on ne peut pas se voir en peinture ?

— Tu aurais pu lui dire ça…

Il fit tinter son verre contre le sien.

— … mais on sait tous les deux que ça aurait été un mensonge. Et elle l'aurait su.

— Tu délires.

— Essaie de t'en convaincre si tu y arrives. Je comprends que tu aies peur.

Il posa le verre, puis ouvrit le réfrigérateur.

— Mmm. Saumon fumé. Mûres de Logan. J'avais oublié à quel point j'aime la Suède. Ça me plairait qu'on fasse ça pour moi à la maison. Remplir mon frigo de nourriture délicieuse, en me laissant pour seule tâche de suivre les instructions.

— Tu penses que j'ai peur ?

— Je sais que tu as peur.

Il sortit deux plats.

— Tu es prête pour ton ragoût de renne ?

Elle jeta un coup d'œil vers la chambre.

— Parle moins fort. Je ne veux pas que Holly nous demande si on est en train de manger Rudolph.

— Bien vu.

Il vérifia les consignes de cuisson, puis mit le civet à réchauffer.

— Je peux certifier que ce n'était pas Rudolph. Celui-ci était probablement le renne rebelle.

— J'ai toujours eu de l'affection pour les rebelles, alors si tu veux que j'en mange, tu ferais mieux de te taire. Il est bon, ce vin.

— En effet. Tout comme la nourriture.

Il sortit des assiettes d'un placard et les apporta jusqu'à la petite table positionnée pour profiter au mieux du lac et de la forêt.

— Et on ne pouvait pas rêver d'une meilleure vue.

— C'est splendide. La seule chose qui ne soit pas au niveau, c'est la compagnie.

— Oh ! je t'en prie. Admets-le : tu me trouves charmant et irrésistible. C'est pour ça que tu es inquiète.

Il ouvrit plusieurs tiroirs avant de repérer des serviettes.

— Je suis inquiète parce qu'on est coincés ici ensemble. Pourquoi n'as-tu pas dit la vérité à Robyn ?

— Parce qu'elle nous a déjà dit qu'ils étaient complets.

Il posa des sets et les serviettes sur la table.

— Et comme il n'y avait pas d'autres options disponibles, je ne voyais pas l'intérêt de l'embarrasser et de la stresser.

— Qu'a dit Christy pour qu'elle en vienne à croire qu'on était en couple ? demanda Christy, exaspérée.

Il haussa les épaules.

— C'était peut-être l'interprétation d'Erik. Nous, les hommes, nous sommes simples. Les nuances des relations nous échappent souvent. Si Christy a dit qu'on venait ensemble, en conclure qu'on est « ensemble » n'a rien de déraisonnable.

Ça l'était aux yeux d'Alix.

Elle le suivit du regard tandis qu'il se déplaçait dans la pièce.

— Demain, je dirai la vérité à Robyn et je lui demanderai si tu peux loger dans le bâtiment principal au cas où une chambre se libère.

Il fronça les sourcils.

— Je ne veux pas loger dans le bâtiment principal.

— Très bien. Dans ce cas, c'est moi qui irai.

Elle ravala sa déception. Ce chalet était idyllique. Elle aurait volontiers emménagé ici pour toujours.

— Alix.

Toute trace d'humour avait disparu de sa voix.

— Tu ne peux pas lui demander ça. Tu as entendu ce qu'elle a dit : ils sont complets. Tu ne peux pas exiger d'elle qu'elle s'adapte à ton tempérament nerveux.

— Je ne suis pas d'un tempérament nerveux. Je suis difficile pour ce qui des gens avec qui je dois partager un chalet.

— Tu veux vraiment rompre ta promesse à Christy ? On est censés s'occuper de Holly ensemble. Et c'est ce qu'on va faire.

— Zac…

— Bon, ça suffit.

Il posa son verre et se dirigea vers elle.

— Ça suffit, Alix.

— Qu'est-ce qui suffit ?

Elle recula jusqu'à ce que ses épaules soient pressées contre le mur en lambris.

— J'ai joué le jeu, j'ai respecté ton souhait de ne pas dire la vérité à nos amis, poursuivit-il en s'approchant d'elle, bloquant toute issue. Mais là, on n'est que tous les deux. Il est temps d'être honnêtes.

— À propos de quoi ?

Il posa les mains sur le mur de chaque côté d'elle.

— On va vraiment ignorer ce qui s'est passé au mariage ?

Alix sentait son corps effleurer le sien.

— J'étais bouleversée.

Elle détestait se rappeler à quel point.

— Je protégeais mon amie. Tu étais bouleversé et tu protégeais le tien.

— Ce n'est pas de ça que je parle.

— Je… je t'ai raconté beaucoup de choses sur moi que je ne révèle pas normalement. Parce que je savais que tu me jugeais, et tout ça était tellement stressant, et…

— Je ne parle pas de ça non plus. Et je ne te jugeais pas.

— Tu pensais que je m'immisçais dans leur vie.

— Tout m'est apparu évident quand tu m'as parlé de ta propre expérience. Je ne veux pas parler de ça.

Il baissa les yeux sur la bouche d'Alix.

— Je parle de ce qui s'est passé *après* ça.

— Je n'ai aucun souvenir…

Il l'embrassa avec fougue, tout en attirant sa tête plus près de la sienne. Il y avait de la force dans ses doigts, mais il était doux – si doux –, et elle sentit son pouls s'emballer. Toute résistance était futile. Elle lui rendit son baiser, se lovant contre lui, les mains posées sur son torse, puis sur ses épaules. Le chalet, tout ce qui l'entourait, le passé, ses pensées… tout disparut autour d'elle, et elle se concentra sur le moment présent. Cet homme. La chaleur de leur étreinte. Elle avait essayé de tout effacer de sa mémoire, mais apparemment son corps n'avait rien oublié.

Il murmura quelque chose et resserra son étreinte, son bras libre la pressant contre son corps.

Elle sentit ses muscles durs, perçut son désir brûlant, puis glissa les bras autour de son cou et l'embrassa, encore et encore jusqu'à ce qu'elle ait l'impression d'avoir été droguée, jusqu'à ce que…

— Tonton Zac ?

Il fallut une minute pour que la petite voix pénètre l'épais brouillard d'excitation sexuelle qui les enveloppait tous les deux.

— Tonton Zac ?

Zac s'écarta si brusquement qu'Alix fut soulagée d'avoir un mur sur lequel s'appuyer. Ses jambes tremblaient et son cœur tambourinait dans sa poitrine.

Merde. *Merde*. Que venait-il de se passer ? C'était du grand n'importe quoi et ça allait tout compliquer. Et la principale complication les fixait tous les deux, les yeux ronds.

— Coucou, ma grande.

La voix de Zac était rauque. Il se racla la gorge, secoua la tête et recommença.

— Qu'est-ce qui ne va pas ?

— J'ai fait un mauvais rêve.

— Mais c'est terrible, ça.

Après s'être ressaisi, Zac s'approcha d'elle à grands pas et la souleva.

— Tu veux me raconter ce qu'il y avait dans ce rêve ?

— J'ai oublié, répondit Holly en lui passant les bras autour du cou. Tu embrassais tata Alix.

Zac lui-même parut désemparé, ne sachant que répondre.

— Eh bien, je…

— Et tata Alix t'embrassait aussi.

Qu'était-elle censée dire ? Elle ne pouvait pas vraiment nier, étant donné que Zac et elle avaient été en train de se dévorer à pleine bouche comme des animaux.

Alix s'efforça de ralentir les battements effrénés de son cœur.

— Holly, ce n'était pas…

— C'est bon, répondit la fillette avec un sourire radieux. Quand on embrasse quelqu'un, ça veut dire qu'on l'aime. Maintenant, vous devez vous marier, et comme ça, je pourrai être demoiselle d'honneur.

Comme cette pensée heureuse semblait avoir chassé les effets du mauvais rêve, elle gigota pour que Zac la repose par terre et repartit vers son lit.

Il se frotta la nuque, jeta un rapide coup d'œil vers Alix, puis suivit Holly dans la chambre.

Alix marcha jusqu'à la fenêtre. Elle s'affaissa contre la vitre et appuya son front brûlant contre le verre glacé. Dehors, la neige était lumineuse, donnant à la forêt une beauté éthérée. Elle éprouvait le besoin d'aller marcher pour se calmer, mais avec la chance qu'elle avait en ce moment elle tomberait sûrement dans une congère et mourrait de froid. Ou elle se ferait manger par un loup. Ou, pire encore, elle devrait être secourue par Zac.

Zac.

Elle expira lentement, et un nuage de buée se forma sur la vitre.

Et si Holly disait quelque chose à Christy ? Alix devrait répondre à des questions difficiles. Elle n'avait jamais évoqué ce qui s'était passé la veille du mariage, et elle n'en avait toujours pas l'intention. Elle essayait de ne pas y penser.

Elle avait couché avec Zac.

Elle l'avait rayé de sa mémoire, l'avait ignoré, avait prétendu que ce n'était pas arrivé.

Elle avait pensé qu'il ferait de même, mais il l'avait appelée. Deux fois. Elle n'avait pas répondu. Il lui avait envoyé un mail. Elle l'avait effacé. Elle ne lui avait pas donné la moindre occasion de reparler de ce qui s'était passé. Elle avait évité tous les engagements sociaux où leurs chemins auraient risqué de se croiser.

Voilà pourquoi il avait été si sûr qu'elle refuserait de faire ce voyage.

Et elle aurait dû refuser. *Elle aurait dû refuser.*

Mais maintenant ils étaient ici, et elle ne pouvait pas s'échapper.

Zac sortit de la chambre et la rejoignit.

— J'imagine que notre vilain secret inavouable est éventé.

Le son de sa voix suffit à faire accélérer son pouls.

Elle resta face à la fenêtre pour qu'il ne voie pas son visage.

— Elle a quatre ans, Zac. Demain, elle aura tout oublié.

Elle ne pouvait pas en dire autant. Elle avait passé presque cinq ans à tenter d'oublier cette nuit, et un seul baiser avait anéanti tous ses efforts. L'alchimie entre eux était indéniable, mais il n'y avait pas que ça. C'était sa douceur. La façon dont il l'avait embrassée, avec délicatesse et tendresse, comme s'il connaissait le moindre de ses secrets.

Ce qui était le cas, bien sûr.

Christy croyait qu'ils s'étaient disputés ce soir-là, mais ça avait été bien pire. Elle lui avait dit des choses. Des choses qu'elle avait seulement racontées à Christy. Et Zac avait écouté. Il l'avait écoutée déballer tout ce qu'elle avait sur le cœur, puis l'avait tenue contre lui pendant qu'elle sanglotait. Et rien ne pouvait effacer ce moment d'honnêteté et de vulnérabilité. Elle ne pouvait pas s'isoler ou faire semblant d'être indifférente. Il la comprenait, et c'était terrifiant. Elle ne voulait pas que quiconque en sache autant sur elle.

Il posa les mains sur ses épaules.

— Je suis désolé de t'annoncer ça, mais elle ne va pas oublier. S'il y a bien une chose que je sais sur les enfants de quatre ans, c'est qu'ils ont tendance à dire des choses qu'on n'a pas envie qu'ils disent.

— Merci de me rassurer.

Elle sentit son corps effleurer le sien et ravala l'envie de se tourner vers lui pour poser la tête sur son torse.

— On peut s'attendre à quelques questions gênantes, conclut-il.

Elle ferma les yeux un instant.

— Qu'est-ce que tu suggères ? Tenter de la persuader qu'elle n'a pas vu ce qu'elle a vu ?

— Ça ne marchera pas. On ne peut pas mentir à une petite fille de quatre ans.

Enfin, elle se tourna.

— On fait quoi, alors ?

— D'après moi, il n'y a qu'une seule solution.

— Laquelle ?

Il caressa la courbe de sa mâchoire du bout des doigts et sourit.

— On s'est embrassés, alors maintenant, il faut qu'on se marie.

11

Christy

En moins d'une demi-heure, ils avaient fait leurs bagages, verrouillé la maison et parlé à l'entrepreneur. Celui-ci avait eu l'obligeance de passer récupérer la clé et leur avait proposé de les déposer à la gare.

— Un gars du coin, déclara Seb. C'est l'un des avantages à vivre dans un petit village.

Il rangea leurs valises dans l'espace prévu à cet effet dans le train, puis ils s'installèrent dans leurs sièges.

— Il s'occupera de nos travaux entre deux autres chantiers.

Le cottage serait peut-être remis en état pour de bon avant qu'ils ne rentrent chez eux. Est-ce que ça suffirait à réparer ce qui n'allait pas chez elle ? À changer ce qu'elle ressentait pour cet endroit ?

Pour l'instant, elle s'en moquait. Avec une touche de défiance, elle envoya un message à Alison pour la prévenir qu'elle ne viendrait pas au groupe de lecture. Elle avait peut-être un petit côté rebelle, après tout.

Plus ils approchaient de Londres, plus son humeur s'améliorait.

Quand le train entra enfin en gare, elle eut l'impression d'être de retour chez elle.

Malgré l'heure tardive, les lieux bourdonnaient d'activité. Un énorme sapin étincelant se dressait au milieu du hall, et une petite chorale chantait des chants de Noël à un public de banlieusards impatients.

Seb chargea leurs bagages dans un taxi, puis ils prirent place sur la banquette et regardèrent la ville défiler derrière les vitres.

Quand le véhicule s'arrêta devant un petit hôtel de charme au bord du fleuve, elle le dévisagea, incrédule.

— On peut se le permettre ?

— J'ai réservé au dernier moment. Il se trouve qu'ils avaient une chambre. On a passé un marché.

— Et tu es un excellent négociateur.

— Je pensais l'être, mais apparemment ce talent m'a abandonné, ces derniers temps. Espérons que c'est sur le point de changer.

Après avoir payé le chauffeur, il fit du charme à la réceptionniste. Quelques instants plus tard, ils étaient surclassés dans une suite donnant sur la Tamise.

Christy s'agenouilla sur la banquette de fenêtre et contempla la ville lumineuse, sublimée par la magie de Noël.

— Je n'en crois pas mes yeux. Cette vue est spectaculaire.

— Tu vois ?

Seb posa leurs bagages et la rejoignit.

— Parfois la vie dévore les projets et les remplace par quelque chose de mieux.

— Ce n'était pas la vie, c'était toi.

Elle se leva, passa les bras autour de son cou et l'embrassa.

— Merci.

— Ne me remercie pas encore. Je n'ai pas fini. Mets ton manteau et ton bonnet. On va se promener.

— Maintenant ?

— Oui. On n'a pas d'enfant qui dort à l'étage. On n'a pas de planning à respecter. On peut aller au lit quand l'envie nous en prend et on peut faire la grasse matinée. Pour l'instant, on va se balader et manger.

— On réserve ?

— Non, on ne réserve pas.

Ils achetèrent un burger dans un petit snack et le mangèrent sur la berge. Même si elle avait les doigts gelés, Christy décida que c'était sans conteste le meilleur repas de sa vie.

— C'est bon.

— Je venais ici tout le temps en fin de soirée.

Il lui vola quelques frites.

— Probablement un peu trop souvent.

Et puis il l'avait rencontrée.

Elle n'avait jamais souhaité qu'il change, pourtant c'était arrivé. Insidieusement.

Pour l'instant, en tout cas, toute tension avait quitté Seb.

— C'était une idée géniale, affirma-t-elle.

— Eh oui.

Il passa le bras autour de ses épaules et l'embrassa.

— C'est ce qu'un héros de film d'action fait en situation de crise. Il réserve une chambre dans un hôtel chic dont le plafond n'est pas sur le point de s'effondrer. On devrait retourner là-bas et ouvrir une bouteille de champagne. J'ai quelques idées sur ce qu'on pourrait faire dans ce grand lit.

C'était loin d'être la soirée qu'elle avait prévue, mais tout s'était bien passé. Mieux qu'elle ne l'avait espéré.

Elle leva les yeux vers lui.

— On pourrait commander du saumon au room service.

Elle plaisantait, mais une partie d'elle-même continuait à s'interroger : qu'ignorait-elle d'autre sur lui ?

C'était le problème avec ce qui leur était arrivé : un coup de foudre suivi par l'arrivée d'un enfant, puis par le décès de sa mère. Ils n'avaient pas vécu le processus de découverte, le lent dévoilement de secrets qui faisait partie intégrante de n'importe quelle relation. À moins que ce n'ait rien à voir avec leur histoire et tout à voir avec elle ? Elle avait construit son projet de vie et avait imbriqué Seb dedans, au lieu de bâtir quelque chose avec lui.

Elle s'appuya contre le mur et regarda les lumières reflétées sur la surface de la Tamise.

Elle n'avait pas compris combien elle aimait cet endroit avant de le quitter. Pourquoi n'avait-elle vu que les côtés négatifs quand elle vivait ici, alors qu'elle ne voyait que le positif en tant que touriste ? Elle ignorait beaucoup de choses sur Seb, mais elle commençait à se rendre compte qu'elle ne se connaissait pas elle-même. C'était ça qui était le plus effrayant. Elle avait voulu déménager, mais regrettait à présent de l'avoir fait. Son petit monde construit avec précaution s'écroulait. Christy ne savait pas quoi faire sans structure. Elle était suspendue par le bout des doigts aux échafaudages de son ancienne vie. Elle se sentait perdue. Tout ce qu'elle savait, c'était qu'en cet instant elle était heureuse. Et ça lui suffisait.

Elle se tourna vers lui.

— Dis-moi autre chose que j'ignore sur toi.

— Quoi ?

— Je suis toujours secouée à cause du saumon. Que m'as-tu caché d'autre ?

— Je ne suis pas fan de betterave non plus.

Elle éclata de rire.

— Je ne parle pas de nourriture. Je parle d'autre chose. Les choses importantes.

Il l'attira contre lui.

— Il n'y a pas grand-chose à savoir.

— Bien sûr que si. Quel est ton plus vieux souvenir ?

— J'essaie d'enlever la queue de notre chatte et je découvre qu'elle est attachée.

— Aïe, fit-elle en grimaçant. Elle s'est vengée ?

— Non. Elle était patiente. Et toi, quel est ton plus vieux souvenir ?

Elle s'appuya contre son épaule.

— Le mien est bizarre.

— Je t'écoute.

— Je me souviens de cris.

— De cris ?

— Je t'ai dit que c'était bizarre. Et mes parents n'ont jamais crié de leur vie, alors ça n'a aucun sens. J'ai même posé la question à ma mère un jour.

— Et ?

— Elle a dit que j'avais dû l'imaginer.

Elle resserra son écharpe autour de son cou.

— Peut-être que c'est le cas.

— Que criaient-ils ?

— Je ne sais pas. Je ne me rappelle pas les mots, seulement le ton. Alors peut-être que j'ai rêvé.

— Peut-être. Ou peut-être que ça s'est mêlé à un autre souvenir.

— Mon plus vieux souvenir, c'est quand je suis rentrée à l'école maternelle et que la maîtresse m'a demandé de faire une tarte. Elle ne m'avait donné qu'une feuille de papier, alors j'ai trouvé que c'était une demande déraisonnable. Naturellement, j'ai pleuré.

— Naturellement. Cette histoire a-t-elle une fin heureuse ?

— Oui. Il s'avère que la maîtresse avait dit « carte », mais sa diction n'était pas terrible. Tout ce drame pour rien… Il a fallu à ma mère deux heures et un gros bakchich pour me persuader d'y retourner le lendemain. Je me suis tellement agrippée à son écharpe que j'ai failli l'étrangler. Mais une fois que j'ai compris ce qu'elle voulait, je me suis transformée en chaîne de production de cartes. Tout le monde a eu droit à une carte faite main ce Noël-là.

Elle observa un bateau fendre l'eau en silence.

— Raconte-moi tes Noëls quand tu étais petit.

— Que veux-tu savoir ?

— Tout. Je veux tout connaître de toi. Quelles étaient tes traditions préférées ?

— Je n'en ai aucune.

— Tu dois bien en avoir au moins une. Bon, d'accord, je commence. Chez nous, c'était d'aller chercher l'arbre. On attendait que mon père rentre du travail, puis on y allait tous ensemble. Et ils se disputaient toujours à propos de la taille. Maman voulait un petit sapin qui ne prenne pas trop de place, mais mon père en voulait un géant.

Rien que d'y penser, elle sourit.

— Il gagnait toujours la bataille, mais comme c'était bien la seule chose qu'il gagnait, je pense que secrètement ma mère aimait le grand arbre. Après en avoir choisi un, on le traînait à la maison. On sortait toutes les décorations habituelles, qu'on avait depuis toujours. Alix et moi, on buvait du chocolat chaud et on dansait sur de la musique de Noël, pendant que papa s'occupait des guirlandes lumineuses.

— C'est pour ça que tu fais la même chose avec Holly.

— Oui. C'est la tradition, je suppose.

Une pointe de nostalgie l'assaillit au souvenir de cette époque insouciante où tout était plus simple.

— C'est ton tour.

Il ôta le bras de son épaule.

— On ne faisait rien de ce genre.

— Vous deviez bien avoir vos propres traditions ? demanda-t-elle, sentant qu'il se crispait.

— Mes Noëls ne ressemblaient pas aux tiens. À t'entendre, les tiens semblaient tout droit sortis d'un film.

Elle réfléchit quelques instants.

— Pas vraiment. Ça donne peut-être cette impression parce que je me concentre sur les aspects positifs.

— Il y avait d'autres aspects ?

— Oui. De l'extérieur, c'était parfait ou presque.

Elle fouilla dans ses pensées. Avaient-ils vraiment été parfaits ? Pour de vrai ?

— Pour être franche, c'était vraiment stressant, tous ces efforts pour essayer d'atteindre la perfection voulue par ma mère. La vie ne se déroule pas toujours comme on le voudrait, pas vrai ? Il y a eu l'année où la dinde était avariée, puis celle où papa a fait sauter les lumières et on a dû utiliser des bougies. Ma mère voulait que tout soit exactement comme elle le voulait, ce qui mettait beaucoup de pression sur les épaules de tous ceux qui l'entouraient.

Ensuite, elles avaient traversé des années difficiles après la mort de son père.

— Elle supervisait le moindre aspect sans jamais rien déléguer. La maison, l'arbre, la nourriture… même moi. Oh !

Un sentiment d'horreur glacée l'envahit lorsqu'elle comprit la vérité.

— Je suis exactement comme elle. Je suis devenue elle. Je dresse des listes. Ça me contrarie que les choses ne se passent pas exactement comme je l'avais prévu…

— Ne sois pas trop sévère envers toi-même. Il faut planifier certaines choses dans la vie, sinon on n'accomplirait jamais rien.

Il l'attira à nouveau dans ses bras.

— Tu es toujours capable d'être spontanée. Le fait que tu sois ici en est la preuve.

Était-ce vrai ? Elle commençait à penser qu'elle ne se connaissait pas bien du tout.

Faire des projets et tout contrôler l'avait aidée à surmonter des moments difficiles, notamment la mort de ses parents. Elle avait cru qu'elle était ainsi faite, mais ce n'était peut-être pas le cas. Et si c'était seulement ce qu'elle était devenue ? Et si la Christy spontanée et impulsive était sa vraie personnalité ?

Tout ça était très déroutant. Elle voulait que quelqu'un lui fasse passer une radio ou analyse son sang pour lui dire : « Oui, vous êtes à quatre-vingt-dix pour cent spontanée, alors soyez cette personne. »

À force de vouloir contrôler sa vie, en éliminant tout ce qui était mauvais, imprévisible, problématique, à côté de quoi était-elle passée ?

Elle avait paniqué quand il avait jeté son cahier, mais à présent elle se demandait s'il ne lui avait pas rendu service.

— Et toi ? Vous ne faisiez rien du tout pour Noël ?

— Mes souvenirs de Noël ne vont pas te mettre d'humeur très festive.

Il la lâcha, mais cette fois elle l'empêcha de s'écarter.

— Je veux savoir. Vraiment. Vous aviez un sapin ?

Il haussa les épaules.

— On n'était que tous les deux, avec mon père. Je suppose qu'il ne trouvait pas ça très important.

— Vous ne décoriez même pas une plante ?

— Mon père n'était pas porté sur les plantes. Il devait déjà s'occuper de moi, ça suffisait comme ça.

Christy sentit son cœur se serrer pour lui. Il avait plus en commun avec Alix qu'il ne le pensait.

— Ça a dû être dur pour lui de t'élever tout seul.

— Oui. Mais en réalité il n'était pas très présent. Il travaillait. Il essayait de nous nourrir et de garder un toit au-dessus de nos têtes. Techniquement, je me suis élevé tout seul.

— Et le repas de Noël ?

— On n'avait pas de dinde, ni rien de ce genre. Je ne me rappelle même pas en avoir voulu une. On n'aurait pas su quoi en faire, ni lui ni moi. Franchement, je ne me souviens même pas de ce qu'on mangeait. Des trucs normaux.

— Il te manque ?

Il mit un certain temps à répondre.

— Oui, finit-il par admettre. Ce qui n'a aucun sens, parce que ça fait sept ans qu'il est mort, et ce n'est pas comme si on était vraiment liés.

Il embrassa Christy sur le front.

— Tu es consciente que je te raconte tout ça pour que tu aies de la peine pour moi et que tu essaies de me réconforter. Et, d'ailleurs, si c'est bien ton intention, j'ai quelques suggestions.

Elle appuya la tête sur son torse.

— J'aime que tu me racontes des choses. Je veux tout savoir.

Elle se sentait déjà plus proche de lui. Ils ne se parlaient pas assez souvent comme ça, c'était évident. Leurs conversations tournaient la plupart du temps autour de sujets pratiques. « Tu peux acheter du lait en rentrant ? » ou « Tu as pensé à fermer la porte à clé ? » Les discussions pour se découvrir ou pour partager leurs pensées se faisaient rares. Mais elle en avait peut-être suffisamment appris sur son passé pour l'instant. Ils avaient le temps. Tout leur temps.

— Dis-m'en plus sur ce travail. Tu veux vraiment ce poste ? Ou c'est seulement pour payer les factures ?

— Je le veux vraiment. Ce serait le boulot idéal, je suppose. Directeur de clientèle. Dans une agence en plein essor. Elle se développe rapidement, ce qui est positif. Une équipe jeune, dynamique. Pas de « c'est comme ça qu'on a toujours fait les choses ». Ils ont envie d'innover. Les médias numériques sont la clé.

— Eh bien, ça m'a l'air super.

Une bouffée d'optimisme l'envahit, ainsi que du soulagement : il ne prenait pas n'importe quoi parce qu'il devait subvenir aux besoins de sa femme et de sa fille.

— Parfait pour toi.

— L'essentiel, c'est qu'ils me trouvent parfait pour eux.

Il marqua une pause, avant de poursuivre :

— Je n'ai jamais ressenti ça auparavant. Ça n'a jamais compté à ce point jusqu'à aujourd'hui. Et si je n'ai pas le poste ?

Elle ne l'avait jamais entendu manquer d'assurance et en fut troublée.

— Je…

— Oublie ce que je viens de dire, l'interrompit-il aussitôt en lui caressant les cheveux. Ça va aller. Tout va bien se passer.

En réalité, il voulait dire qu'il n'aurait pas dû lui confier ses angoisses, et c'était sa faute à elle parce que, sans le vouloir, elle lui avait laissé croire qu'elle ne pouvait pas faire face. Mais elle en était capable. C'était une nécessité.

— Je ne veux pas que tu fasses semblant ou que tu joues la comédie avec moi, Seb. Je veux savoir ce que tu ressens.

Il lui adressa un sourire en coin.

— Probablement pas.

— Mais si.

Il paniquait, c'était évident, et au fond d'elle-même elle paniquait aussi. Ce n'était pas seulement parce que leur relation lui semblait encore fragile. Ils étaient ensemble depuis cinq ans, pourtant ce qui se passait était inédit. Sa vie tout entière paraissait soudain incertaine et imprévisible – *Et s'il n'obtient pas le poste ? Quelles seraient les conséquences pour nous ?* –, et elle en était déstabilisée. Elle avait l'habitude de planifier la moindre seconde de ses journées. De contrôler les apparences, de lisser les hauts et les bas. Elle avait imaginé à quoi ressemblerait sa vie, et cette image lui échappait. Elle voulait la rattraper, la réparer et la garder en sécurité, mais elle ne savait pas comment s'y prendre, ni si elle voulait le faire. Même leur façon de converser, de partager leurs pensées, n'était pas habituelle.

— Tu auras le poste. Je le sais. J'en suis intimement persuadée.

Elle voulait le rassurer et lui redonner la belle confiance en lui dont il bénéficiait lorsqu'ils s'étaient rencontrés. Elle ne savait pas exactement en quoi consistait son travail, mais une chose était sûre : il devait aller à cet entretien en étant convaincu de réussir.

Quelque chose de froid lui toucha la joue, et elle se rendit compte qu'il neigeait. C'étaient juste quelques flocons, tombant comme des plumes sur ses cheveux et son manteau, mais oui, il neigeait.

— Seb !

Elle leva le visage puis ses paumes vers le ciel, et se mit à rire quand les petits cristaux se posèrent sur sa peau. C'était forcément un signe.

— De bonnes choses m'arrivent quand il neige.

— Espérons que tu as raison.

Il se tourna vers elle et la serra contre lui.

— Je suis content qu'on soit venus ici. Tu as l'air différente. Tu ressembles plus à la femme que j'ai épousée.

Elle était la femme qu'il avait épousée, non ?

Elle repensa à cette époque. Parfois, il lui semblait que sa vie avait été planifiée et toute tracée jusqu'à sa rencontre avec Seb. Pendant une brève période, avant la naissance du bébé, tout n'avait été que spontanéité et élans impulsifs, et elle n'avait jamais rien vécu d'aussi grisant. Ce moment d'intense bouleversement de ses habitudes avait paru naturel, et c'était seulement maintenant qu'elle se rendait compte à quelle vitesse elle était revenue à son ancienne façon de faire les choses. La mort de sa mère avait tout empiré, bien sûr.

À présent, elle avait un choix à faire. Voulait-elle rester dans cet espace protégé où elle se réfugiait automatiquement ?

Non. Elle ne voulait pas vivre sa vie de la même façon que sa mère.

Peu importe ce qui arrive, songea Christy, *que ce soit compliqué ou difficile, je ne fuirai pas les problèmes. Je les affronterai.*

Et elle allait assumer son côté spontané.

12

Alix

— Je veux jouer dans la neige.

Holly était assise entre Zac et Alix dans le traîneau tiré par la motoneige d'Erik. Alix la tenait fermement en place, terrifiée à l'idée que la fillette tombe à force de rebondir sur place ou de s'agiter dans tous les sens. C'était comme si Holly avait pour mission de se blesser. Il suffisait d'avoir le dos tourné pour qu'elle aille escalader quelque chose ou fourrer ses doigts quelque part. Comment Christy faisait-elle pour ne pas être stressée en permanence ?

— Tu auras tout le temps de jouer, je te le promets, affirma Robyn.

Elle se pencha pour border la couverture autour des jambes de Holly. Suka, le husky sibérien, était couchée à ses pieds et la couvait d'un regard adorateur.

— Heureusement, il ne fait pas si froid que ça aujourd'hui, mais c'est quand même important de surveiller ta température.

— Je n'ai pas froid.

C'était sûrement grâce à tous ses trémoussements. Il y avait tant de choses auxquelles on devait penser quand on était parent. Il fallait être un peu voyant, un peu télépathe. Elle en éprouvait un respect tout neuf pour Christy. Ses propres parents n'avaient pas essayé d'anticiper quoi que ce soit. Elle ne se rappelait pas qu'ils lui aient jamais demandé si elle avait trop chaud ou trop froid. Si quelque chose n'allait pas, elle devait se débrouiller toute seule pour régler le problème. Cette autonomie était peut-être une bonne chose, mais ça signifiait qu'elle n'avait aucune expérience de ce que cela représentait de laisser les gens l'aider.

— D'abord, on va trouver le sapin de Noël parfait, annonça Robyn, et ensuite, on jouera dans la neige et on boira du chocolat chaud pour nous réchauffer. Qu'est-ce que tu en dis ?

— C'est *parfait* !

Après une bonne nuit de sommeil, Holly avait retrouvé son intrépidité et sa curiosité, et semblait la moins nerveuse d'eux tous. Au dernier moment, elle se rappela ses bonnes manières.

— Merci, tante Robyn.

Alix s'aperçut que les yeux de Robyn s'embuaient. Qu'éprouvait-elle en voyant un membre de sa famille pour la première fois depuis des années ? Pour quelle raison cette famille avait-elle explosé au départ ?

Ce n'était pas à elle de poser la question. C'était entre Robyn et Christy. En outre, elle avait eu son compte d'émotions ces derniers jours. Elle n'avait pas l'intention d'aller en chercher plus.

Après ce baiser – pourquoi ne pouvait-elle s'empêcher de repenser à ce baiser ? –, Zac et elle avaient dîné ensemble. Ils s'étaient assis à la petite table, l'un en face de l'autre, une bougie entre eux. Elle s'était concentrée sur la flamme et avait tenté de contrôler ses émotions, de les garder en lieu sûr, comme toujours. Elle était persuadée qu'elle pouvait y arriver. Après tout, elle était douée pour ça. Sauf que cette fois ce talent semblait l'avoir abandonnée. Elle avait utilisé toutes les astuces apprises au fil des années : elle s'était détachée mentalement, avait visualisé tous ses sentiments flottant loin d'elle dans un ballon, s'était servie de techniques de respiration. Mais elle avait toujours l'impression qu'une brèche avait été ouverte dans ses défenses, de façon irrémédiable. Même quand son cerveau essayait de bloquer le souvenir, ses lèvres se rappelaient le contact de celles de Zac, et sa peau, la caresse de ses mains.

L'avait-il compris ? Après ce baiser torride, elle s'était attendue à ce que la soirée soit incroyablement gênante, mais Zac avait évité tout sujet personnel et lui avait parlé de son travail de guide d'expéditions polaires. Au début, elle n'avait écouté que d'une oreille, trop occupée à réfléchir à ce qu'elle répondrait si Holly évoquait ce qu'elle avait vu – *Un baiser ? C'est ridicule. Elle a dû rêver* –, mais au bout d'un moment elle s'était retrouvée captivée par ce qu'il racontait. Il avait hérité son amour du grand air de son père et avait appris ses techniques de survie en milieu sauvage au cours de ses voyages à l'étranger. Sa passion pour les régions polaires avait été cimentée par un séjour de recherche postdoctoral. Il avait décrit les étendues neigeuses scintillantes, les montagnes chapeautées de blanc et les glaciers qui étincelaient sous le soleil de minuit. Elle avait été si fascinée par ses descriptions que, pendant un court instant, elle avait baissé la garde et cessé de lutter contre le fait qu'elle le trouvait intéressant. Il y avait même eu des rires.

Elle avait ressenti une pointe d'envie lorsqu'il avait décrit sa relation avec son père. Les voyages qu'ils avaient faits ensemble l'avaient inspiré, c'était évident. Elle ne se rappelait pas être jamais partie avec ses parents. Ils voyageaient seuls lors de leurs missions de recherche. Elle avait presque senti leur soupir de soulagement lorsqu'ils franchissaient le portail, munis de leurs bagages usés, le faisant claquer sur la vie qu'ils laissaient derrière eux. Sur elle. Elle était censée s'occuper d'elle-même, à la charge du membre de la famille qui avait tiré la courte paille.

Bien sûr, il y avait aussi des avantages. Son enfance l'avait rendue farouchement indépendante, ce qui était une bonne chose. Ses parents l'avaient laissée prendre toutes les décisions la concernant, de ce qu'elle portait jusqu'à ses activités. Elle n'avait aucun problème à rester seule, parce que, d'une certaine façon, elle s'était sentie seule toute sa vie. Elle avait appris à ne compter que sur elle-même. La seule personne dont elle avait accepté d'être proche était Christy. La seule personne qui la connaissait vraiment et tenait à elle était Christy.

Elle ignora la petite voix dans sa tête qui lui rappelait que Zac la connaissait bien, lui aussi.

C'était un accident. Le résultat d'un moment de faiblesse. Malheureusement pour elle, il en avait été témoin.

— Christy a mentionné que vous étiez chef du marketing pour une grosse société de jouets, déclara Robyn, la ramenant dans le présent.

— Tata Alix a le meilleur travail du monde.

Holly tenta de se lever de son siège, mais Zac l'attrapa par le dos de son manteau pour la maintenir en place. Ses doigts effleurèrent ceux d'Alix, qui recula brusquement la main.

— Oui. J'ai beaucoup de chance. J'ai réussi à faire du jeu mon métier.

Elle n'aurait pas dû écarter la main comme ça. Elle aurait dû échanger un regard amusé avec lui, au lieu de réagir comme si le contact de sa peau l'avait brûlée.

— Reste assise, Holly. Tu n'as pas envie de tomber.

Au moins, Holly n'avait pas parlé du baiser. Ça voulait sûrement dire qu'elle avait déjà oublié ce qu'elle avait vu.

— Quand je serai grande, je serai comme toi, affirma la petite fille en gigotant pour se libérer de la poigne de Zac. Tata Alix sait tout sur les jouets. Et elle m'en rapporte plein.

Robyn se mit à rire.

— J'ai l'impression que tu as de la chance, toi aussi.

— Oui. Et elle me fait des super câlins.

Comme pour le prouver, Holly se pressa contre Alix.

— Je vais être sa demoiselle d'honneur.

— Oh ! C'est merveilleux. Félicitations ! Je ne m'étais pas rendu compte.

Robyn regarda tour à tour Alix et Zac.

— C'est pour quand, le mariage ?

Oh ! mais c'était ridicule !

Alix attendit que Zac réponde, mais il était secoué de rire et semblait incapable de parler. Il leva la main – celle qui n'agrippait pas le manteau de Holly – pour indiquer qu'il avait besoin d'un moment, et Alix le fusilla du regard.

Pourquoi ne disait-il pas la vérité ? Pourquoi n'était-il pas mal à l'aise ?

Son exaspération lui fit l'effet d'un baume, qui guérit la vulnérabilité qu'elle avait éprouvée après ce baiser. Les sentiments plus doux nés après leur conversation de la veille s'évanouirent.

— On ne va pas se marier, lança-t-elle. Holly rêve d'être demoiselle d'honneur et cherche tous les candidats possibles, en ce moment.

— Mais vous vous êtes embrassés.

La fillette avait toujours aimé rendre service.

— Pendant longtemps.

Elle n'aurait donc aucun répit ?

— Eh bien, on n'était pas exactement…

— Vous étiez comme ça.

Holly pinça la bouche en cul-de-poule et émit un bruit de baiser.

— Et j'ai dû dire vos noms deux fois parce que vous ne m'entendiez pas à cause de tous ces bisous.

Autant dire que Holly n'avait rien oublié du tout. Au contraire, elle semblait avoir absorbé le moindre détail.

Robyn devait se demander quel degré d'attention Alix accordait à la petite fille en l'absence de son amie. Aurait-elle entendu une alarme incendie pendant ce baiser ? Du verre se briser ? Un intrus ?

— Tonton Zac ?

Holly était bien décidée à résoudre le mystère.

— Pourquoi est-ce que tu embrassais tata Alix si tu ne vas pas te marier avec elle ?

Très bien. À son tour de subir l'interrogatoire de Holly.

Zac se frotta la mâchoire, luttant pour reprendre son sérieux.

— J'embrassais tata Alix – qui, d'ailleurs, m'embrassait aussi – parce que j'aime l'embrasser.

Oh ! bon s…

— Moi aussi, j'aime l'embrasser, répondit la petite fille.

Elle s'empressa de le démontrer en enlaçant Alix et en plaquant des bisous mouillés sur sa joue froide.

— Elle a des joues très embrassables.

— Waouh. C'est, heu…

Alix plissa le visage.

— … gentil.

— Elle a aussi une bouche très embrassable, murmura Zac.

Elle lui lança un regard qui aurait dû le faire se recroqueviller sur place.

Il se contenta de sourire, imité par Robyn.

— Je trouve ça merveilleux que vous soyez ensemble, même si notre jeune Holly a l'air pressée de vous voir prendre un engagement permanent.

Alix renonça. C'était trop compliqué. Si elle expliquait qu'ils n'étaient pas ensemble, comment expliquer le baiser ?

Holly tendit le bras pour caresser Suka.

— Est-ce qu'elle va me mordre ?

— Elle ne te mordra pas.

— Mordre, c'est pas bien, affirma la fillette en plongeant ses mains gantées dans les poils de la chienne. Je mordais quand j'étais petite, mais après, j'ai arrêté.

— Je me souviens de cette phase.

Holly semblait désormais plus intéressée par les morsures que par les baisers, au grand soulagement d'Alix.

— Ça faisait mal. Je me rappelle m'être réveillée un matin avec tes mâchoires enfoncées dans mon épaule. J'étais contente quand tu as arrêté.

Robyn se mit elle aussi à caresser Suka.

— Ça fait longtemps que vous connaissez Christy ?

— Depuis que j'ai cinq ans. On était assises l'une à côté de l'autre à l'école.

— Meilleures amies.

Robyn jeta un coup d'œil vers Holly.

— Vous devez être proches si elle vous confie son bien le plus précieux.

Alix ne savait plus où en était sa relation avec Christy. Elle était sûre d'une chose : ce n'était plus comme avant. Elle ignorait si c'était la fin de leur amitié. Et elle ignorait aussi comment aborder le sujet. Christy et elle n'avaient pas eu de conversation profonde et personnelle depuis longtemps. Pourquoi ne s'en rendait-elle compte que maintenant ? Parce qu'elle n'avait pas pensé à se poser la question ? Ou parce qu'elle n'avait pas voulu se la poser ?

Sentant que Robyn attendait une réponse, elle s'efforça de sourire.

— Oui. On est proches.

— Vous avez de la chance d'être là l'une pour l'autre.

Christy ne serait peut-être pas d'accord, songea Alix. Heureusement, Robyn s'adressait désormais à Zac.

— Et vous connaissez Seb depuis toujours ?

— On s'est rencontrés à la fac, répondit Zac en étendant les jambes devant lui. Comment êtes-vous arrivée en Suède, Robyn ?

Pendant qu'Alix se demandait s'il avait changé de sujet pour éviter de répondre à des questions sur leur relation à tous les quatre, Robyn répondit :

— J'ai travaillé dans des hôtels et des restaurants pendant un temps, en montant peu à peu vers le nord. J'ai fait une saison d'été à Kiruna, puis j'ai rencontré Erik et j'ai décidé d'y passer l'hiver. Et voilà. Je suis tombée amoureuse.

— D'Erik ?

Alix était curieuse. Pour l'instant, Robyn ne correspondait pas à l'image qu'elle se faisait d'une rebelle.

— Oui, répondit Robyn en se renfonçant dans le siège. Mais aussi de cet endroit. Et de cette vie. Je n'ai jamais été douée pour les petits jeux qu'on est censé jouer dans le monde actuel. Je n'ai jamais été portée sur les intrigues, je ne sais pas plaire aux gens. J'ai toujours dit ce qu'il ne fallait pas, fait ce qu'il ne fallait pas. Ça ne m'a jamais intéressée d'avoir des promotions ou de gravir des échelons. J'ai toujours détesté les échelles. Je n'arrivais pas à trouver un parcours qui me corresponde. Ma vie a été remplie d'erreurs et de faux pas. Vous devez probablement déjà être au courant.

Pourquoi seraient-ils au courant ? Robyn savait-elle qu'elle avait été un sujet de conversation interdit ? Elle faisait partie des choses qui n'avaient pas été autorisées pendant l'enfance et l'adolescence de Christy, tout comme l'alcool, les drogues, sortir tard et dire des grossièretés.

À l'époque, Alix avait estimé que l'attitude d'Elizabeth s'expliquait par sa volonté de donner une éducation ferme à sa fille, ce qu'elle n'avait jamais observé auparavant dans sa propre famille, mais avec le temps elle avait compris que c'était plus compliqué que ça.

— Je ne suis au courant de rien.

Elle n'allait pas avouer toutes les hypothèses que Christy et elle avaient échafaudées au fil des années. *Hé, on se demandait si vous aviez tué quelqu'un.*

— J'ai pris de mauvaises décisions. J'ai fait de mauvais choix. Je me suis laissé entraîner par de mauvaises personnes.

Elle jeta un coup d'œil vers Holly, rechignant à en dire plus, mais l'attention de l'enfant était rivée sur Suka.

— J'ai survécu de justesse, pour être franche, mais ici, dans la nature, la survie signifie autre chose. La nature fixe les règles, mais ce sont des règles qui sont faciles à comprendre. Ce paysage exige des connaissances et des compétences particulières, et je me suis sentie chez moi ici dès le début.

Quels mauvais choix ? Quelles mauvaises décisions ? Alix voulait savoir ce qui avait amené Robyn ici. Même si ce n'était pas difficile de comprendre le pouvoir d'attraction de cet endroit.

Elle inspira l'air glacial et l'odeur de la forêt. Elle s'était toujours considérée comme une citadine. Elle n'avait pas la moindre envie de changer de place avec Christy et de vivre dans un cottage à la campagne, mais là… c'était différent. Il y avait un côté sauvage qui était fascinant. À moins que ce ne soient les histoires de Zac qui aient rendu ce lieu fascinant.

Et voilà qu'elle pensait encore à lui. Elle avait beau essayer, son esprit tournait en rond.

La veille, après l'interruption de Holly, il ne l'avait pas embrassée à nouveau, mais leur moment d'intimité avait continué à flotter entre eux, réchauffant l'atmosphère aussi sûrement que le feu de bois crépitant dans un coin du chalet. Elle avait fait de son mieux pour ignorer ce qui s'était passé lors du mariage, mais il avait mis fin à la comédie, et tout était désormais dévoilé et impossible à ignorer.

Malgré tous ses efforts, elle ne parvenait pas à tourner la page.

Elle n'avait pas fermé l'œil de la nuit, ressassant ses souvenirs pendant des heures.

Le traîneau s'arrêta et Robyn s'avança sur le siège.

— On est arrivés.

Sans le bruit de la motoneige, les seuls sons étaient le craquement de la neige accumulée sur les arbres et les halètements de Suka.

C'était idyllique.

Après être descendus du traîneau, ils mirent des raquettes. Tenant la main de Zac, Holly s'élança dans la neige. Elle se mit à glisser et à trébucher, bien décidée à apprendre ce nouvel art. Lorsqu'elle tomba en pouffant de rire, Suka la rejoignit en un instant, la queue frétillante, et la poussa pour qu'elle se relève. Zac souleva la petite fille, la reposa doucement sur ses pieds, puis recommença lorsqu'elle chancela à nouveau.

— Il se débrouille bien avec elle, remarqua Robyn en prenant un sac à dos dans le traîneau. Il est patient.

— Oui.

Robyn endossa le sac, puis se rapprocha d'Alix.

— Ça peut sembler étrange…

Elle se racla la gorge.

— … mais j'aimerais en savoir plus sur Christy.

— Que voulez-vous savoir ?

— N'importe quoi. Tout. Elle avait trois ans la dernière fois que je l'ai vue.

Sa voix trembla.

— C'était…

Elle tourna les yeux vers la forêt, tandis qu'Alix patientait.

Devait-elle l'encourager d'une façon ou d'une autre ? Robyn avait-elle changé d'avis ?

— Ne vous sentez pas obligée de…

— Je suis désolée, fit Robyn avec un sourire gêné. Je me suis entraînée à ne pas y penser. Ce n'est pas facile d'en parler.

Alix ne savait pas du tout quoi dire.

— La famille, c'est souvent difficile. Compliqué.

— À vous entendre, vous savez ce que c'est.

À son tour, Alix se sentit mal à l'aise. Pour elle, la famille était synonyme de chagrin. C'était peut-être la même chose pour Robyn.

— Je ne suis pas une spécialiste en matière de relations, c'est certain.

— Moi non plus. C'était à Noël, vous le saviez ?

Alix secoua la tête. Elle était sûre que Christy aussi l'ignorait.

Noël. Était-ce significatif ? La saison des fêtes était souvent un moment de tension pour les familles, bien sûr, mais elle avait toujours eu l'impression que la brouille entre Elizabeth et Robyn s'était étalée dans le temps.

Elle regarda son souffle former des nuages dans l'air froid et remonta la fermeture Éclair de son manteau un peu plus haut.

— Vous m'avez demandé comment était Christy. Elle adore Noël. Depuis toujours.

Qu'était-elle prête à dire qui ne lui donne pas l'impression de trahir des confidences ?

— Elle est gentille. Généreuse. Elle aime les vêtements. Elle a un tempérament artistique…

Elle fronça les sourcils.

— Elle est graphiste, mais son talent artistique est visible dans tout ce qu'elle fait : quand elle dresse une table ou quand elle décore la chambre de Holly. Elle a du style. Elle est incroyablement organisée, elle aime que les choses soient faites d'une certaine façon. Elle finit sa journée en établissant une liste pour le lendemain…

Robyn hocha la tête.

— Sa mère faisait la même chose.

— Elle aime que tout soit parfait, poursuivit Alix, avant de repenser à sa conversation avec Zac. Et ce n'est pas toujours facile à gérer. Elle est loyale. Et douce. Elle déteste toute sorte de confrontation. À l'école, le jour où un enfant lui a volé son déjeuner, c'est moi qui ai récolté un œil au beurre noir en le récupérant. Si on la blesse, il est peu probable qu'elle le dise, sauf si on insiste beaucoup.

Robyn remonta la capuche de son manteau.

— Et Seb ?

Alix était toujours plongée dans ses pensées.

— Pardon ?

— Est-ce que Seb est bien pour elle ?

Alix vit Zac jeter un coup d'œil vers elle. Nul doute qu'il avait entendu la question et écoutait ce qu'elle allait dire.

— Oui, répondit-elle d'une voix éraillée. Ils ont l'air heureux ensemble.

Qu'en savait-elle ? Que connaissait-elle aux relations ? Rien. C'était la vérité. Et ça aurait été mieux pour tout le monde qu'elle s'en rende compte plus tôt. Avant d'ouvrir la bouche lors du mariage de sa meilleure amie.

Erik récupéra une hache dans le traîneau. Il semblait entièrement dans son élément dans cette magnifique étendue sauvage.

— Est-ce qu'on est prêts à trouver un arbre ? Chercher le sapin de Noël idéal est une tradition familiale.

— Génial.

Les traditions… Tout le monde semblait en avoir pour Noël, sauf elle. Elle était obligée d'emprunter celles des autres.

Sans lâcher la main de Zac, Holly renversa la tête en arrière et étudia les arbres autour d'elle. Sous le poids de la neige, certains avaient adopté des formes étranges et surnaturelles. Tout autour d'eux, l'épaisse neige immaculée réfléchissait la lumière bleue.

Alix aurait pu continuer à admirer le spectacle jusqu'à la fin de sa vie.

— Je n'ai jamais rien vu de tel.

Robyn hocha la tête.

— La lumière arctique. Les gens pensent souvent qu'il fait

sombre ici à cette époque de l'année parce que le soleil ne se lève pas au-dessus de l'horizon. Mais c'est loin d'être le cas. C'est le paradis pour un photographe.

Alix pensa aux photos accrochées au mur dans le chalet et à leur façon de capturer la nature à la perfection. À l'évidence, Robyn et Christy avaient en commun un talent artistique, même si son amie l'ignorait sans doute.

— Cet arbre-là ! cria Holly en pointant du doigt.

Robyn haussa les sourcils.

— On va peut-être devoir en trouver un plus petit que ça.

Elle tendit la main d'un geste hésitant, comme si elle ne savait pas à quelle réaction s'attendre.

— Tu veux venir avec moi, Holly ?

La fillette n'hésita pas. Elle lâcha Zac et glissa la main dans celle de Robyn. Tandis que Suka trottinait à côté d'elles, elles s'éloignèrent sur le sentier enneigé qui s'enfonçait dans la forêt.

Anticipant tous les accidents qui risquaient de survenir, Alix fit un pas pour les suivre, mais Zac l'attrapa par le bras.

— Laisse-les passer un peu de temps ensemble. Ça va aller. On la voit. Détends-toi.

Se détendre ? Comment ? Elle avait gâché beaucoup de choses, mais elle ne comptait pas gâcher ça.

— Elle est sous ma responsabilité.

Elle voulait être là, derrière l'enfant, au cas où elle fasse une chute. L'emmitoufler davantage au cas où elle ait froid.

— Elle est sous notre responsabilité à tous les deux, rectifia Zac. Et on prend ça très au sérieux. Mais ça lui fera peut-être du bien de passer un peu de temps avec Robyn.

— On ne connaît pas vraiment Robyn. Et elle ne connaît pas Holly. Elle ignore sa propension aux accidents. La petite va sûrement essayer de couper l'arbre elle-même.

— Elles font attention, regarde.

Elle observa comment Robyn tenait fermement Holly par la main pendant qu'elles scrutaient un arbre de plus près. Elle pensa aux larmes qu'elle avait vues dans les yeux de Robyn et avec quelles précautions elle avait approché l'enfant.

— Ça doit lui faire bizarre de voir Holly après tout ce temps. Ça a eu l'air de beaucoup l'émouvoir.

— Ce n'est pas surprenant, je suppose. Une grosse rupture familiale et aucun contact pendant plusieurs décennies ? Ça doit être une visite très importante pour elle. Un vrai tournant dans sa vie.

Mal à l'aise, Alix se balança d'un pied sur l'autre. Elle ne voulait pas avoir la responsabilité de gérer un moment important et chargé d'émotion.

— J'ai sûrement dit tout ce qu'il ne fallait pas…

— Je pense que tu t'en es très bien sortie.

Bien campé sur ses jambes, les pieds écartés, il avait les yeux rivés sur Holly. Si le besoin s'en faisait sentir, il était assurément prêt à rejoindre l'enfant en une seconde malgré la distance.

— Tu trouves ?

— Oui. Tu as été attentionnée, mais factuelle. Si tu n'avais pas fait ça, elle serait en train de pleurer dans tes bras en ce moment. C'est une femme courageuse.

— Courageuse ?

— Elle n'hésite pas à s'exposer émotionnellement.

Il se baissa et ramassa une poignée de neige dans sa main gantée.

— En prenant le risque d'être rejetée, elle se rend vulnérable. Ce n'est pas rien.

Sa remarque portait sur Robyn, alors pourquoi Alix avait-elle l'impression qu'il parlait d'elle ? Elle s'aperçut alors que, même sans Holly, elle n'aurait pas pu se détendre. Pas en présence de Zac.

— Si tu envisages de jeter cette neige sur moi, réfléchis-y à deux fois.

Troublée, elle fit quelques mètres dans la forêt, dans l'espoir de laisser ses pensées derrière elle, avec l'homme qui les provoquait. Les arbres s'élevaient vers le ciel, et leurs cimes enneigées étaient aussi hautes qu'une cathédrale. C'était comme d'être enveloppé dans l'hiver.

— Romantique, pas vrai ?

La voix de Zac résonna derrière elle, grave et rieuse, et elle se tourna vers lui, les yeux baissés sur la neige dans sa main.

— C'est drôle, mais je n'éprouve pas le moindre sentiment romantique. Probablement que je suis mal accompagnée.

— Allez, avoue-le, lança-t-il en se penchant plus près. Tu n'as pas beaucoup dormi cette nuit après notre baiser. Tu pensais à moi.

Bien sûr, elle mentit.

— J'ai dormi comme un bébé, et tu ne m'as pas traversé l'esprit une seule fois. Tu as peut-être besoin d'améliorer ta technique.

Elle pouvait gérer cet aspect d'une relation. Les piques. Les menaces. La distance.

Comment pouvait-il être aussi séduisant, habillé comme il l'était ? Même si elle était heureuse d'être au chaud et bien au sec, elle se sentait mal à l'aise dans les vêtements d'extérieur encombrants que lui avait prêtés Robyn. Zac avait apporté les siens, bien sûr, et sur lui, c'était seyant. Son blouson était noir avec une bande réfléchissante grise le long de la fermeture Éclair. Il paraissait robuste et un peu dangereux. Athlétique et fort. Parfaitement capable de survivre dans les conditions les plus inhospitalières.

Malgré ses vêtements, elle avait l'impression d'être un imposteur, songea-t-elle en tirant sur sa parka.

Il se mit à rire.

— Est-ce que ça marche, d'habitude ?

— Quoi ?

Trop occupée à regarder ses cuisses, elle en avait oublié de quoi ils parlaient.

— Tenir un homme à distance en jouant les reines des glaces ?

— Toujours.

Elle reporta son attention sur son visage.

— Quoique tu n'aies pas vraiment l'air tenu à distance.

— Ah, mais il y a une grosse différence entre tous les types que tu as tenus à distance et moi.

— Tu es plus agaçant ? Obstiné ? Borné ?

— J'ai l'habitude de survivre dans des conditions extrêmes.

Zac lui ajusta sa capuche, la rabattant davantage sur ses cheveux pour mieux bloquer le froid.

— Je connais les propriétés de la glace et de la neige. Ça ne me fait pas peur. Et puis je sais très bien que la neige et la glace fondent dans certaines conditions.

— Tu sous-entends qu'avec ton charme torride tu es capable de faire fondre la neige ? Tu ne crois pas que tu es peut-être un peu arrogant ?

— Je comprends que tu aies peur de montrer tes sentiments, mais, Alix…

Il baissa les yeux sur sa bouche.

— On n'aura peut-être plus jamais une occasion pareille.

— L'occasion de quoi ? demanda-t-elle, le cœur battant à tout rompre.

— De vivre le moment romantique parfait.

Il fit un geste en direction des arbres.

— Si tu veux me demander en mariage, ce serait l'instant idéal. Et imagine un peu le bonheur de Holly.

Dire que pendant quelques folles secondes elle avait cru qu'il était sérieux…

Exaspérée, se sentant un peu ridicule, elle se baissa, ramassa une grosse poignée de neige et la lança sur lui. La boule l'atteignit en pleine poitrine.

Ravie, elle fit un geste victorieux. Il y avait d'autres façons de tenir les gens à distance.

— C'est une déclaration de guerre ? demanda-t-il.

Tandis qu'il s'avançait vers elle, la défiant du regard, elle recula maladroitement, gênée par la neige profonde.

— Ça suffit. Tu dois dire la vérité à Robyn.

— Pourquoi moi ?

— Parce que tout ce malentendu est ta faute.

Elle lança une autre boule de neige, mais cette fois il l'esquiva, et le projectile ne fit que lui frôler le bras.

— À vrai dire, non. Je pense que c'est Erik le responsable.

— Au début, peut-être.

Elle se baissa et rassembla plus de neige. L'attrait d'une bagarre puérile était plus fort qu'elle ne l'aurait imaginé.

— Mais ensuite tu as enfoncé le clou en m'embrassant et en omettant de préciser qu'on n'était pas un couple.

— Le problème, ce n'était pas que je t'embrasse. C'était que toi tu m'embrasses. Si tu n'avais pas répondu à mon baiser, on en serait restés là. Je me serais dit : « Elle n'est pas intéressée. J'ai mal interprété. »

— Je ne suis pas intéressée. Tu as mal interprété. Et si tu me connaissais un tant soit peu, tu le saurais.

Elle recula d'un pas, puis d'un autre, jusqu'à ce que sa retraite soit bloquée par un arbre.

— Tu ne possèdes aucune des qualités qu'un homme avec qui je sors doit obligatoirement avoir.

— Je peux te faire oublier ton propre nom quand je t'embrasse. Ça ne compte pas, ça ?

Il était si près qu'elle pouvait sentir la chaleur de son corps. Elle s'empressa de se baisser pour ramasser plus de neige.

Cette fois, elle le manqua complètement. Ce qui donnait l'avantage à Zac, comprit-elle aussitôt.

— Ce jeu s'arrête maintenant.

— Parce que tu perds ?

— Je ne perds pas.

Il sourit.

— C'est ce qu'on va voir.

Il prit de la neige dans ses mains et forma une boule. Elle n'avait que quelques secondes pour décider si elle voulait courir ou riposter.

Si elle tentait de courir, elle allait tomber, ce qui laissait...

Elle ramassa de la neige à la hâte, puis le bombarda avant qu'il ne le fasse.

Avec un juron, il se frotta la mâchoire et les épaules pour se débarrasser des cristaux transparents et glacés.

— Alors, pour en revenir aux qualités que tu recherches...

— Laisse tomber. Tu n'en possèdes pas une seule.

— Sauf que je sais comment t'embrasser.

— Tu m'as prise au dépourvu, c'est tout. Et à cause de toi on est maintenant dans une situation affreusement gênante.

Peu habituée à toute cette neige, Alix trébucha. En comparaison, le moindre pas qu'il faisait était confiant et assuré. Pourquoi avait-elle commencé une bataille qu'elle ne pourrait jamais gagner ?

— Je t'ai embrassée le premier, je l'admets, mais ça aurait duré moins d'une seconde si tu n'avais pas répondu à mon baiser. En sortant de sa chambre, Holly m'aurait trouvé là, encore sous le choc d'avoir été rejeté.

— Sous le choc ?

Elle était désormais plaquée contre le tronc, dans l'incapacité de fuir.

— Si seulement tu pouvais être sous le choc.

Elle n'avait jamais rencontré d'homme qu'elle ne puisse tenir à distance facilement.

C'était toujours elle qui contrôlait la situation. Elle fixait les limites. « Dîner, 20 heures ? Je te retrouve sur place. » Elle ne ramenait jamais d'hommes dans son appartement et ne passait jamais la nuit entière chez eux. Ceux avec qui elle sortait étaient intéressants, séduisants et faciles à larguer. En général, elle le faisait par SMS.

Désolée, mais nous deux, ça ne fonctionne pas.

Une fois de temps en temps, l'un d'eux essayait de la faire changer d'avis, mais elle n'était pas Christy. Les conversations difficiles ne lui faisaient pas peur. Elle n'était pas sensible à la manipulation émotionnelle. Elle n'éprouvait pas la moindre culpabilité à mettre fin à une relation. Elle n'avait pas le cœur tendre.

Mais voilà qu'elle avait affaire à Zac, qui refusait de se laisser décourager et qui aimait l'asticoter.

— Tu fais exprès d'être agaçant.

Oh ! et puis zut. Avec toute cette neige, la tentation était trop grande, songea-t-elle, avant de lancer la boule sur lui. Il se baissa pour l'esquiver, remplissant ses mains de poudreuse par la même occasion.

— Je suis agaçant. J'ai pour mission de te faire ressentir des choses, et ça ne me dérange pas de commencer par la frustration. Et même les engelures.

— Je ressens énormément de choses, là tout de suite.

Ils étaient tellement absorbés par leurs propres échanges qu'ils n'entendirent pas les autres approcher.

— Je suis contente que vous vous amusiez, mais ce n'est pas une bonne idée de trop se refroidir !

Alix entendit la voix de Robyn s'élever derrière Zac, mais à cause de ses larges épaules elle ne pouvait pas la voir.

Pendant quelques minutes, elle avait oublié le reste du monde, s'aperçut-elle. Elle n'avait même pas pensé à Holly.

Elle poussa Zac, puis s'avança vers Robyn.

— On était…

— … en train de vous amuser. Je sais.

Robyn sourit.

— C'est difficile de s'en empêcher quand on a toute cette neige autour de soi. C'est incroyable, n'est-ce pas ?

S'amuser ? Alix fronça les sourcils. Ils avaient été en train de se bagarrer. Robyn ne le voyait-elle pas ? Avec de la neige, certes, comme des enfants. Mais ce n'était pas un jeu. C'était… c'était…

Elle soupira.

C'était amusant. Mais elle ne l'admettrait devant personne, et encore moins devant Zac. Elle avait déjà du mal à se l'avouer à elle-même.

Elle épousseta son blouson et tenta de retrouver sa dignité. C'était seulement maintenant qu'elle se rendait compte à quel point elle avait froid.

— On a terminé.

Holly avait passé les bras autour de Suka.

— On va aller boire un chocolat chaud.

— Absolument, renchérit Robyn. Je pense qu'il est grand temps d'aller nous réchauffer.

Elle les entraîna vers une petite cabane en bois cachée derrière des arbres. Erik avait déjà allumé un feu. Blottis sous d'épaisses couvertures, ils dégustèrent leur chocolat crémeux. Des pâtisseries saupoudrées de grains de sucre et parfumées à la cannelle et à la cardamome complétaient la collation.

Après avoir sorti un appareil-photo de son sac à dos, Robyn prit quelques photos de Holly et de la forêt.

Quand ils retournèrent au chalet avec leur sapin, Alix vit aussitôt qu'Erik l'avait bien choisi : il montait jusqu'au plafond et ne tarda pas à emplir la pièce d'une délicieuse odeur de Noël.

Chacun leur tour, ils prirent une douche pour se réchauffer, puis Robyn leur apporta un carton rempli de décorations et de guirlandes lumineuses.

— Je vous laisse ça. Je suis sûre que vous allez bien vous amuser, tous les trois, bien au chaud. Il y a des jeux dans la boîte près de la fenêtre, et si vous voulez vous aventurer à nouveau dehors, vous pouvez faire un bonhomme de neige tout près de la porte.

Elle tendit le carton à Holly, qui commença aussitôt à décorer les branches les plus basses. Comme le carton penchait dangereusement, Zac s'en empara avant que les délicats ornements ne soient renversés par terre. Il s'accroupit à côté de la fillette, la laissant choisir avec soin une décoration et décider de son emplacement. Même le décorateur d'intérieur le plus couru n'avait jamais dû réfléchir avec autant d'attention à ce que pouvait être le meilleur emplacement d'une boule argentée. La tête de Holly était toute proche de celle de Zac, cheveux blonds contre cheveux noirs. Il attendait qu'elle choisisse le bon endroit, puis l'aidait à décaler les décorations un peu plus loin sur la branche si elle les avait mises tout au bord.

Le cœur d'Alix se serra. Elle avait tant aimé faire ça avec Christy et sa famille. Choisir le sapin avait été une de leurs traditions de Noël préférées.

Robyn l'observa un moment, comme si elle avait du mal à partir.

— Je voulais savoir… Que préféreriez-vous faire demain avec la petite ? Donner à manger aux rennes ou faire une balade en traîneau à chiens ? Ou on pourrait aller voir le P-è-r-e N-o-ë-l ? demanda-t-elle en épelant les mots.

Alix regarda Holly, hésitant entre deux choix : faire ce qui était amusant et faire ce qui était juste.

Ce voyage était le rêve de Christy, et elle ne voulait pas lui en voler le moindre instant.

— Je pense que ce sont des activités qu'elle devrait faire avec Christy et Seb, finit-elle par répondre. Plus qu'un jour, et ils seront là. On va jouer à des jeux ici, faire un bonhomme de neige, décorer le chalet. Vous pouvez peut-être nous prêter Suka pendant quelques heures.

— Bonne idée.

Robyn regarda sa montre.

— Je ferais mieux d'y aller. J'ai une autre sortie pour photographier les aurores boréales prévue tout à l'heure. Et Erik emmène un groupe faire une balade en raquettes à minuit.

— Ça a l'air magique, remarqua Zac.

Il gardait un œil sur Holly, qui continuait à couvrir les branches basses de décorations.

— Ça vous plairait sûrement à tous les deux, répondit Robyn. Quand Christy et Seb seront là et que vous ne serez plus responsables de la petite, vous devriez mettre ça sur votre liste. Mais, à mon avis, vous adoreriez le safari des aurores boréales. De nuit, on fait une balade en traîneau à chiens dans la forêt et on arrive à l'endroit parfait pour assister au spectacle, si les conditions le permettent. Voulez-vous que je vous inscrive ? C'est une activité populaire, et on ne prend qu'un nombre limité de participants. Je peux vous assurer que vous ne vivrez jamais rien de plus romantique nulle part ailleurs.

Et s'il y avait une excellente raison de ne pas faire quelque chose, c'était bien celle-ci.

— Je ne suis pas sûre que…

— C'est exactement ce qu'il nous faut, intervint Zac en douceur. Merci. On s'inscrit.

— Super.

Robyn sourit à Holly.

— Amuse-toi bien avec cet arbre.

Lorsqu'elle fut partie, Alix jeta un regard irrité vers Zac.

— « On s'inscrit » ? Pour vivre le moment le plus romantique de notre vie ? Je croyais que tu allais lui dire la vérité ?

Il haussa les épaules.

— Je n'ai jamais dit ça. Et puis qui sait… ce sera peut-être le moment le plus romantique de notre vie. Tu ne donnes pas l'impression d'en avoir vécu beaucoup. Ton cœur glacé va fondre et tu vas succomber à mes charmes.

Alix jeta un coup d'œil vers Holly, mais la petite fille, toujours absorbée par sa tâche, parut ne rien remarquer.

— Il y a plus de chances que je succombe aux charmes des chiens de traîneau.

Il posa le carton par terre, puis se releva.

— Il fera froid, Carpenter. Il faudra que tu te blottisses contre moi.

Levant les yeux au ciel, elle tenta de ne pas imaginer ce que ça ferait d'être aussi près de lui.

— C'est pour mes propriétés chauffantes que tu veux que je vienne ?

— Tonton Zac ! J'ai besoin de toi.

Le bras tendu, décoration à la main, Holly se haussait sur la pointe des pieds. Zac la souleva et la posa sur ses épaules.

— C'est gentil, ce que tu viens de faire. Garder ces sorties spéciales pour Christy et Seb.

Alix haussa les épaules.

— Ce sera plus amusant pour elle. Et je ne veux même pas imaginer tous les accidents que Holly risque d'avoir en s'approchant d'un renne. On sait tous les deux que je ne suis pas très douée pour m'occuper d'un enfant.

— Ce que je sais, répondit-il lentement, c'est que tu es une bonne amie.

L'était-elle ?

Le compliment aurait dû la rassurer, mais à présent elle en doutait elle-même.

Elle eut soudain envie de se confier à lui et de lui dire combien elle redoutait d'avoir tout gâché, mais Holly choisit cet instant pour tirer sur les cheveux de Zac.

— Plus près !

Il obéit en grimaçant.

La petite fille accrocha l'ornement avec précaution, puis désigna le carton.

— Je veux mettre quelque chose tout en haut.

Alix leva la boîte vers elle pour qu'elle puisse faire son choix.

Intrépide comme à son habitude, Holly se pencha brusquement vers l'arbre et faillit perdre l'équilibre. Déstabilisé par son mouvement, Zac chancela lui aussi, et Alix le rattrapa par les bras.

Il se stabilisa et agrippa les jambes de la petite fille pour la maintenir en place.

— Merci. Comment Christy fait-elle pour la garder en vie ?

— Je ne sais pas.

C'était l'une des choses qui l'avait effrayée le plus quand son amie lui avait demandé de s'occuper de Holly. Elle avait l'habitude de régler des problèmes au travail, mais ces défis-là ne l'avaient en rien préparée à s'occuper d'une enfant toujours prête à s'attirer des ennuis.

— C'est un vrai challenge.

Pendant un instant, elle oublia qu'elle faisait de son mieux pour le tenir à distance, et ils échangèrent un sourire complice plein de compréhension mutuelle. Et puis ce simple échange se transforma en quelque chose de plus intime, et elle regretta aussitôt d'avoir baissé la garde. Parce qu'à présent il la contemplait avec ce regard ferme et direct qui ne lui laissait nulle part où se cacher. Devait-elle être ravie de découvrir qu'elle pouvait ressentir quelque chose d'aussi intense, ou irritée qu'il lui fasse ressentir quelque chose d'aussi intense ? Elle l'ignorait.

— Zac…

Son portable sonna, lui donnant l'excuse dont elle avait besoin pour s'écarter et reprendre un peu de distance.

C'était Christy.

— Comment vas-tu ? Vous avez réussi à ne pas vous tuer, Zac et toi ?

— Non, mais on a failli.

Elle tourna le dos à Zac pour qu'il ne voie pas son expression, ni elle la sienne. L'ambiance intime qui régnait dans ce chalet la stressait.

— Et toi, comment ça va ?

Elle écouta d'une oreille Christy lui raconter qu'ils étaient désormais à Londres, en prévision de la réunion de Seb.

En temps normal, elle lui aurait posé des questions, mais elle n'était plus sûre de savoir ce qu'elle devait dire ou pas. Leur amitié, si familière à une époque, lui faisait l'effet d'un pays étranger. Elle ne connaissait pas la langue et n'avait pas de carte.

Elle rêvait de réparer leur relation, mais un coup de fil longue distance n'était pas le moment idéal pour évoquer des problèmes profonds et difficiles. Cette conversation devait se faire face à face. Alors, au lieu de lui dire tout ce qu'elle avait sur le cœur, elle lui fit un compte rendu factuel de leurs activités matinales et promit de lui envoyer quelques photos depuis son téléphone.

Zac était à quatre pattes par terre. Elle commençait à se demander ce qu'il faisait lorsqu'il appuya sur un interrupteur. Sous les applaudissements de Holly, l'arbre s'illumina.

C'était le plus beau sapin qu'elle ait jamais vu. C'était l'arbre qu'on trouvait dans les contes de fées ou dans les récits magiques pour enfants, l'arbre que tous les enfants dessinaient pour tenter d'illustrer le Noël parfait.

Cette pensée l'alarma. Elle n'était pas sentimentale, alors d'où venait cette réflexion ?

Qu'est-ce qui n'allait pas chez elle ?

Tandis que Zac ôtait des aiguilles de sapin de son pull, Alix tendit le téléphone à Holly.

Tout en écoutant la petite fille raconter les détails de sa journée à Christy, elle rangea les vêtements qu'ils avaient enlevés sur le pas de la porte. Avec un peu de chance, ces tâches lui ôteraient de l'esprit ces drôles de pensées. Malheureusement, tout semblait se liguer contre elle. Pas seulement Zac, mais le chalet et la forêt elle-même. Le feu flamboyait derrière la vitre protectrice, réchauffant l'air et l'atmosphère. De l'autre côté des fenêtres, la neige scintillait comme si quelqu'un avait éparpillé de l'argent et des diamants sur le sol.

Elle suspendit le manteau de Holly pour qu'il sèche.

— Ça ne m'étonne pas que Robyn ait choisi de rester ici. C'est le paradis du photographe.

Elle était fière de son ton normal et du sujet de conversation neutre.

Oui, c'était un bel endroit. Même la personne la moins poétique du monde aurait du mal à ne pas tomber sous le charme hivernal de la Laponie. Son attrait était indéniable. C'était probablement ça qui ne tournait pas rond chez elle. Elle était en train de tomber amoureuse de cet endroit.

À moins que ce ne soit Noël en tant que tel qui la perturbait, comme toujours. Pas de façon notable, mais elle devait bien l'admettre : à cette époque de l'année, elle trouvait plus difficile de garder le contrôle de ses émotions.

Elle repensa au SMS de sa mère et au silence de son père. En général, elle ne s'y attardait pas plus que ça – elle avait depuis longtemps accepté cette réalité – mais cette fois, ça jouait peut-être sur son moral. C'était peut-être ça qui n'allait pas.

— Tiens, lança Zac en lui tendant un mug rempli de thé.

Elle l'accepta avec gratitude, et leurs doigts se frôlèrent.

— Merci.

Tout comme elle, il s'était douché et changé. Il portait désormais un jean et un pull à grosses mailles. Ses joues étaient ombrées de barbe, tandis que ses cheveux, qu'il avait laissés sécher naturellement, étaient un peu ébouriffés.

— À la nôtre.

Il fit tinter son mug contre le sien et lui adressa un lent sourire nonchalant.

— Plus qu'un jour à devoir la garder en vie.

Alix éclata de rire, parce qu'il faisait écho à ses propres pensées, et comme ils échangeaient un regard entendu, elle comprit enfin. Pourquoi elle ressentait toutes ces choses.

Ça n'avait rien à voir avec cet endroit. Avec ses parents.

Et tout à voir avec cet homme.

Elle avait toujours cru qu'elle maîtrisait ses émotions. Elle avait travaillé dur pour y arriver et avait jugé que son bouclier protecteur était impénétrable. Et maintenant elle devait affronter la plus effrayante des vérités.

Quand il s'agissait de Zac, elle ne maîtrisait plus rien du tout.

13

Christy

Les hommes qu'avait fréquentés Christy avant Seb étaient tous sortis du même moule. Ils étaient médecins, avocats, ou travaillaient dans la finance. Ces hommes l'emmenaient au théâtre ou dans des restaurants dont ils avaient lu de bonnes critiques. Ils avaient une idée très précise de ce qu'ils attendaient de la vie et suivaient le chemin qu'avaient emprunté tant d'autres avant eux. Il s'agissait d'hommes qu'elle pouvait présenter à sa mère, certaine qu'Elizabeth approuverait. Lors de ces soirées avec eux, elle était restée détachée, neutre, autant du point de vue intellectuel que sentimental. Il n'y avait rien de problématique chez ces hommes, mais rien de particulièrement attirant non plus. Elle s'était parfois demandé : *C'est tout ? Il n'y a rien de plus que ça ?* Quand elle s'était rendu compte que la réponse risquait d'être effrayante ou déprimante, elle avait cessé de se poser la question. Elle avait découvert que lorsque quelque chose la mettait mal à l'aise mieux valait l'ignorer. C'était ce que sa mère faisait, et ça lui avait bien réussi. Cette approche ne lui avait jamais été aussi utile que lorsque son père était mort.

Christy était en train de travailler avec de la gouache et des pastels dans son cours d'arts plastiques lorsqu'on l'avait convoquée au bureau de la vie scolaire. Sa mère l'attendait, le visage pâle et les yeux secs, prête à l'emmener. Le cœur de son père avait décidé qu'il était fatigué de battre, et il était mort. Une semaine après son anniversaire. Une semaine après que son père, qu'elle adorait, lui avait dit qu'elle pouvait faire tout ce qu'elle voulait dans la vie. Christy avait à peine commencé à réfléchir à ce que ça pouvait être.

Même maintenant, quand elle repensait à cette journée – et elle évitait le plus possible de faire ça, parce que c'était franchement trop dur à supporter –, ce dont elle se souvenait en premier n'étaient pas les mots ou l'expression pleine de compassion de son instituteur. C'était la façon dont sa mère l'avait ramenée à la maison et avait frotté les taches de peinture bleue sur ses mains, comme si les nettoyer pouvait tout résoudre. Comme si les taches sur sa peau étaient le problème, plutôt que l'absence de la personne qu'elles aimaient le plus au monde. Il lui avait fallu des années pour comprendre que sa mère gérait les gros événements dans sa vie en se concentrant sur les petites choses. Quand on avait fait les lits, épluché les pommes de terre, passé l'aspirateur, fait la poussière, les courses et le repassage, il ne restait pas de temps pour la réflexion. Et si on dressait une liste, on n'éprouvait jamais cette horrible sensation de vide. Plus la liste était longue, moins on risquait de se retrouver avec un moment creux dans les activités. Ce genre de creux, comme elle l'avait découvert, était un piège de chagrin prêt à refermer ses mâchoires.

Au début, Christy avait pleuré et sangloté. Pourquoi la vie était-elle aussi injuste ? Comment cela avait-il pu arriver ? Comment un cœur pouvait-il s'arrêter de battre sans prévenir ? Elle avait voulu parler de ce qu'elle ressentait, mais à chacune de ses tentatives sa mère s'était refermée sur elle-même. Face à la douleur de Christy, sa solution avait été de lui donner des choses à faire. Mettre le couvert. Confectionner du pain. Rester occupée, tout le temps, tout le temps, tout le temps. Ne pas trop penser. Ne pas laisser d'espace à ces émotions inconfortables qui risqueraient de se développer

C'était une approche qui semblait fonctionner. Christy avait constaté que lorsqu'elle pétrissait la pâte et attendait qu'elle lève elle pensait moins à son père. Et si la liste des choses à faire était assez longue, elle pouvait passer des heures sans se laisser surprendre par le chagrin.

Elle avait appris à imiter le comportement de sa mère. En observant Elizabeth, elle avait compris qu'à défaut de contrôler les grands événements de la vie on pouvait influer sur les petits. Alors c'était ce qu'elle avait fait.

Christy avait vécu de cette façon… jusqu'à ce qu'elle rencontre Seb.

Seb n'avait jamais fait de liste de sa vie. Il aimait être spontané. Il ne réservait jamais de tables au restaurant ou de billets de théâtre à l'avance. Il n'avait pas de projet pour la semaine suivante, et encore moins de plan sur cinq ou dix ans. Quand elle lui avait demandé ce qu'il espérait faire dans dix ans, il avait répondu : « Profiter de la vie. » Pour elle, c'était de l'incertitude, mais dans sa bouche ça semblait exaltant. Cette nuit-là, dans le bar, elle s'était rendu compte qu'elle avait tellement bridé sa vie qu'elle n'allait nulle part. Elle avait tout contrôlé, ne laissant aucun espace pour l'imprévu ou l'inattendu. Sa vie était prévisible et sans danger, mais elle était aussi ennuyeuse. Terriblement ennuyeuse. Seb lui avait montré une réalité parallèle, et c'était grisant. Il représentait une vie qu'elle avait rejetée. Alix avait cru qu'il n'était pas du tout son genre, mais Christy était d'un autre avis : il était idéal pour la personne qu'elle voulait être.

Au cours des premières semaines, elle s'était réveillée chaque matin avec enthousiasme, impatiente de voir ce que la journée lui réservait. Les dimanches, il l'emmenait bruncher au bord de la Tamise, ou ils passaient toute la journée au lit, reprenant des forces de temps en temps grâce aux pizzas commandées au restaurant italien à côté de l'appartement de Seb. Il avait une moto, parce que c'était plus facile pour circuler à Londres, et Christy, qui n'était jamais montée sur une moto de sa vie, s'était sentie audacieuse et incroyablement libre quand il l'avait emmenée en virée à la campagne. Ils avaient pique-niqué dans un champ et fait l'amour sous un chêne, avant de revenir à Londres. Avec son corps pressé contre le sien, la sensation du vent sur son visage et le spectacle étincelant de Londres la nuit, Christy ne s'était jamais sentie aussi vivante.

Il la surprenait tous les jours. Il n'y avait pas de programme, seul comptait l'instant présent. Il l'avait emmenée dans un grand huit et, tandis qu'elle hurlait, les yeux fermés, et s'efforçait de ne pas vomir, elle avait compris : c'était sa façon de vivre à lui, en savourant les hauts et les bas. Pour Christy, dont la vie était lissée depuis des années, ça avait été une révélation. Les émotions extrêmes étaient peut-être plus drôles que la neutralité insipide, avait-elle songé.

Et puis elle avait eu du retard dans ses règles.

Assise sur le siège des toilettes dans la salle de bains de Seb, le test à la main, le souffle précipité, elle avait dû affronter ce qui était sans le moindre doute la chose la plus effrayante et la plus spontanée qu'elle ait jamais faite.

Elle n'en avait pas parlé à Seb. Avec le recul, elle voyait qu'elle avait automatiquement repris son mode de fonctionnement par défaut en cas de crise. Elle avait enfoui cette information au fond d'elle-même et avait essayé de ne pas y penser, parce que c'était trop énorme. Ensuite, elle avait compris que ce serait bientôt elle qui serait énorme. Cette fois, s'occuper en multipliant les activités ou ignorer ce qui se passait n'était pas envisageable.

Alors elle lui avait annoncé la nouvelle, et il l'avait à nouveau surprise : au lieu de partir en courant comme elle s'y était attendue, il avait éclaté de rire, puis l'avait prise dans ses bras. Tout en la faisant tournoyer, il lui avait dit que devenir parents allait être l'aventure la plus incroyable de leur vie. Il avait vendu sa moto (parce que même lui n'était pas prêt à sangler un bébé sur une moto), elle avait emménagé chez lui, et ils avaient fait leur nid dans cet appartement. Elle avait vidé la seconde petite chambre pour en faire une nursery. Elle avait peint des champs avec des moutons et des vaches sur les murs, ainsi que des nuages floconneux au plafond, sans se soucier de la peinture sur ses doigts et dans ses cheveux.

Elle avait démissionné de l'agence où elle travaillait pour devenir freelance, afin de pouvoir mieux gérer son temps. Elle avait adoré cette nouvelle version d'elle-même presque autant qu'elle adorait leur vie. Elle l'aimait tellement qu'elle avait même réussi à résister à la désapprobation et aux sombres prophéties de sa mère, affirmant qu'une telle impétuosité ne pouvait se terminer que par un désastre. Elizabeth pensait qu'elle était dominée par ses émotions, et Christy n'avait pas nié. Mais à ses yeux ce n'était pas un problème. Elle aimait ressentir toutes ces choses ! C'était bien, de ressentir. Oui, il y avait des bas, mais il y avait aussi des hauts, et c'était ce qui faisait le sel de la vie. Cela dit, il s'avérait que ce n'était pas aussi facile d'être impulsif quand on avait un bébé. Les besoins de Holly étaient dévorants et ne laissaient aucune place à la spontanéité. Et, au moment où leur fille avait commencé à adopter une routine qui leur aurait donné un peu de temps libre, Elizabeth était morte.

Christy avait géré son chagrin de la seule façon qu'elle connaissait : en s'occupant. Elle avait dressé des listes, puis des listes encore plus longues, jusqu'à ce qu'il ne reste plus le moindre trou dans son emploi du temps. Elle n'avait même pas été consciente d'être redevenue comme avant, jusqu'au soir où Seb avait jeté son cahier et réservé des billets pour Londres sur un coup de tête. Ça avait été comme se réveiller d'un long rêve. *Oui,* avait-elle pensé, *je me souviens de ça. Et je me rappelle que j'aimais ça.*

Leurs quelques jours ensemble n'avaient pas suffi pour redécouvrir ce qu'il y avait eu entre eux, mais leur avaient montré qu'en cherchant un peu ils pouvaient le retrouver.

Elle n'était plus surprise que Seb lui ait caché avoir perdu son travail. Après mûre et douloureuse réflexion, elle comprenait pourquoi il n'avait pas voulu lui dire la vérité. Elle avait géré sa vie d'une main de fer, s'efforçant de tout maîtriser, de tout modeler à son idée. Elle avait utilisé la routine et les guirlandes lumineuses pour repousser les choses négatives, mais le contrôle n'était qu'une illusion, n'est-ce pas ? Elle le savait. Cependant, à force de contrôler tout le reste, elle avait réussi à l'oublier, parce que c'était effrayant d'admettre que la vie pouvait être cruelle et imprévisible. Elle n'avait pas montré à Seb qu'elle pouvait s'adapter au changement.

Elle avait vécu sa vie en ignorant les problèmes, en soignant les apparences, en se concentrant sur d'autres tâches. Affronter les complications faisait partie des choses qu'elle préférait éviter, comme de marcher directement contre le vent ou de plonger dans de l'eau glacée.

Mais c'était terminé.

Elle allait faire face aux difficultés, à commencer par sa tante, bien sûr. Et cela dès maintenant, parce qu'après avoir roulé des kilomètres et des kilomètres dans la forêt enneigée, au milieu du plus beau paysage qu'elle ait jamais vu, ils étaient arrivés, et elle voyait une silhouette sur le pas de la porte, prête à l'accueillir. Sa tante, probablement. Holly n'était pas là, et elle ressentit une grosse bouffée de déception. Alix aurait dû savoir combien elle avait envie de la voir. Puis Christy comprit l'absurdité de cet espoir. Entre le temps passé à l'aéroport et le trajet, comment prévoir le moment de leur arrivée à l'hôtel ? Alix n'aurait pas pu faire attendre une enfant de quatre ans dans le froid *au cas où.* Cela dit, le besoin de voir Holly était presque douloureux. Mais elle avait une tâche à accomplir avant de retrouver sa fille. Mieux valait s'en débarrasser au plus vite.

— J'ai un peu mal au ventre, tout à coup.

Ce n'était pas seulement sa rencontre avec Robyn qui la rendait nerveuse. Elle appréhendait aussi de voir Alix. Le ressentiment qui, jusqu'à présent, n'avait fait que frémir en elle commençait à bouillonner. Elle avait failli confier ce qu'elle éprouvait à Seb, mais elle ne voulait pas menacer leur relation tout juste remise sur les rails en abordant ce sujet.

Elle éprouva une pointe de frustration. Le fait qu'elle redoute de dire quoi que ce soit signifiait qu'Alix avait encore un effet sur son mariage.

— Tu es stressée, je sais, fit Seb en lui serrant la main. Mais c'est une bonne chose. C'est ce qu'il faut faire.

Vraiment ? N'était-ce pas plutôt une erreur ?

Quelques instants plus tôt, elle s'était promis de faire face aux difficultés, mais maintenant que le moment était arrivé elle n'avait qu'une envie : foncer dans son chalet et profiter des derniers préparatifs festifs avant Noël.

Mais elle n'en eut pas l'occasion, parce que la femme s'approchait déjà de la voiture.

C'est parti, songea-t-elle en défaisant sa ceinture et en ouvrant la portière. Pourvu que sa mère ne soit pas témoin de sa trahison là où elle était…

— Christy ? Je suis Robyn. Je suis très heureuse de te revoir.

Revoir. Apparemment, elles s'étaient déjà rencontrées, même si Christy ne s'en souvenait pas. Alix lui avait transmis cette information pendant un de leurs appels. *Elle t'a vue quand tu avais trois ans. C'était sa dernière visite. À Noël.*

Dans son esprit, sa tante avait des cornes et une queue, pourtant la personne qui était en face d'elle avait l'air tout à fait normale. En étudiant son visage, Christy reconnut les yeux et la mâchoire de sa mère, et son cœur se serra. En la regardant à nouveau, elle reconnut sur son visage la tension et l'angoisse qu'elle ressentait elle-même. Apparemment, elle n'était pas la seule à appréhender cette rencontre.

— On a tellement de choses à se dire, déclara Robyn, mais vous avez fait un long voyage, et je suis sûre que vous avez hâte de voir Holly, alors je me suis dit qu'on irait directement à votre chalet. Toi et moi, on aura plein d'occasions pour discuter et rattraper le temps perdu.

Un sursis ! songea Christy, profondément soulagée. Et elle n'avait même pas à culpabiliser, parce que pour une fois ce n'était pas elle qui remettait à plus tard une conversation difficile.

— Oui, je pense que c'est mieux.

Elle voulait voir sa fille. Elle voulait jouer dans la neige, voir des rennes et faire toutes les choses dont elle avait rêvé quand elle avait préparé ce voyage. Elle voulait que ce soit un Noël dont ils se souviennent pour toutes les bonnes raisons.

Robyn continuait à parler.

— Je vais aider vos amis à s'installer dans leur nouveau chalet. C'est tout près, à quelques minutes d'ici. Ça tombe bien, un couple allemand est parti ce matin. Ils étaient censés passer Noël sur place, mais elle a eu un problème professionnel, et ils ont dû foncer à l'aéroport pour rentrer chez eux. C'est un peu plus petit que le chalet où Alix et Zac ont dormi – le vôtre –, mais comme ils sont en couple je suis sûre que ça ne les dérangera pas.

En couple ? Pourquoi Robyn pensait-elle qu'ils étaient en couple ?

Christy s'apprêtait à lui poser la question, mais ils arrivaient devant la porte du chalet, et c'était parfait, idyllique. Et là, à travers la vitre, elle voyait sa fille à quatre pattes avec Alix, toutes les deux en plein fou rire.

Christy fut submergée par une vague d'amour tellement puissante qu'elle faillit chanceler, suivie par un élancement brutal de jalousie, qui l'embarrassa. Que voulait-elle ? Que sa fille soit triste et que sa mère lui manque ? Bien sûr que non. Enfin… que sa mère lui manque un peu, oui. Elle voulait être la personne la plus importante dans la vie de Holly. Était-ce humain ou bizarre ? Depuis quand était-elle aussi possessive et en manque d'affection ?

Un peu anxieuse, elle aida Seb à porter les bagages, puis marcha jusqu'à la porte avec Robyn.

Et si jamais Holly n'était même pas contente de la voir ? Et si…

— Maman !

Avec un cri de joie perçant, Holly s'élança à travers la pièce et se jeta sur Christy.

— J'ai fait un bonhomme de neige. Et on a trouvé un arbre super grand. Et je veux un chien comme Suka…

Dans sa hâte à partager ses expériences, elle alignait les mots sans reprendre son souffle, et Christy regretta de ne pas avoir pu faire ces activités avec sa fille.

Mais elle était ici à présent.

Elle la serra contre elle, savourant son affection.

— On dirait que tu as plein de choses à me raconter.

Mais Holly gigotait déjà pour se libérer de son étreinte, trop surexcitée pour tenir en place.

— Elle a passé la matinée à regarder par la fenêtre pour voir si vous arriviez, annonça Alix.

Elle se frotta les jambes pour enlever des aiguilles de sapin et fit quelques pas hésitants vers elle.

— Salut.

— Salut, toi, répondit Christy en la serrant dans ses bras. Merci. J'espère que ça n'a pas été trop dur.

Elle était mal à l'aise, parce qu'elle en voulait à son amie – *à cause de toi, j'ai soupçonné mon mari* – tout en lui étant très redevable. S'occuper de l'enfant de quelqu'un d'autre pendant quelques heures était un service, mais s'en occuper plusieurs jours d'affilée allait bien au-delà. Et Holly semblait s'être bien amusée.

Elle aurait dû se montrer franche des années plus tôt, au lieu de dire à Alix que tout allait bien.

— Elle est vivante. J'estime que c'est ma plus grande réussite, remarqua Alix, avant d'embrasser brièvement Seb. J'espère que ta réunion s'est bien passée.

— Très bien, merci.

Son ton était poli, mais n'invitait pas à lui poser d'autres questions. Ça n'aurait pas préoccupé Christy… s'il n'avait utilisé le même ton avec elle.

Elle ne savait pas exactement comment l'entretien s'était passé. Dès que Seb était rentré, elle lui avait demandé : « Comment c'était ? » Elle était humaine, après tout. Il avait répondu que les gens semblaient gentils et qu'ils le préviendraient dès qu'ils auraient pris une décision.

Christy avait espéré avoir plus de détails. Quand prendraient-ils cette décision ? Avant Noël ? Après Noël ? Combien de candidats devaient-ils rencontrer ? Elle aurait voulu connaître toutes les questions qu'ils avaient posées et ce qu'il avait dit en réponse, comme si cette information pouvait apporter un peu de stabilité dans son monde qui s'écroulait. Seb avait refusé de dire autre chose que « C'est fait, maintenant », ce qui était vrai, bien sûr, mais ne l'aidait pas à calculer les probabilités. « Fait » dans quel sens ? « C'est terminé » ou « Je me suis planté » ?

Elle essayait de ne pas se sentir blessée par son silence. C'était un sujet sensible pour lui, et elle s'efforçait de respecter cela. Au moins, elle comprenait désormais pourquoi il se comportait de cette façon. Elle le comprenait, *lui*.

Zac sortit d'une chambre, une valise à la main.

— Bienvenue au paradis. J'ai fini de ranger nos affaires.

— Je ne veux pas que vous partiez, protesta Holly en l'attrapant par la main. Je veux qu'on vive ici tous ensemble. Maman et papa, toi et tata Alix.

On serait un peu trop à l'étroit, songea Christy. Et elle se sentait de plus en plus mal à l'aise avec Alix.

Son amie ressentait-elle la même chose ?

Elle jeta un coup d'œil vers Alix. Celle-ci riait à cause de ce que venait de dire Zac, puis hocha la tête quand il proposa de transférer leurs bagages dans l'autre chalet.

Christy les observa, sentant un changement sans le comprendre.

Ils se consultaient et se faisaient des suggestions. S'il y avait de la tension entre eux, ils la cachaient bien.

Avaient-ils conclu une trêve ?

Déconcertée, elle fronça les sourcils. Elle lança un regard vers Seb pour voir s'il avait remarqué un changement, mais il écoutait attentivement Holly lui raconter comment ils avaient trouvé un arbre de Noël.

— Alors, commença-t-elle en accrochant son manteau, vous devez être impatients d'avoir du temps libre pour faire des choses de votre côté.

— On a réservé une balade en traîneau nocturne, répondit Alix. Et aussi une randonnée en raquettes.

« On » ? Avait-elle dit « on » ?

Quelle que soit l'activité qu'ils avaient prévue, elle n'avait pas imaginé qu'ils la feraient ensemble.

— Je pensais que vous auriez déjà fait la balade en traîneau.

Robyn baissa la fermeture Éclair de son manteau.

— C'est tellement incroyable de faire une balade en traîneau à chiens. Alix s'est dit que vous voudriez profiter de ça avec Holly.

Christy se sentit coupable d'en vouloir à son amie. Non seulement elle s'était occupée de sa fille, mais elle avait gardé certaines activités pour Christy.

Ce geste généreux et attentionné lui serra le cœur. Comment était-ce possible d'adorer son amie, tout en étant aussi blessée par elle ?

— C'est très gentil.

— Et on va voir le Père Noël, s'exclama Holly en tournant sur elle-même, les bras écartés.

Tandis que Seb la soulevait en riant, Christy les regarda. Que trouvait-elle de plus sexy chez lui ? Elle aimait ses yeux, ses épaules, le sourire qu'il lui réservait, mais *ça*, sa façon d'être avec leur enfant, était le facteur qui la faisait fondre le plus. Dès le premier jour, il avait été parfait avec leur fille. Quand Holly avait fait irruption dans le monde (après un accouchement de vingt-trois heures qui ne ressemblait en rien à ce que les cours et les livres avaient décrit), Christy avait été épuisée et légèrement sous le choc. Seb avait été hébété, euphorique et terrifié. Il avait tenu Holly comme si elle avait été en verre. Les deux premiers jours, il avait refusé de la porter en restant debout, parce qu'il redoutait de la lâcher. Il avait insisté pour s'asseoir, et là, une fois bien installé, le bébé dans ses bras, il ne bougeait plus. Il n'avait pas de frères et sœurs. Pas de cousins. Aucune expérience des bébés. Mais maintenant qu'il était père, il était censé tout savoir.

Elle avait eu sa mère, bien sûr, mais à cette époque-là Elizabeth digérait encore le fait que sa fille ait agi de façon aussi spontanée et irréfléchie. Christy, craignant de recevoir l'un des regards critiques de sa mère, synonymes de « Je te l'avais bien dit », était résolue à prouver qu'elle était faite pour la maternité. Plus facile à dire qu'à faire. Holly s'était réveillée toutes les trente minutes pendant les premiers mois de sa vie. Comme Seb devait travailler, et que Christy lui donnait le sein, elle s'était retrouvée en première ligne. Elle avait vécu cette période en mode zombie. Comment les femmes pouvaient-elles reprendre tout de suite le travail ? Comment y arrivaient-elles ? Elle avait à peine l'énergie de s'habiller. D'après les livres, il fallait dormir quand le bébé dormait, mais Holly dormait à peine. Les yeux grands ouverts, elle regardait autour d'elle, absorbant tout, résolue à ne rien manquer.

C'était de la torture.

Elle avait l'impression de se noyer. De sombrer dans un gouffre qui semblait sans fond.

C'était Alix qui l'avait sauvée. Alors que d'autres personnes avaient offert des vêtements et des peluches, Alix lui avait fait le cadeau d'une nourrice deux heures par jour. Sachant que Christy refuserait de laisser son bébé à qui que ce soit, elle avait proposé que la nounou vienne à l'appartement et s'occupe du bébé, laissant à Christy du temps pour elle. Christy avait résisté – qu'est-ce que ça disait sur elle qu'elle ait besoin d'aide pour prendre soin de son propre enfant ? –, mais cette solution avait changé la donne. La nounou était gentille et expérimentée. Elle complimentait Christy. Elle lui donnait l'impression d'être la meilleure mère du monde plutôt que la pire. Elle lui disait qu'elle faisait du bon boulot. (*Boulot ?* Mais où était la formation ?) Le premier jour, comme Christy ne savait pas quoi faire d'elle-même, elle avait pris un bain. Elle avait lu cinq pages d'un livre. Le deuxième jour, elle s'était maquillée. À la fin de la semaine, elle s'était sentie redevenir humaine. Elle s'était détendue et – miracle ! – le bébé avait commencé enfin à dormir plusieurs heures d'affilée. Puis un peu plus longtemps. Seb et elle se couchaient tôt, et il l'aidait dès que possible. Il commençait sa journée à 4 heures du matin pour pouvoir s'occuper de Holly après la tétée, ce qui donnait à Christy quelques heures de sommeil avant qu'il ne quitte la maison. Elle craignait qu'il ne soit pas capable de fonctionner en dormant aussi peu, mais il lui avait dit apprécier ces moments de tranquillité avec sa fille.

Ces premiers mois avaient été difficiles, puis la situation s'était peu à peu stabilisée. Et ensuite Holly avait commencé à se déplacer. À quatre pattes d'abord, crapahutant sur le sol à une vitesse qui avait surpris Christy. Et puis elle s'était mise debout, un peu chancelante au début, mais toujours intrépide. À partir de là, rien n'avait plus pu l'arrêter. Si elle trouvait quelque chose à attraper, elle l'attrapait. Si elle pouvait grimper quelque part, elle grimpait. Le mot « prudence » lui était inconnu.

À leur manque de sommeil avait succédé un manque de temps.

En y repensant, c'était un mystère que leur mariage ait survécu. Ils avaient passé très peu de temps ensemble avant la naissance de Holly. Leur relation était neuve et fragile, pourtant ils n'avaient pas eu le temps de s'en occuper. Réussir à rester en vie tous les trois de jour en jour tenait de l'exploit. Et, bien que ça n'ait pas fait partie de ses objectifs, Seb avait tenu bon. Il lui préparait du café corsé le matin avant de partir travailler et rapportait à manger en rentrant si elle était trop fatiguée pour cuisiner. Et puis sa mère était morte. Les événements semblaient s'être enchaînés. À l'époque, elle avait été fière qu'ils survivent, mais à présent, elle voyait qu'en se concentrant sur cette survie ils étaient passés à côté des détails constituant les fondations d'une relation.

C'était sur cela qu'ils devaient se concentrer à partir de maintenant. Elle était déterminée.

— Je vais vous laisser explorer les lieux pendant que j'emmène Alix et Zac dans leur nouveau chalet, déclara Robyn. Il doit être prêt, maintenant.

Christy fit volte-face, brusquement consciente de son impolitesse.

— Vous… Tu t'en vas ? Mais on a tellement de choses à évoquer, tellement de temps à rattraper.

— Ça peut attendre, répondit Robyn en souriant. Tu dois passer un peu de temps avec ta famille. Le frigo est rempli, alors servez-vous, même si j'espère que vous viendrez dîner avec Erik et moi un de ces soirs, une fois que vous serez bien installés.

Holly traversa la pièce en courant.

— Ne t'en va pas, tante Robyn !

Robyn s'accroupit.

— Suka peut rester avec toi. Ça te ferait plaisir ?

— Oui, mais je veux que tu restes aussi.

Holly se jeta à son cou et manqua la faire tomber. Sa fille connaissait Robyn mieux qu'elle, songea Christy. Elle avait passé du temps avec elle. Elle lui avait parlé, même si ça ne devait pas être de choses très importantes.

Robyn étreignit doucement la petite fille.

— Tu as besoin de passer du temps avec tes parents.

— Eux aussi, ils peuvent être là. On peut être tous ensemble.

Quand sa fille serait grande, elle serait une vraie fêtarde, se dit Christy. Plus il y aurait de monde, mieux ce serait. Plus il y aurait de risques, mieux ce serait.

— J'ai une suggestion, intervint Seb en soulevant Holly dans ses bras. Demain, toi et moi, on va faire un bonhomme de neige pour maman, pendant qu'elle ira bavarder avec tante Robyn. Un matin spécial papa et Holly. Qu'est-ce que tu en dis ?

— Je dis oui !

Holly l'embrassa sur la joue, puis se tortilla pour redescendre.

— Parfait, approuva Robyn en souriant. Rejoins-moi demain matin pour un *fika*.

— *Fika* ?

— C'est une tradition suédoise. En bref, c'est un moment social autour d'un café et de gâteaux.

— Ça m'a l'air chouette. À quelle heure ?

Robyn haussa les épaules.

— Dans la matinée, quand ça t'arrange. J'ai de la paperasse à faire, alors passe n'importe quand, dès que tu seras prête.

— D'accord.

N'importe quand. À l'évidence, Robyn n'était pas comme sa sœur. Elizabeth avait un emploi du temps pour tout. Rien n'était jamais impromptu. Les mots « Passe dès que tu seras prête » n'étaient jamais sortis de sa bouche.

Après avoir marqué une pause, Robyn reprit :

— À moins que tu ne préfères une heure fixe ? On peut faire comme ça, si tu veux.

La tentation était forte. L'envie la démangeait toujours de prendre son cahier. Elle établissait des listes dans sa tête qu'elle n'écrivait jamais.

— Non, répondit-elle avec fermeté. Je n'ai pas besoin d'heure fixe.

Elle ne voulait plus être cette personne. Organiser les choses avec minutie ne donnait pas plus de contrôle, seulement l'illusion du contrôle. Mais ça faisait parfois du bien d'en avoir l'illusion. C'était réconfortant.

— Très bien.

Robyn sourit à Holly.

— Tu t'occuperas bien de Suka pour moi ?

— Oui !

Holly enlaça la chienne, qui attendait patiemment en agitant la queue. Elle semblait si heureuse que Christy songea : *On va devoir lui trouver un chien.*

Robyn partit, puis Zac et Alix se dirigèrent à leur tour vers la porte.

— On va ranger nos affaires, on se voit plus tard, annonça Zac en prenant une partie des bagages, tandis qu'Alix s'occupait du reste.

— Attendez !

Christy ne voulait pas qu'ils partent. Elle était curieuse d'en savoir plus sur ce qui était arrivé. Et à présent Alix attendait, comme elle l'avait demandé, et Christy ne savait pas quoi dire. *Que se passe-t-il avec Zac ?*

— Alors… c'était comment ?

— Qu'est-ce qui était comment ?

Alix enfonça un bonnet sur sa tête, bien que leur nouveau chalet ne soit apparemment pas très loin. À travers les arbres, au prochain tournant, d'après Robyn.

— Ces quelques jours ici. Il y a eu des problèmes ?

— Des problèmes ?

Alix ferma son manteau. Il était noir, rembourré, et n'importe qui aurait eu l'air d'un gros gâteau dedans. Au contraire, son amie était spectaculaire. Ses cheveux sombres bouclaient autour de son menton.

— Quel genre de problèmes ?

Des problèmes liés aux hommes. Comme celui qui se tenait debout tout près, attendant que Christy arrête de chercher ses mots et les laisse vaquer à leurs occupations.

— De n'importe quel genre.

Alix sourit.

— Il n'y a pas eu de problèmes. Pour autant qu'on sache, Holly n'a pas subi de dégâts visibles. Cet endroit est merveilleux. J'espère que vous profiterez bien de votre après-midi.

C'était tout ? Non ! Il y avait autre chose. Il y avait forcément autre chose. Et Christy voulait tous les détails.

Elle regarda Alix se tourner vers Zac et lui poser une question d'un ton détendu, familier. Et Christy se sentit perturbée, rejetée, *moins importante*, parce que pour la première fois depuis qu'elles étaient amies il y avait quelque chose qu'elle ne savait pas sur Alix. Elle n'en faisait pas partie. *Elle passait en second.*

Était-ce cette sensation qu'Alix éprouvait avec Seb et elle ?

Cette soudaine constatation la fit frémir.

Elles avaient parlé de beaucoup de choses en grandissant,

mais elles n'avaient jamais abordé cette situation. Comment gérer une autre personne dans leurs vies. Une relation sérieuse. Des conversations auxquelles l'une ou l'autre ne participerait pas. Des plaisanteries qu'elles ne comprendraient pas. Elles avaient tenu pour acquis que rien ne changerait jamais, sans imaginer que c'était impossible.

Tout à coup, la simplicité de leur vieille amitié lui manqua. Le fait de pouvoir parler sans avoir à surveiller ses paroles. De donner sans retenir, de faire confiance sans jamais soupçonner. La vie devenait-elle inévitablement plus complexe, ou était-ce seulement le cas de leur amitié ?

— Amusez-vous bien, et on se voit demain, lança Alix en enfilant ses gants.

— Demain ?

Christy les regarda tour à tour.

— Qu'est-ce que vous allez faire, tous les deux ?

— On va prendre nos marques dans notre chalet, puis on va faire la balade en raquettes nocturne dans la forêt.

— Ça a l'air… sympa.

Ça avait surtout l'air romantique. Mais Alix et Zac n'avaient pas de sentiments romantiques l'un pour l'autre. N'est-ce pas ? À moins que quelque chose ait changé ?

Qu'avait dit Robyn ? « Comme ils sont en couple, je suis sûre que ça ne les dérangera pas. »

Elle avait tant de questions, mais aucune occasion pour les poser.

— On se voit demain, alors.

Après leur départ, elle se concentra sur sa fille, tandis que Seb leur préparait des boissons chaudes.

— Cet endroit est incroyable.

Il ouvrit et ferma un placard, explorant les lieux.

— C'est rempli de nourriture. Heureusement, il n'y a pas que du saumon. Je prépare du café. Tu en veux ?

— Oui, s'il te plaît.

Elle partit à la découverte du chalet avec Holly. L'alcôve, avec sa couette moelleuse et toutes les peluches, la charma. Deux livres étaient posés ouverts sur les couvertures.

— Tu lisais ?

— Tata Alix et tonton Zac me lisaient des histoires.

— Ensemble ?

— Mmm. Tonton Zac faisait la voix du loup et tata Alix était le lapin.

Christy n'arrivait pas à imaginer Alix en lapin.

— Montre-moi la chambre.

Holly l'entraîna dans la pièce voisine. La première pensée de Christy fut qu'elle n'avait jamais vu d'endroit plus romantique. Le grand lit positionné près de la fenêtre qui occupait tout un pan de mur, du sol au plafond, surplombait la forêt. Les flammes du feu et deux lampes éclairaient doucement la pièce.

— Alix a dormi ici ?

— Oui. Et tonton Zac a dormi sur le canapé, même si c'était trop petit pour lui. Le matin, il a dit qu'il avait mal au dos et tata Alix a dit qu'elle échangerait avec lui, mais il a dit non.

— Alors…

Comment formuler cette question ?

— Alix et Zac étaient amis ?

— Oui. Ils s'aiment. Et je vais être leur demoiselle d'honneur.

Holly sortit en flèche de la chambre, attrapa son renne en peluche en passant dans la sienne et sautilla à travers le chalet pour rejoindre Seb.

Demoiselle d'honneur ? Holly avait forcément mal interprété quelque chose qu'elle avait entendu. En dehors du fait qu'Alix et Zac avaient déjà du mal à rester dans la même pièce, aucun des deux n'était du genre à se marier.

Elle ouvrit la bouche pour poser une autre question, mais Holly avait sorti un puzzle pour jouer avec Seb. Quelques instants plus tard, ils étaient assis par terre près du sapin de Noël, penchés au-dessus du jeu.

Tout était parfait, songea Christy en les rejoignant.

— Cet arbre est magnifique.

— C'est moi qui l'ai choisi.

Elle ôta une aiguille des cheveux de sa fille.

— Tu es allée le chercher avec tante Robyn ?

— Et Erik, et aussi tata Alix et tonton Zac.

— Ça devait être rigolo.

— Oui. Et on a lancé des boules de neige.

— Ça aussi, ça devait être rigolo.

L'une de ses plus intéressantes découvertes en tant que mère était que, en dehors de son apparence physique, sa fille ne lui ressemblait en rien. Elle était un individu. Une personne en tant que telle, avec sa propre personnalité. Elle n'était pas une mini-version de Christy. Elles étaient différentes. Apprendre à la connaître était comme un fascinant voyage d'exploration.

— Tu n'as pas eu froid ?

— J'ai bu du chocolat chaud. Et après, on est revenus ici, et on a décoré l'arbre.

Christy était triste d'avoir manqué ça.

— Tu as fait du très bon travail.

— Oui. Et ils étaient contents de m'avoir gardée en vie. C'est ce qu'ils ont dit.

Seb éclata de rire, tout comme Christy, parce c'était hilarant d'entendre Holly répéter ce qu'elle avait entendu sans le moindre filtre.

— Alors, tout à l'heure, dit-elle en déplaçant une des pièces de puzzle, quand tu as dit qu'ils s'aimaient et que tu allais être leur demoiselle d'honneur…

Seb lui lança un regard perçant.

— Quoi ?

— C'est quelque chose que Holly a dit.

La petite fille passa les bras autour de Suka.

— On peut avoir un chien ?

— Peut-être. On en parlera plus tard. Mais, Holly…

Elle se sentait un peu coupable d'interroger sa fille.

— … qu'est-ce qui te fait dire ça ?

— J'aime Suka. Je veux un chien comme elle.

— Non, je veux dire, qu'est-ce qui te fait dire qu'Alix et Zac s'aiment ? Qu'est-ce qui t'a fait penser que tu serais leur demoiselle d'honneur ?

— Parce qu'ils se sont embrassés. Et ça a duré longtemps.

Ils s'étaient embrassés ? Ils s'étaient *embrassés* ? Et Alix ne le lui avait pas dit ?

Christy bascula sur ses talons, puis se laissa tomber lourdement sur le sol comme si quelqu'un l'avait poussée. Et c'était tout à fait ce qu'elle ressentait. Il s'était bien passé quelque chose entre Alix et Zac, et Alix ne lui en avait pas parlé. Et c'était inutile de se dire qu'il n'y avait pas eu d'occasion, parce qu'il y en avait eu plein. Elles avaient discuté plusieurs fois par jour, même brièvement, avant que le téléphone ne soit tendu à Holly. Mais elles s'étaient parlé. Et elles s'étaient envoyé des messages. Et Alix avait dit des choses comme « C'est magnifique ici. Tu vas adorer » et « Holly a fait un énorme bonhomme de neige ». Mais elle n'avait pas dit : « J'ai embrassé Zac. »

Pourquoi ?

La première fois qu'elle avait embrassé un garçon – Michael quelque chose, elle ne rappelait pas son nom de famille –, elle l'avait dit à Alix. Et Alix avait fait de même avec elle. Alix avait toujours été ouverte sur ses rencontres romantiques (elle refusait de les appeler des relations). Elle avait raconté à Christy son rendez-vous avec le médecin de Boston, le coup d'un soir avec le génie de la technologie qu'elle avait croisé dans un bar. Elle avait dit à Christy que si jamais elle rencontrait un homme avec qui elle envisageait de passer plus d'une soirée elle la préviendrait. Elle lui avait raconté toutes ces choses-là.

Mais elle ne lui avait pas dit qu'elle avait embrassé Zac.

14

Alix

Alix lâcha sa valise dans le salon de leur nouveau chalet.

Elle s'était sentie très mal à l'aise avec Christy. Y avait-il vraiment eu de la gêne entre elles, ou son cerveau intensifiait-il quelque chose qui n'existait pas ? Comme elle avait toujours ça à l'esprit, elle n'était plus capable de juger quand elle exagérait le problème ou quand la tension était réelle. Le fait qu'elle n'ait aucune confiance en sa capacité à résoudre les problèmes de relation d'aucune sorte n'aidait en rien. Elle s'était sentie nerveuse, au point d'être soulagée de se retrouver seule avec Zac. Il la faisait rire, et la tension était d'un tout autre ordre.

Elle préférait la compagnie de Zac à celle de Christy ?

Elle était vraiment dans le pétrin.

Sentant le regard de Zac peser sur elle, elle haussa les épaules.

— Quoi ?

— Tu vas bien ?

Elle n'avait pas l'intention de lui dire comment elle se sentait. C'était trop perturbant. *J'aime être avec toi, Zac.*

— Bien sûr que je vais bien. Pourquoi ça n'irait pas ?

Elle s'étira.

— C'est joli, ici. Et je préfère être dans un chalet qui s'appelle « Renne » plutôt que « Loup ». C'est plus amical. Et j'aime bien tous ces arbres. Ça donne une ambiance intime.

Le chalet était conçu dans le même style que l'autre, mais ne donnait pas sur le lac. Au lieu de cela, ils étaient nichés au cœur de la forêt, leur tranquillité assurée par les arbres enneigés qui les entouraient comme des sentinelles glacées.

— Robyn dit qu'il est populaire auprès des jeunes mariés.

— Eh bien, voilà. Dire que tu es coincé ici avec moi, lança-t-elle en lui adressant un sourire, alors que tu mérites d'être accompagné d'une femme fleur bleue et pleine d'adoration.

Il suspendit leurs manteaux, puis ferma la porte extérieure, afin que le chalet garde sa chaleur.

— Tu veux dire que tu n'es pas fleur bleue et pleine d'adoration ? Mince alors. J'aurais dû demander un autre logement à Robyn.

— Je peux essayer de l'être, si tu veux. Je ne l'ai encore jamais fait, mais ça ne doit pas être bien difficile.

Elle se racla la gorge, releva le menton et battit des cils.

— Oh ! Zac, Zac, merci de m'avoir amenée ici et d'avoir concrétisé tous mes rêves.

Il fit un pas en arrière.

— C'est quoi, cette tête ?

— Quelle tête ?

— La tête que tu fais.

— C'est mon expression fleur bleue, pleine d'adoration, séductrice.

Il leva la main.

— Ne me refais *jamais* cette expression séductrice. C'est effrayant.

— Tu me trouves effrayante ? protesta-t-elle, vexée.

— Est-ce que je te trouve effrayante quand tu es normale ?

Non. Cette version fleur bleue, pleine d'adoration, séductrice ? Oui. Terrifiante.

— Oh.

Elle était incapable de dire s'il était sérieux ou pas, mais son côté compétitif se réveilla.

— Dans ce cas, je vais réessayer. C'est une simple question d'entraînement, j'en suis sûre.

— Je t'en prie. Ce n'est pas la peine de…

— Il faut que je me concentre. Laisse-moi une minute.

Elle ajusta sa posture et se composa un visage. Quand s'était-elle autant amusée avec un homme pour la dernière fois ? La réponse était jamais. Mais, pour quelque raison que ce soit, c'était facile de s'amuser avec Zac.

Il croisa les bras.

— On dirait que tu es sur le point de prendre une épée et de m'empaler. Et tu as de nouveau l'air vraiment effrayante. À moins que ce ne soit ton intention. Es-tu en train de me menacer par ton charme ?

Elle l'ignora, ôta son bonnet et s'ébouriffa les cheveux.

— Oh ! Zac, Zac, lança-t-elle avec une moue, tu es tellement fort et séduisant et…

— Tu as les cheveux dans les yeux. Tu n'y vois rien. Arrête, je t'en supplie.

Elle écarta ses cheveux en essayant de ne pas rire.

— C'est mon look sexy.

— C'est sexy de ne pas voir où tu vas ?

Elle soupira.

— Bon, d'accord, laisse tomber. Tu vas être coincé avec ma petite personne non romantique pendant encore quelques jours.

— Heureusement pour nous deux, je n'ai jamais placé « fleur bleue » et « pleine d'adoration » très haut sur la liste des qualités que je cherche chez une compagne. Alors on devrait réussir à passer ces quelques jours en bonne harmonie.

— Très bien. Mais si jamais tu rencontres une femme prête à t'adorer et que tu veux profiter de l'ambiance « nuit inoubliable » que dégage cet endroit, fais-moi signe. Je me cacherai sous le sapin de Noël et je ferai semblant de ne pas être là.

— Je suis sûr que tu serais très discrète, répliqua-t-il en s'approchant de l'arbre. Il est magnifique. Tu vas me trouver bizarre si je te dis que je préfère celui qu'a décoré Holly ? J'ai aimé sa façon d'accumuler le plus d'ornements possible dans un seul endroit en laissant la moitié des branches sans rien.

Alix sourit.

— Moi aussi, j'ai aimé ça. Tous les ans, Christy attend qu'elle aille au lit, puis essaie en secret de replacer les décorations pour obtenir quelque chose qui satisfasse son côté artistique.

— Je vois très bien, répondit-il en souriant à son tour. Et je parie que Holly s'en rend compte.

— À chaque fois.

Alix tourna les yeux vers le feu qui crépitait derrière la vitre de l'insert.

C'était vraiment romantique. Cela dit, c'était un soulagement de savoir qu'il n'attendait pas d'elle un comportement romantique.

— À ton tour de dormir dans le lit, déclara-t-elle en s'emparant de sa valise. Je prends le canapé.

— Pas la peine.

Zac cessa d'examiner le sapin de Noël et se tourna vers elle. Il avait remonté les manches de son pull.

Il avait de beaux bras, observa-t-elle. Et des épaules musclées. Et un bon sens de l'humour, ce qui était plus attirant pour elle que toutes ses autres qualités combinées.

— Ne joue pas les martyrs. Je sais que tu as des courbatures après avoir passé la nuit tout recroquevillé sur l'autre canapé. C'est une offre généreuse de ma part. Dis oui.

— Je devrais dormir sur le canapé.

— Pourquoi ? Tu es masochiste et tu veux te réveiller en ayant mal tous les matins ?

— Non. Mais c'est la chose macho et galante à faire.

— Pardon ?

— Je dors sur le canapé pour pouvoir te protéger du danger.

— Quel danger ? demanda-t-elle en le fixant.

Il agita le bras.

— On ne sait jamais ce qui pourrait entrer par cette porte.

— Heu… Robyn avec les pâtisseries du matin ? Si tu comptes la plaquer au sol dès son arrivée, on devrait peut-être la prévenir.

Elle tourna la tête vers le canapé.

— C'est pour ça que tu as pris le canapé dans l'autre chalet ? Tu me protégeais du danger ?

Serait-il amusé de savoir que pour elle c'était lui le danger ?

— Non, bien sûr que non. J'ai dormi sur le canapé parce que tu t'es approprié la chambre et que tu m'as claqué la porte au nez.

— Je me sentais vulnérable.

— Oui, j'avais compris.

Ils se taquinaient mutuellement, mais elle s'était *vraiment* sentie vulnérable.

— Alors d'où ça sort, ce truc macho ?

Il haussa les épaules.

— Je me suis dit que si tu allais être fleur bleue et pleine d'adoration je devais m'efforcer d'être un peu plus macho. Si on décide de verser dans les stéréotypes, allons-y à fond.

Elle releva les manches de son pull et écarta les pieds.

— D'accord. Lâche-toi.

— À propos de… ?

— Sois macho. Je veux voir ce que tu as dans le ventre.

Elle agita les mains.

— Protège-moi du danger. Vas-y.

— Je…

— Pardon. Tu as besoin que je sois fragile et vulnérable ?

Elle pressa son avant-bras sur son front.

— Zac, sauve-moi, sauve-moi !

— De quoi ? demanda-t-il en jetant un coup d'œil par-dessus son épaule. Je ne vois aucun danger à l'horizon.

— Fais comme si. Il y a un gros loup. Avec de grandes dents. Il grogne. Je tremble et je sanglote dans mon lit. Zac, Zac, sauve-moi, on va mourir, souffla-t-elle. Qu'est-ce que tu ferais ?

— Je nous enfermerais à double tour dans la chambre et je laisserais le loup faire sa fête au sapin de Noël.

Elle essaya de ne pas rire.

— Ce n'est pas une réponse. J'ai peur du loup ! Qu'est-ce que tu ferais ? Sérieusement ?

— Sérieusement ? demanda-t-il en faisant quelques pas vers elle. Tu veux savoir ce que je ferais *vraiment* ? Je t'embrasserais.

Elle essaya de reculer, mais le canapé lui bloqua le chemin.

— Quoi ?

— Et ensuite, je t'embrasserais encore. Et puis je te déshabillerais, et on ferait l'amour de façon intense et inoubliable, comme si c'était la fin du monde.

Le cœur d'Alix lui martelait la poitrine, et son corps tout entier s'enflammait.

— Tu essaies de choquer le loup ?

La bouche de Zac était dangereusement proche de la sienne.

— À ce moment-là, on aura tous les deux oublié qu'il y a un loup.

— Moi, je n'oublierais pas. Et d'ailleurs, ce loup risque d'être très perturbé par tout ça. Très bien, Zac. Je prends la chambre. Je ne voudrais surtout pas te priver de cette rencontre avec le loup.

Elle s'extirpa d'une situation qui devenait bien trop troublante et emporta sa valise dans la chambre. Mais elle s'arrêta sur le seuil, incapable de résister.

— Pour info, si jamais ce scénario arrive et qu'on couche ensemble comme si c'était la fin du monde, tu seras au-dessus.

— C'est ta position préférée ?

— Pas particulièrement. Mais ça veut dire que quand le loup attaquera il s'en prendra d'abord à toi. J'aurai le temps de m'échapper en douce.

Elle poussa la valise sous le lit et ferma les yeux. *Ressaisis-toi, Alix.*

Quand elle les rouvrit, Zac se tenait sur le seuil.

— J'ai besoin de terminer cette conversation. Tu es en train de dire que tu t'enfuirais en me laissant me faire dévorer par le loup ?

Elle réfléchit.

— Oui.

Il hocha la tête.

— C'est réglé, alors.

— Qu'est-ce qui est réglé ?

— La prochaine fois qu'on couche ensemble, tu seras au-dessus.

Elle avait chaud et se sentait à bout de souffle.

— On ne va pas coucher ensemble, Zac. Tout ça est hypothétique. Il ne va rien se passer du tout.

— Je dors sur le canapé. Ça, c'est une réalité.

— Si ça te dérange…

— Pas du tout. J'ai dormi dans des endroits bien pires.

Elle aimait le fait qu'il ne se plaigne pas. Elle était sortie une fois avec un homme qui s'était vanté toute la soirée de ne jamais dormir dans un hôtel sans avoir d'abord vérifié la densité de tissage des draps. Alix était partie avant le dessert, après avoir décidé que sa densité à elle n'était sûrement pas assez élevée.

À l'inverse, Zac était manifestement le genre d'homme qui ne voyait aucune objection à passer la nuit dans la nature.

Elle lissa ses cheveux, qui étaient toujours ébouriffés après ses fausses tentatives de séduction.

— Ça me fait bizarre de ne pas avoir Holly dans les parages.

Zac sourit.

— Bizarre de ne pas devoir la surveiller en permanence, tu veux dire.

— Ça va être étrange de ne pas être réveillée au petit matin en me recevant un renne dans la figure. Et d'être seuls tous les deux.

Seuls tous les deux.

Elle croisa son regard, et il s'écarta de l'encadrement.

— À force de parler de loup et de danger, je sens mon adrénaline bouillonner. Tu es prête pour notre rancard, Carpenter ?

— Notre rancard ?

L'invitation semblait personnelle, pourtant l'utilisation de son nom de famille était impersonnelle. Avec lui, elle était constamment en porte-à-faux.

— Quel rancard ?

— La balade en raquettes.

— Ce n'est pas un rancard. C'est une activité où deux personnes font la même chose au même moment.

— Ce n'est pas ça, un rancard ?

— Non. Un rancard, c'est du stress et de la tension. C'est : « Est-ce que j'aime bien cette personne ? Vais-je la revoir, et si non, comment indiquer clairement que ça s'arrête là, et que ce n'est pas la peine d'insister ? »

Il haussa un sourcil.

— Je commence à comprendre pourquoi tu évites les rancards. Ce que tu décris n'a pas l'air relaxant du tout. Tu n'as jamais envie de t'amuser avec quelqu'un, tout simplement ? De partager quelque chose que vous aimez tous les deux ?

— Restaurant. Bars. Concerts. C'est ça, mes rancards habituels.

— Tu n'as jamais essayé les balades en raquettes ? Parfait. C'est ton jour de chance.

Il désigna le placard.

— Couvre-toi bien. Il fait froid dehors. Je te retrouve à la porte dans cinq minutes.

Il retourna près de sa valise, l'ouvrit et sortit des affaires avec l'aisance de quelqu'un qui savait exactement de quoi il allait avoir besoin.

Alix s'habilla rapidement, reprenant la tenue qu'elle avait mise pour partir à la recherche du sapin de Noël. Elle était soulagée que Robyn lui ait prêté des vêtements appropriés, parce qu'elle n'avait jamais eu aussi froid de sa vie.

— Est-ce que je vais tomber ? demanda-t-elle en le rejoignant. Parce que mes bleus n'ont pas guéri depuis ma dernière chute.

— Tu ne vas pas tomber. Mais si ça arrive, l'atterrissage sera doux.

Une fois dehors, il l'aida à mettre les raquettes.

Elle les trouva bizarres et gênantes.

— Des conseils pour marcher avec ces trucs ?

— Oui. Lève bien les pieds, répondit-il en chaussant les siennes. Les raquettes permettent de répartir le poids sur la neige et de ne pas s'enfoncer. Marche en écartant un peu les pieds pour qu'elles ne se touchent pas.

— On ne risque pas de se perdre ? On ne devrait pas avoir un guide ?

Il se redressa.

— C'est moi ton guide. J'ai fait le trajet avec Erik hier pendant que tu jouais avec Holly.

Après avoir attaché son sac à dos, il lui tendit un bâton.

— Tu es prête ? Je vais te donner un cours rapide.

Il lui montra comment avancer dans la neige profonde, et, après avoir trébuché plusieurs fois, elle commença à prendre le pli. Son assurance grandit, et bientôt ils marchaient sur le chemin qui menait dans la forêt.

L'air glacial lui piquait les joues.

Même avec les raquettes, ses pieds s'enfonçaient dans la neige, et elle sentait tous ses muscles travailler.

Zac lui jeta un coup d'œil.

— Ça va ?

— Génial.

Et elle était sincère. Non seulement le paysage était spectaculaire, mais son immobilité sereine et la pureté de l'air étaient incroyables. C'était comme s'ils étaient seuls au monde.

Ils continuèrent à avancer dans la forêt arctique, dépassant des arbres transformés en sculptures gelées par la glace et la neige.

De temps en temps, Zac s'arrêtait pour lui montrer des traces d'animaux ou une formation de givre particulière, rompant brièvement le silence entre eux.

Quand il finit par faire une pause, elle était à bout de souffle.

— Ça fait une super séance d'entraînement.

— Tu tiens la forme. Tu vas à la salle de sport ?

Elle secoua la tête.

— Les tapis, ça m'ennuie. Je cours. Je boxe. Quand j'étais plus jeune, je faisais du karaté. Et toi ?

Il enfonça ses bâtons dans la neige.

— Quand je suis à Londres, je fais du footing. Je vais à la salle. Je fais de l'escalade. Mon boulot était physique, mais c'est moins le cas maintenant, évidemment.

— Tu as changé de travail ?

— Tu as devant toi le nouveau professeur de glaciologie.

— Waouh. Toi, derrière un bureau ? Je n'arrive pas à l'imaginer.

— Tout ne se passe pas derrière un bureau. Mes recherches sont…

— Ouais, je sais.

Elle n'avait pas besoin de l'entendre. Elle ne voulait pas l'entendre.

— Tu voyages. Tu vas sur le terrain. Je connais la chanson. Mes parents étaient tous les deux universitaires.

— Je ne suis pas du tout comme tes parents.

Elle avait oublié qu'il en savait aussi long sur elle. C'était perturbant de penser qu'il était au courant de choses qu'elle n'avait jamais confiées à aucun autre homme.

— Je ne me rappelle même pas exactement tout ce que je t'ai raconté cette nuit-là. Ce que j'ai dit. C'est flou.

Elle se dandina d'un pied sur l'autre, mal à l'aise.

— Toi aussi, tu as dû oublier.

— Je me souviens de chaque mot.

— Oh.

Elle se racla la gorge.

— Ce… n'est pas ce que j'espérais entendre.

— Pourquoi ? Parce que tu ne te rappelles pas ce que tu m'as dit, ou parce que tu m'as dit la vérité sur ce que tu ressentais, ce qui te donne l'impression d'être vulnérable ?

Ils n'étaient entourés de rien d'autre que de neige et d'hiver, d'arbres et de silence.

L'air était glacial, ses joues piquaient à cause du froid, mais elle se sentait complètement lucide.

— Les deux.

Le moment était enfin arrivé. Ils allaient avoir la conversation qu'elle avait espéré éviter.

Zac l'étudia un moment, puis ôta son sac à dos.

— Je crois qu'il est temps de boire quelque chose de chaud.

— Très bien. Excellente idée.

Ils se rapprochèrent des arbres, et il versa du café dans un gobelet, qu'il lui tendit.

— Tu m'as dit qu'ils ne voulaient pas d'enfant. Qu'ils n'en avaient jamais voulu. Ils ne vivaient que pour leurs recherches.

Ils étaient tous les deux absorbés par leur travail au point d'en oublier presque tout le reste. Tu étais surprise qu'ils aient relevé le nez de leurs bouquins assez longtemps pour te concevoir.

Il but une gorgée.

— Tu m'as dit que tu étais un accident. Tu m'as dit…

Il marqua une pause et scruta son café un instant.

— … tu m'as dit que tu avais entendu ton père reprocher à ta mère d'avoir décidé de poursuivre la grossesse.

Malgré le froid, les joues d'Alix brûlaient. Elle était bien emmitouflée, pourtant elle se sentait nue. Qu'est-ce qui lui avait pris d'exposer ses secrets les plus intimes à un quasi-inconnu ?

Parce que c'était ce que Zac avait été, à l'époque. Il avait été l'ami de Seb. Et elle lui avait dévoilé tous les détails de son passé sans le moindre filtre.

— Visiblement, j'avais beaucoup de choses à dire.

Elle serra le gobelet entre ses mains et jeta un coup d'œil vers Zac.

— Désolée que tu aies dû subir tout ça. J'aurais probablement dû m'excuser plus tôt. En tout cas, pas d'inquiétude à avoir. Je n'avais jamais fait ça à un homme avant… et je ne le ferai plus jamais.

Il but une autre gorgée.

— J'imagine comment tu te sens après avoir partagé quelque chose d'aussi personnel, mais je suis content que tu m'en aies parlé.

— Parce que ça t'a aidé à comprendre pourquoi j'ai dit à Christy de ne pas épouser Seb ?

Il mit quelques secondes à répondre.

— Pas seulement, mais oui, ça en faisait partie.

Alix haussa les épaules.

— Elle était enceinte, mais ce n'est pas une raison pour se marier. C'était important pour moi qu'elle le sache. Elle aurait pu élever Holly seule. Je l'aurais aidée. Sa mère l'aurait aidée.

— Oui.

Il inclina la thermos et la resservit, gêné par ses gros gants.

— Mais ce que tu n'avais pas pris en compte, c'était qu'ils se mariaient peut-être pour une autre raison.

— Tu parles d'amour ? demanda-t-elle en rivant les yeux sur lui. Ils se connaissaient à peine.

— Je sais. Et je dois admettre que j'étais inquiet quand Seb m'en a parlé pour la première fois.

— C'est vrai ?

— Oui. Mais ensuite je les ai observés ensemble. Je n'avais jamais vu Seb comme ça. Il était heureux. Et elle aussi. Au bout du compte, ce n'est pas ce qui compte le plus ? On peut analyser les faits et penser qu'ils n'ont aucun sens, avant de voir la réalité et de se rendre compte que si.

Alix eut un pincement de culpabilité.

— Si ça peut aider, je regrette d'avoir ouvert ma grande bouche. Ce n'est pas une excuse, mais à ce moment-là je croyais vraiment que je le faisais pour les bonnes raisons, pour empêcher Christy de commettre une erreur. Et j'avais peur que Holly vive la même chose que moi. Ce qui est ridicule, parce que Christy n'a rien à voir avec ma mère.

Je ne serai pas de retour à Londres pour Noël, mais je t'ai fait un virement. Fiona.

— Vous n'êtes pas du tout en contact ?

Alix finit son café.

— Notre relation ressemble à celle que j'ai avec le centre des impôts. Factuelle. Transactionnelle. Si j'ai de la chance, je suis de temps en temps la bénéficiaire d'un versement financier.

Il grimaça.

— Et ton père ?

— Je l'ai vu l'an dernier quand j'étais à New York. On a bu un café ensemble. Et en parlant de café…

Elle secoua son gobelet au-dessus de la neige et le lui tendit.

— … ça m'a fait du bien. Merci. Allons-y. C'est magnifique, ici, et je n'ai pas envie de perdre un seul instant de cette balade.

— Tu ne veux pas en parler. Je comprends, affirma-t-il en rangeant la thermos dans son sac. Il n'y a pas de souci, Alix. Tu me dis ce que tu veux me dire, c'est tout. Si tu ne veux pas parler de quelque chose, on n'en parle pas.

Le fait qu'il comprenne la prit au dépourvu, comme le baiser qu'il posa sur sa joue avant de repartir.

Figée sur place, entourée du silence immaculé et de ses pensées torturées, elle le suivit du regard.

Il se tourna vers elle.

— Tu viens ?

Elle se secoua et le rattrapa.

— Alors… quels pires endroits ?

— Pardon ? demanda Zac en lui jetant un coup d'œil.

— Tu as dit que tu avais dormi dans des endroits bien pires que ce canapé. Dis-moi lesquels.

Il retourna vers le sentier qu'ils avaient suivi.

— J'imagine que ça dépend de ta définition de « pire ». J'ai bivouaqué à plus de mille deux cents mètres sur une paroi rocheuse au Chili. J'ai dormi dans une grotte de neige en Alaska.

— Une grotte de neige ?

— Faite de mes propres mains. Je l'ai creusée. C'est du boulot. Et tout un art. On n'a pas envie que ça s'effondre pendant qu'on dort.

— Alors tu te moques de la densité de tissage de tes draps.

Elle surprit son regard curieux.

— Rien, laisse tomber. Tu peux dormir n'importe où, j'ai compris. Ça doit venir de tout ce camping avec ton père.

— Il est pour beaucoup dans mon amour du grand air et de la nature, c'est certain. Et toi ? Comment t'es-tu retrouvée à travailler dans l'industrie du jouet ?

— J'ai intégré un programme de recrutement et d'intégration pour un gros cabinet-conseil après mes études. L'un de nos clients était Dream Toys. J'ai adoré travailler avec eux. Il s'avère que c'était mutuel. Ils m'ont offert un poste en interne, et je suis avec eux depuis. C'est une entreprise familiale, ce qui peut être un cauchemar, bien sûr, mais a aussi ses avantages. On a une équipe fantastique.

— Mais tu n'es pas accro au travail.

Il la prit par le bras pour l'éloigner d'un gros tas de neige.

— Tu n'es pas une de ces personnes qui passe sa vie accrochée au téléphone, malgré ton ancienneté.

— Je suis accrochée à mon téléphone quand je suis au travail, et c'est vrai que je fais des longues journées. Mais je suis bien entourée, et je pense que c'est une bonne chose de donner à ses collaborateurs les moyens de faire le travail pour lequel ils sont payés. J'essaie de déléguer et de prendre du recul.

Il sourit.

— Tu aimes ton travail. C'est chouette.

— Je l'adore.

Elle lui parla de la nouvelle gamme Arctique, de voyages et de son séjour à New York. Il lui raconta quelques-unes des expéditions qu'il avait menées et décrivit ses moments préférés : faire du kayak au milieu des icebergs, voir des manchots empereurs dans la mer de Weddell. Et elle était tellement intéressée par ses récits qu'elle oublia qu'il en savait plus sur elle que n'importe qui, ou qu'il avait appelé cette balade « un rancard », ou qu'ils seraient bientôt seuls dans un chalet douillet, avec pour seule compagnie un sapin de Noël étincelant et un feu de cheminée.

Ce n'est que lorsqu'il suggéra de faire demi-tour pour rentrer qu'elle se rendit compte du temps qui s'était écoulé. Elle n'avait même pas remarqué. *Elle s'amusait.*

Une fois de retour dans le chalet, elle prit une douche. Puis, quand il suggéra d'utiliser le sauna au feu de bois dans la plus pure tradition suédoise, elle accepta.

Dès l'instant où elle entra dans la pièce exiguë, elle comprit son erreur. L'atmosphère était chaude et intime, et le fait qu'elle soit en maillot de bain n'arrangeait rien. Ça lui rappelait la nuit du mariage. Elle avait essayé de ne pas y penser, même si ça devenait de plus en plus difficile à chaque minute qu'ils passaient ensemble. Mal à l'aise et empruntée, elle s'assit à côté de lui. Combien de temps devait-elle rester avant de pouvoir s'échapper sans que ça saute aux yeux ?

— C'est… sympa.

La voix de Zac semblait étrangement étranglée, et elle hocha la tête, veillant à ne pas le regarder.

— C'est… super.

Pensait-il à ça, lui aussi ? S'en souvenait-il, comme elle ?

Elle garda les yeux baissés sur ses jambes nues. En sentant sa cuisse effleurer la sienne, elle tourna lentement la tête vers lui.

Sa peau, comme la sienne, luisait de transpiration.

Chaude. Moite. Collante.

La chaleur et la vapeur venaient-elles du sauna ou d'elle-même ? Elles étaient peut-être la conséquence de ses pensées.

— Bon, j'ai mon compte, s'exclama-t-elle en bondissant. On se retrouve dans le chalet.

— Alix…

— Tu peux aller te rouler dans la neige si tu veux, mais moi ça ne me dit rien du tout.

Même si, à bien y réfléchir, elle pouvait imaginer de pires façons de se refroidir.

Une fois de retour à l'intérieur, elle se doucha à nouveau en s'efforçant de reprendre son calme.

Quand elle retourna dans le salon, Zac avait allumé le feu dans la cheminée et versé du vin dans deux verres à pied.

Elle en prit un, puis s'assit à côté de lui sur le canapé.

Sans échanger un mot, ils regardèrent la neige tomber.

Il était tout près d'elle, les jambes tendues, son bras effleurant le sien, et elle était incroyablement sensible à sa présence.

Elle avait oublié beaucoup de choses à propos de cette nuit-là, mais certains détails lui étaient restés en mémoire.

Tout avait commencé avec son explosion. Quand elle avait hurlé à son amie qu'elle commettait une erreur. Elle se rappelait Christy, son visage blême, sa détermination. « Ce n'est pas une erreur. Je suis sûre de moi. Je suis amoureuse. » Et elle se souvenait de ce qu'elle avait ajouté, que ce n'était pas une bonne chose pour le bébé. Le souvenir de ces mots l'embarrassait à présent, parce que Christy était l'une des meilleures mères sur la planète. Et bien sûr, avec le recul, elle se rendait compte que son éclat n'avait pas seulement été motivé par ses inquiétudes pour son amie.

Qu'aurait-elle dit d'autre si Zac ne l'avait pas attrapée par le bras et traînée hors de la pièce ? Elle l'ignorait, mais en tout cas elle était sûre d'une chose : Zac lui avait rendu service.

— Je ne crois pas t'avoir jamais remercié pour ce que tu as fait au mariage.

Il tourna la tête.

— Tu me remercies pour quoi ? Le fait qu'on ait pris notre pied ensemble ? Pas besoin de me remercier.

Même maintenant, en évoquant le sujet dont elle voulait le moins parler, il la faisait sourire.

— Je te remerciais de m'avoir fait sortir de la pièce avant que je détruise complètement ma relation avec ma meilleure amie.

Et si Christy l'avait écoutée ? Et si elle avait dit à Seb qu'elle changeait d'avis ? Elle l'aurait regretté, et Alix aurait porté cela sur sa conscience.

— Et aussi pour ne pas m'avoir laissée seule pendant que je pleurais comme une fontaine.

— Je suis content que tu ressentes ça, parce que ce jour-là tu m'as dit de dégager.

— Je sais. Je suis contente que tu ne m'aies pas écoutée.

Elle marqua une pause. Réfléchit quelques instants.

— Pourquoi tu ne m'as pas écoutée ?

— Parce que tu étais bouleversée. Et puis je t'aimais bien.

Il lui prit la main.

— Je t'aimais beaucoup.

Alix sentit son pouls s'accélérer.

— Tu m'avais seulement rencontrée une fois avant ce jour-là.

— Tu m'avais fait bonne impression.

— Ah bon ?

— Oui. Tu étais piquante, intelligente, drôle, incroyablement loyale et protectrice envers Christy. Tu disais ce que tu pensais. Et tu étais…

Ses doigts se resserrèrent sur les siens.

— … sexy.

Le cœur d'Alix manqua un battement.

— Tu veux dire que j'étais fleur bleue, romantique et séductrice ?

— Non. Tu étais sexy.

— Je… ne savais pas que tu ressentais ça.

— Je l'ai gardé pour moi. D'abord, parce que je ne savais pas si je te plaisais en retour, et ensuite, parce que j'étais sur le point de partir pour l'Arctique pendant plusieurs mois. J'étais mal placé pour avoir une relation.

— Ça prouve que tu ne me connaissais pas vraiment bien. Le fait que tu partes t'aurait rendu parfait pour moi.

— Je le sais *maintenant*. Tu n'acceptes qu'un seul rancard. J'aurais dû t'en parler, mais à vrai dire, si je n'allais avoir qu'un seul rancard avec toi, je n'aurais pas voulu le gaspiller.

Il finit son vin et posa le verre par terre.

— Tu as déjà eu un deuxième rancard ?

Elle réfléchit à la question.

— Il y a eu Elliot. Je l'ai vu deux fois, c'est sûr.

— Qu'est-ce qu'Elliot avait de particulier ?

— Rien. Mais j'avais laissé mon pull préféré dans sa voiture. Il a fallu que je le revoie pour le récupérer.

Il se mit à rire.

— Pauvre Elliot, remarqua-t-il en remplissant à nouveau leurs verres. Est-ce qu'il a été dévasté en apprenant qu'il avait seulement eu droit à une seconde chance à cause d'un pull ?

— Je ne sais pas. Je ne suis pas restée assez longtemps pour lui demander. J'ai pris le pull et j'ai filé en vitesse.

— Alors tu es cruelle et impitoyable.

— Je suis honnête.

Elle tourna la tête ver lui.

— Et toi, monsieur l'explorateur ? Tu as déjà eu des relations ?

— Jamais. J'étais puceau avant de te rencontrer. Aïe ! cria-t-il lorsqu'elle lui donna un coup de pied. Bon, d'accord, j'ai peut-être eu une ou deux relations. Mais rien de sérieux.

— Pourquoi ? Tu as eu le cœur brisé quand tu étais ado ? Tu as fait le serment de ne plus jamais faire confiance à une femme ?

Elle ne savait pas pourquoi elle posait ces questions. Normalement, elle se moquait du passé ou de l'avenir de quelqu'un. Elle ne s'intéressait qu'au présent.

— Rien de ce genre. Aucun drame romantique dans mon passé, à part les choses habituelles. Pas de problèmes particuliers avec l'engagement. Enfin, quelques-uns, peut-être. C'est une grosse décision, et j'ai tendance à réfléchir longuement aux grosses décisions. Je voyage beaucoup, alors ça ne facilite pas les choses.

Il posa son verre, puis se renfonça sur le canapé, son épaule frôlant la sienne.

— Je suppose que je n'ai jamais rencontré quelqu'un qui me donne envie de changer de style de vie.

Elle ne comprenait pas pourquoi cet aveu la rendait heureuse. Quelle importance pour elle qu'il ait été marié six fois ou jamais ?

— Alors je suis sortie avec un paquet d'hommes oubliables et tu es sorti avec un paquet de femmes oubliables. Qu'est-ce que ça dit de nous ?

Il fit tourner le vin dans son verre.

— Il y en a bien eu une qui est inoubliable. Ou plutôt, il y a eu une nuit inoubliable.

— Oh…

Une bouffée de jalousie l'assaillit, la prenant par surprise. En quoi était-ce important ? C'était complètement irrationnel.

— Que s'est-il passé ?

— Je ne sais pas. On avait une alchimie intense. Elle était incroyable. C'était… passionné. Sans nul doute, la nuit la plus mémorable de toute ma vie.

Passionné ? Cette fois, la jalousie la transperça.

— D'accord. Eh bien, c'est génial.

— Non, ce n'était pas génial, parce que je mourais d'envie de la revoir. Pour savoir si cette nuit-là était vraiment aussi merveilleuse que je le pensais. Si c'était l'affaire d'une fois. Si les sentiments qu'on avait partagés étaient réels. Elle éprouvait la même chose, j'en étais sûr. Mais elle m'a évité. Au début, j'ai cru que c'était une coïncidence, mais je lui ai envoyé des messages, des mails…

Il tourna la tête pour voir son visage.

— … et elle n'a jamais répondu.

Alix sentit ses joues brûler et son cœur palpiter. *Une nuit inoubliable.*

— Elle devait avoir ses raisons.

— Aucune idée. Elle ne me les a pas données.

Il soutint son regard.

— Mais le fait qu'elle n'ait pas osé me répondre m'a fait penser que oui, elle éprouvait probablement la même chose.

Elle avait du mal à respirer.

— Comment en arrives-tu à cette conclusion ?

— Si je lui étais indifférent, pourquoi m'éviter ? Pourquoi ne pas répondre à mon appel ? Elle aurait pu m'écrire en disant : « Salut, Zac, c'était super, mais on va en rester là. » Si elle n'avait pas de sentiments, elle me l'aurait dit tout de suite.

Elle avait la bouche sèche.

— Elle n'était peut-être pas du genre à parler franchement.

— Elle est très franche. C'est l'une des nombreuses choses qui me plaisent chez elle.

Voilà qu'il parlait désormais au présent.

— Alors elle avait peut-être d'autres raisons. Ça ne veut pas dire qu'elle ressentait quelque chose.

— Ou, poursuivit-il lentement, ça voulait dire qu'elle ressentait tellement de choses que ça la terrifiait. Et sa façon de gérer toutes ces émotions – parce que, crois-moi, il y en avait beaucoup – était de les ignorer. De faire semblant que ça n'était pas arrivé.

Ce n'était plus possible de faire semblant, à présent.

— Zac…

— Chut.

Il se pencha vers elle, sa bouche tout près de la sienne.

— Tu n'as rien besoin d'expliquer. Tu n'as pas à réfléchir, à planifier, à chercher d'excuses. Tout ce que tu as à faire, c'est te poser une question : est-ce que tu veux découvrir si on a toujours cette connexion ou pas ?

C'était le cas, et elle le savait. L'attirance entre eux était si forte qu'elle faillit y succomber tout de suite. Mais une petite partie d'elle-même, celle qui l'avait gardée en sécurité toutes ces années, refusait d'être ignorée. Oui, ils pouvaient profiter du moment. Mais ces moments entraînaient des conséquences, et elle savait que celui-ci en aurait plus que d'autres.

Ce n'était pas qu'une question d'alchimie physique. Elle l'aimait bien. Elle l'aimait même beaucoup. Et oui, ça l'effrayait.

Quand Christy lui avait demandé si sa vie la rendait heureuse, elle avait toujours dit oui, mais à présent elle s'interrogeait : n'avait-elle pas répondu sans savoir ? Elle n'avait jamais vécu cet élan étourdissant qui égayait son humeur, qui donnait de l'altitude à ses sentiments.

Zac la faisait rire. Il refusait d'être tenu à distance. Il l'obligeait à réagir. Il se faufilait sous les barrières qu'elle élevait, franchissait ses défenses à force de charme.

Elle s'était souvent demandé pourquoi elle s'était autant confiée à lui ce jour-là. Ce qu'il dégageait qui lui avait permis de baisser complètement la garde. Mais à présent elle comprenait. Il y avait quelque chose dans sa façon de la regarder, de l'écouter. Dans sa façon d'être.

Et maintenant, elle était là, assise à ses côtés, pendant qu'il lui avouait que sa nuit inoubliable avait été avec elle. Et elle ressentait la même chose, alors pourquoi n'arrivait-elle pas à le lui dire ? Pourquoi ne pouvait-elle admettre que oui il avait raison, et que si elle l'avait évité ce n'était pas parce qu'elle ne ressentait rien, mais parce qu'elle ressentait trop ?

— Cette nuit-là… Je t'ai dit plus de choses qu'à personne d'autre, hormis Christy. Je ne sais pas pourquoi je l'ai fait.

C'était faux. Elle savait pourquoi.

— Tu écoutes bien. Tu n'interromps pas. Tu donnes l'impression d'être vraiment intéressé.

— C'était le cas. Ça l'est toujours.

Elle s'appuya contre son épaule. Elle ferait probablement mieux de s'écarter, mais pourquoi, alors que ça lui faisait autant de bien ? Quand il la tenait contre lui, le monde semblait meilleur.

Mais si elle ne s'écartait pas, il était facile de deviner ce qui allait suivre. Elle n'était pas du genre à tremper un orteil dans les complications émotionnelles, pourtant elle n'était plus qu'à quelques instants d'y plonger tête la première.

Elle s'écarta.

— Ce n'est pas une bonne idée.

— Pourquoi ?

Pour de nombreuses raisons, à commencer par le fait qu'ils étaient coincés ensemble dans ce chalet confortable perdu au milieu de la neige. Quoi qu'ils fassent, ils ne pourraient pas s'échapper ensuite.

Elle ne passait jamais une nuit entière avec un homme. Elle aimait que ses rancards aient une fin déterminée, qu'elle contrôlait en général. Pas de rencontres gênantes le lendemain matin, où la familiarité nocturne laissait place à une distance diurne. *Thé ou café ? Où tu ranges tes mugs ? Tu veux petit-déjeuner ?*

Elle partait à l'heure qu'elle décidait, mais le jour n'était jamais levé quand elle montait dans le taxi pour rentrer chez elle.

Elle ne voulait pas forcément être comme ça, mais c'était sa nature, et elle l'acceptait. Elle menait sa vie de façon à être sereine et à l'aise.

Alors quelles étaient les règles ici ? Elle n'était pas chez elle, certes, mais lui non plus.

Ils étaient tous les deux des invités. S'ils couchaient ensemble, que se passerait-il ensuite ? Si elle l'obligeait à partir, il ne pourrait pas aller plus loin que le canapé. Mais comptait-elle vraiment faire ça ?

— Regarde, fit-il doucement. Une aurore boréale, juste devant notre fenêtre. C'est un sacré spectacle, rien que pour nous.

Elle regarda dehors. Au-dessus des cimes des arbres recouverts de neige, des rubans chatoyants aux reflets verts et mauves dansaient dans le ciel.

— C'est incroyable. Je n'avais jamais imaginé qu'un endroit

puisse être aussi beau. C'est plus dans l'esprit de Noël que toutes les décorations de magasins que j'ai jamais vues.

Il l'attira contre lui.

— La civilisation ne te manque pas ?

— C'est quoi, la définition de « civilisé » ? Je dirais qu'ici c'est plus civilisé qu'une foule de gens agglutinés les uns aux autres pour chercher le cadeau parfait dont personne n'a besoin. Est-ce que je viens vraiment de dire ça ? Je suis en train de donner les arguments pour me mettre au chômage.

Elle soupira.

— Je devrais peut-être chercher du travail ici, dans l'atelier du Père Noël. Demander s'il a un poste à pouvoir dans les ventes ou le marketing. Qu'en penses-tu ?

— Je pense que le Père Noël aurait beaucoup de chance de t'avoir dans son équipe.

Ils murmuraient, comme si parler plus fort risquait de chasser le magnifique spectacle qui s'offrait à eux.

Faisait-elle une bêtise ? Une partie d'elle-même voulait reculer et se protéger, mais l'autre voulait profiter à fond du moment.

Elle se décala pour pouvoir le regarder.

— C'est drôle qu'on en soit là. Quand Christy m'a appelée pour me prévenir que j'amènerais Holly ici toute seule, puis que j'ai appris que tu venais aussi…

— J'ai cru que tu allais renoncer. J'ai pensé que tu allais faire ton maximum pour m'éviter, comme tu l'as fait toutes les autres fois où j'ai essayé de passer du temps avec toi.

— Tu as fait ça ? Quand ?

— Je me suis invité chez Christy et Seb deux fois en sachant que tu venais, et…

— Et j'ai annulé.

— Tu as un talent fou pour faire qu'un gars se sente important, ça c'est sûr.

— Ça me perturbait vraiment que tu saches tout ça sur moi. J'étais à cran.

— Je sais. C'est un grand pas dans une relation que de s'autoriser à être vulnérable. C'est comme de marcher sur du verre en se demandant si ça résistera à notre poids.

Un grand pas dans une relation. Elle eut un instant de panique.

— Aucune idée. Je n'ai jamais fait ça auparavant.

— Je le sais, répondit-il d'une voix douce. Mais je savais aussi que le seul moyen d'aller de l'avant était de passer du temps avec toi. Et tu faisais tout ton possible pour que ça n'arrive pas.

— J'ignorais que tu organisais tes visites spécialement pour me voir.

Il soupira.

— Alix, je peux rendre visite à Christy et Seb n'importe quand. Tu ne t'es jamais demandé pourquoi j'essayais toujours de venir quand tu étais là ?

— Je me disais que ça faisait partie de ta personnalité naturellement agaçante. Je n'aurais jamais cru que tu étais aussi manipulateur. Bientôt, tu vas me dire que tu as planifié la réunion de Seb pour que toi et moi puissions passer du temps ensemble.

— Non, mais quand il m'a dit ce qui s'était passé et que tu allais partir avec Holly, j'ai vu une occasion. Et puis j'ai aussi profité sans vergogne de ton amour pour Christy et Holly, parce que je savais que tu ne laisserais pas tomber ton amie.

Elle secoua la tête.

— Je ne me doutais pas que tu étais aussi calculateur. Je t'ai toujours pris pour quelqu'un de plutôt franc et direct.

— Je le suis. Mais nous autres, gens francs et directs, sommes capables de manigancer comme des pros quand le besoin s'en fait sentir.

Il avait voulu être avec elle. Il s'était arrangé pour passer du temps avec elle. Elle fut surprise d'en ressentir autant de joie.

— Tu as dit que ça rendrait fou d'être avec moi.

— Et c'est le cas. De la meilleure des façons.

— En tout cas, je voulais te dire que je te trouve génial avec Holly. Je suis contente qu'on ait fait ça ensemble. Et qu'ils aient pu profiter de ces quelques jours rien que tous les deux.

Elle hésita.

— Tu trouves que Christy et Seb avaient l'air d'aller bien ?

Elle était triste d'avoir à lui demander. À une époque, elle aurait su exactement ce que ressentait Christy.

— Alors que tu es assise à côté de moi, à envisager de coucher avec moi, tu t'inquiètes pour Christy et Seb ? Je vais essayer de ne pas me vexer.

— Qu'est-ce qui te fait croire que j'envisage de coucher avec toi ?

— Ma nature optimiste, probablement.

Elle sourit.

— J'aime Christy. C'est ma famille. Je ne peux pas m'empêcher de m'inquiéter.

— Si je te garantis que tu n'as pas de raison de t'inquiéter, on peut en revenir à l'idée de coucher ensemble ?

— Comment peux-tu me garantir quoi que ce soit ? Tu n'en sais pas plus que moi.

Quelque chose dans son ton la fit s'interrompre, et une sensation de malaise s'éveilla en elle.

— Attends. De quoi es-tu au courant ? Qu'est-ce que tu sais que j'ignore ?

— Alix…

— Oui, c'est ça.

Elle dégagea sa main et se redressa.

— Qu'est-ce que je rate ? Tu vas me dire que ce n'était pas une réunion professionnelle ?

— C'était un entretien, répondit-il doucement.

Elle fronça les sourcils. Elle n'y comprenait rien.

— Un entretien ?

— Pour un poste.

— Quel est le problème avec son travail ? Je croyais qu'il l'adorait.

Zac se leva.

— N'y pense plus. Je n'aurais pas dû dire ça.

— Tu vas où ?

— Nous préparer à manger.

— Je ne veux pas manger. Je veux terminer cette conversation. Qu'est-ce que tu n'aurais pas dû dire ? Qu'il cherche du travail ? Pourquoi pas ? Pourquoi en faire un tel secret ?

Elle serra les bras autour de son buste. L'atmosphère intime et sensuelle avait laissé place à une tension d'un autre genre.

— Qu'est-ce que tu sais que j'ignore ?

Zac la contempla, semblant peser le pour et le contre, puis finit par répondre d'un ton neutre :

— Il a perdu son travail, Alix. L'entretien était pour un nouveau boulot.

Il avait perdu son travail. *Il avait perdu son travail.*

Les yeux rivés sur Zac, elle passa en revue ce qu'elle savait.

— Non. Ce n'est pas possible. Seb aime son travail. S'il l'avait perdu, ça aurait été terrible. Christy m'en aurait parlé.

Mais, à en juger par son expression, c'était possible. Et Christy ne lui avait rien dit. Un élancement douloureux lui traversa la poitrine.

— Mais tu le savais. Depuis quand ?

— Un certain temps.

Elle avait froid et se sentait fiévreuse.

— Tout ce temps qu'on a passé ensemble, tu savais exactement quel était le problème et tu ne m'as rien dit ?

Elle repensa au trajet en voiture. À toutes les occasions qu'il avait eues de lui dire la vérité. Ça faisait plus mal qu'elle ne l'aurait imaginé.

— Tu aurais couché avec moi en gardant ce gros secret.

— Ce n'était pas un gros secret, Alix…

— Ah bon ? Alors pourquoi je ne suis pas au courant ? Ce n'est pas un ragot anodin, Zac. On parle de mon amie, là ! Je suis folle d'inquiétude depuis qu'elle m'a appelée cette nuit-là à New York et m'a demandé d'emmener Holly. Tu *savais* que j'étais inquiète.

Elle repoussa ses cheveux, qui avaient glissé devant son visage.

— Dès le début, tu aurais pu me rassurer, et tu ne l'as pas fait.

— J'étais dans une position délicate.

Il s'était levé et se tenait devant la fenêtre, tendu et immobile.

— Je n'aurais probablement pas dû t'en parler du tout, mais je ne voulais pas te cacher quoi que ce soit. Je ne voulais pas qu'il y ait de secrets entre nous.

— Pourquoi ? Il n'y a rien entre nous, Zac. Garde tous les secrets que tu veux.

— Ne fais pas ça. Ne sois pas froide avec moi.

— Pourquoi pas ? Je suis comme ça, Zac.

— Ce n'est pas vrai.

Elle était blessée. Blessée au plus profond d'elle-même. Et elle n'arrivait pas à savoir qui lui avait fait le plus mal. Christy ou Zac.

Elle avait failli coucher avec lui. Elle s'était sentie glisser doucement, dangereusement, dans une relation.

Quel soulagement de ne pas avoir commis cette erreur…

D'un pas raide, elle marcha dans la chambre, prit un oreiller et une couverture en polaire, puis les lâcha près de Zac.

— Tu as proposé de prendre le canapé. J'accepte.

— Alix…

— Comparé à une nuit dans une grotte de glace, ou je ne sais plus quoi, dormir sur un canapé sera le grand luxe.

— On peut discuter ? Il y a quelques instants, on était sur le point de…

— Non, pas du tout. Avec moi, c'est un rancard, pas plus, Zac. Et on a déjà dépassé ce stade.

Retranchée derrière sa dignité, elle retourna dans la chambre et referma la porte derrière elle.

15

Robyn

Robyn appuya sur le bouton de la machine haut de gamme qui faisait la fierté d'Erik. Pendant que la cafetière ronronnait et que le liquide coulait dans les tasses, elle fit mousser le lait. De tous les aspects de la Suède et de sa culture qu'elle appréciait, la tradition du *fika* arrivait en tête, et pas seulement parce qu'elle aimait le café et les pâtisseries. Le *fika* représentait bien plus qu'un simple coup de fouet à base de caféine et de sucre. C'était un rituel social, une occasion de se lier avec les gens. Pour Robyn, c'était le moment idéal pour papoter avec des amis ou pour faire plus ample connaissance avec ses clients. C'était une chance de ralentir. Ici, faire une pause n'était pas une chose pour laquelle on s'excusait. Au contraire, c'était vivement encouragé. Il y avait une reconnaissance de l'importance et de la richesse des relations humaines qui avait manqué dans son ancienne vie. Au fil des années, elle avait découvert qu'il n'y avait rien de tel que d'être en bonne compagnie pour être de bonne humeur.

Aujourd'hui, c'était sa nièce son invitée, et elle avait du mal à réaliser que Christy était ici, dans sa cuisine. Elle était gênée et trouvait la situation pesante.

Bien sûr, l'idéal aurait été de prendre le temps d'échanger et d'apprendre à se connaître un peu mieux avant d'aborder les sujets graves et sérieux, mais Robyn savait qu'elles ne pouvaient pas les ignorer. Elles devaient affronter les problèmes pour pouvoir aller de l'avant et, avec un peu de chance, nouer une vraie relation.

— Ça sent très bon, remarqua Christy en s'accoudant au plan de travail à côté d'elle.

Elle était arrivée dix minutes plus tôt, évitant de justesse la nouvelle chute de neige. Passer du froid au chaud lui avait rosi les joues, et bien qu'elle ait enlevé ses gants elle n'arrêtait pas de se frotter les doigts pour les réchauffer.

— Seb préfère le thé, mais parfois je crois que je n'arriverais pas à finir la journée sans un café bien serré.

Robyn percevait son anxiété et compatissait. Elle aussi était nerveuse. Elle craignait de faire quelque chose qui risque de menacer cette chance de renouer enfin les liens avec sa famille. Mais elle s'inquiétait aussi pour Christy. Quoi qu'il arrive, Robyn savait qu'elle survivrait. Mais que se passerait-il si elle disait quelque chose qui bouleverse sa nièce ? Elizabeth n'était plus là. Rien ne pourrait changer ça. Elle ne voulait pas dire ou faire quoi que ce soit qui puisse blesser Christy.

À travers les fenêtres de la cuisine, elle voyait la neige tomber. Les flocons qui virevoltaient doucement dans l'air rendaient flous les contours des arbres. La forêt prenait l'apparence d'un mystérieux monde glacé qui s'étendait bien au-delà de leur champ de vision.

— Est-ce que Holly t'empêche de dormir ?

Elle attendit que les dernières gouttes de café coulent dans les tasses, avant de les prendre et de les poser sur le plan de travail.

— Avant, oui. Maintenant, plus trop, répondit Christy. À présent, c'est la vie qui me tient éveillée.

Quels aspects de la vie ? Était-elle censée l'interroger à ce sujet ?

Est-ce que ça manquait à Christy de ne plus pouvoir parler à sa mère ?

Consciente qu'elles devaient d'abord établir un lien, Robyn décida de se concentrer sur la priorité immédiate. Elle ajouta le lait au café, puis dessina un cœur dans la mousse épaisse.

— Tu as bien dormi cette nuit ?

— Oh oui. Ce lit ! C'était comme de dormir dans un nuage.

Robyn sourit et saupoudra du cacao à la surface du lait.

— Je devrais ajouter cette remarque sur notre site web. Pendant la construction de ces chalets, c'était essentiel pour moi de choisir des lits confortables.

— Je veux tout savoir. Le chalet est magnifique. Tout cet endroit est exceptionnel. Tu as un vrai don pour la décoration intérieure. Et tes photos sont splendides.

Christy enchaînait les phrases, oubliant presque de reprendre son souffle.

Il était difficile de dire laquelle des deux était la plus nerveuse.

— Je suis contente que ça te plaise.

Robyn mit les deux tasses sur la table, puis ouvrit le four. Un souffle d'air chaud parfumé à la cannelle s'en échappa. Elle sortit le plateau de viennoiseries et le posa pour les laisser refroidir.

— Assieds-toi. Fais comme chez toi.

— Ta cuisine est chaleureuse, remarqua Christy en prenant la tasse la plus proche d'elle.

Elle portait un pantalon de ski noir et un pull en laine de la couleur de la crème fouettée. Elle avait ôté ses après-skis à la porte, dévoilant les grosses chaussettes nordiques que Robyn avait laissées en cadeau dans leur chalet.

Étant donné qu'elle n'avait pas vu de membres de sa famille depuis longtemps, elle trouvait difficile de contenir toutes ses émotions. Elle voulait étudier Christy en détail, pour combler toutes ses lacunes. *Qui es-tu ? Qu'aimes-tu ? Que détestes-tu ? Qu'est-ce qui te fait peur ?* Elle avait le plus grand mal à se comporter normalement.

— Que font Seb et Holly ?

— Ils se réchauffent dans le chalet. On a fait un énorme bonhomme de neige ce matin.

Leur conversation était hachée et manquait de naturel. Elles parlaient d'une chose en pensant à une autre.

Robyn décida que c'était à elle de changer cela.

Tandis qu'elle remplissait une assiette de viennoiseries, Christy ferma les yeux et inspira.

— Cannelle et cardamome.

— Oui. Des *kanelbullar*, ou brioches à la cannelle, répondit-elle en posant l'assiette sur la table. Je t'apprendrai à en faire, si tu veux. Et à Holly aussi. Enfin, si elle tient en place assez longtemps pour faire de la pâtisserie. Elle déborde d'énergie, cette petite.

Christy se mit à rire.

— Tu connais déjà bien ma fille, même si tu viens à peine de la rencontrer.

Elle prit une brioche, en arracha un morceau et attendit qu'il refroidisse avant de le mettre dans sa bouche.

— Incroyable.

— C'est pour les brioches à la cannelle que j'ai décidé de m'installer en Suède.

Robyn but une gorgée de café, puis sourit.

— Je plaisante, évidemment. Erik est pour beaucoup dans ma décision. Et l'endroit lui-même, bien sûr.

Oh ! c'est ridicule. Elle reposa sa tasse.

— Tout ça est un peu gênant, hein ? J'ai peur de dire quelque chose qui te contrarie, et toi… Eh bien, tu dois avoir un million de questions. Il y a sûrement des choses que tu ignores et que tu voudrais savoir ?

Christy garda le silence un instant.

— Je ne sais pas par où commencer. Tu pourrais peut-être me raconter toutes les choses qui ne te mettent pas mal à l'aise ? J'aimerais entendre ton histoire.

— Qu'est-ce que tu sais déjà ?

— Pas grand-chose. Ma mère n'a pas…

Elle fit une grimace et Robyn hocha la tête.

— Elle ne voulait pas parler de moi.

Ce n'était pas surprenant. En revanche, elle était surprise que ça fasse toujours un peu mal, même après tout ce temps.

— Ne sois pas gênée. Je ne lui en veux pas. Il s'est passé des choses entre nous. De mauvaises choses. Avec moi, la vie était difficile et chaotique, et Elizabeth ne supportait pas le chaos. Sa façon de gérer les problèmes était de les ignorer. Plus c'était désorganisé, plus elle était rigide.

Se montrait-elle injuste ? Auraient-elles réussi un jour à passer outre à ce qui était arrivé ?

— C'est vrai, acquiesça Christy.

Elle prit un autre morceau de brioche, mais cette fois elle ne le mangea pas.

— Quand j'étais petite, elle était toujours très organisée. Elle aimait l'ordre et la routine, mais ça ne semblait pas être une mauvaise chose. Notre vie était bien remplie, alors ça justifiait toute cette organisation. C'était parfois difficile à supporter, mais pas anormal. On n'était jamais en retard nulle part et on ne manquait jamais rien. On dînait toujours à la même heure. Tout était prévisible et stable. Quand mon père est mort, c'est passé à la vitesse supérieure.

Robyn écoutait avec une intense curiosité. C'était fascinant d'entendre quelqu'un d'autre parler de sa sœur.

— Que s'est-il passé ?

— C'était une période terrible, évidemment, mais l'attitude de maman a empiré. Tout était plus intense, et elle refusait de parler.

À chaque fois que j'étais bouleversée, ou que j'essayais d'évoquer ce qu'on ressentait toutes les deux, elle disait que pour surmonter cette épreuve il fallait qu'on s'occupe. Alors on finissait par faire du pain ou par nettoyer les placards. Parfois au beau milieu de la nuit ou au petit matin. Je n'ai compris que récemment que c'était un mécanisme de défense. J'ai tendance à faire la même chose, même si j'essaie de m'améliorer, admit Christy avec un sourire chagrin. Il en est ressorti au moins une bonne chose : je fais du très bon pain. Elle était comme ça quand elle était petite ?

— C'est là que ça a commencé.

Que pouvait-elle révéler ? Ça devait être l'une des conversations les plus difficiles de sa vie, et elle en avait quelques-unes au compteur.

— Que sais-tu sur tes grands-parents ?

— Pas grand-chose.

Christy grignota un bout de brioche.

— Ils sont morts avant ma naissance. J'ai vu quelques photos, mais c'est tout.

Oh ! Elizabeth.

Les yeux baissés sur son café, Robyn se répéta que tout le monde gérait le passé à sa façon.

— Ta mère ne t'a jamais rien raconté sur notre enfance ?

— Pas vraiment. Je sais que votre père avait une imprimerie. Je sais que vos parents étaient divorcés.

Elle étudia le visage de Robyn.

— À en juger par ton expression, il y a beaucoup d'autres choses qu'elle aurait dû me dire.

Pendant un instant, Robyn fut envahie par le doute. Si Elizabeth n'avait pas dit la vérité à sa fille, était-ce vraiment son rôle à elle de le faire ?

— Robyn, fit Christy en se penchant vers elle. En matière de conversations difficiles, j'ai beaucoup de progrès à faire. Je suis la première à admettre que je n'ai pas vraiment l'habitude de m'attaquer aux sujets délicats. Mais si j'ai appris une chose récemment, c'est que ça ne sert à rien d'éviter les problèmes. Alors, je t'en prie, raconte-moi tout ce que tu veux, et je le supporterai.

Robyn repoussa sa tasse.

— Notre mère était alcoolique.

— Oh.

Visiblement surprise, Christy se renfonça dans sa chaise.

— Ça, je ne le savais pas.

Et pourtant c'était un aspect tellement essentiel de l'enfance d'Elizabeth, et de la personne qu'elle était devenue.

— On ne le savait pas non plus, au début. À nos yeux, c'était simplement notre mère. On savait que ses humeurs étaient imprévisibles. À un moment, elle riait et nous emmenait faire des pique-niques élaborés, et celui d'après, elle était morose et en colère. Elle pouvait être une personne le matin et quelqu'un de complètement différent lorsqu'on rentrait de l'école l'après-midi. C'était déboussolant. Papa travaillait dur à l'époque, alors elle restait à la maison et s'occupait de nous. Mais, en réalité, elle ne le faisait pas.

Robyn fit une pause, avant de reprendre :

— Mon premier souvenir, c'est Elizabeth qui me prépare des toasts. J'avais quatre ans et elle, sept. En gros, elle s'occupait de moi parce que notre mère ne le faisait pas. On peut dire qu'elle m'a élevée.

— Elle n'en a jamais parlé, murmura Christy, figée, délaissant son café et sa brioche. Elle ne l'a pas évoqué une seule fois. Pourquoi ?

— C'était difficile pour elle.

Robyn choisissait ses mots avec soin. Il s'agissait de la mère de Christy, après tout.

— Notre enfance n'était pas un sujet dont elle a eu envie de reparler une fois adulte.

Christy prit une cuillère et tapota la mousse sur son café.

— Et mon grand-père ? Où était-il, pendant ce temps-là ?

— Mon père était au courant d'une partie des choses, mais pas de tout, parce qu'il travaillait tard et qu'il n'était pas à la maison pour y assister. Il savait qu'elle buvait. Ils se disputaient tout le temps à propos de ça. Les cris étaient horribles. Quand ils commençaient, Elizabeth m'entraînait hors de la pièce et montait le son de la télé pour que je n'entende pas ce qu'ils disaient. Mais j'en percevais quand même une partie.

Robyn prit sa tasse entre ses mains. Même maintenant, le souvenir de ces moments la faisait frissonner. Elle referma les doigts autour de la porcelaine, réconfortée par sa chaleur.

— Oh ! Robyn, ça a dû être tellement difficile.

La compassion de Christy lui permit de continuer l'histoire.

— C'était dur pour moi, mais ça l'a été beaucoup plus pour Elizabeth. Elle fouillait tous les recoins de la maison pour essayer de trouver l'alcool. Notre mère en cachait partout, mais Elizabeth dénichait les bouteilles et les vidait. Plus notre vie à la maison était chaotique, plus Elizabeth s'efforçait de l'organiser et de la contrôler. On était souvent en retard à l'école parce que notre mère dormait le matin, et c'était difficile de la réveiller. Quand elle arrivait à émerger à l'heure, Elizabeth cachait souvent les clés de la voiture, parce qu'elle ne voulait pas que notre mère prenne le volant pour nous emmener en étant ivre. La plupart du temps, on y allait à pied, même si on était beaucoup trop jeunes pour marcher jusqu'à l'école. Elizabeth était bien décidée à remettre de l'ordre dans nos vies.

Christy l'écoutait attentivement.

— Elle ne m'a jamais rien dit de tout ça.

— Elle voulait bloquer le passé. Elle ne désirait pas s'en souvenir, à quoi bon ?

— Mais vous étiez proches, s'exclama Christy d'une voix affligée. À une époque, vous étiez proches. Je n'en avais aucune idée.

Robyn reposa sa tasse.

— On était inséparables. Malgré tout ce qui s'est passé, j'ai beaucoup de souvenirs d'enfance heureux, et Elizabeth en fait toujours partie. Les anniversaires. Noël. Tous ces moments auraient été horribles sans Elizabeth. Elle a réussi à créer un monde dans un monde. Elle tenait les mauvaises choses à distance.

Robyn pensa aux photos qu'elle avait rangées dans une boîte et n'avait pas regardées depuis des années. Elle devrait les ressortir. Christy aimerait peut-être les voir.

— Alors, si vous étiez proches, que s'est-il passé ? Qu'est-ce qui a changé ?

— Elizabeth a quitté la maison pour aller à l'université.

— Et tu es restée toute seule.

— Oui. Et je lui en ai énormément voulu, déclara Robyn, gênée de l'admettre. J'avais tort, je le sais, mais je me sentais abandonnée. Ça coïncidait avec une période difficile pour moi à l'école, et je n'avais pas de constante dans ma vie. Sans Elizabeth pour créer de l'ordre dans le chaos, il n'y avait pas d'ordre du tout. J'étais incapable de faire ce qu'elle faisait. Avec le recul, je pense qu'elle me manquait tellement que j'étais comme en deuil. Mais je ne le voyais pas, à l'époque. Je me sentais en colère en permanence.

Elle avait mis des années à se le pardonner.

— Ça a dû être horrible pour toi.

Christy tendit le bras par-dessus la table et lui serra la main.

— Tu n'étais qu'une enfant. Tu avais perdu la seule personne qui te permettait de te sentir en sécurité. Et tous les enfants méritent de se sentir en sécurité.

— Mais ce n'était pas le travail d'Elizabeth, bien sûr. Je me suis souvent demandé ce qui se serait passé si elle n'avait pas aussi bien dissimulé notre situation. Si elle ne nous avait pas fait manger et arriver à l'heure à l'école. Si elle ne m'avait pas aidée à faire mes devoirs et n'avait pas veillé à ce que j'aille au lit à une heure raisonnable. C'est grâce à elle qu'on est restés une famille, même si c'était une famille à problèmes. Si elle n'avait pas fait ça, les services sociaux s'en seraient mêlés. Et peut-être que ça aurait amélioré la situation. Ou que ça l'aurait empirée. Comment le savoir ?

Elle s'était souvent posé la question, avant d'apprendre qu'il valait mieux accepter le passé plutôt que d'imaginer des scénarios alternatifs. À quoi bon revenir sur ce qui ne pouvait pas être changé ?

— Tu penses qu'elle a été complaisante avec ta mère ?

— Je pense qu'on l'a tous été, y compris mon père. Mais au bout du compte, c'était la responsabilité de ma mère. On a essayé de la convaincre de se faire aider, mais elle ne voulait pas. « Je vais bien, disait-elle. Tout à fait bien. »

Repenser au passé la rendait fébrile, et Robyn se leva pour aller jusqu'à la fenêtre. Ce paysage dégageait quelque chose de propre et de pur qui la calmait toujours. Plus tard, elle irait faire un tour dehors avec son appareil-photo. Elle immortaliserait la neige fraîche et les changements subtils de la nature autour d'elle.

— Ça a dû être dur pour tout le monde, mais pour toi en particulier. Tu étais encore une enfant.

— Après le départ d'Elizabeth, j'ai dû supporter de plein fouet les sautes d'humeur de notre mère. Le seul élément prévisible, c'était que c'était imprévisible. Tout était matière à drame. Notre mère passait du calme à la colère en un instant, sans prévenir, et quand elle s'énervait, elle cassait des choses. C'était effrayant et perturbant, et parfois j'avais l'impression que tout était ma faute. J'étais en pleine crise d'adolescence, alors je lui hurlais dessus en retour. La maison était une vraie zone de combat. Et c'est là que papa est parti.

Elle entendit la chaise racler sur le sol et sentit la main de Christy sur son bras.

— J'ignorais tout ça.

— Ma mère m'a reproché son départ. Elle a souligné qu'il était resté pendant toutes ces années, donc ce n'était pas elle qui était la cause de son départ. C'était forcément moi.

— Et tu l'as crue, bien qu'elle ait tort, évidemment, murmura Christy. C'était cruel. Quelle horrible chose à dire à son ado.

Robyn regarda par la fenêtre.

— J'étais tellement mal dans ma peau que je ne voyais pas d'autre réponse. Un jour, au lieu de vider la réserve d'alcool secrète de ma mère comme on l'avait toujours fait, je l'ai bue. Et puis j'ai recommencé, encore et encore.

— Oh ! Robyn…

— Quand Elizabeth est venue nous rendre visite, elle s'en est aussitôt rendu compte, bien sûr. Elle avait vécu dix-huit ans avec une alcoolique, alors elle ne pouvait pas passer à côté. Ça l'a horrifiée. Ça n'avait aucun sens pour elle, mais rien de tout ça n'avait jamais eu de sens, de toute façon. Elle a essayé de m'aider, mais je n'étais pas prête pour ça. Elle aurait pu m'en vouloir, mais au lieu de ça elle a semblé… déçue. Ce qui était encore pire. J'ai eu l'impression de l'avoir laissée tomber. Je ne pouvais pas supporter ce que je ressentais, alors j'ai bu encore plus.

Elle avait cru avoir accepté son passé depuis longtemps. Elle avait pensé avoir fait la paix avec toutes ces émotions, mais rien que d'en reparler elle avait honte.

— Elizabeth aurait pu retourner à la fac et m'oublier. Elle aurait pu se concentrer sur sa propre vie, mais elle ne l'a pas fait. Elle est rentrée plus souvent. Elle a essayé de me convaincre de me faire aider. Je suppose qu'en s'éloignant de la maison, et en fréquentant d'autres gens, elle avait gagné en lucidité. Elle avait commencé à vivre une vie normale, mais elle risquait de replonger dans son ancienne existence. Elle tentait aussi de persuader notre mère de se faire aider. Elle n'arrêtait pas de me parler d'addiction, mais je ne me sentais pas accro. Je faisais seulement le nécessaire pour tenir jour après jour. Je pensais que je m'éclatais et qu'elle était une rabat-joie. Je faisais la tête en permanence. J'ai raté tous mes examens. Tout ce que je n'étais pas censée faire, je l'ai fait. La drogue, les hommes… J'étais une épave.

Christy esquissa un sourire.

— Robyn la rebelle.

— Oui.

C'était étrange d'entendre ça, parce qu'elle n'avait plus rien à voir avec cette personne, à présent.

— Et puis Elizabeth s'est mariée. Elle avait vingt et un ans. D'après moi, elle s'est mariée jeune parce qu'elle voulait fonder sa propre famille, une famille qui soit stable. Pour elle, c'était une porte de sortie. De mon côté, j'enchaînais les boulots. J'étais souvent en retard et je n'étais pas fiable, alors ça ne durait jamais longtemps. Mais elle ne m'a pas abandonnée. Pas à ce moment-là.

Son cœur battait un peu plus vite. Même maintenant, bien des années plus tard, elle sentait encore résonner en elle un écho des émotions qu'elle avait ressenties alors. C'était pesant, mais elle avait appris à faire face à ces sentiments plutôt que d'essayer de les refouler.

— Ensuite, notre mère est morte. Elizabeth et moi, on s'est vues à l'enterrement. Elle était enceinte.

— Et votre père ?

— Il essayait de refaire sa vie. Il n'avait pas envie de nous revoir ou de s'impliquer.

Robyn fit une pause, puis reprit :

— Je lui ressemblais trop, j'imagine. En tout cas, c'est ce qu'il pensait. Elizabeth était du même avis. Et je crois qu'elle s'en voulait de m'avoir laissée, mais ce n'était pas sa faute. C'était compliqué, comme la vie l'est si souvent.

Debout, côte à côte, elles regardaient la neige tomber par la fenêtre.

— Je ne comprends pas, lança Christy. Je ne comprends pas pourquoi elle t'a rayée de sa vie de façon aussi brutale après avoir toujours été là pour toi et t'avoir autant soutenue. Et elle refusait d'aborder le sujet. Elle ne voulait même pas que ton nom soit prononcé. Pourquoi a-t-elle pris une décision aussi radicale ? Tu le sais ?

Oh oui, elle le savait.

Robyn inspira profondément.

— Parce que j'ai failli te tuer.

Christy la fixa d'un air incrédule.

— Moi ? Tu as failli me tuer, *moi* ? Mais…

Elle fronça les sourcils.

— … je ne me rappelle pas t'avoir jamais rencontrée.

— Tu ne t'en souviens pas, mais on s'est déjà rencontrées, Christy. En fait, on s'est même vues plusieurs fois. Après ta naissance, je suis venue chez vous. Je voulais te voir. Et Elizabeth m'a toujours accueillie à bras ouverts. Elle me préparait un bon repas et un lit confortable, toujours dans l'espoir, je suppose, de me convaincre de changer de mode de vie. Mais elle avait toutes ces routines rigides. Au bout de quelques heures, j'étouffais. Tout devait être fait d'une certaine façon, à une certaine heure. C'était sa façon de gérer le chaos, bien sûr, mais je ne le comprenais pas aussi bien à l'époque. J'étais jeune et égocentrique. J'étais vexée qu'elle ne me laisse pas franchir le seuil sans vérifier si j'avais bu.

Robyn se tut quelques instants.

— Il y a eu quelques visites désagréables où je suis arrivée soûle, et elle a essayé de m'aider. Mais je ne voulais pas qu'on m'aide. C'était tendu, mais on s'en sortait tant bien que mal.

— Jusqu'à… ?

— Jusqu'à l'incident avec le chaton.

— L'incident avec le chaton ?

— C'était une semaine avant Noël. Je travaillais dans un refuge pour chats. Ça ne faisait que deux semaines que j'y étais. Ils essayaient de faire adopter une portée de chatons. Ils étaient magnifiques. J'en ai amené un chez vous pour te l'offrir.

— Un chaton ? Je n'imagine pas… Ma mère n'a jamais voulu avoir d'animaux de compagnie. Elle était trop soucieuse de son intérieur. Mais ça ne suffit pas à expliquer une brouille de cette ampleur, quand même ?

Christy attendit quelques secondes, puis demanda :

— Que s'est-il passé ?

— Tu étais malade. Tu avais le croup. Une espèce de virus respiratoire. Je ne sais pas trop. Elizabeth est allée te chercher à boire, et pendant qu'elle était dans la cuisine je t'ai donné le chaton. Tu l'as serré contre toi sans pouvoir t'arrêter. Puis ta mère est revenue dans la pièce, a vu le chaton et a piqué une crise.

Robyn entendait encore la voix d'Elizabeth dans sa tête. « Qu'est-ce que tu as fait, encore ? Qu'est-ce qui t'a pris ? »

— Elle a dit que c'était typique de moi. Que je n'avais pas réfléchi. Que j'étais irresponsable. Et elle avait raison, bien sûr. À ce moment-là, le refuge m'a appelée parce que le chaton avait disparu, et quelqu'un avait suggéré de me poser la question.

C'était difficile de se rappeler la personne qu'elle avait été à l'époque. De comprendre ce qu'elle avait eu dans la tête. Pourquoi elle avait pris ces décisions.

— Elizabeth m'a dit de ramener le chaton tout de suite. Tu ne voulais pas le lâcher.

— Mais comment est-ce que…

— Tu as fait une espèce de réaction allergique. Une crise d'asthme ou quelque chose de ce genre. Tu avais fourré le nez dans les poils du chaton, et je ne t'en ai pas empêchée parce que je trouvais ça super que tu aimes autant mon cadeau. Ça me faisait du bien, et il n'y avait pas grand-chose qui me faisait du bien à l'époque. Mais ensuite ta respiration est devenue sifflante, tu n'arrivais plus à reprendre ton souffle, et puis tu es devenue d'une couleur horrible, une espèce de bleu…

La scène était toujours présente dans son esprit, et elle ferma les yeux.

— C'était affreux. J'ai oublié beaucoup de choses de cette période, mais ces souvenirs-là n'ont pas disparu. Elizabeth a appelé les urgences. Ils t'ont emmenée à l'hôpital à toute vitesse. Je voulais monter dans l'ambulance, moi aussi. Je voulais savoir comment tu allais, mais pour Elizabeth tout ça était la goutte qui faisait déborder le vase. Elle m'a jugée responsable, et elle avait raison. C'était ma faute.

— Mais tu ne l'avais pas fait exprès, répondit Christy d'une voix douce. Tu as eu une gentille attention, qui a eu des conséquences fâcheuses. Tu ne pouvais pas prévoir ce qui est arrivé.

— Peut-être, mais ça n'avait pas d'importance. La dernière fois que j'ai vu Elizabeth, c'était à côté de cette ambulance. Elle était terrifiée. Et elle m'a dit que c'était terminé. Qu'elle ne voulait plus jamais me revoir. Elle m'a hurlé dessus. C'est la seule fois de ma vie où je l'ai vue perdre son sang-froid, et ça te concernait, bien sûr. Elle t'aimait tellement. Tu étais son nouveau départ. Sa nouvelle famille parfaite.

— Je… je me rappelle avoir entendu crier. C'est l'un de mes plus vieux souvenirs, mais je n'ai jamais réussi à comprendre à quoi c'était lié.

— Tu t'en souviens ? J'espérais que non.

Une vague de culpabilité submergea Robyn.

— J'ai ramené le chaton et je me suis fait virer, évidemment, mais je m'en contrefichais. Je croyais que je t'avais tuée, et c'était la seule chose qui comptait. Ça a été le pire moment de ma vie.

— Oh ! Robyn, murmura Christy, une main sur le bras de sa tante. Comment as-tu appris que j'allais bien ? Ma mère t'a appelée ?

— Non. On ne s'est plus jamais reparlé.

Elle sentit la douleur familière derrière ses côtes.

— Je suis allée à l'hôpital où ils t'avaient emmenée, et une infirmière des urgences m'a dit que tu étais dans un état stable. Elle n'a pas voulu me donner plus d'informations, mais ça me suffisait. Je savais que tu étais en vie. Et c'est le moment où tout a changé. J'étais tellement soulagée. C'était comme avoir droit à une seconde chance. Je savais que même si je ne te revoyais jamais j'allais reprendre ma vie en main. Et c'est ce que j'ai fait. Je me suis regardée sans complaisance et j'ai décidé que je n'aimais pas qui j'étais devenue.

En tournant la tête, elle vit les larmes sur les joues de Christy.

— Je t'ai fait de la peine. Je ne voulais pas…

— Ne t'inquiète pas pour ça, répondit Christy en s'essuyant les joues du dos de la main. C'est une histoire tellement bouleversante. Je ne supporte pas l'idée que vous ne vous soyez jamais reparlé. Ça paraît un tel gâchis, étant donné que vous étiez si proches quand vous étiez jeunes.

— Au début, je lui ai envoyé une carte tous les ans. Je voulais vraiment qu'elle sache que j'avais changé. Je voulais qu'elle me pardonne.

Elle avait cherché une façon d'effacer la colère et la déception du visage de sa sœur.

— Mais elle n'a jamais répondu, et je ne comptais pas revenir vous voir sans sa permission. Et puis, un jour, j'ai reçu ta lettre m'annonçant qu'elle était morte.

— J'ai trouvé ton adresse au milieu de ses affaires quand j'ai vidé la maison. Elle a gardé les cartes que tu lui as envoyées.

— Je me demande pourquoi.

L'idée que sa sœur ait peut-être pensé à elle de temps en temps fit plaisir à Robyn. N'était-ce pas possible, puisqu'elle avait gardé les cartes ?

— Je ne suis pas venue à l'enterrement. Ça ne me semblait pas être le bon moment pour reprendre contact.

— Je traversais une mauvaise passe, admit Christy en finissant son second café. Il y avait eu tellement de gros changements dans ma vie. Ma grossesse, la naissance de Holly. Je m'étais à peine adaptée à mon nouveau rythme de vie quand elle est morte. Pendant un temps, j'ai géré les choses comme elle le faisait. Je me suis occupée. J'ai créé une routine. J'ai évité de trop réfléchir.

— Ça a dû être dur pour toi, après sa mort. Mais tu avais Seb et Holly, bien sûr. Et Alix. J'aime bien Alix. Tu as de la chance d'avoir une amie comme elle.

Robyn vit une ombre passer sur le visage de Christy.

— Oui, en effet.

Sa nièce regarda quelques instants par la fenêtre, perdue dans ses pensées.

— Christy ? Tout va bien ?

— Oh… oui, répondit-elle avec un sourire. Ça va. Je… réfléchis. Avec tout ce que tu m'as dit, ça fait beaucoup d'informations à encaisser. Maintenant que je sais tout ça, je regrette de ne pas t'avoir contactée il y a des années. Et je suis désolée que ma mère et toi n'ayez pas réussi à vous réconcilier.

— Pendant longtemps, je n'ai eu que ça en tête. Je m'en suis voulu de ne pas avoir tenté de reprendre ma vie en main plus tôt. D'avoir pris de mauvaises décisions. De ne pas avoir trouvé une façon de renouer avec ma sœur. Je restais éveillée la nuit, prête à tout pour remonter le temps, d'une façon ou d'une autre.

Elle avait réussi à se pardonner, mais ça ne signifiait pas qu'elle n'éprouvait pas toujours des regrets.

— Je suppose que n'importe quelle relation peut rompre si on tire trop sur la corde.

— Comment t'en es-tu sortie ? Comment as-tu fait pour ne pas replonger, surtout en ressentant toute cette tension ?

— J'ai rejoint un groupe. À vrai dire, je n'aurais jamais imaginé faire ça un jour. Mais tout le monde était génial. L'un des participants était photographe. Il en parlait avec tellement d'enthousiasme que je me suis inscrite à un cours. Ça a été un autre tournant.

Et elle se rappelait encore cet instant. L'allégresse qui l'avait envahie quand elle avait découvert ce qu'elle pouvait créer grâce à cet objectif. Comment elle pouvait présenter le monde en petits tableaux soigneusement composés qui attiraient l'attention des gens.

— La photographie m'absorbait complètement. Ça demandait de la concentration. J'ai arrêté de penser à moi et de ressasser mes regrets pour réfléchir à ce que je photographiais. Et j'étais douée. Je n'avais jamais été douée pour quoi que ce soit. J'ai cumulé trois boulots pour gagner l'argent dont j'avais besoin, et cette fois, j'ai réussi à ne pas me faire renvoyer. Je me suis acheté un appareil-photo et un sac à dos, et j'ai commencé à voyager. Au début, c'était une façon d'éviter la tentation de débarquer chez vous, puis c'est devenu un mode de vie. Je suis allée partout. J'ai travaillé dans des bars, j'ai été serveuse, j'ai fait les lits dans des hôtels. Tout était bon pour continuer à avancer. Je ne restais jamais au même endroit très longtemps. Je suppose que j'essayais de mettre de la distance entre le passé et moi. Je m'efforçais de prouver que je n'avais pas besoin de tout ça. Que je pouvais survivre sans l'alcool et le chaos.

Après avoir ouvert un tiroir, elle tendit un mouchoir à Christy.

— Je ne voulais pas te faire pleurer. Je n'aurais peut-être pas dû t'en dire autant.

— Non, répondit sa nièce, avant de se moucher. Je suis

contente que tu l'aies fait. Je tenais à comprendre. Et ton histoire est… inspirante.

— *Inspirante* ?

— Oui. Le fait que tu aies réussi à t'en sortir alors que tu étais dévorée par la culpabilité et que ta sœur te manquait…

Elle renifla.

— Ça montre de la détermination et de la force. Et du courage.

Robyn sentit une agréable chaleur se répandre en elle.

— J'avoue ne jamais m'être considérée particulièrement courageuse.

— Je pense que tu es une source d'inspiration, affirma Christy. Comment as-tu rencontré Erik ? Et comment es-tu arrivée ici ?

— J'ai passé un mois à Stockholm. Je suis tombée amoureuse des gens. En montant vers le nord, je suis tombée amoureuse du pays. Je voulais photographier les aurores boréales. Je suis arrivée à Abisko et j'ai pris une chambre dans un hôtel. J'ai réservé une excursion spéciale aurores boréales. Erik était le guide.

Christy sourit.

— C'est romantique. Et tu as pris de belles photos ?

Robyn éclata de rire.

— Non, elles étaient affreuses. Photographier les aurores boréales est loin d'être aussi facile que tu l'imagines. La première fois, la batterie de mon appareil a gelé. La deuxième fois, c'est moi qui ai failli geler. Mais ça m'a donné un but. J'ai appris qu'ici, au nord du cercle polaire arctique, une bonne photo commence par les bons vêtements. Si on a froid, on se décourage avant d'avoir le temps d'appuyer sur le bouton. Et il faut de la patience pour obtenir les meilleurs clichés. La nature nous oblige souvent à attendre, et on n'a pas envie de mourir de froid pendant ce temps-là. J'ai étudié. J'ai travaillé. J'ai acheté un meilleur appareil-photo. Je me suis entraînée. J'ai essayé des choses différentes. J'ai découvert que les gens aimaient mes photos. J'ai commencé à les vendre dans la région. Ensuite, un magazine a écrit un article sur moi. Tout est parti de là. Je suis tombée amoureuse de cet endroit.

— Et tu es tombée amoureuse d'Erik.

— Oui.

Christy soupira.

— J'aurais aimé que ma mère sache tout ça. J'aurais aimé que tu essaies de la recontacter.

— Je l'ai fait, répondit Robyn avec un pincement de regret. Il y a quatre ans, j'ai fait une exposition à Londres. Je lui ai envoyé une invitation. Elle n'a jamais répondu.

— Je l'ignorais. Je suis désolée que ça ne se soit pas conclu autrement. Quel gâchis. Si seulement elle t'avait parlé…

— Si quelqu'un était responsable de la situation, c'était moi.

Ça aussi, Robyn l'avait accepté depuis longtemps.

— Elle ne voulait pas rouvrir la porte. Elle avait peur pour sa famille. Pour toi. Je suis sûre qu'elle a été une excellente mère.

— Oui, acquiesça Christy d'une voix étranglée. Mais elle aimait l'ordre et les plans. Chaque moment de chaque journée était prévu à l'avance. Elle disait qu'elle détestait le chaos, mais la spontanéité et les coups de tête rentraient dans cette catégorie. Elle pensait que ça rendait la vie plus calme, plus épanouissante, mais en réalité c'était contraignant et étouffant pour son entourage. Elle le faisait parce qu'elle avait peur, bien sûr. Je le vois clairement maintenant.

— Oui. Et j'ai aggravé cette peur.

— Elle s'est débarrassée de tout ce qui menaçait ses habitudes. Toi y compris.

— Tu as raison.

Robyn regrettait de ne pas avoir fait preuve d'autant de lucidité des années auparavant.

— Et en réalité je ne pense pas que tu étais vraiment le cœur du problème, poursuivit Christy d'une voix douce. Tout ça était lié à elle, à la personne qu'elle était devenue, et je pense que c'était forgé bien avant que tes choix ne la provoquent. Elle craignait tout ce qui était imprévisible. Et elle était comme ça aussi avec moi. Quand je lui ai annoncé que j'étais enceinte…

Elle adressa un sourire embarrassé à Robyn.

— Ce n'était pas vraiment prévu. Je ne sortais avec Seb que depuis quelques semaines quand je l'ai appris.

Robyn écouta Christy lui raconter son histoire. Comment elle avait rencontré Seb. La liberté qu'elle avait soudain ressentie. L'exaltation qui l'avait envahie quand elle avait fait preuve de spontanéité. Et elle comprenait sa nièce, parce qu'elle avait éprouvé les mêmes choses. Elle n'appréciait pas le chaos, mais elle n'aimait pas non plus être prisonnière de la routine. Elle avait appris que la liberté n'était aucune de ces choses.

— Seb a l'air merveilleux, et Holly est adorable.

— Elle est coquine. Intrépide. Tu as sûrement déjà dû t'en rendre compte. Tu veux voir des photos ? J'en ai des jolies d'elle avec ma mère.

Christy sortit son téléphone et fit défiler les images.

— Tiens.

Après s'être rassise, Robyn s'empara du portable.

Elizabeth, tout sourire, sa petite-fille dans les bras. Elizabeth avec Holly et un gâteau d'anniversaire.

— Elle a l'air fière et heureuse, remarqua Robyn, le cœur serré. Tu veux bien me les envoyer ? J'aimerais beaucoup les avoir.

— Bien sûr.

Christy reprit son téléphone.

— J'en ai d'autres dans mon ordinateur portable à la maison. Je te les enverrai. Je crois que ma mère voyait beaucoup de toi en Holly.

— Ça a dû lui faire une peur bleue.

Robyn refusait de passer plus de temps à regarder en arrière. Elle l'avait déjà fait et avait tourné la page. Elle avait appris à lâcher prise.

— Et maintenant, on doit se concentrer sur l'avenir. Je suis contente qu'on ait repris contact. Quand j'ai vu ton nom dans ma boîte mail, ça a été une surprise. Mais une surprise agréable. J'ai souvent pensé à toi, bien sûr.

— Moi aussi, je suis contente, répondit Christy en se levant et en prenant les tasses. Ce qui est drôle, c'est que j'ai toujours rêvé de la Laponie. Alix et moi, on avait coutume de planifier notre Noël parfait, et ça impliquait toujours de la neige et des arbres.

— On va tout faire pour que ce soit à la hauteur de tes rêves.

Tout en passant un coup d'éponge sur le plan de travail, Robyn remarqua qu'il avait cessé de neiger.

— Elizabeth a eu de la chance d'avoir une fille comme toi. Tu écoutes bien. Et tu es gentille. La gentillesse, c'est sous-estimé, de nos jours. Heureusement pour moi, tu es aussi courageuse.

Christy secoua la tête.

— Je ne suis pas du tout courageuse. Je fais semblant de ne pas voir les choses qui ne me plaisent pas. Je déteste les confrontations. Je vivais ma vie en suivant une liste, bien que j'aie récemment abandonné cette habitude.

— Mais tu as tendu la main vers moi, répliqua Robyn. Même en sachant que ça n'aurait pas plu à Elizabeth, tu m'as contactée. C'est courageux.

— Vraiment ? Je n'avais pas pensé que… Oui, peut-être.

Christy sourit.

— En tout cas, je suis ravie de l'avoir fait, et pas seulement parce que ton café est délicieux. Tu m'as beaucoup fait réfléchir. Grâce à toi, je me suis rendu compte qu'il y a des choses que j'ai besoin de dire et de faire.

Quelles choses ? se demanda Robyn, avant de décider qu'elle n'avait pas à poser la question. Pas maintenant. Pas encore. Un jour, peut-être, elle serait assez proche de Christy pour que sa nièce se sente en mesure de lui parler de tout. Pour l'instant, elle se contenta de sourire et de lui dire la vérité :

— Moi aussi, je suis ravie.

Christy. Sa nièce. La fille de sa sœur.

La vie pouvait être difficile, elle le savait mieux que personne. Raison de plus pour savourer les moments de joie quand ils se présentaient. Elle n'allait pas tout gâcher en regardant en arrière et en imaginant la vue depuis les chemins qu'elle n'avait jamais empruntés.

Elle releva les yeux et aperçut Seb qui marchait dans leur direction, Holly dans les bras et Suka trottinant à côté de lui.

— On dirait qu'on a de la compagnie.

Elle n'avait plus l'intention de se replonger dans le passé.

À présent, elle allait profiter de sa nouvelle famille.

16

Christy

— Courageuse, marmonna Christy en avançant dans la neige en direction du Snow Spa.

Elle avait prévu d'y retrouver Alix pour une heure de détente haut de gamme. Après un déjeuner animé et amusant, où elle avait passé l'essentiel de son temps à empêcher Holly de grimper sur les buffets de Robyn, elle avait hâte d'avoir quelques instants à elle.

— Je suis courageuse. C'est Robyn qui l'a dit, et elle ne peut pas se tromper.

— C'est vrai, mais faut-il tant de courage que ça pour subir des soins de beauté ? Est-ce qu'on va plutôt se soumettre au supplice du gommage à la lavande ou à la souffrance du massage ?

Alix apparut à côté d'elle, et Christy s'arrêta.

— Je ne t'avais pas vue.

Elle sentit son ventre se nouer. Sa discussion avec Robyn l'avait convaincue de parler franchement à Alix, mais elle n'était pas prête. Elle avait besoin de temps pour décider exactement de ce qu'elle devait dire et comment le formuler.

— J'aurais attiré ton attention un peu plus tôt, mais tu étais en pleine conversation avec toi-même, et ça semblait grossier de t'interrompre.

Elles se remirent à marcher côte à côte.

— Cet endroit est parfait, pas vrai ? demanda Alix, le visage à moitié caché par sa capuche.

— Sensationnel.

Christy regarda autour d'elle, dans l'espoir de gagner du temps.

Les arbres s'élevaient vers le ciel, leurs branches chargées de neige, dont la surface brillait d'un éclat argenté sous le faible éclat du soleil. Bientôt, toute lumière disparaîtrait, annonçant l'arrivée des étoiles et, avec un peu de chance, le doux chatoiement des aurores boréales. Robyn et Erik avaient promis de les emmener les voir, et elle était impatiente. Mais d'abord elle avait quelque chose de plus difficile à faire.

Alix lui donna un petit coup de coude.

— Alors… c'était comment, ce tête-à-tête avec tante Robyn ? Est-ce que tous les cadavres ont dégringolé du placard ? Vous vous êtes promis de vous aimer pour toujours ?

Elles avaient toujours été à l'aise l'une avec l'autre, mais ce n'était plus le cas. Il y avait de la tension dans l'air, et Christy savait qu'elle était sur le point d'empirer la situation. Elles avaient échangé tellement de théories à propos de Robyn quand elles étaient petites. Aujourd'hui, elle savait enfin la vérité. Mais devait-elle en parler à Alix ? Robyn voudrait-elle qu'elle partage quelque chose d'aussi personnel ?

Mais Alix allait vouloir tout savoir, elle en avait conscience, et elle voyait déjà que son amie était d'humeur irritable. Elle la connaissait depuis assez longtemps pour s'en rendre compte d'un seul coup d'œil. C'était visible dans sa démarche, l'angle de sa mâchoire et l'éclat de ses yeux verts.

Une bouffée d'appréhension envahit Christy. Elle n'avait pas la capacité d'Alix à riposter du tac au tac. En général, elle trouvait la bonne repartie avec un mois de retard. Quand il s'agissait de faire quelque chose qu'elle jugeait difficile, elle pouvait gagner la médaille d'or de la procrastination.

— On a bien discuté, Robyn et moi.

— « Bien discuté » ? Après toutes ces années où on s'est posé des questions et où on a joué aux devinettes, tout ce que tu vas me dire, c'est que vous avez « bien discuté » ?

Elle aurait peut-être dû trouver une excuse pour reporter cette activité à plus tard. Elle n'avait pas eu le temps de remettre de l'ordre dans le tumulte de ses pensées. Elle n'était pas encore prête à échanger sur ce sujet avec Alix. Il y avait d'autres conversations plus importantes à avoir d'abord.

— C'était… intense.

— J'imagine. Ça fait quand même presque trente ans qu'on en parle. J'ai toujours parié sur le meurtre, même si après l'avoir rencontrée je n'en suis plus si sûre. Ça n'a pas l'air d'être son genre.

— Tu as connu beaucoup de meurtriers ? demanda-t-elle dans l'espoir de gagner du temps.

Alix eut un bref sourire.

— Que veux-tu, je dois passer trop de temps à regarder la télé dans des chambres d'hôtel. Tu es toujours partante pour le spa ? Tu as ces petites rides sur le visage qui n'apparaissent que quand tu es stressée à propos de quelque chose.

Elle agita le bras vers la bâtisse.

— Si tu n'as pas envie de te déshabiller et de te faire masser ou de parler devant des gens, on pourrait retourner au chalet et ouvrir une bouteille de vin. Zac est dehors à faire je ne sais quelle activité dangereuse, alors on pourra bavarder rien que toutes les deux. Tu pourras tout me raconter. Sans témoins. On pourra même se mettre en pyjama. Je te taperai avec un oreiller, si tu veux. Ce sera comme au bon vieux temps.

Le fait qu'Alix fasse tant d'efforts ne faisait qu'empirer les choses.

Christy voulait ravaler ses sentiments, ignorer tout ce qui bouillonnait sous la surface, mais elle en était incapable.

— Ce serait chouette. Une autre fois, peut-être.

— Alors c'est non ? Non à quoi ? Au vin ? Je te préparerai du chocolat chaud, si tu préfères. Tu te rappelles qu'on faisait ça à Noël ? Il y a eu cette fois où on a utilisé la crème que ta mère avait gardée pour la pavlova. Elle était tellement furieuse contre nous qu'on aurait dit les feux d'artifice de Noël.

En d'autres circonstances, Christy aurait ri et apprécié ce souvenir. Mais pour l'instant elle ne voulait pas se replonger dans une époque où leur amitié avait été si simple.

— J'ai besoin de me poser et de réfléchir. Robyn m'a raconté énormément de choses. Ça fait beaucoup à assimiler.

— J'en suis sûre. Alors discutons-en.

Christy s'arrêta de marcher.

— Je ne peux pas, Alix. C'est… personnel.

— *Personnel.*

Alix s'immobilisa à son tour. Il y eut un bref silence.

— Et on ne parle plus des choses personnelles, pas vrai ? Dans ce cas, on oublie le vin et la conversation. Autant aller se faire frotter avec de la lavande et bavarder poliment à propos de tout et de rien. Et la météo ? On a le droit de parler de la météo ?

Christy vit la peine sur le visage de son amie. Malgré son côté dure à cuire, et même si elle ne l'admettrait jamais, en matière de relations, Alix était la personne la plus sensible et vulnérable qu'elle connaissait. Elle était célibataire parce qu'elle avait peur, pas parce qu'elle l'avait choisi.

— Alix…

— Quoi ? fit-elle en haussant les épaules. Pas de souci. C'est comme tu veux. Réflexion faite, tu devrais aller au spa. Moi, je peux y aller quand je veux, mais il n'y a pas d'arbres comme ça à Londres, alors je vais aller me balader dans la forêt. On se voit plus tard.

Elle fit volte-face, tira sur sa capuche et s'engagea sur le sentier qui s'éloignait du spa.

— Alix !

Mais son amie ne s'arrêta pas et ne regarda pas en arrière.

Christy se sentait mal. Elles n'avaient même pas encore abordé la conversation difficile, et elles en étaient déjà là ? Blesser Alix était la dernière chose qu'elle voulait, pourtant elle venait de le faire. Ces temps-ci, elles ne s'épargnaient pas vraiment. Et elle aussi souffrait. Elle vivait avec ce poids sur le cœur depuis un moment.

Elle étudia les épaules crispées de son amie, puis la porte du spa.

Elle pouvait aller se faire masser. Elle pouvait laisser à Alix le temps de se calmer et espérer que les choses se tassent. Préparer ce qu'elle voulait dire et se lancer à un autre moment. Ignorer les tensions sous-jacentes. Essayer de se détendre et de profiter de Noël.

Mais comment se détendre, à présent ? C'était impossible. Et elle le savait, le malaise persisterait entre elles tant qu'elles ne se parleraient pas.

Ça faisait un moment que ce malaise grandissait.

Elle se rappela comment Robyn avait décrit sa relation avec sa sœur quand elles étaient jeunes. *C'était ma meilleure amie.*

Elle repensa à toutes ces années où sa mère aurait pu avoir sa sœur. Toutes ces années avec elle qu'elle avait manquées.

Si Christy avait eu une sœur, elle n'aurait jamais laissé une telle chose arriver.

Pourtant, Alix était sa sœur, de toutes les façons qui comptaient. Et il y avait des problèmes entre elles que Christy avait choisi d'ignorer. Au lieu d'en parler, elle avait laissé son ressentiment grandir et ronger lentement les liens de l'amitié. Elle en avait voulu à Alix, mais elle aussi était responsable, parce qu'elle n'avait pas été honnête. Elle n'avait jamais dit à Alix ce qu'elle ressentait. Elle aurait dû le faire tout de suite. Elle aurait dû crever l'abcès des années plus tôt, mais elle ne l'avait pas fait. À présent, elle devait prendre une décision. Elle pouvait faire ce qu'elle avait toujours fait, ce que sa mère avait fait avant elle, c'est-à-dire tout enterrer. Ou elle pouvait exprimer ce qu'elle ressentait. Exprimer le fond de sa pensée.

Courageuse, se dit-elle.

Le ventre noué, elle marcha rapidement jusqu'au spa. Elle annula leurs soins en se confondant en excuses, puis suivit les traces d'Alix jusqu'au lac.

Elle avançait d'un pas lent, et pas seulement parce que la neige était plus profonde qu'elle ne l'avait pensé. Elle n'était pas pressée de rejoindre Alix. Elle redoutait cette conversation.

Le sentier était désert. Pendant quelques instants, elle eut l'impression d'être seule au monde, puis elle aperçut une tache de couleur un peu plus loin. Alix était debout au bord du lac, les épaules courbées contre le froid, et contemplait la surface gelée.

Christy avança péniblement dans la neige pour la rejoindre.

— Coucou.

Alix ne se tourna pas vers elle, même lorsque Christy arriva à son niveau.

Elle toucha doucement le bras de son amie.

— Je sais que je t'ai fait de la peine.

— Je vais bien.

Christy reconnut ce ton mordant. Elle l'avait entendu bien des fois quand Alix avait parlé de ses parents. Elle ne l'avait encore jamais entendu dans le cadre de leur amitié. C'était un bouclier. Une armure. Alix ne l'utilisait que quand elle était profondément blessée et bouleversée.

— Je sais que tu ne vas pas bien.

— Bah…, répliqua Alix en haussant les épaules d'un air

nonchalant. C'est mon problème, et je vais le gérer. Ne t'inquiète pas pour ça.

— Mais si, je suis inquiète. Je tiens à toi. Je… Il faut qu'on parle, Alix.

— Je croyais que tu ne voulais pas parler.

Elle était froide et inaccessible. Christy l'avait déjà vue agir ainsi à maintes reprises au fil des années, mais jamais à son encontre. Et elle savait que si elle ne faisait rien ces barrières défensives se renforceraient et deviendraient plus difficiles à abattre. Leur amitié s'éteindrait peu à peu, ou se désagrégerait, peut-être jusqu'à ce qu'il ne reste plus qu'une carte de Noël impersonnelle entre elles. Ou pire. Elles pouvaient devenir comme Robyn et Elizabeth.

Cette pensée la décida à se lancer.

— Je n'étais pas prête à discuter de Robyn, c'est vrai. Elle m'a confié des choses personnelles. Je n'ai même pas encore tout intégré.

— OK. Peu importe.

Une autre barrière s'éleva, et Christy sentit une pression dans sa poitrine. Une émotion proche de la panique la submergea. L'envie de s'excuser, d'aplanir les angles et d'enterrer le problème n'avait jamais été aussi forte.

— Il faut qu'on parle de nous. De notre amitié. Tu es ma plus vieille amie, Alix. Tu es comme une sœur pour moi.

— C'est bon à savoir.

C'était comme de s'attaquer à de la glace.

Christy cligna des yeux pour chasser ses larmes et contempla le lac devant elles. Pour l'instant, avec son aspect froid et morne, il lui rappelait leur amitié.

— Alix.

Oh ! c'était tellement dur…

— J'ai besoin de te parler du mariage. De ce que tu as dit ce jour-là. Tu n'as jamais voulu que j'épouse Seb. Tu as été très claire là-dessus.

— C'est de l'histoire ancienne.

— Mais ça ne l'est pas, n'est-ce pas ? C'est toujours là, à couver entre nous. Tu es persuadée qu'il va me décevoir. Certains jours, j'ai l'impression que tu attends ce moment.

Elle se rendit compte qu'elle haussait le ton, mais ne parvint pas à s'en empêcher.

— Tu le traites comme s'il était en période d'essai.

— Quoi ? demanda Alix en fronçant les sourcils. Ce n'est pas vrai.

— Si, c'est vrai. Je l'ai entendu dans ta voix cette nuit-là, quand je t'ai appelée à New York et que j'ai dit que j'avais besoin de ton aide.

Maintenant qu'elle avait commencé, les mots coulaient tout seuls.

— La première chose qui t'est venue à l'esprit, c'est que Seb avait fait quelque chose.

— C'était bien en rapport avec Seb. Tu m'as dit qu'il avait une réunion de travail.

— Mais tu ne m'as pas crue. Tu as conclu automatiquement que c'était un code signifiant que mon mariage capotait.

Elle vit les joues d'Alix s'empourprer.

— Parce que tu ne m'as pas dit la vérité, rétorqua son amie. Je n'arrivais pas à comprendre pourquoi une réunion professionnelle ne pouvait pas être reprogrammée. Tu as omis de me dire que Seb avait perdu son travail. Tu m'as fourni un tout petit bout d'information incomplète, puis tu t'es fâchée quand je me suis inquiétée.

Christy était troublée.

— Qui t'a dit qu'il avait perdu son travail ?

Ça ne pouvait être qu'une seule personne. « Ils se sont embrassés. Et ça a duré longtemps. »

— Zac, je suppose.

— Il savait que je m'inquiétais pour toi. Il se souciait assez de moi et de mon inquiétude pour me rassurer.

Il se souciait assez de moi…

Christy décida de laisser ce commentaire révélateur pour plus tard. Si elles arrivaient à plus tard.

— Je n'avais pas l'impression que c'était à moi de te le dire.

— C'est ça. Tu ne voulais pas en parler.

Le visage d'Alix était figé.

— Tu ne crois pas que ça m'aurait touchée ? Tu ne crois pas que j'aurais été désolée pour lui ? Tu savais combien j'étais inquiète, mais tu te moquais pas mal de me rassurer.

— C'étaient les affaires de Seb. Et rien de tout ça ne change le fait que tu penses d'instinct qu'il va me décevoir.

Songeant au moment où il avait admis se sentir vulnérable, Christy fut envahie d'une féroce envie de le protéger.

— Ce n'est pas ce que je pense, répondit Alix sèchement. Mais si c'était le cas, ça n'aurait aucune importance. La seule opinion qui compte, c'est la tienne.

— Tu n'étais pas de cet avis il y a cinq ans.

— C'est ça le problème ? Ce que j'ai dit au mariage ? Tu as dit que c'était derrière nous.

Alix se recroquevilla dans son manteau.

— Ce n'était pas vrai, c'est ça ? Tu as refoulé ce que tu ressentais et tu l'as laissé pourrir.

— Tu sais que je suis douée pour ça.

Son amie releva le menton.

— S'il y a des choses que tu n'as pas dites, si tu as besoin de vider ton sac et…

— Tu as gâché mon mariage.

Les mots jaillirent de sa bouche, poussés par la pression de les avoir gardés en elle pendant si longtemps.

— Le jour le plus important de ma vie. Le jour dont j'avais rêvé depuis toute petite. Le jour que j'avais imaginé dans ma tête. Le début de ma vie avec Seb. *Tu l'as gâché.*

Il y eut un affreux silence stupéfait.

Alix prit une inspiration tremblante.

— Non.

— Si ! Je sais que tu croyais me rendre service. Je sais que tu t'es persuadée que c'était ta responsabilité en tant qu'amie de me dire la vérité, mais tu ne m'as pas dit la vérité. Ce n'était pas moi la raison de tout ça. Ça ne l'a jamais été. C'était toi. Tu pensais à toi. Tu pensais au fait que *toi*, tu as été un accident, et que, d'une façon ou d'une autre, ça signifiait que tous les bébés non prévus allaient grandir comme toi, avec tous tes problèmes. Mais non prévu ne veut *pas* dire non désiré.

Alix était livide.

Elle ne répondit pas, ce qui était probablement une bonne chose, parce que maintenant qu'elle avait commencé à parler Christy ne pouvait plus s'arrêter.

— Tu pensais que je faisais une bêtise. Tu pensais que c'était une énorme erreur. Tu n'as jamais tenu compte du fait que j'aimais Seb.

Il faisait un froid glacial. Elle ne sentait plus ses joues.

Il y eut un silence prolongé.

Il sembla s'écouler des heures avant qu'Alix ne reprenne la parole.

— C'est vrai, je ne croyais pas que tu aimais Seb. Tu le connaissais depuis environ cinq minutes. Il ne ressemblait pas du tout aux hommes que tu fréquentais d'habitude. Et tu ne te ressemblais pas du tout, la nuit où tu l'as rencontré. Tu n'étais pas toi-même, on aurait dit quelqu'un d'autre, et je me suis dit : « Hé, pourquoi pas ? Tout le monde mérite de se lâcher. » Mais ces moments de folie ne sont pas censés durer toute la vie.

— Et si jamais ça arrive ? Et si c'était cette personne-là que je voulais être ? Toute ma vie, j'avais été prudente et organisée, toujours à planifier la moindre minute. Tout à coup, ce soir-là, j'ai ressenti cette incroyable liberté. Oui, j'agissais comme quelqu'un d'autre, mais c'était la personne que je voulais être !

Elle s'interrompit assez longtemps pour prendre une grande inspiration et le regretta aussitôt. L'air était si froid que cela en était douloureux.

— Et tu sais quoi, Alix ? Si, en fin de compte, ça avait été une erreur, ça aurait été *mon* erreur. Et j'aurais espéré que toi, mon amie, tu me soutiennes, quoi qu'il arrive. Et puis même les bébés non prévus peuvent être aimés. Même s'ils rompent, les gens peuvent quand même être de bons parents. Il n'y a pas deux relations qui soient les mêmes. Même si les circonstances extérieures sont similaires, on ne peut jamais être sûr que tout le monde réagira de la même façon. Je ne suis pas comme ta mère. Seb n'est pas comme ton père.

Alix frissonnait en silence. Au bout d'un moment, elle murmura :

— Je… je ne voulais pas gâcher ton mariage.

— J'étais heureuse ce jour-là. Folle d'enthousiasme. Et puis tu as dit ce que tu as dit, et au lieu de profiter de la fête, j'entendais ta voix résonner dans mes oreilles.

Elle avait froid. Tellement froid. Qu'est-ce qui lui avait pris d'avoir cette conversation dehors ? D'un autre côté, c'était le seul endroit où elle était sûre qu'elles ne seraient pas dérangées.

— J'ai essayé de la bloquer, mais elle était là, dans ma tête, même à l'instant où je disais mes vœux. Et elle est restée dans ma tête.

Se serait-elle trompée à propos de Mandy sans les mots prononcés par Alix ?

Il y eut un long silence.

Il faut qu'on rentre, songea Christy. *On doit rentrer avant de geler sur place.*

Mais ni l'une ni l'autre ne bougea.

— Tout ce temps ?

La voix d'Alix était à peine audible.

— Tu ressasses ça depuis tout ce temps, et tu n'as jamais rien dit ? Je t'ai demandé si tout allait bien entre nous, et tu as répondu oui.

— Parce que c'est ce que je fais, non ? Je fais semblant que tout va bien. Je fuis les conversations difficiles. C'est mon problème, et j'ai des progrès à faire là-dessus…

— J'ai l'impression que tu en as déjà fait beaucoup.

— Mais tu me connaissais. Tu savais comment j'étais.

— Alors, selon toi, tout est de ma faute, non seulement à cause de ce que j'ai dit au mariage, mais aussi parce que je n'ai pas deviné que tu ne ressentais pas ce que tu disais ressentir. Je suis censée lire dans les pensées, c'est ça ?

Alix parlait d'un ton dur, mais il était évident qu'elle était au bord des larmes.

— Tu dis que tu ressens ça depuis *cinq ans*, et tu ne m'en as pas parlé une seule fois ?

Christy avait mal au cœur. Alix avait déjà affronté des gens pour elle par le passé, mais elles ne s'étaient jamais disputées. C'était effrayant, comme si son avenir tout entier était menacé.

— J'essayais d'oublier ! C'était ma responsabilité de m'occuper de mes propres pensées, et j'essayais de le faire. Je ne voulais surtout pas remettre ça sur le tapis. Mais tu as mis des doutes dans mon esprit. Tu *voulais* mettre des doutes dans mon esprit. Et j'avais l'impression que tu me surveillais constamment, comme si tu attendais le moment de déclarer « Je te l'avais bien dit ». Quand tu venais nous voir, j'avais l'impression de devoir prouver à quel point on était heureux. Je ne pouvais pas être naturelle.

Alix continuait à frissonner.

— Je n'ai jamais eu l'intention de dire ça. Tu penses que c'était ça qui comptait pour moi ? Avoir raison ? C'est pour ça que tu as arrêté de te confier à moi ?

— Toi aussi, tu as arrêté de te confier à moi. Tu ne m'as jamais dit que tu avais embrassé Zac.

Elle regretta aussitôt d'avoir abordé ce sujet. Le problème n'était pas Zac. Le but n'était pas de marquer des points.

Alix la dévisageait. Son souffle rapide s'échappait en petits nuages blancs devant sa bouche.

Christy attendit qu'elle dise quelque chose.

Et attendit.

Alix finit par parler.

— Ça te fait de la peine que je ne t'aie pas parlé de Zac ? Qu'il y ait quelque chose que tu ignores à propos de ma vie ? Réfléchis à ça, Christy. Réfléchis bien.

— Réfléchir à quoi ?

— Tu n'as jamais pensé que si j'étais aussi émotive ce jour-là ce n'était pas seulement parce que j'étais inquiète que tu épouses un quasi-inconnu à cause de ta grossesse, mais aussi parce que j'avais l'impression de te perdre ? Tu as été ma meilleure amie pendant presque toute ma vie. Tu as été ma famille. On a été tout l'une pour l'autre pendant vingt ans. *Tout.* Si quelque chose arrivait à l'une, l'autre était presque toujours au courant. Et puis, soudain, tu as eu une autre famille. En seulement quelques semaines, tu étais enceinte, et tu te mariais, et tu avais une toute nouvelle vie dont je ne faisais pas partie…

La voix d'Alix se brisa.

— … et je ne voyais pas quelle place j'avais dans cette vie. Et oui, je pensais à moi. Je l'admets…

Elle avait du mal à parler et à respirer.

— … et peut-être que ça fait de moi une égoïste, mais ça montre aussi combien notre amitié comptait pour moi. Combien je t'aimais. Combien tu étais importante dans ma vie. Je savais tout ce que tu représentais pour moi, je n'avais aucun doute là-dessus, mais je ne savais plus ce que j'étais pour toi. Je ne voyais pas comment m'inclure dans ta nouvelle vie. Je ne savais pas où était ma place ni ce que tu pensais de notre amitié. Et je ne le sais toujours pas.

Christy s'était mise à pleurer, elle aussi. Elle était dévorée par la culpabilité et furieuse contre elle-même de ne pas avoir compris comment Alix se sentait. De ne pas avoir vu les choses de son point de vue.

Réfléchis à ça, Christy.

Eh bien, elle y réfléchissait. Pour la première fois. Et c'était comme si son cœur s'était fendu en deux. Comment avait-elle pu être aussi aveugle ? Elle avait été si absorbée par sa propre aventure, son propre bonheur, Seb, qu'elle n'avait jamais pensé à se demander comment Alix se sentait.

— Je ne savais pas… Je ne pensais pas…

Elle était glacée, autant à l'intérieur qu'à l'extérieur.

— Je n'aurais pas dû dire toutes ces choses. Oh ! Alix…

Comment allaient-elles surmonter tout ça ?

— … tu sais que je ne suis pas douée pour parler des choses difficiles. Pour dire ce que je pense.

Alix prit une profonde inspiration et la regarda droit dans les yeux.

— Je dirais que tu t'en es très bien sortie, répliqua-t-elle, avant de tourner les talons et de partir.

17

Alix

Alix trébucha dans la neige, mais continua à marcher. Elle se sentait blessée physiquement, même si toute la douleur était intérieure.

Cinq ans ? Christy avait gardé ça sur le cœur pendant *cinq ans ?*

Pourquoi n'avait-elle rien dit plus tôt ? Alix ne pouvait contenir sa fureur, et l'essentiel de cette fureur était dirigée contre elle-même. Elle aurait dû insister pour avoir cette conversation. Le fait qu'elle s'en rende compte aussi tardivement ne faisait que prouver qu'elle n'était pas douée pour les relations.

À entendre Christy, elle était égoïste et étroite d'esprit, alors qu'elle avait seulement essayé de la protéger. Pourquoi Christy ne le voyait-elle pas ? Pourquoi ne voyait-elle pas combien Alix l'aimait ? Pourquoi n'avait-elle pas compris à quel point tout cela avait été difficile pour Alix ?

Elle repensa à leur enfance, quand elles se déguisaient en gloussant et se coiffaient l'une l'autre, quand elles se couvraient de boue en construisant une cabane dans un arbre du jardin. Elle repensa à la boîte qu'elles avaient enterrée ensemble, surnommée leur « capsule de l'amitié », remplie des choses qu'elles aimaient. Elle repensa à leurs conversations sur les garçons, et les métiers, et la vie, et ce qu'elles voulaient.

Le seul sujet qu'elles n'avaient jamais abordé était la possibilité que leur amitié puisse changer. Aucune des deux n'avait envisagé cette idée. Mais plus elle y pensait maintenant, plus elle comprenait que cela avait été inévitable.

Pendant tout ce temps, elle avait cru en leur belle amitié, alors qu'en réalité Christy avait refoulé son ressentiment. Mais le pire était qu'elle n'ait jamais essayé de se mettre à la place d'Alix.

Elle se frotta la poitrine.

Elle avait l'impression que Christy lui avait enfoncé un couteau dans les côtes.

Très bien, se dit-elle farouchement. Même si c'était douloureux, ça prouvait qu'elle était mieux toute seule. Elle n'était pas douée pour les relations, point final. Ça n'avait même pas d'importance. À quoi servaient-elles, de toute façon ? Elles n'apportaient que souffrance et chagrin. On faisait de son mieux, on donnait son maximum, on prenait soin des autres, et tout ce qu'on recevait en retour était l'équivalent émotionnel d'une gifle en plein visage. Les relations étaient compliquées et demandaient beaucoup d'efforts. Franchement, elle n'avait pas besoin de ça.

Alix marcha à l'aveuglette dans la forêt, en quête du calme qu'elle avait déjà trouvé dans cet endroit, mais sans succès.

Cela n'en valait pas la peine. Rien de tout cela n'en valait la peine.

C'était une erreur de sa part que d'essayer.

Profondément abattue, elle entra dans le chalet d'un pas lourd, ôta ses après-skis et verrouilla la porte.

Elle ne voulait pas de visiteurs. Elle ne voulait pas parler. Les relations, même l'amitié – l'amitié en particulier, en cet instant –, étaient épuisantes. À partir de maintenant, elle n'aurait que des relations superficielles.

Zac se tenait près de la fenêtre et parlait au téléphone. Un verre de vin rouge était posé sur la table à côté de lui.

Il se tourna vers elle lorsqu'elle entra dans la pièce. Lisant quelque chose sur son visage, il s'arrêta au milieu d'une phrase.

— Je te rappelle, déclara-t-il, avant de ranger le portable dans sa poche.

Il était entièrement vêtu de noir. Un jean noir qui moulait ses cuisses. Un pull noir qui moulait ses épaules. Ses cheveux étaient encore humides d'une douche récente.

Du sexe, songea-t-elle en laissant glisser son regard des épaules de Zac jusqu'à ses cuisses. Les seules relations pour lesquelles elle était bonne étaient éphémères et physiques, alors à partir de maintenant elle allait se concentrer là-dessus. De cette façon, pas de complications.

Il haussa les sourcils.

— Pardon ?

— Quoi ?

— Tu as dit « du sexe ».

— J'ai dit ça à voix haute ?

— Oui.

Les coins de sa bouche frémirent.

— Par souci de clarté, c'était une requête ou un ordre ?

C'était vraiment l'une des pires journées qu'elle ait vécues depuis longtemps.

D'un autre côté, pourquoi pas ? C'était exactement ce qu'il lui fallait. De mémoire, il s'était révélé particulièrement talentueux dans ce domaine. Elle avait peut-être oublié les choses qu'elle avait dites cette nuit-là, mais elle n'avait rien oublié de ce qu'ils avaient fait. Le sexe entre eux avait été spectaculaire. Sans le tourbillon d'émotions qu'elle avait ressenties alors, ça aurait été la meilleure nuit de sa vie. Et maintenant, elle était là, devant lui, et son esprit était dépourvu d'émotions. Elle savait exactement ce qu'elle voulait. Ce dont elle avait besoin. Zac avait indiqué clairement qu'il voulait la même chose. Alors pourquoi ne pas sauter sur l'occasion ?

— Il est bon, ce vin ?

Sans attendre sa réponse, elle prit son verre et but.

— Oui, il est bon.

— C'est aussi mon avis.

Il l'observait attentivement.

— Tu veux que je t'en serve un verre ?

— Le tien suffira, répondit-elle, avant de le vider. Il nous en faudrait peut-être une goutte de plus.

Il l'étudia encore un instant, puis alla chercher la bouteille.

— Tu as l'air contrariée. Tu veux en parler ?

— Non.

Elle posa le verre, qu'il remplit sans trembler.

— Tu peux poser cette bouteille ? demanda-t-elle.

Il se figea, la bouteille en l'air.

— J'allais…

— Tout de suite. Je ne veux pas que tu renverses du vin pendant que je t'embrasse.

Il posa la bouteille, les yeux rivés sur son visage.

— Alix…

Elle l'attrapa par son pull et l'attira vers elle. Se haussant sur la pointe des pieds, elle plaqua sa bouche sur la sienne. Sans hésiter, il l'embrassa en retour. Déstabilisée par la passion de ce baiser, elle s'agrippa à Zac pour garder l'équilibre. Il lui prit la tête entre ses mains, tandis qu'elle enfonçait les doigts dans les muscles de ses épaules. Le désir qui l'envahit chassa tout le reste de sa tête. Seules comptaient les sensations physiques. Les battements effrénés de son cœur. La chaleur de ses mains sur elle, la caresse de sa langue sur la sienne.

Elle tira son pull vers le haut, et il libéra ses lèvres assez longtemps pour le faire passer par-dessus sa tête, en même temps que le T-shirt qu'il portait dessous. Dehors, la neige tombait dans l'obscurité, mais aucun des deux n'y prêta attention. Elle était trop occupée à admirer ses muscles bien dessinés et sa peau ferme.

Elle se dévêtit à son tour, tellement impatiente qu'elle en devenait maladroite. Il l'aida, leurs doigts se mêlant, chaque geste ponctué de baisers, parce que ni l'un ni l'autre ne pouvaient s'en empêcher. Qui aurait voulu interrompre quelque chose d'aussi agréable ? À travers le léger bourdonnement de son propre désir, elle entendait la voix de Zac lui dire combien il avait envie d'elle, comme elle était sexy, qu'elle était la femme la plus excitante qu'il ait jamais connue. Enfin, quand elle ne porta plus que ses sous-vêtements, il la souleva comme si elle était légère comme une plume et l'emporta dans la chambre.

Elle l'attira avec elle sur le lit.

— Maintenant. Viens, maintenant.

— Attends, répondit-il d'une voix rauque. Pas tout de suite… On devrait ralentir un peu.

Une sensation proche du désespoir envahit Alix. Elle ne voulait pas ralentir. Elle ne voulait pas penser.

— Pourquoi ? Tu n'as pas envie ?

— Si, j'en ai envie.

Il respirait de façon irrégulière.

— Mais ça me pose un problème de coucher avec quelqu'un qui n'est pas dans son état normal.

— J'ai bu un verre de vin, c'est tout. Ma capacité à prendre des décisions est intacte. C'est moi qui t'ai traîné ici. Si tu as besoin de plus de preuves de consentement…

— Il ne s'agit pas de consentement.

D'un geste doux, il lui repoussa les cheveux en arrière. Ses yeux s'assombrirent.

— Je t'ai déjà vue comme ça. Si tu veux parler, je suis prêt à écouter.

— Je ne veux pas parler. Je veux m'envoyer en l'air.

Elle lui caressa le dos, sentant le jeu des muscles sous ses doigts.

Il hésita, puis approcha sa bouche de la sienne.

— D'accord, mais si jamais tu changes d'avis…

— Je ne vais pas changer d'avis. Et si tu pouvais te dépêcher un peu…

— Ça s'appelle des préliminaires. J'essaie d'y aller en douceur.

Il parsema de baisers sa joue, son cou, sa gorge.

— Tu ne me facilites pas la tâche.

— Ces cinq dernières années ont fait office de préliminaires. Et je ne veux pas que tu y ailles en douceur.

C'était *ça* qu'elle voulait. C'était seulement pour ce genre d'intimité qu'elle était douée.

Sans hésiter, elle l'attira contre elle, repoussa toute pensée et se contenta de ressentir. Ses doigts qui effleuraient avec assurance l'intérieur de sa cuisse. Le frôlement de sa joue râpeuse sur sa peau douce. La caresse talentueuse de sa langue. Et elle sut qu'elle n'avait pas imaginé la force de ce qui s'était passé cinq ans plus tôt. Il savait comment faire monter le plaisir, et il s'attarda jusqu'à ce qu'elle perde tous ses repères et se torde de désir, jusqu'à ce qu'elle ne pense plus à rien d'autre qu'à lui, jusqu'à ce qu'elle ne soit plus capable de dire autre chose qu'une litanie de « maintenant, maintenant, s'il te plaît ». Il y eut une brève pause, puis il se positionna au-dessus d'elle d'un mouvement fluide, et elle le sentit contre elle, dur et brûlant. Elle se cambra pour mieux l'accueillir en elle et serra les jambes autour de lui, tandis que son corps bougeait en rythme avec le sien. Il posa la main sur sa joue et tourna son visage vers lui pour qu'elle le regarde. Il prêtait attention au moindre frémissement de son corps, au moindre son qu'elle émettait, et chaque mouvement les rapprochait davantage. Yeux dans les yeux, ils bougeaient à l'unisson, et elle fut secouée par la force de ce qu'elle ressentait et l'intimité de ce qu'ils partageaient. Une onde d'excitation l'envahit, l'entraînant de plus en plus haut jusqu'à ce qu'elle finisse par basculer. Un flot incontrôlable d'émotions la submergea, elle perdit pied, et son cri de plaisir se transforma en sanglot. Puis un autre suivit. Elle sentit Zac rouler sur le côté et la prendre dans ses bras.

Il la serra contre lui tandis qu'elle pleurait, murmurant des mots doux dans ses cheveux. « Tout va bien, ça va aller, je suis là. »

Elle essaya d'arrêter. Elle *voulait* arrêter. Qu'est-ce qui lui prenait ? C'était la partie de jambes en l'air la plus extraordinaire de sa vie, et elle pleurait ? C'était affreux et embarrassant, et elle était mortifiée. Que devait penser Zac ? Elle n'en avait aucune idée, parce qu'il ne disait rien. Il se contentait de la tenir patiemment contre lui pendant qu'elle sanglotait. Elle pleura jusqu'à se sentir vidée, puis finit par prendre une inspiration tremblante. Elle était triste à propos de Christy, bien sûr, mais elle savait que la raison de ses larmes était beaucoup plus compliquée. Elle pleurait pour elle. Pour sa façon d'être. Pour ce qu'elle ressentait pour Zac.

Comment avait-elle pu penser que ce moment n'impliquerait aucune émotion ? Que cela resterait purement physique ?

Elle avait cru que cela l'aiderait à se sentir mieux, mais c'était l'inverse qui s'était produit. Si elle ne pouvait pas se détacher émotionnellement, ça signifiait qu'elle était condamnée à ne plus jamais coucher avec qui que ce soit.

Elle garda le visage blotti contre la chaleur de son torse. Elle ne voulait pas le regarder ni lui parler.

Elle resterait volontiers comme ça pour toujours.

Mais elle devait dire quelque chose, n'est-ce pas ?

— Désolée, marmonna-t-elle, tandis que Zac lui caressait doucement les cheveux. Tu ferais peut-être mieux de partir.

— Pourquoi je partirais ?

— Parce qu'une femme en pleine crise de larmes est follement séduisante.

Mais il ne partit pas. Il resserra son étreinte.

— Il se trouve que je suis bien où je suis. Le lit est chaud. Tu es toute nue. Ça fait deux bonnes raisons de rester.

— Je suis vraiment désolée.

Elle renifla, puis s'écarta de lui.

— J'ai sûrement blessé ton ego.

— Pas du tout.

Il remonta les couvertures sur eux et se tourna face à elle.

— Je considère que c'est un compliment que tu baisses assez la garde pour pleurer devant moi.

— À nouveau.

Elle émit un rire étranglé.

— Crois-le ou non, je ne fais ça qu'avec toi.

Du pouce, il essuya ses larmes, toute trace de rire disparue.

— Tu vas me dire pourquoi tu es aussi bouleversée ?

— Tu es un super bon coup. Je pleurais pour toutes ces femmes qui ne savent pas ce qu'elles ratent.

Il sourit.

— Bien tenté. Mais je sais que tu étais déjà dans cet état quand tu es revenue de ta balade.

Ça ne lui plaisait pas qu'il la connaisse aussi bien.

— Qu'est-ce qui te faire croire ça ?

— Le fait que tu aies bu mon vin, peut-être ?

— J'avais soif. Et c'était du bon vin.

Elle savait qu'elle ferait mieux de s'écarter, mais elle aimait la caresse de ses doigts sur son bras.

Alors qu'elle ouvrait la bouche pour parler, elle entendit son téléphone vibrer un peu plus loin.

Christy ! C'était sûrement Christy, qui l'appelait pour tenter d'arranger les choses. Pour lui dire que tout allait bien. Que leur amitié comptait pour elle et qu'elles allaient trouver une façon d'aller de l'avant.

Elle jaillit du lit et fonça vers ses vêtements éparpillés un peu partout. Son portable. Où était-il ? Quand elle le trouva enfin, elle vérifia ses messages avec des mains tremblantes.

— Qu'y a-t-il ? demanda Zac en s'asseyant sur le lit, les yeux fixés sur elle.

Ce n'était pas Christy.

L'impact de la déception fut presque physique.

— Rien.

Sa gorge était nouée par l'émotion. Elle commença à écrire un message à Christy, mais s'arrêta. Que pouvait-elle dire ? Et si jamais Christy ne voulait pas l'entendre ? Elle effaça ce qu'elle avait tapé, éteignit son téléphone et le reposa par terre. Elle n'allait pas se remettre à pleurer. Hors de question.

— Parle-moi, Alix. Qui t'a envoyé ce message ?

— Oh. Mon père.

— Et ?

Il ne la quittait pas du regard.

— À en juger par ta réaction, il n'a rien dit que tu avais envie d'entendre.

— Ce n'était pas un message personnel.

Elle avait tant souhaité que ce soit Christy que sa déception était énorme.

— Ce n'est pas grave. Il fait ça tous les ans. Il envoie le même message « Bonnes fêtes et meilleurs vœux pour la nouvelle année » à toute sa liste de contacts. Évidemment, à une époque, ça me faisait de la peine, mais plus maintenant.

Elle voyait à son expression qu'il ne la croyait pas.

— Je ne m'attends pas à ce que tu comprennes. Tu as une famille normale. Une famille aimante. La mienne n'est pas comme ça et ne l'a jamais été, alors quand je reçois un SMS de mon père, je n'ai aucune attente. Tu dois avoir de la peine pour moi, parce que je n'ai pas vraiment de famille, mais en réalité, j'en ai une, tu vois.

Soudain, elle trouvait important de lui expliquer.

— Christy est ma famille.

Et un message de sa part aurait eu beaucoup plus d'importance qu'un message de son père.

Il garda le silence un moment, puis tendit la main vers elle.

— Reviens au lit.

— Je vais bien, vraiment. Je…

— Pas moi. Reviens au lit.

Elle hésita, avant d'obéir.

Il l'attrapa et l'attira contre lui, la réchauffant de son corps.

— Tu espérais que ce serait qui ? Tu as bondi hors du lit comme si le chalet était en flammes.

Elle s'adossa aux oreillers qu'il avait empilés derrière eux.

— Christy.

— C'est à cause de Christy que tu es bouleversée ?

Devait-elle lui raconter ce qui s'était passé ? Pourquoi pas, après tout. Elle devait parler à quelqu'un, et Christy ne faisait pas partie de ses options.

— On a eu une… conversation.

— Qui n'a pas dû être agréable, si tu as dû boire mon vin après.

— C'était plutôt une dispute qu'une conversation. Elle avait gardé beaucoup de choses sur le cœur et… elle a dit que j'avais gâché son mariage.

Dévorée par la culpabilité, elle tourna la tête vers Zac, s'attendant à voir une expression pleine de jugement sur son visage. Au lieu de cela, elle y trouva de la confusion.

— Quoi ?

— J'ai gâché son mariage. Et je ne peux pas revenir en arrière, ce qui me rend malade…

Elle dut lutter pour ne pas se remettre à pleurer.

— Je me sens affreusement mal. Elle est ma meilleure amie depuis toujours – enfin, c'est l'impression que j'ai –, et il s'avère qu'elle pensait tout ça, qu'elle refoulait toutes ces choses. Elle ne me raconte plus jamais rien d'important. À cause de que j'ai dit ce jour-là, elle se méfie de moi, et je trouve ça horrible. Comment pourra-t-on réparer ça un jour ? Et ce qui me blesse le plus, c'est…

Arrête de parler, Alix ! Tais-toi.

— C'est quoi ? Tu frissonnes. Tu as froid, murmura Zac en remontant les couvertures sur elle.

— Je m'en veux de le dire…

— Dis-le.

Alix déglutit.

— Elle n'a pas pensé un seul instant à mes sentiments. En tout cas, c'est l'impression que ça donne. Avant, elle était tellement douée pour savoir ce que je ressentais. Je n'avais même pas besoin de lui dire. Mais ce n'est plus le cas. Ce n'est même pas qu'elle se trompe. Ça n'a pas l'air de lui traverser l'esprit. Je trouve ça blessant qu'elle n'ait pas pensé une seule fois à ce que j'ai ressenti quand elle s'est mariée. Elle n'a pas du tout pensé à ce que j'ai pu éprouver.

Elle se cacha le visage dans les mains et poussa un grognement.

— Je suis pitoyable, hein ?

— Non, répliqua-t-il en tirant sur ses mains et en l'attirant plus près. Je comprends tout à fait pourquoi tu es bouleversée.

— Vraiment ?

— Bien sûr. Je peux parler, maintenant ?

Elle renifla et s'appuya contre son épaule. Il écoutait tellement bien. Comme toujours, elle se sentait mieux après lui avoir parlé.

— Vas-y.

— Tout d'abord, tu n'as pas gâché le mariage de Christy.

— Mais elle a dit…

— Apparemment, elle a dit beaucoup de choses à chaud.

— Il faisait un froid de canard.

Il sourit.

— Peut-être. Mais moi, je sais que tu n'as pas gâché leur mariage, alors ne te laisse pas ronger par cette remarque.

— Comment tu le sais ?

— Parce que j'étais là ! Je l'ai vue rire, danser et embrasser Seb, et…

Il haussa les épaules.

— Je ne sais pas… Elle n'a pas arrêté de sourire, ce jour-là. Si ça, c'est un mariage gâché, alors ne m'invite pas à un mariage heureux, parce que je ne le supporterais pas.

Elle brûlait d'envie de le croire.

— Mais si c'est vrai, pourquoi a-t-elle dit…

— Parce qu'elle était bouleversée. Et les gens disent des choses qu'ils ne pensent pas quand ils sont bouleversés.

Il la serra contre lui.

— Je sais que tu penses que Christy est parfaite, mais elle ne l'est pas. Elle est humaine, comme nous tous. Elle a ses défauts. Elle n'a pas réfléchi un instant à comment son mariage avait pu t'affecter. Elle a manqué de délicatesse. Elle a été égoïste. Et franchement, elle a été dure avec toi. Ça ne m'étonne pas que tu sois blessée.

Elle ne s'était pas attendue à ce qu'il dise ça. Elle avait commencé à se convaincre que tout était de sa faute.

— Alors tu ne trouves pas que je dramatise ?

— Loin de là. Je suis même surpris que tu ne lui en veuilles pas plus.

Elle lui en voulait. Elle lui en voulait même beaucoup.

— Mais même si tu as raison, au bout du compte, ça ne fait que confirmer que je ne suis pas douée pour les relations.

— Ce n'est pas vrai. Et j'ai des preuves.

— Quelles preuves ?

— D'après mes estimations, c'est notre cinquième rancard. Et je dirais qu'on s'en sort très bien.

Le cœur d'Alix tambourina dans sa poitrine.

— Ne sois pas ridicule. Tu sais bien que je ne suis pas du genre à avoir des rancards.

— Tu ne sais pas de quoi tu es capable tant que tu n'as pas essayé.

Elle éprouva une bouffée de panique. Voilà pourquoi elle ne s'impliquait avec personne au-delà d'un certain point.

— Zac, tu ne m'écoutes pas. Je ne peux pas avoir de relation qui dure. Même si je le voulais, j'en serais incapable. Je fiche toujours tout en l'air.

Et elle ne pouvait pas supporter la douleur que cela entraînait. Elle avait vécu ça avec ses parents, mais ce n'était rien comparé à la perspective de perdre son amitié avec Christy. La dernière chose qu'elle voulait était de s'embarquer dans une autre relation.

Il la serra contre lui.

— Tu as peut-être besoin d'un peu plus d'entraînement.

— Je ne suis peut-être pas préparée à avoir les bleus qui viennent avec.

— J'ai une petite idée de comment amortir tes chutes.

Avec un sourire malicieux, il roula sur le dos, l'entraînant avec lui.

— Si un loup entre dans le chalet, on changera de position. C'est promis.

Elle baissa les yeux sur lui, exaspérée. Nerveuse.

— Tu ne prends pas au sérieux ce que je te dis, mais crois-moi : toutes les preuves indiquent que je suis nulle en matière de relations. Et tu devrais te préoccuper un peu plus des risques encourus.

— Tout ce qui vaut la peine d'être vécu contient toujours une part de risque.

Il attira sa tête vers la sienne.

— Tu as vraiment envie de te passer de ça ?

Quand il l'embrassa, elle sentit le désir sexuel commencer à couler dans ses veines, mais il y avait autre chose. Quelque chose de beaucoup plus dangereux.

Des sentiments. Elle avait des sentiments pour lui.

Paniquée, se souvenant de ce qui s'était passé avec Christy, elle décolla ses lèvres des siennes.

— Oui. Je suis tout à fait capable de me passer de ça. Je te mettrais à la porte en ce moment même si tu avais quelque part où aller.

Il soupira et s'assit.

— Alix, tu n'es pas nulle en matière de relations. Ne te sers pas de ce prétexte pour ne pas t'engager.

Elle se laissa retomber sur le dos.

— Il n'y a pas une seule relation dans ma vie que je n'ai pas fichue en l'air, Zac.

— J'espère que tu ne parles pas de tes parents.

— Pas seulement mes parents, mais commençons par eux. À un moment, il faut regarder la vérité en face. Si j'avais été adorable, ils auraient voulu passer du temps avec moi. Si j'avais fait leur fierté, ils auraient voulu passer du temps avec moi, et pas seulement m'inclure dans un message collectif.

— Ce n'est pas vrai. Tu l'as dit toi-même : ils n'auraient pas dû avoir d'enfant. Ils ne voulaient pas être parents et, à en croire ta description, ils n'ont fait aucun effort pour apprendre à l'être. Ce sont eux les responsables, mon cœur, pas toi.

Le terme affectueux la troubla. Il évoquait de l'attachement. De l'intimité. Lentement, sûrement, Zac l'attirait vers lui.

— D'accord, ils ne sont peut-être pas les meilleurs exemples de mes lacunes en matière de liens affectifs. Mais il y en a d'autres.

— Je t'écoute.

— Oh ! mais…

Elle jeta un coup d'œil exaspéré vers lui.

— Tu veux une liste ?

— Je n'en sais rien. Cette liste serait longue ? Tu brises des cœurs partout où tu passes ?

— J'en doute. En général, je ne m'approche pas assez pour briser quoi que ce soit.

— Ah oui, c'est vrai. Un rancard maximum. Sauf quand il s'agit de récupérer un pull en urgence. J'ai besoin de comprendre sur quelles preuves repose ton hypothèse.

Il fit courir ses doigts sur l'épaule d'Alix, puis baissa la tête pour l'embrasser dans le cou, puis sur la joue.

Elle ferma les yeux.

— C'est plus facile de te dire quelles relations ont fonctionné dans ma vie. Et il s'avère qu'il n'y en a aucune. Je pensais qu'il y en avait au moins une, mais je me trompais.

Il se figea.

— Tu parles de Christy.

— Oui. L'amour n'est pas forcément romantique, Zac. Christy est ce qui se rapproche le plus d'une famille pour moi depuis que j'ai huit ans. J'aurais pu mourir pour elle. Tuer pour elle. Mais en fin de compte, tout ce que j'ai tué, c'est notre amitié.

Allongée dans ses bras, elle se sentait à vif, émotionnellement dévastée. Elle avait l'impression de s'exposer, comme si chacun de ses sentiments allait être examiné à la loupe et jugé.

— Et c'est arrivé tellement lentement que je ne m'en suis même pas rendu compte. En surface, on est toujours amies, bien sûr, mais maintenant, elle ne me dit plus rien. Elle ne… me fait pas confiance. Et puis elle ne se met jamais à ma place. Avant, elle s'intéressait à mon point de vue. On savait tout l'une sur l'autre…

Une immense tristesse l'envahit.

— … mais ce n'est plus le cas.

— Tu parles du fait qu'elle ne t'ait pas dit que Seb avait perdu son travail ? Elle protégeait sûrement l'amour-propre de son mari.

— Il n'y a pas que ça.

Il la serra contre lui en murmurant des mots de réconfort indistincts.

— Tu n'as rien tué du tout, Alix.

« Tu as gâché mon mariage. »

Les mots résonnaient dans sa tête.

— Si. Et c'est pour ça que j'évite les relations. C'est épuisant.

Elle se leva, ignorant la main qu'il tendait vers elle. Comment avait-elle pu baisser la garde au point de le laisser entrer dans son cœur ? Elle ne faisait jamais ça. Jamais. Mais cette fois elle l'avait fait, et elle n'allait pas tarder à en payer le prix. Encore une fois. Elle enfila son peignoir et l'attacha. Même couverte, elle se sentait exposée. Vulnérable.

— Toutes les relations n'ont pas à être compliquées, affirma Zac. Certaines sont juste sympas.

Quand il se redressa, elle détourna le regard. À cet instant, elle ne voulait pas regarder ses épaules, ou son torse nu, ou n'importe quelle autre partie de lui. Une telle intimité semblait déplacée avec la conversation qu'ils avaient.

Et elle ne voulait vraiment pas penser ou discuter de sentiments. Elle avait déjà eu son compte.

Elle marcha jusqu'à la fenêtre.

— On peut changer de sujet ?

Elle entendit les draps bruisser, puis sentit les mains de Zac sur ses épaules.

— Tu es tellement dure avec toi-même. Personne n'est parfait, Alix. Les relations ne sont pas faciles. Pour personne. Tu n'es pas la seule dans cette galère. Et quand on traverse une mauvaise passe avec quelqu'un, ça ne veut pas dire qu'on n'est pas doué pour cette relation. Les gens sont complexes. Ça ne veut surtout pas dire qu'il faut renoncer. Certaines relations valent la peine qu'on se batte pour elles, comme celle que tu as avec Christy. Tu comptes tout simplement faire une croix dessus ?

— Je…

Était-ce son intention ?

— Je ne sais pas ce que je vais faire. Tout ce que je sais, c'est que je ne veux plus jamais me sentir aussi mal.

— Toutes les relations passent par des phases délicates. Comment pourrait-il en être autrement ? Et parfois, on n'arrive pas à trouver de solution ou de compromis. Parfois, on n'a même pas forcément envie de trouver une solution, mais d'autres fois, ça vaut la peine de faire tout le nécessaire pour essayer de résoudre le problème. Tu penses que si tes parents n'ont pas passé de temps avec toi, c'est lié à quelque chose que tu as fait, alors que c'est entièrement de leur faute. Christy et toi, vous traversez un moment difficile, parce que vous avez toutes les deux vécu un énorme changement et que, pour une raison ou une autre, vous ne l'avez pas vécu ensemble. Mais ça va s'arranger.

— Tu n'en sais rien.

— Si, je le sais.

Elle appuya la tête contre son torse.

— Et Seb et toi ? Est-ce que votre amitié a changé depuis qu'il s'est marié ?

— C'est différent, je crois. Seb dit : « On va se boire quelques bières ? » et je réponds : « Excellente idée. » Il dit : « Je me marie. Tu veux être mon témoin ? » et je réponds : « Pourquoi pas ? » Ce n'est pas plus compliqué que ça. On n'essaie pas de tout analyser. Mais notre amitié ne ressemble en rien à la vôtre.

Il la fit pivoter face à lui.

— Il y a autre chose dont tu ne tiens pas compte.

— Quoi ?

— Christy n'est pas la seule dont la vie change. La tienne aussi. Et elle va devoir s'y habituer.

L'expression dans le regard de Zac lui fit battre le cœur plus vite. C'était comme d'être dans un grand huit sans ceinture de sécurité.

— La mienne ne change pas.

— Si.

Il l'attira contre lui, et elle comprit. Il avait raison. Sa vie changeait. Pour la première fois de sa vie, ses sentiments étaient en jeu. Et c'était ce qui la rendait différente. Plus dangereuse.

— Tu me fais peur.

— Tant mieux. Mais je te promets, je veillerai à me mettre entre toi et le loup.

— Tant mieux ? répéta-t-elle en levant la tête vers lui. Tu *veux* me faire peur ?

— Dans un sens, oui. Tu n'as peur que des choses importantes. Des choses qui comptent vraiment.

Elle le dévisagea un moment, puis secoua la tête.

— Je ne peux pas faire ça. Honnêtement, je ne peux pas.

Il lui caressa les cheveux.

— On en reparlera plus tard. Mais d'abord, tu dois avoir une autre conversation avec Christy. Rien ne t'oblige à attendre qu'elle t'écrive. Tu peux la contacter. Discutez à nouveau maintenant qu'elle est plus calme. Rebondis sur certaines des choses qu'elle t'a dites. Vous avez toutes les deux commis des erreurs…

Il haussa les épaules.

— … mais l'amitié est comme n'importe quelle autre relation. Il ne s'agit pas d'être toujours parfait et d'y arriver du premier coup. L'important, c'est ce qu'on fait pour arranger la situation quand ça tourne mal. La seule chose à faire pour remettre cette relation sur les rails est de ne pas faire une croix dessus. C'est tout.

— C'est tout ?

— Ne renonce pas. J'ai besoin que tu me promettes de ne pas renoncer.

Il l'embrassa avec douceur, et elle fronça les sourcils.

— Pourquoi est-ce que ça compte autant pour toi ?

— Promets-moi que tu auras une conversation avec elle. Calme et constructive.

— D'accord. Je promets.

Elle n'avait pas le choix. Que ça lui plaise ou non, elle passait Noël ici avec Christy, Seb et Holly. Elle devait au moins essayer d'établir un semblant de trêve.

— Mais ça ne change pas ce que je pense des relations en général.

— Dans ce cas-là, on couchera juste ensemble. Très souvent.

Elle plissa les yeux.

— Coucher très souvent ensemble constitue une relation.

— Alors on aura un millier de premiers rancards.

Un millier de premiers rancards.

— Tu n'abandonnes jamais, hein ?

— Parfois, mais jamais quand c'est quelque chose que je veux vraiment.

Il glissa la main à l'arrière de sa tête et lui caressa la joue du pouce.

— Tu ferais bien de réfléchir à ça.

Appuyée contre lui, elle regarda la neige tomber.

Voulait-elle réfléchir à ça ? Que voulait-elle vraiment ? Elle n'en avait aucune idée.

Elle avait pensé que coucher avec lui serait simple. Elle avait pensé que ça la distrairait de ses problèmes.

Elle ne s'était jamais autant trompée de sa vie.

18

Christy

Christy finit d'emballer le cadeau devant elle, puis le posa sur les autres.

— C'est le dernier ? demanda Seb en mettant du scotch sur le paquet qu'il tenait. Pourquoi est-ce que les miens ne ressemblent jamais aux tiens ?

Elle sourit, même si elle n'avait jamais eu aussi peu envie de sourire de sa vie.

— Parce que tu ne prends pas la peine d'y passer du temps. Au moins, on n'a pas besoin de mettre d'étiquettes sur les tiens.

— Ça, c'est méchant. On dira à Holly qu'ils sont tombés du traîneau du Père Noël.

Seb souleva prudemment son paquet.

— Au moins, ça tient. C'est ce qui compte. Et Holly se fiche de l'emballage. L'important pour elle, c'est ce qu'il y a dedans. Elle est excitée comme une puce. On a arrêté de compter les dodos, on est passés aux heures.

— Je sais. C'est amusant à regarder.

Christy rangea les derniers cadeaux emballés dans la valise, puis la cacha à nouveau sous le lit. Elle s'efforça de ne pas penser à toutes les fois où elle avait fait ça avec Alix.

— Qu'est-ce qu'il reste à faire ? s'enquit Seb.

— Pourquoi tu me demandes ça ? Tu as jeté mon cahier, tu te rappelles ? C'est fini, les listes.

— Ha !

Il se leva et étira ses muscles endoloris en grimaçant.

— Ne me dis pas que tu n'as pas de liste en cours dans ta tête.

— Peut-être. Une toute petite.

Si elle avait une liste, elle aurait écrit tout en haut : « Réparer amitié ». Mais était-ce envisageable ? Après avoir été fâchée contre Alix, elle était désormais fâchée contre elle-même. Elle avait manqué de délicatesse. Elle s'était montrée insensible.

La veille, elle s'était contrainte à s'analyser, longuement et sans complaisance. Elle avait pensé à toutes les fois où elle avait parlé de Seb à Alix. Comment elle avait partagé son enthousiasme sans le moindre filtre, sans penser un seul instant comment cette nouvelle relation pouvait affecter leur amitié. Elle avait fait des projets pour sa nouvelle vie, sans penser qu'Alix allait peut-être se demander où était sa place.

Pourquoi n'avait-elle pas pensé que son amie trouverait ces changements difficiles ? Elle n'arrêtait pas de passer en revue tout ce qu'Alix avait fait pour la soutenir. Après la naissance de Holly. Quand la mère de Christy était morte. Elle avait toujours été présente, donnant à Christy ce dont elle avait besoin. Et Christy n'avait pas réfléchi un instant à ce dont Alix avait besoin. Elle était une amie indigne.

Un nœud se forma dans sa gorge.

— C'était sympa, ce matin, déclara Seb en lui prenant les mains pour la faire se lever. Tu avais promis que ce serait un Noël génial et tu avais raison. Je n'oublierai jamais son visage quand elle a vu le Père Noël.

Christy le regarda.

— Pardon. Qu'est-ce que tu as dit ?

— C'était sympa, ce matin.

— Oui.

Elle devait arrêter de ruminer. Elle devait se concentrer sur le moment présent, sinon elle allait gâcher Noël pour tout le monde.

— C'était magique.

Ils avaient passé la matinée à se promener dans la forêt glacée, blottis à l'arrière d'un traîneau tiré par des rennes. L'enthousiasme de Holly avait été vivifiant, plein d'entrain et d'énergie, ce qui avait distrait Christy de ses pensées. Après sa dispute avec Alix, elle s'était sentie dévastée, même si elle n'avait rien dit. C'était une des caractéristiques de la maternité, comme elle l'avait découvert, de pouvoir être enjouée devant son enfant alors qu'on voulait sangloter à l'intérieur. Même quand on était triste à propos de quelque chose, on pouvait profiter d'un moment heureux. Ils avaient bu un chocolat chaud dans une cabane en bois confortable nichée au creux de la forêt, puis ils avaient rendu visite au Père Noël. Holly avait longuement expliqué ce qu'elle voulait trouver sous le sapin. Au grand soulagement de Christy, ça n'avait pas changé depuis sa dernière lettre.

— Maintenant qu'on a fini d'emballer les cadeaux, est-ce que tu comptes me dire ce qui te préoccupe ?

Il se rendit dans la cuisine et remplit deux mugs de café.

— Et ne me dis pas que ce n'est rien. Je n'arrête pas de tout te répéter deux fois, et tu fais une tête de trois pieds de long comme si ta meilleure amie était morte.

C'était l'impression qu'elle avait. Elle y avait réfléchi toute la nuit, allongée dans leur lit. Elle avait pris son téléphone à plusieurs reprises. Elle avait même tapé un message, mais ne l'avait pas envoyé. Et Alix n'avait rien envoyé non plus. À une époque, elles s'écrivaient plusieurs fois par jour. Parfois juste une ligne, ou une plaisanterie, ou un lien avec « Va jeter un œil sur ces super chaussures », mais c'était leur façon de rester connectées. Ces échanges étaient devenus moins fréquents au fil des années, et ça lui manquait. Au début, elle avait pensé qu'Alix était trop occupée pour lui écrire, mais à présent elle se rendait compte qu'elle avait elle-même envoyé moins de messages, même si leur relation était restée aussi importante qu'avant à ses yeux.

Elle avait fini par s'assoupir, mais à son réveil elle se sentait épuisée et barbouillée. Malgré tout, comme il était impossible de somnoler quand la température extérieure était inférieure à moins dix degrés, elle avait réussi à profiter de la matinée.

Seb lui tendit un mug.

— Christy ?

Que devait-elle lui dire exactement ?

En général, elle évitait de discuter de son amitié avec Alix avec lui, mais ils s'étaient mis d'accord pour être honnêtes, après tout.

— J'ai tout fichu en l'air avec Alix.

— Comment ? Quand ? Pendant que vous étiez au spa ?

— On n'y est pas allées. On a eu une… conversation.

« Conversation » était-il le mot juste ? Non. Leur échange avait été beaucoup trop houleux pour ça.

— Tu sais à quel point j'ai du mal à parler de ce que je ressens vraiment ? Eh bien, pas hier. Hier, je lui ai dit la vérité. Et…

C'était déchirant d'y repenser.

— … j'en ai trop dit. Je me suis mal exprimée. J'étais bouleversée, et elle aussi. Je lui ai dit qu'elle avait gâché mon mariage.

Et elle n'oublierait jamais la douleur et la culpabilité dans les yeux d'Alix. Rien que d'y penser, elle se sentait à nouveau anéantie.

— J'ai vraiment dit ça. Je lui ai dit combien j'avais été affectée par tout ce qu'elle a hurlé ce jour-là. Et que ça avait continué à me hanter.

— C'est ce que tu ressens ?

Il posa son café, une étrange expression sur le visage. Elle l'avait affecté, lui aussi, s'aperçut-elle.

— Je suis désolée !

À son tour, elle posa son mug et tendit la main vers lui.

— Il faut que je me taise et que je ne dise plus un seul mot jusqu'à la fin de mes jours.

— Non. Même si j'admets que tu m'as désarçonné pendant quelques secondes.

Saisissant sa main, il l'attira vers lui.

— Christy, on sait tous les deux qu'Alix n'a pas gâché le mariage. Oui, elle a mis les pieds dans le plat la veille, et bien sûr, c'était perturbant et blessant, et ce qu'elle a dit t'est visiblement resté dans la tête, mais on s'est bien amusés à notre mariage. C'est comme si on avait ri toute la journée. Tu as vraiment besoin que je te le rappelle ? Tu ne te souviens pas de ce qui est arrivé au gâteau ?

— Oh… si.

Bien sûr, qu'elle s'en souvenait. Elle sourit.

— Sans oublier ta grand-tante Lucy, avec son discours spontané.

— C'était horrible, hein ? s'exclama-t-il en frissonnant. Au moins, c'était après le mariage, et pas avant. Sinon tu te serais enfuie en courant.

— Je ne me serais jamais enfuie.

Elle passa les bras autour de lui.

— Tu as raison. On a beaucoup ri. C'était une journée merveilleuse, et j'en garde tellement de souvenirs heureux. Ce qu'a dit Alix a couvé au fond de mon esprit, c'est vrai, mais elle n'a pas gâché la journée. Rien n'aurait pu la gâcher.

Elle poussa un grognement et pressa la tête contre le torse de Seb.

— Alors pourquoi je lui ai dit toutes ces horreurs blessantes ?

— Parce que tu as laissé tout ça bouillonner dans ta tête jusqu'à ce que ça déborde. Tu aurais dû lui en parler plus tôt.

— Je sais. J'ai été une très mauvaise amie. Moi qui fais tellement d'efforts pour être parfaite, j'étais loin du compte.

— Et tu n'imagines pas à quel point ça me soulage.

Elle releva les yeux sur lui.

— Quoi ?

— Réfléchis un peu. Si tu es parfaite, ça me met une pression de fou. Ça me soulage de savoir que tu peux te planter, toi aussi. Ça m'autorise à faire des erreurs sans avoir constamment l'impression de te décevoir et de ne pas être à la hauteur.

— Je… Oh !

— Et le fait que tu n'arrives pas à te sortir les mots d'Alix de la tête – et d'ailleurs, tu ne m'en as pas parlé – explique pourquoi tu as cru que j'avais un rancard sexy avec Mandy. Je tiens à préciser au passage qu'elle a soixante ans et trois petits-enfants adorables.

Elle émit un rire étranglé.

— Je m'en veux encore pour ça aussi.

— Pas la peine, répliqua-t-il en l'enlaçant. J'aurais dû t'annoncer que j'avais perdu mon travail le jour même où c'est arrivé. Ça, c'était ma grosse bourde à moi. J'aurais dû t'appeler dès l'instant où je suis sorti de ce fichu bureau au lieu de paniquer, mais j'avais peur que ça détruise ce qu'on avait. Je suppose qu'on ne se connaissait pas aussi bien qu'on l'aurait dû.

— Rien ne peut détruire ce qu'on a.

— Et rien ne va détruire ton amitié avec Alix. Elle a dit ces choses au mariage parce qu'elle t'aime et qu'elle tient à toi. Elle voulait que tu sois sûre de ton choix. C'est ce que font les bons amis. Je ne vais pas mentir, ça m'a vraiment énervé à ce moment-là. Je suis humain. Et puis, j'avais un peu peur qu'elle ait raison.

Christy fut horrifiée.

— Pourquoi aurais-tu pensé ça ?

— Elle a fait écho à mes propres peurs.

Il fit une pause, avant de poursuivre :

— Je n'avais jamais rencontré quelqu'un comme toi. Tu étais incroyable. Amusante. Pleine de vie. Je ne sais pas… J'ai du mal à trouver les mots. Tu avais tout. Ta vie de famille était normale, contrairement à la mienne, qui était un désastre. Tu avais un super boulot. Je n'étais pas sûr d'avoir quelque chose à t'apporter que tu n'aies pas déjà. À cause d'elle, je me suis demandé si je pouvais être ce que tu attendais de moi.

— J'avais besoin que tu sois toi, c'est tout. Tu m'as donné une vie différente. La possibilité d'être quelqu'un d'autre. J'étais piégée dans un cycle où j'essayais d'être parfaite et d'organiser le moindre aspect de ma vie. Je ne m'étais même pas posé la question de comment j'en étais arrivée là jusqu'à récemment.

Elle lui avait raconté sa conversation avec Robyn et ce qu'elle avait appris sur sa mère. Elle se sentait un peu coupable de lui en avoir parlé à lui avant Alix, mais ça lui avait paru être la bonne chose à faire. Robyn était sa famille. Et entendre toute l'histoire lui avait permis de comprendre bien des choses. Elle avait décidé que Seb avait besoin de l'entendre, lui aussi.

Il l'embrassa.

— Maintenant, on va de l'avant. Et Alix et toi aussi.

— Ce n'est pas si simple. Oui, je lui ai dit ce que je ressentais, mais elle aussi m'a dit ce qu'elle ressentait. Elle m'a dit qu'elle avait peur de me perdre et de voir notre amitié changer, expliqua-t-elle d'une voix tremblante. Qu'il n'y ait pas de place dans nos vies pour elle. Et je ne savais pas qu'elle avait ça sur le cœur. Comment ai-je pu ignorer ça ? J'ai été égoïste, et…

— Arrête.

Il la prit à nouveau dans ses bras.

— Tu ne peux pas lire dans les pensées, Christy.

— Mais j'aurais dû le voir. D'autant plus que tu ressentais ça, toi aussi. Tu m'as dit que tu avais du mal à comprendre cette relation, parce qu'Alix comptait tellement pour moi.

— On aurait tous dû être plus sincères, moi y compris. On n'est pas parfaits, mais toutes les deux, vous avez une relation géniale. Vous allez y arriver.

— Comment le sais-tu ?

— Parce qu'Alix t'aime, et que tu l'aimes aussi.

Il repoussa les cheveux de son visage.

— Et je l'aime aussi. C'est quelqu'un de bien, Christy. Et une amie loyale pour toi, mais aussi pour toute notre famille.

Christy sentait son cœur gonfler à chacun de ses mots.

— Je sais.

— Et puis elle nous donne des super jouets.

Elle laissa échapper un éclat de rire étranglé.

— N'oublions surtout pas ça. Et si jamais elle ne veut pas me parler ?

— Je sais déjà qu'elle en a l'intention.

Son regard se fixa sur quelque chose derrière son épaule, et Christy tourna la tête. Alix se tenait sur le seuil. Son manteau était fermé et sa capuche était tirée sur sa tête. Elle semblait hésitante, comme si elle ne savait pas l'accueil qui allait lui être fait.

Christy éprouva une bouffée de soulagement, avant de s'apercevoir que c'était peut-être prématuré. Elle ne savait pas ce qu'Alix s'apprêtait à dire. Même si elle avait le trac, elle allait au moins avoir une chance de s'excuser.

Seb l'embrassa doucement.

— Je vais rejoindre Robyn et Holly pour faire un autre bonhomme de neige avec notre fille. Prenez votre temps.

Son manteau à la main, il s'arrêta à côté d'Alix.

— C'est chouette de te voir, Alix. Et, pour info, je suis content que tu passes Noël avec nous.

Ignorant son regard surpris, il l'étreignit brièvement, puis les laissa seules.

Alix le regarda partir.

— C'était quoi, ça ?

— Il est content que tu sois ici. Je… je suis contente que tu sois ici. J'avais peur que tu ne m'adresses plus jamais la parole.

— Il fallait que je te parle, répondit Alix d'un ton désinvolte. Je voulais te demander si tu avais pensé à prendre ma chaussette. Celle que ta mère m'a faite, avec mon nom dessus.

Christy déglutit.

— Je l'ai. Elle est près de la cheminée.

— C'est toujours bien d'anticiper. Au cas où le Père Noël s'y prenne à l'avance. Je ne sais toujours pas comment il sait qu'on n'est pas chez toi, mais il a toujours l'air de venir là où tu es…

Alix abaissa sa capuche. Sa main tremblait.

— Je voulais m'assurer que tu avais pensé à mettre la mienne avec les autres.

À l'évidence, son amie était aussi anxieuse qu'elle.

Profondément soulagée qu'elle soit là, à faire le premier pas, Christy s'élança à travers la pièce.

Elle serra Alix dans ses bras, et cette étreinte voulait tout dire.

— Je suis désolée. Je suis désolée pour tout ce que j'ai dit. Et je suis désolée pour les choses que j'aurais dû dire et que je n'ai pas dites. Je suis désolée de n'avoir rien compris. J'ai vraiment fait n'importe quoi. J'ai été une horrible amie.

— Chut, fit Alix. Moi aussi, je suis désolée.

— Mais ça ne m'a pas traversé l'esprit que tu te sentais mise à l'écart. J'étais tellement concentrée sur moi-même…

— Il se passait beaucoup de choses dans ta vie, entre la grossesse et le mariage.

— Notre amitié a toujours été facile et naturelle. Je suppose que je ne me suis jamais posé trop de questions dessus.

— Je sais.

Tandis qu'elles restaient enlacées sans bouger, Christy pensa à toutes les fois où elles avaient fait ça. Toutes les fois où elles avaient été là l'une pour l'autre. Quand Alix avait été perdue et doutait de l'amour de ses parents pour elle, Christy l'avait incluse dans sa propre famille. À la mort d'Elizabeth, Alix avait pris une semaine de congé sans solde pour soutenir Christy. Leur amitié avait été une base solide dans un monde instable. Une couverture quand la vie devenait froide. Et elle savait que, même déchirée et élimée, cette couverture serait toujours là.

Alix fut la première à parler.

— Tu ne pleures pas, quand même ? Ne me fais pas le coup des larmes. Tu sais bien que ce n'est pas mon truc, tout ce côté gnangnan. Je préfère encore boire un smoothie vert.

Christy renifla.

— Tu détestes les smoothies verts.

— C'est bien ce que je dis.

— Toi aussi, tu pleures.

— Même pas vrai. Je ne pleure jamais.

— Je t'ai déjà vue pleurer.

Leurs taquineries semblaient confortables et familières.

— J'avais peur que tu ne me pardonnes pas de t'avoir parlé comme ça.

— J'avais peur que tu ne me pardonnes pas d'avoir gâché ton mariage de rêve.

— Tu n'as rien gâché du tout, répliqua Christy, avant de la lâcher et de reculer. Je ne sais pas pourquoi j'ai dit ça, parce que ce n'est pas vrai. Le jour de mon mariage a été un jour heureux. Oui, ce que tu as dit m'a fait du mal, et j'aurais dû être honnête là-dessus dès le départ. Tu as eu le courage de me demander s'il y avait un problème et j'aurais dû avoir le courage de te répondre franchement. Comme je n'ai rien dit, ça a pris de l'ampleur dans ma tête. Mais c'est ma faute, et crois-moi, je ne referai jamais la même erreur. Je suis vraiment désolée.

— Est-ce que…

Alix semblait toujours incertaine.

— Est-ce que Seb pense que j'ai gâché sa journée ?

— Non, loin de là. Il pense que j'ai eu tort de dire ça. Il estime que je me suis bien plantée, ce qui est le cas, en effet. Étrangement, Seb a semblé ravi que je puisse commettre une erreur. Comme si c'était si rare que ça.

Elle était encore ébranlée par cet aveu.

— C'est vraiment si difficile que ça d'être avec moi ?

— Non, bien sûr que non. Enfin… peut-être un peu, parfois. Tu donnes cette image de *vie parfaite*, et les gens autour de toi peuvent trouver compliqué d'être à la hauteur.

— Ma vie est très loin d'être parfaite.

— Tant mieux, répondit Alix avec un sourire hésitant. Parce que si c'était le cas je serais obligée de t'éborgner.

C'était un tel soulagement d'avoir enfin tout mis à plat.

— J'ai pensé que tu ne me pardonnerais pas d'avoir été égoïste.

— J'ai pensé que tu ne me pardonnerais pas pour les choses que j'ai dites.

Alix ôta son bonnet, et ses cheveux sombres et brillants glissèrent sur ses épaules.

— J'ai pensé… J'ai vraiment pensé que tu n'avais peut-être plus besoin de moi.

Christy sentit sa poitrine se serrer. Alix ne faisait pas souvent preuve de vulnérabilité.

— J'aurai toujours besoin de toi. Peu importe ce que tu as pu penser, ce que tu penses maintenant, j'aurai toujours besoin de toi. Même en étant mariée avec Seb, en ayant Holly – en ayant dix enfants –, j'aurai toujours besoin de toi.

— Pour éviter tout malentendu, je préfère te prévenir : je n'emmènerai pas dix enfants en Laponie, même avec notre amitié au beau fixe.

— Mais on n'a jamais parlé de ça, n'est-ce pas ?

— D'emmener dix enfants en Laponie ?

— Non, de notre amitié. On a parlé de tout pendant notre enfance et notre adolescence, mais on n'a jamais évoqué la possibilité que les choses puissent changer. Je n'y ai jamais pensé.

— Moi non plus, admit Alix en haussant les épaules. Notre amitié n'était pas quelque chose dont on débattait. Elle… existait, c'est tout. Et puis tu as rencontré Seb. J'avais l'habitude d'être la personne la plus importante dans ta vie, et soudain, je ne l'étais plus. Je n'allais plus être la première personne à qui tu écrivais quand tu avais de bonnes nouvelles ou que tu appelais quand tu étais contrariée. Ce jour-là était un commencement pour toi, mais ça m'a fait l'effet d'une fin. Et ça a été un choc. Je n'aurais jamais pensé ressentir ça.

La culpabilité comprima à nouveau la poitrine de Christy.

— Je ne me doutais pas du tout que tu ressentais ça. À mes yeux, tu es de la famille. Tu le seras toujours. Je pensais que tu le savais.

Comment avait-elle pu manquer à ce point d'empathie ?

— J'étais naïve. Je croyais que tout continuerait comme avant. Que notre amitié s'adapterait à la vie, comme elle l'avait toujours fait.

— J'ai pleuré pendant un mois après ton mariage, et puis je me suis reprise en main. Je me suis dit que tout irait bien et que rien ne changerait.

— Tu as pleuré ?

— On n'a été que toutes les deux pendant si longtemps. J'ai eu du mal à apprendre à te partager. Tu sais combien de messages j'ai écrits et effacés avant de te les envoyer ? Il y avait tellement de choses que je voulais partager avec toi ou te demander, mais je ne voulais pas te déranger.

Elle fit la grimace.

— Et puis la nuit où tu m'as appelée, j'ai compris que quelque chose n'allait pas, et le fait que tu ne m'en parles pas… eh bien, ça m'a blessée. Et j'avais aussi peur pour toi. C'était pire de ne pas savoir les détails, bien sûr, parce que j'ai bouché les trous avec mes hypothèses, et elles étaient complètement à côté de la plaque. Tu as raison, je pensais que c'était Seb le problème, et j'avais tort.

— J'aurais peut-être dû te dire qu'il avait perdu son travail, mais il doutait de lui-même, et je ne voulais pas que tu le juges.

Elle voyait à présent que la tension qui avait régné entre elles était due à elle autant qu'à Alix.

— Et cette crainte, j'en suis responsable, rétorqua Alix. Tu as eu raison de ne pas me le dire. C'est normal que tu gardes ses secrets. Il devrait pouvoir te confier des choses sans avoir l'impression de me les dire à moi aussi. C'est comme ça que ça devrait être.

Elle fit une pause.

— C'est un homme bien, Christy.

— Oui. Et je rêve vraiment qu'il ait le poste, parce qu'il a besoin de reprendre confiance en lui, mais ça n'a pas l'air bien engagé. Si c'étaient de bonnes nouvelles, on aurait sûrement déjà eu un retour.

— Pas forcément, contra Alix en ôtant son manteau. Tout va toujours plus lentement à Noël.

Même si Christy n'avait pas beaucoup d'espoir pour ce poste-là, elle apprécia cette marque d'optimisme.

— Ce qui doit arriver arrivera. Et oui, ça me fait peur. J'aime savoir ce qui va se passer. J'aime avoir un plan. J'essaie de m'améliorer là-dessus.

— Les plans n'existent que dans nos esprits, répliqua Alix, avant de s'approcher du sapin. En général, la vie a son propre plan.

— C'est ce que Seb a dit quand il a jeté mon cahier.

— Il a fait ça ? Bien joué, Seb.

C'était tellement agréable de pouvoir reparler avec son amie sans être sur ses gardes.

— Tu veux quelque chose à boire ? Un chocolat, ça te dit ?

— Ça me dit quasiment tout le temps, du moment que c'est accompagné de crème fouettée et de guimauves. Pourquoi ?

— Je me disais qu'on pouvait s'asseoir près de l'arbre en chaussettes, comme avant, et que tu pouvais tripoter les cadeaux pour essayer de deviner ce qu'il y a dedans.

Alix eut un grand sourire.

— Tu détestes quand je fais ça. Tu dis toujours que tu ne veux pas savoir.

— Mais c'est la tradition. Et là, je sais déjà. C'est moi qui les ai emballés.

Une fois dans la cuisine, Alix attrapa les mugs, tandis que Christy sortait du lait du réfrigérateur. Et avec ces tâches simples et familières, elles retrouvèrent le confort de leur amitié.

— C'est romantique, comme endroit, pas vrai ? remarqua Alix.

— Oui, même si c'est moins romantique avec une petite de quatre ans qui court partout.

Christy mit le lait à chauffer.

— C'était super d'avoir ces quelques jours rien qu'avec Seb, même si Holly m'a manqué, bien sûr.

Alix posa les mugs sur le plan de travail.

— Je suis sûre que tu t'inquiétais pour elle.

— Je n'étais pas inquiète. Elle était avec toi. Et peu importe l'opinion que tu as de toi-même, je savais qu'elle serait en sécurité. J'étais surtout triste de rater toutes ces premières fois avec elle.

Elle versa plusieurs cuillerées de chocolat en poudre dans les mugs.

— Ce qui m'inquiétait le plus, c'était que tu doives passer tout ce temps avec Zac.

— Une autre cuillerée, s'il te plaît, réclama Alix en prenant la cuillère et en se servant elle-même.

Combien d'allusions Christy allait-elle devoir faire ?

— C'était horrible ?

— Quoi donc ?

Alix remua sa boisson jusqu'à ce qu'elle soit satisfaite.

— D'être avec Zac, répondit Christy.

— On était entièrement concentrés sur notre mission de garder Holly en vie. C'est un boulot à plein temps.

Alix lécha sa cuillère.

— Je ne sais pas comment tu y arrives. Et j'avais Zac et Robyn pour me filer un coup de main. Robyn est vraiment super.

— C'est vrai.

Alix faisait-elle exprès de détourner la conversation de Zac ? Et si c'était le cas, c'était forcément bon signe, non ?

— On a eu une longue conversation.

— Tu n'as pas à m'en parler si tu n'as pas envie.

— J'en ai envie. Hier, j'essayais encore de tout digérer.

Après avoir ajouté de la crème fouettée et des guimauves à leurs chocolats, Christy résuma ce que Robyn lui avait raconté.

— Eh bien, fit Alix en prenant une cuillère, je suis contente qu'il ne s'agisse pas d'un meurtre.

— Moi aussi. Et même si je comprends la réaction de ma mère, ça me fend le cœur qu'elles se soient perdues comme ça. C'est un tel gâchis.

— Mais toi et elle, vous vous êtes retrouvées. Au bout du compte, tout s'est arrangé.

— Je regrette que ma mère ait été aussi… rigide.

— C'était une bonne personne, Christy. Vraiment. Elle n'était peut-être pas parfaite, mais elle t'aimait, et c'est le plus important… ou presque, conclut Alix en haussant les épaules.

— Je sais.

Christy eut un pincement au cœur.

— Elle me manque encore tous les jours.

— À moi aussi.

Alix la serra dans ses bras, puis saisit son mug.

— Allons nous asseoir près de l'arbre. Je sais qu'elle approuverait.

Leurs chocolats à la main, elles marchèrent jusqu'au sapin. Alix s'assit en tailleur sur le tapis.

— Tu te rappelles quand on faisait ça chez toi ?

Christy prit place à côté d'elle.

— On descendait en douce une fois ma mère endormie.

Elle but quelques gorgées.

— J'ai toujours aimé passer Noël avec toi. C'est toujours le cas. Je suis contente que tu sois ici.

— C'est vrai ? Je me posais la question. J'ai fait une petite introspection, et crois-moi, ça n'a rien de très agréable.

Alix tapota la crème fouettée avec sa cuillère.

— Tu as ta propre famille, maintenant. Je ne suis plus vraiment censée passer les fêtes avec vous.

— On aime que tu passes les fêtes avec nous. C'est déjà le meilleur Noël de notre vie.

Christy observa la neige qui tombait dehors, puis les guirlandes lumineuses sur le sapin.

— Tu t'amuses bien ?

— Comme jamais.

C'était tout ? Elle n'allait rien dire d'autre ?

Christy essaya à nouveau.

— Je suis désolée que tu doives cohabiter avec Zac. Je ne savais pas que ça se passerait comme ça. Vous vous entendez bien ? demanda-t-elle d'un ton désinvolte.

Elle fut surprise de voir les épaules d'Alix se voûter.

— Pas du tout.

— Oh non…

Elle ne s'était pas attendue à ça.

— C'est-à-dire ? Vous vous êtes disputés ?

— Non. On ne se parle pas.

— Vous… vous ne vous parlez pas ? Pas du tout ?

— On se laisse des mots et on essaie de ne jamais être dans le chalet en même temps. Ça marche plutôt pas mal.

Consternée, Christy la dévisagea, avant de voir un éclat malicieux dans les yeux d'Alix.

— Oh ! mais tu… tu te moques de moi !

— C'est possible.

— Mais pourquoi ?

— Parce que c'est très drôle de voir les efforts que tu fais pour réprimer ta curiosité. J'avais fait un pari avec moi-même pour savoir combien de temps tu tiendrais avant de me poser une question directe.

Alix sourit.

— Holly te l'a dit, pas vrai ? J'en étais sûre. Elle est incapable de garder un secret. Ça jaillit d'elle sans prévenir. Laisse-moi te dire une chose : elle va devenir une vraie commère.

Si c'était vrai, elle s'intégrerait bien à la vie du village, songea Christy. Elle s'inscrirait à un groupe de lecture et ferait de la quiche végétarienne.

— Elle m'a dit que vous vous étiez embrassés.

— Évidemment, on ne s'attendait pas à ce qu'elle débarque dans la pièce à ce moment précis. Comment Seb et toi…

Alix agita la main.

— Non, laisse tomber.

Elle décroisa les jambes et tendit les pieds vers le sapin.

— Tu dois sûrement t'inquiéter de notre prestation en tant que baby-sitters, mais c'était juste un baiser, promis.

— Je savais que vous iriez bien ensemble. Ça m'étonne que ça ait pris cinq ans.

Alix agita les orteils.

— Ça n'a pas pris cinq ans.

— Attends… quoi ? s'exclama Christy en se redressant brusquement. Tu l'as déjà embrassé ? Quand…

Et soudain, elle comprit. Tout s'expliquait.

— C'était la veille du mariage, c'est ça ? Je *savais* qu'il s'était passé quelque chose, mais comme vous ne vous adressiez pas la parole, j'ai cru que vous vous étiez disputés…

— Ce n'était pas une dispute. J'étais bouleversée. Il a écouté. Il écoute bien.

Alix finit son chocolat, insensible à l'impatience de Christy, qui voulait savoir tous les détails.

— Mais il a fait plus qu'écouter, lança Christy. Il a fait plus que t'embrasser.

Alix posa le mug par terre.

— Oui.

— Beaucoup plus ?

— On peut dire ça.

— Alix !

Christy abandonna son chocolat, trop surexcitée pour le finir.

— Alors pourquoi as-tu passé les cinq années suivantes à l'éviter ? Oh…

Pourquoi n'y avait-elle pas pensé avant ?

— Parce que tu l'aimais vraiment bien. Je le savais ! Je n'ai jamais compris pourquoi vous ne vous entendiez pas. Alors que s'est-il passé, cette fois ?

— Tu devrais demander à Holly, rétorqua Alix d'un ton pince-sans-rire. Elle a l'air de savoir tout ce qui se passe dans le coin.

— Tu as passé plus de temps avec lui qu'avec n'importe quel homme avec qui tu es sortie, alors ça m'indique quelque chose.

— Ça t'indique qu'on est coincés en Laponie. Ce n'est pas comme si je pouvais partir, même si j'en avais envie.

— Tu as l'air… heureuse.

— Je suis en Laponie. Comment pourrais-je ne pas être heureuse ?

— Tu es heureuse à cause de Zac.

— Oh ! je t'en prie… Réfrène tes pulsions romantiques. Tout n'est pas censé être rose et en forme de cœur dans la vie. On parle de moi, là.

Ce qui rendait tout ça encore plus palpitant.

— Alors… qu'est-ce qui se passe ensuite ?

— Rien du tout.

Christy sentit l'exaspération la gagner.

— Alix, tu ne peux pas lâcher l'affaire sans au moins explorer les possibilités. Ça pourrait aboutir à quelque chose.

— Oui. Quelque chose de stressant. Pour tout le monde. Tu me connais. Je ne suis pas vraiment du genre « cottage à la campagne ».

— Je ne suis pas sûre de l'être non plus.

Alix la dévisagea.

— Tu n'aimes pas le cottage ?

— Je ne sais pas. Ne change pas de sujet. On parlait de toi.

— Il n'y a rien de plus à dire là-dessus. Je suis une cause perdue. Mais le cottage à la campagne, c'est ton rêve.

Son amie se rapprocha d'elle.

— Raconte.

Quand elles étaient petites, c'était toujours ce qu'elles se disaient quand l'une d'elles avait un problème.

Raconte.

Et comme elle voyait qu'Alix n'avait pas envie de parler de Zac, elle la laissa tranquille. Elle évoqua les fuites, les problèmes qui s'enchaînaient, et comment elle se sentait étrangère au village alors même qu'elle y avait acheté une propriété.

— Je ne suis pas allée au groupe de lecture. Pire encore, j'ai annulé via SMS.

Elle imaginait déjà la réaction d'Alison.

— En rentrant, je vais sûrement trouver une barrière devant le cottage. Pourquoi est-ce que tu souris ?

— Parce que c'est toi toute crachée.

— C'est-à-dire ?

— En réalité, tu n'as pas envie de faire partie de ce groupe, n'est-ce pas ?

— Je… Non, pas vraiment. Je me suis retrouvée embarquée là-dedans, et maintenant, je suis coincée.

— Et toutes ces choses dans lesquelles tu t'es fait embarquer depuis votre emménagement… Combien d'entre elles apprécies-tu ?

Christy réfléchit.

— J'ai rencontré un couple sympa dans le groupe de rando parents-enfants du village. Et Holly aussi s'est bien amusée. Mais je n'ai pas pu y aller autant que je l'aurais voulu, parce que je n'avais pas le temps. Ça prend toute la matinée. Et ensuite, ils vont déjeuner, ce qui est super, en fait, mais…

— Christy, arrête ! Tu ne vois pas ? Si tu arrêtais de lire des livres que tu n'as pas envie de lire et de faire des quiches pour des gens qui te traitent de haut, tu aurais plus de temps pour faire de la randonnée. Pour aller déjeuner. Ou pour tout ce qui t'apporte de la joie.

Alix lui serra la main.

— Si tu as été capable de me dire le fond de ta pensée, tu es capable de dire non au groupe de lecture. Et à tous les autres groupes dont tu fais partie uniquement parce que tu n'as pas eu le courage de refuser. Tu établis des listes, mais tu ne contrôles pas ton temps. Tu ne décides pas de ce que tu veux faire. Tu dis que tu es coincée, mais tu peux tout à fait t'extraire de là.

Christy envisagea de lui dire qu'elle n'y participerait plus à l'avenir.

— Je ne sais pas…

— Je vais te décrire deux scénarios. Écoute bien.

Alix se rassit en tailleur et leva un doigt.

— Scénario un : tu décides que c'est trop stressant d'être franche avec la harpie du groupe de lecture, qui s'appelle… ?

— Alison.

— Alison la Terrible. D'accord. Tu ne veux pas lui dire de façon calme et adulte que ce n'est pas pour toi, parce que ce serait trop gênant, et de toute façon, qu'est-ce que tu lui diras quand vous allez vous prendre la tête à propos d'un panier d'oranges dans l'épicerie du village, pas vrai ?

— Exact.

— Scénario deux, poursuivit-elle en levant un autre doigt. Tu décides que c'est ta vie, et que la seule personne qui puisse choisir ce qu'elle veut en faire, c'est toi. Tu parles à Alison la Terrible, et oui, c'est stressant, parce que tu es comme tu es, mais ça passe, tu tournes la page, et tu as tout ce temps libre pour faire quelque chose que tu apprécies. Que tu es impatiente de faire.

— Et quand je croiserai Alison près des oranges ? Parce que ça arrivera, évidemment.

— Tu diras : « Salut, Alison, c'est sympa de te voir. Elles n'ont pas l'air délicieuses, ces oranges ? »

— Elle me bombardera sûrement avec des agrumes.

— Ou peut-être qu'elle te respectera. Et si elle ne le fait pas, c'est son problème. Mais toi, tu peux commencer à faire les choses que tu veux. Tu as déménagé à la campagne parce que tu imaginais une certaine vie.

— Cela ne ressemble pas à l'idée que je m'en faisais.

— C'est souvent le cas avec la vie.

Alix se pencha pour rattraper une décoration qui pendait dangereusement au bout d'une branche.

— Tu devrais peut-être oublier tes attentes quelque temps et te contenter de vivre, tout simplement. Commence à faire ce que tu as envie de faire. Et si, au bout d'un moment, tu continues à penser que ce n'est pas pour toi, alors…

Elle haussa les épaules.

— … reviens à Londres. Ou ailleurs.

— Mais c'était mon rêve. Je ne supporte même pas l'idée que c'était peut-être une erreur.

— Quoi qu'il arrive, ce n'était pas une erreur.

Alix repoussa l'ornement sur la branche.

— Tu fais toujours une montagne de tout. Les rêves, ça peut changer. Parfois, on arrive à vivre son rêve, et ça ne fait pas l'effet prévu. Et alors ? Ça n'a rien de dramatique. Tourne la page. S'il s'avère que tu n'aimes pas vivre à la campagne, tu auras au moins appris ça. Tu pars. Tu hausses les épaules. Tu as des histoires géniales à raconter à tes amis, comme le jour où le plafond vous est tombé sur la tête pendant que vous faisiez l'amour…

— Je n'aurais pas dû t'en parler.

— Bien sûr que si. Les amies peuvent avoir des secrets, mais aucune véritable amie ne garderait une histoire de ce genre pour elle.

Alix éclata de rire, puis reprit son sérieux.

— Pour en revenir à cette histoire de rêve… Disons pour l'instant que la campagne n'est pas ton rêve après tout. Comptes-tu vraiment y vivre jusqu'à la fin de ta vie parce que tu as trop peur d'admettre que tu préfères la ville ?

— Quand tu le présentes comme ça…

— Exactement. Les rêves ne sont jamais une erreur. Les rêves sont de l'espoir. Les rêves nous donnent une raison de nous lever le matin. Les rêves sont de l'optimisme. C'est ce qui nous permet de continuer à aller de l'avant malgré les épreuves. Et on peut toujours changer de rêve.

Christy s'agita.

— Et toi ?

Allait-elle oser poser la question ? Et Alix répondrait-elle avec sincérité ?

— Est-ce que ton rêve a changé ?

— Bien sûr. Quand j'avais dix ans, mon rêve était d'avoir un train électrique. Tu te rappelles ? Mais s'il y a un train dans ma chaussette le jour de Noël, tu perdras ta place de meilleure amie, affirma Alix en enlevant des brins de guirlande de son pull.

— Tu évites ma question. Tu affirmes que je passe à côté de ma vie parce que j'ai peur de dire ce que je veux et de prendre les décisions que je veux, mais tu ne fais pas mieux.

— Qu'est-ce que tu veux dire ?

— Tu rêvais de faire carrière dans un boulot que tu aimes et qui te permette de voyager. Tu voulais un appartement à Londres. Tu as tout ça.

— En effet.

Alix se leva, comme si elle ne tenait soudain plus en place.

— Ma vie est exactement telle que je la voulais.

— Parce que tu ne prends aucun risque. Parce que l'autre option signifie faire quelque chose qui te rend aussi nerveuse et mal à l'aise que moi à l'idée de tomber sur Alison la Terrible dans l'épicerie du village. Tu laisses la peur décider pour toi.

— Je vois qu'on repart sur le sujet de Zac.

— Tu l'aimes bien, hein ?

Alix se pencha pour renifler le sapin de Noël.

— C'est fou comme ça sent bon, non ?

— Alix !

— D'accord ! Oui, je l'aime bien. Il est… de bonne compagnie. En plus d'avoir très bon goût en matière de vin, il est remarquablement doué pour la conduite sur glace.

— Alors revois-le. Accepte un rancard avec lui. Tente le coup. Si ça ne marche pas, tu pourras passer à autre chose. Pourquoi as-tu peur ?

Alix se rassit.

— Parce que je ne suis pas douée pour les relations. Tu le sais.

— Je n'en sais rien du tout. Il n'y a aucune preuve pour étayer cette affirmation.

— Il y en a des tonnes.

Alix prit un paquet sous l'arbre, puis le secoua doucement.

— Un puzzle ?

Christy lui prit le paquet des mains et le remit sous l'arbre.

— Quelles preuves ?

— J'ai fait n'importe quoi avec notre amitié, pour commencer. La relation la plus importante dans mon petit monde, et je l'ai abîmée.

— Mais justement, pas du tout.

— Christy…

— Non, écoute-moi. On peut avoir des malentendus, on peut être en colère, on peut avoir tort, et notre amitié continuera probablement à évoluer, mais la seule chose qui ne changera jamais, c'est à quel point on tient l'une à l'autre. C'est ce qui nous lie à jamais.

— Je t'ai blessée.

— Et j'en ai fait autant. C'est affreux, et on s'en veut toutes les deux, mais on va aller de l'avant. Peut-être même qu'on se comprend un peu mieux à cause de ça. Le plus important, c'est qu'on soit toujours ici, ensemble, et qu'on se parle.

Elle aurait aimé que sa mère ait fait la même chose avec Robyn.

— Tu peux tout à fait avoir une relation, alors ce n'est pas une excuse valable pour ne pas poursuivre cette histoire avec Zac. Cette excuse n'est plus valable.

Alix fronça les sourcils, comme si elle n'avait pas pensé à ça. Puis elle haussa les épaules.

— Il n'y a pas d'*histoire* avec Zac. Tu nous as mis dans le même chalet. Il y a eu un peu d'action sous la couette. On est deux adultes consentants et célibataires, alors pourquoi pas ?

Comment pouvait-on aimer quelqu'un, tout en ayant envie de lui tordre le cou ?

— Alix… jette-toi à l'eau. Promets-moi d'essayer.

— Peut-être. Alors… tout va bien ? Entre toi et moi ?

Christy se sentit réchauffée de l'intérieur.

— Pourquoi ? Tu as peur que le Père Noël ne passe pas si tu n'es pas gentille ?

Alix se mit à rire.

— Le Père Noël passe toujours. J'accroche ma chaussette, et le lendemain matin, elle est remplie.

Christy eut une pensée pour sa mère, et son cœur se serra.

— C'est son boulot. Tu lui as écrit ?

— Non. Je m'attends à ce qu'il lise dans mes pensées comme toutes les autres années.

— Il t'offrira peut-être Zac.

Alix prit un autre cadeau et le secoua.

— Ça cliquette. Ça cliquetait déjà avant que je ne fasse ça ? C'est peut-être moi qui lui ai fait cet effet-là.

— Tu es une vraie gamine.

Christy s'empara du paquet et le replaça avec précaution. Autant lâcher l'affaire pour l'instant, décida-t-elle. Son amie finirait bien par comprendre qu'elle n'avait rien abîmé du tout. Qu'elle ne pouvait pas utiliser cette excuse pour fuir une énième relation.

— C'est une tradition que tu secoues les cadeaux. Et en parlant de tradition, Robyn et Erik nous ont invités à réveillonner avec eux. Apparemment, c'est leur grosse célébration. La famille d'Erik sera là. Robyn va préparer un gros buffet de Noël. Holly et moi, on va l'aider à cuisiner tout à l'heure. Qu'as-tu prévu pour le reste de la journée ?

— J'ai promis de jouer avec Holly. Demain, Zac et moi, on va faire une balade nocturne en traîneau à chiens pour aller voir les aurores boréales.

— Ça va être romantique.

Alix secoua la tête.

— C'est une balade en traîneau à chiens. Pour voir les aurores boréales. Dans des températures auxquelles je n'ai jamais exposé mon corps auparavant. Qu'y a-t-il de romantique là-dedans ?

L'intimité d'un traîneau. Être blottis l'un contre l'autre. Admirer le spectacle des aurores boréales avec un ami.

Mais son amie n'était pas prête à entendre une liste, se dit Christy, résistant à l'envie de se mêler davantage de leurs histoires. C'était probablement ce qu'Alix avait ressenti quand elle s'était mariée avec Seb.

Elles en avaient assez fait, décida-t-elle. Au bout du compte, chaque personne devait prendre ses propres décisions.

Ce qui arriverait ensuite ne dépendait que d'Alix et Zac.

19

Alix

Pourquoi cette obsession pour tout ce qui était romantique ? Qu'y avait-il de si fabuleux là-dedans, de toute façon ? Si elle avait évité ça pendant toutes ces années, c'était pour une bonne raison.

Alix ruminait ces pensées en marchant vers la bâtisse principale le lendemain matin. Ils se retrouvaient tous pour faire une balade en traîneau à chiens, ce qui aurait dû rendre cette veille de Noël parfaite. D'habitude, le 24 décembre était sa journée préférée, parce que Noël était encore à venir. En général, elle débordait de joie et d'enthousiasme, en particulier quand elle était avec Holly, mais aujourd'hui ses émotions s'orientaient dans une tout autre direction. Autrement dit, elle avait laissé un homme lui gâcher Noël.

La veille, Zac avait dormi sur le canapé. Et elle ignorait pourquoi. Elle avait envisagé de lui poser la question, avant de comprendre que la réponse était sous son nez. Il n'y avait qu'une raison de dormir sur le canapé quand on avait partagé le même lit la nuit précédente : on n'était pas intéressé.

Alors elle n'avait pas demandé. Autant éviter de recevoir l'équivalent d'une boule de neige en plein visage.

Après réflexion, il avait dû avoir des doutes à propos d'une relation avec elle, et ça convenait très bien à Alix. Elle avait réglé ses problèmes avec Christy. C'était la seule relation qui comptait. Elle l'avait probablement échappé belle.

Elle en était sûre, ce qui rendait d'autant plus énervant le fait que tout ça lui ronge l'esprit sans relâche.

Pourquoi Zac lui avait-il dit toutes ces choses s'il ne les pensait pas ? Il l'avait poussée à se réconcilier avec Christy. Il avait pensé que ça réfuterait sa théorie sur son incapacité à avoir des relations, peut-être parce que, de cette façon, elle serait plus encline à tenter le coup avec lui. Et elle avait envisagé de prendre ce risque.

Après sa conversation avec Christy, elle était retournée au chalet, préparant ce qu'elle allait dire. Elle avait fait deux fois le tour de la bâtisse dans le froid glacial, pour tenter de disséquer et de comprendre ses propres sentiments. La peur, c'était son problème. Mais elle n'avait pas gâché son amitié avec Christy. Elle n'était pas mauvaise en matière de relations. Elle n'avait aucune raison de reprendre ses distances avec Zac.

Le chalet avait été tout illuminé, accueillant et intime, et elle avait vu Zac à l'intérieur. Penché sur une carte, il cherchait probablement l'endroit exact où ils allaient se rendre pour voir l'aurore boréale.

Son cœur avait fait un bond dans sa poitrine. Elle s'était sentie toute drôle, un peu bizarre. Et puis elle avait reconnu ce sentiment. De l'excitation. Elle était enthousiaste à l'idée de le voir. Elle était impatiente à propos de la nuit à venir. Et oui, la nuit suivante aussi, peut-être.

Pour la première fois de sa vie, elle avait cru être prête à se lancer dans cette aventure. Elle avait encore dû faire plusieurs fois le tour du chalet pour trouver le courage d'entrer et de faire cette annonce.

Elle avait répété son laïus plusieurs fois, avait préparé tous les mots, mais ils s'étaient dissous dans sa tête sitôt qu'elle l'avait vu en train de préparer le canapé. Il lui avait souri, comme si c'était parfaitement normal.

« Je me suis dit que j'allais dormir ici cette nuit. »

Elle était restée figée. Tout ce qu'elle avait prévu de dire était désormais inutile. Elle avait été à deux doigts d'exprimer ses sentiments, et elle se serait exposée au rejet. Elle avait mal interprété tous les signes. Les jeunes pousses de confiance qui avaient émergé après sa conversation avec Christy avaient flétri sur place.

Rien que de penser à toutes les choses qu'elle avait failli dire, elle se sentait mal. Elle se serait complètement ridiculisée. Et si elle n'avait pas fait autant de fois le tour du chalet ? Elle serait rentrée plus tôt, avant qu'il n'ait préparé le canapé. Elle lui aurait dit ce qu'elle ressentait, puis elle l'aurait écouté lui dire qu'il n'éprouvait pas la même chose. Elle s'y connaissait, en matière de rejet. Ça ne devrait vraiment pas l'embêter. Pourtant, cette fois, c'était le cas. Parce qu'elle l'aimait bien. Bon sang, elle l'aimait même beaucoup, et il était le premier responsable de cette situation : il s'était glissé sous ses défenses, avait fait fondre son cœur glacé et l'avait transformée en une version sirupeuse d'elle-même. Il l'avait rendue vulnérable, et elle ne savait pas comment gérer ça.

Normalement, elle serait déjà partie depuis longtemps. Elle ne laissait à personne le temps de la rejeter, parce qu'elle était la première à repousser les autres.

Heureusement, comme elle avait des années d'expérience pour ce qui était de cacher ses sentiments, elle avait réussi à ne pas se trahir.

Zac avait été courtois, et elle l'avait été en retour, ce qui lui avait demandé beaucoup d'efforts, parce qu'elle se sentait blessée, en colère et paumée. Les relations étaient comme une langue étrangère, et elle ne la parlait pas. Elle se sentait aussi meurtrie qu'elle l'avait été après sa chute sur la glace, sauf que cette fois tous les dégâts étaient à l'intérieur.

Et maintenant ils allaient voir l'aurore boréale ensemble. Si une autre personne lui disait combien ça allait être romantique, elle allait l'expédier dans une congère.

Elle se sentait déprimée. Pouvait-elle annuler leur balade ? Non, ça soulèverait des questions, et elle ne voulait pas parler à qui que ce soit.

Elle survivrait à l'expérience. Ce n'était pas forcément romantique de voir une aurore boréale, n'est-ce pas ? Bon nombre de touristes venaient ici uniquement pour y assister. C'était le genre d'activité qu'on mettait sur sa liste de choses à faire avant de mourir. L'une des attractions touristiques principales du cercle arctique. Il n'était écrit nulle part que c'était réservé aux gens tout dégoulinants de mièvrerie.

Elle était une touriste, qui faisait des choses touristiques. Et oui, Zac avait gâché sa veille de Noël, mais elle se rattraperait l'an prochain.

Son moment de réflexion fut interrompu par des hurlements de chiens. Quand elle émergea de la forêt, elle aperçut le remue-ménage devant la grande bâtisse.

— Alix ! cria Robyn en agitant la main vers elle. Voici la cousine d'Erik, Astrid. Sa famille possède l'entreprise de traîneaux à chiens à qui on fait appel pour nos clients. En général, on amène les gens chez elle, mais aujourd'hui, c'est elle qui est venue avec les chiens pour qu'on puisse faire faire un tour d'essai à Holly.

L'humeur d'Alix changea. C'était le chaos, et le chaos, c'était bien. Ça réduisait les risques de moments intimes et gênants avec Zac.

Il se tenait près de Seb, qui aidait Holly à enfiler ce qui ressemblait à une grenouillère.

— C'est en polaire, déclara Christy en apparaissant à côté d'elle. On ne veut surtout pas qu'elle ait froid. Bien sûr, je suis congelée, mais ça, tout le monde s'en fiche. Alors, cette nuit ?

Ignorant son regard éloquent, Alix choisit délibérément de mal comprendre.

— Satisfaisante. C'est le résultat de huit heures de sommeil ininterrompu. Qu'est-ce qui est prévu ?

— Robyn va piloter le plus grand traîneau pour que Seb et moi puissions être avec Holly.

Alix jeta un coup d'œil sur l'autre traîneau.

— Mais…

— C'est pour vous et Zac, annonça Astrid avec un large sourire. C'est un traîneau pour deux personnes. On s'est dit que vous aimeriez avoir l'occasion d'essayer par vous-mêmes. Ce soir, ce sera différent : Erik sera votre musher, et vous pourrez profiter de la balade. Ce sera romantique.

Alix commençait vraiment à détester ce mot.

Au moins, Zac était trop loin pour entendre la conversation.

— Vous voulez vraiment que je conduise ce truc ?

Elle s'approcha du traîneau, tandis que les chiens jappaient et aboyaient autour d'elle, visiblement impatients de partir. Quand Robyn lui avait dit qu'elle avait organisé une balade en traîneau à chiens dans la forêt, Alix ne s'était pas attendue à devoir conduire l'attelage elle-même. Elle avait pensé qu'elle serait assise dans le traîneau et laisserait quelqu'un d'autre faire le travail pendant qu'elle admirerait le paysage. Ce ne serait pas romantique du tout, songea-t-elle. Étant donné ce qu'elle ressentait en ce moment, elle allait sûrement tuer Zac et jeter son corps dans la forêt.

— Quand vous avez parlé d'emmener Holly faire un petit tour en traîneau, je pensais que je serais passagère et que quelqu'un d'autre s'occuperait des tâches difficiles. Et si jamais les chiens filent en courant ?

— C'est un peu le principe, répondit Robyn en attelant les chiens au traîneau. La balade ne va pas durer longtemps. Normalement, on ne la conseille pas pour les enfants de l'âge de Holly, mais elle adore les chiens, et c'est vraiment une activité incroyable. On doit s'assurer qu'elle n'ait pas froid.

— Je n'ai pas froid.

Holly était bien emmitouflée dans une tenue adaptée au climat polaire empruntée à la sœur d'Erik. Les vêtements chauds et rembourrés limitaient les mouvements, mais Holly rendait tout le monde nerveux avec sa propension à se mettre en danger.

— Assieds-toi pendant qu'on s'organise.

Christy essaya d'attraper sa fille, qui venait de trébucher sur le harnais.

— Je m'en occupe, intervint Seb.

Il prit Holly par la main et l'entraîna vers les chiens de tête, tandis que Robyn déclarait :

— J'ai gardé le plus grand traîneau pour Christy et Seb afin que ça puisse être une balade en famille, mais j'ai pensé que ça vous plairait d'essayer de conduire vous-mêmes. Même si Zac sait déjà ce qu'il fait, bien sûr.

Christy croisa le regard d'Alix et lui adressa un sourire malicieux.

— Un spectacle céleste, murmura-t-elle. En résumé, tu vas voir des étoiles avec cet homme.

Alix dévoila ses dents. Ça tenait plus de la grimace que du sourire, mais elle ne pouvait pas faire mieux, étant donné la tristesse qu'elle ressentait.

Il y avait plus d'une voie vers les étoiles, songea-t-elle. Un gros coup sur la tête pouvait produire le même effet.

Elle pouvait être franche avec Christy, mais ça signifiait parler de ce qui s'était passé, et elle s'en sentait incapable.

Pendant que Robyn terminait les préparatifs, les chiens autour d'eux aboyaient pour attirer l'attention et manifester leur excitation.

— Ne vous en faites pas pour le bruit. Ils aboient rarement quand ils courent. Allez, c'est parti ! Holly, tu dois aller t'asseoir avec ton papa. Et surtout, ne saute pas du traîneau quand il est en mouvement.

— Je veux diriger les chiens.

Holly, aussi intrépide que d'habitude, refusa de rester immobile dans le traîneau, jusqu'à ce que Seb la soulève et la fourre sous la bâche imperméable qui offrait une autre couche de protection.

— Ne la laisse pas faire, sinon on va finir en Russie, conseilla Christy.

Elle s'installa à côté d'eux, regardant sa fille avec un mélange d'exaspération et d'amusement.

— Tu la tiens bien, Seb ?

— Je la tiens bien.

Zac s'approcha d'Alix et lui lança un bref sourire.

— C'est un soulagement de ne pas l'avoir sous notre responsabilité pendant cette balade-là, tu ne trouves pas ?

Il était plus solennel qu'à son habitude, comme s'ils venaient de se rencontrer. Lui aussi devait trouver la situation gênante, songea-t-elle.

— Je préfère qu'elle soit avec eux, c'est sûr.

Comme elle n'avait pas envie de prolonger leur souffrance, elle apprécia que Robyn choisisse ce moment pour lui donner une rapide leçon.

Obéissant aux instructions de Robyn, Alix apprit à poser les deux pieds sur le frein, puis à transférer le poids de son corps pour permettre au traîneau de bouger.

— On dirige les chiens avec des commandes vocales. Enfin, à vrai dire, ils ont tendance à filer dès l'instant où on lâche le frein.

Génial.

Alix ajusta ses gants.

— Commandes vocales. D'accord. Ils comprennent « au secours, au secours » ? Parce que j'ai le pressentiment que je vais beaucoup l'utiliser, celle-là.

Zac se mit à rire.

— Tu veux que je commence ? On pourra échanger au retour.

— Non, merci. Je peux le faire.

Et, avec un peu de chance, elle serait tellement concentrée sur le fait de ne pas les tuer qu'elle arrêterait de penser au reste.

— Quoi que vous fassiez, ne lâchez pas le frein tant que vous n'êtes pas prête, sinon ils partiront sans vous. C'est arrivé à la plupart de nous à un moment ou un autre.

Robyn lui donna quelques conseils de dernière minute, puis leva l'ancre à neige. Les chiens s'élancèrent sur le sentier enneigé, tirant sans peine le traîneau, qui se mit à glisser à toute allure dans la neige.

Alix eut un moment de panique. Elle ne s'était pas attendue à ce qu'ils aillent aussi *vite.* Elle ne se rappelait aucune instruction. Ils allaient tous mourir. Puis elle s'aperçut de deux choses : d'abord, les chiens semblaient savoir ce qu'ils faisaient ; ensuite, elle se souvenait des instructions, tout compte fait, et elle s'en sortait bien. Très bien, même. C'était *génial* !

L'air glacé lui piquait les joues, mais elle n'avait jamais éprouvé une telle euphorie de toute sa vie. Elle était peut-être gagnée par l'enthousiasme contagieux des chiens qui fonçaient sur le chemin, leurs arrière-trains poilus s'agitant au rythme de leur course. Tout le stress et le chagrin qui l'avaient minée disparurent, et elle dut résister à la tentation de pousser un cri de joie, au cas où il s'agisse d'une commande verbale qu'elle n'avait pas encore apprise.

La piste serpentait entre les arbres. La neige qui les recouvrait était si lourde qu'ils se tordaient sous son poids, leurs branches adoptant des formes mystérieuses.

Comme Robyn l'avait dit, les chiens ne hurlaient pas quand ils couraient. Seuls le bruit du glissement des patins dans la neige et les halètements de l'attelage rompaient le silence.

Ils arrivèrent à un chalet dans une clairière, où Erik les attendait avec des boissons chaudes et de la nourriture.

Après avoir veillé au confort des chiens, ils se mirent à l'abri du froid et dégustèrent du *suovas*, de la viande de renne salée et fumée, servie avec du pain et des airelles.

Tout le monde trouva ça délicieux, sauf Holly, qui passait par une phase difficile avec la nourriture.

Christy s'assit à côté d'Alix, et elles savourèrent la chaleur du poêle.

— Je suis jalouse de votre sortie de ce soir. Ça va être parfait.

Au même instant, Seb se leva pour aller regarder les chiens et le paysage. Alix bondit sur ses pieds et le suivit dehors. Elle n'avait aucune envie d'avoir une autre conversation sur le côté romantique de la soirée à venir.

Il ne s'agissait pas seulement d'éviter Zac et Christy, se dit-elle. Il fallait qu'elle ait cette conversation avec lui.

Accroupi dans la neige, Seb caressait un des chiens, mais il se tourna en l'entendant approcher.

— Salut. Tu t'amuses bien ?

— Oui.

Elle s'agenouilla à côté de lui et frotta l'animal de ses mains gantées. Elle ne savait pas vraiment ce qu'elle allait dire, mais elle voulait repartir d'un bon pied avec Seb.

— Quelque chose te tracasse ? demanda-t-il en se relevant. Christy et toi, ça va ? Elle était heureuse hier soir. Plus détendue qu'elle ne l'a été depuis des années.

— Oui, tout va bien. On a longuement discuté.

Alix se releva à son tour.

— Ça n'avait que trop tardé. Et il y a autre chose que j'aurais dû faire depuis longtemps : te présenter mes excuses. Je suis désolée pour tout ce que j'ai dit ce jour-là.

— Oublie ça, Alix. Tu l'as fait pour elle. Je peux comprendre. Tu pensais l'aider.

— C'est vrai. Mais je l'ai aussi fait pour moi. J'avais peur. J'étais perdue. C'était un tout nouveau monde pour moi. Je n'avais encore jamais eu à partager Christy. J'étais…

Elle croisa les mains devant elle. Il faisait terriblement froid. Elle aurait peut-être dû avoir cette conversation à l'intérieur.

— J'étais jalouse de toi.

Ces mots lui donnaient l'impression d'être horrible, mais il esquissa un sourire.

— Toi, tu étais jalouse ? À ton avis, je me sentais comment ?

— Toi aussi, tu étais jaloux ? De moi ? Je pensais que tu me trouvais envahissante…

— Je te trouvais géniale. Drôle. Intelligente. Loyale. Et j'enviais la relation que tu avais avec Christy. Tout paraissait simple et profond entre vous, et tu savais tout d'elle. Et puis tu m'intimidais.

— Je… je suis intimidante ?

Il sourit.

— Tu étais comme un dragon protecteur. Sa mère ne m'appréciait pas, et ce n'était pas facile à gérer, mais toi… C'était encore autre chose.

— Je ne faisais pas exprès d'être effrayante.

— Bien sûr que si, et ce n'était pas grave. Si je m'étais laissé effrayer aussi facilement, qu'est-ce que ça aurait dit sur moi ? Mais j'étais intimidé, c'est vrai. Christy et toi, vous étiez si proches. Vous paraissiez lire dans les pensées l'une de l'autre. Vous aviez à peine besoin de communiquer. Je n'avais jamais eu personne dans ma vie avec qui j'avais un lien aussi fort que le vôtre. Le genre de loyauté dont vous faisiez preuve l'une envers l'autre, je n'avais jamais vu ça auparavant. Et tu ne m'aimais pas.

Alix se sentit rougir.

— Ce n'est pas vrai. Je t'aimais bien… mais je ne savais pas trop quoi penser de toi. Tu étais différent des hommes avec qui Christy avait l'habitude de sortir. Je n'étais pas sûre que tu sois ce qu'il lui fallait. J'avais peur que tu fiches tout en l'air.

Seb se pencha et gratta le chien derrière les oreilles.

— Moi aussi, j'avais peur de ça.

— Vraiment ?

— Oh oui. J'étais tellement amoureux de Christy. Je sais que tu n'y croyais pas, mais c'était vrai. Je la trouvais incroyable. Elle était tout ce que je voulais. Mais, tout comme toi, je craignais de ne pas être ce qu'il lui fallait. Tu avais des doutes, mais moi aussi. Je n'avais jamais eu de relation comme ça avant. Alors j'absorbais tout ça, je m'y habituais, quand on a découvert qu'elle était enceinte. Tu pensais qu'elle commettait une erreur en m'épousant parce que j'allais la décevoir…

— Seb…

— Non, laisse-moi finir. C'est ce que tu pensais, et je ne t'en ai pas voulu pour ça. Tu as mis le doigt sur tout ce dont j'avais le plus peur. Et si jamais je la décevais, en effet ? Si je n'étais pas à la hauteur ?

— Mais tu l'étais.

— Ça m'a toujours paru incroyable d'avoir autant de chance. Je me suis toujours un peu méfié de ma propre bonne fortune. Je n'arrêtais pas de penser que j'allais me réveiller un jour en découvrant que j'avais tout bousillé et que je n'avais plus rien. Et ensuite, j'ai perdu mon travail.

— Ce que j'ignorais. Elle ne me l'a pas dit.

Il la regarda avec curiosité.

— Tu n'étais pas au courant pour le boulot ? Pourquoi croyais-tu qu'on avait décalé notre départ ?

Alix secoua la tête.

— Elle m'a dit que tu avais une réunion.

— C'est tout ?

Cette révélation sembla le dérouter.

— Tu crois qu'elle était embarrassée ?

— Non, répondit-elle en posant la main sur son bras. Je pense qu'elle protégeait ta vie privée. Qu'elle essayait de faire baisser la pression. Il s'avère qu'il y a beaucoup de choses qu'elle ne me dit pas, Seb.

Elle se redressa légèrement.

— Et c'est tout à fait normal. Une personne ne doit raconter que ce qu'elle veut raconter, rien de plus.

— Ah ouais ? demanda-t-il, les yeux brillants. Parce que je peux te dire qu'elle est furax que tu ne lui aies pas dit avoir embrassé Zac.

Elle parvint à rire, même si Zac était un sujet qu'elle aurait préféré éviter.

— J'ai besoin que tu me promettes quelque chose, Seb.

— Tu veux que je te promette de ne jamais faire de mal à ton amie.

— Je sais que tu ne ferais jamais ça. Je veux que tu me promettes que si jamais je vous dérange, ou que je m'immisce dans votre vie, tu me le diras. J'espère que Christy m'en parlerait, mais on sait tous les deux qu'elle a encore des progrès à faire pour ce qui est d'aborder les sujets difficiles.

— Tu ne nous déranges pas, Alix.

— Mais si jamais…

Il l'enlaça et la serra contre lui.

— Tu es de la famille, Alix. N'importe qui aurait beaucoup de chance d'avoir une amie comme toi.

Elle sentit une pression dans sa poitrine. Sa gorge se noua.

— Bon sang, Seb. Tu vas me faire pleurer.

— Non. Pas toi. Pas Alix la dure à cuire.

Il la lâcha, puis haussa les sourcils.

— Voyez-vous ça… Mais oui, je t'ai fait pleurer. Ce n'est pas une bonne idée, dans ce froid de canard.

— Exact.

Elle s'essuya les joues.

— Au fait, si jamais tu lui fais du mal, je te tue.

Il éclata de rire.

— Je sais.

— Je ne dis pas que c'est facile de la comprendre. Ça peut même être vraiment compliqué, avec cette manie qu'elle a de ne pas toujours dire ce qu'elle pense vraiment. Si tu as besoin de savoir quoi que ce soit, je suis une bonne source d'informations. Un excellent mode d'emploi.

— D'accord. Compris.

— Si tu veux des idées de cadeaux, appelle-moi. Elle aime les cadeaux originaux et attentionnés, plutôt que coûteux.

— Je sais.

— N'envisage même pas de lui acheter de la lingerie ou des vêtements, parce qu'elle aime choisir elle-même. Même moi, je ne lui achète pas de vêtements, alors que je lui emprunte ses affaires depuis des années.

— Jamais je ne lui achèterais de vêtements.

— Et si tu organises un voyage surprise, choisis une demeure historique. Un château. Un palace. Ou une galerie. Elle aime les galeries. Ne la fais jamais monter dans un grand huit. Elle a l'estomac fragile.

Elle lui lança un regard.

— Je parle d'expérience.

— Je sais qu'elle déteste les grands huit.

— D'accord. Et le vin rouge lui donne mal à la tête, c'est pour ça qu'elle préfère…

— Alix, l'interrompit-il. Je sais tout ça. Je la connais. Peut-être pas aussi bien que toi, mais je la connais.

Elle réfléchit.

— En fait, tu la connais mieux que moi.

Il était temps de l'admettre.

— Quand elle t'a rencontré ce soir-là dans ce bar, j'ai pensé qu'elle se comportait comme une personne différente, mais ce n'était pas vrai. Tu as fait ressortir le meilleur côté de Christy. Tu l'as rendue heureuse. Et c'est sur ça que j'aurais dû me concentrer. Pas sur ton passé, ou les rumeurs, ou mes propres complexes. J'aurais dû observer comment vous étiez ensemble. J'ai cru qu'elle n'était pas elle-même quand elle était avec toi, mais en vérité, elle était plus elle-même qu'elle ne l'avait jamais été auparavant. Elle avait adopté une personnalité qui n'était pas la sienne, et tu l'as aidée à dévoiler qui elle était vraiment sous toutes ces listes et cette politesse.

— J'ai jeté son cahier. C'est terminé, les listes.

— Elle va avoir besoin d'une thérapie, c'est sûr.

— Tu penses que je devrais lui en acheter un autre ?

— Pourquoi tu me poses cette question ?

Alix l'embrassa sur la joue.

— Tu la connais aussi bien que moi, sinon mieux. Tu n'as pas besoin de mon aide.

Pour la première fois peut-être, elle se sentait vraiment à l'aise avec lui. Il y avait une complicité toute neuve entre eux.

— On aura toujours besoin de toi, Alix.

Il jeta un coup d'œil par-dessus son épaule et sourit.

— En particulier parce que tu nous files un coup de main quand on en a besoin. On n'est pas trop de quatre pour garder Holly en sécurité.

Ils attelèrent les chiens aux traîneaux, puis refirent le trajet en sens inverse.

Après avoir déjeuné dans le chalet de Christy et Seb, Alix joua avec Holly, tandis que Zac la distrayait avec des histoires d'ours polaires et d'explorations arctiques.

Comme Alix préférait éviter de passer du temps seule avec

Zac, elle proposa de faire la lecture à la petite fille pendant que ses parents allaient faire une promenade en raquettes.

Elle retourna au chalet peu de temps avant l'heure du départ. C'était un soulagement, parce que ça limitait les occasions de parler.

Zac était déjà en train de se préparer.

— Je commençais à me dire que tu avais changé d'avis.

Elle détourna le regard lorsqu'il enfila un pull.

— Pourquoi est-ce que je ferais ça ? C'est quelque chose que j'attendais avec impatience. Voir les aurores boréales, précisa-t-elle, au cas où il y ait le moindre doute. J'en rêve depuis longtemps.

Et tout se passerait bien, se rassura-t-elle. Pour tout dire, elle avait hâte d'y être.

Elle devait d'abord relever son plus gros défi : être coincée avec lui en ce moment même dans cet endroit confortable et intime.

Était-il aussi mal à l'aise qu'elle ?

Il enfila son blouson, puis ses bottes.

— Eh bien, j'espère que tes rêves se concrétiseront ce soir.

— Oui.

Elle avait le cœur lourd. Elle n'avait jamais été du genre à rêver à un homme. Jusqu'à maintenant.

Elle s'habilla rapidement, suivant une routine désormais bien rodée. Laine mérinos, superposition de couches, pas de coton. S'y ajoutait la combinaison rembourrée que lui avaient fournie Robyn et Erik. Avec le passe-montagne et le casque, personne ne pourrait voir son expression de toute façon, ce qui atténuait un peu la pression qu'elle ressentait.

Tout irait bien. C'était une balade. Une sortie passionnante. Dans la forêt glacée, il n'y aurait pas d'atmosphère tendue ou de malaise.

Cette fois, il n'y avait qu'un seul traîneau, avec davantage de chiens. Ils jappaient et aboyaient, pressés de prendre le départ.

Alix s'accroupit pour saluer les deux huskies qui étaient le plus près d'elle.

— Qu'est-ce que je ne donnerais pas pour avoir des yeux bleus comme les tiens...

Tandis qu'elle caressait l'un des chiens, l'autre lui donna un petit coup de museau.

— Dis donc, tu es jaloux ?

— Ils adorent qu'on s'occupe d'eux. Voici Odin, et lui, c'est Thor. Thor est un alaskan, un type de chien croisé.

Erik s'accroupit à côté d'elle.

— Les huskies d'Alaska sont plus légers et plus rapides que les huskies sibériens, mais ils ne sont pas toujours aussi forts et endurants. Ces deux-là sont les chiens de tête. Ils guident le reste de l'attelage et donnent le rythme.

Ce serait agréable de profiter du trajet sans s'inquiéter de savoir si elle faisait quelque chose de mal, perturbait les chiens ou renversait le traîneau, songea Alix.

Ils prirent place, avec Erik comme musher. Alix était à l'avant, et disposait d'une superbe vue sur le paysage arctique d'un blanc immaculé. Zac était assis derrière elle, puis il y avait Robyn, équipée de matériel photo supplémentaire.

— Erik a passé une bonne partie de la journée sur son ordinateur. Il pense qu'on va avoir de la chance ce soir.

Alix releva les yeux. Comme Robyn le lui avait conseillé, elle avait fourré son téléphone sous son T-shirt technique pour le garder au chaud.

— Le ciel est dégagé.

— C'est indispensable, mais les aurores boréales dépendent surtout de l'activité solaire. Erik est obsédé par ça. Il a même conçu un programme informatique qui l'aide à les prévoir. Cela dit, ça ne garantit pas qu'on verra quoi que ce soit.

Ils s'enfoncèrent dans la forêt de pins et de bouleaux, et Alix ferma les yeux, appréciant le silence glacé. Pendant un instant, elle oublia Zac et ce qui allait se passer ensuite. Il n'y avait plus que le halètement des chiens et le son de leurs pattes sur la neige, le frottement occasionnel d'un harnais.

Puis elle rouvrit les yeux et regarda les chiens foncer vers l'avant, leurs corps protégés par leur épaisse fourrure et leurs manteaux chauds, leurs pattes par des bottines.

Elle perdit la notion du temps, hypnotisée par le rythme et la beauté du paysage illuminé par la puissante lampe frontale d'Erik.

Ils finirent par s'arrêter dans une clairière, et Alix descendit du traîneau.

— Il y a une tente. Je ne m'y attendais pas.

Mais elle était soulagée de la voir. Le froid était mordant.

— C'est un tipi traditionnel de style sami, expliqua Robyn. On appelle ça un *lávvu*. On va boire et grignoter quelque chose, puis on installera nos appareils photo.

Erik alluma un feu, et ils savourèrent en-cas et boissons. Une fois bien réchauffés, ils s'aventurèrent à nouveau dehors.

Ici, il n'y avait pas de pollution lumineuse, on ne voyait que le ciel immense et dégagé. Quand Alix leva les yeux, elle remarqua qu'il commençait à s'animer. De l'argent, puis du vert, chatoyant et glissant dans le ciel en une lente danse sinueuse.

Elle prit des photos jusqu'à ce que ses doigts deviennent glacés, suivant les conseils de Robyn pour en profiter au maximum. Elle décida alors d'arrêter de regarder dans l'objectif et de simplement dévorer des yeux le spectacle de la nature.

— C'est fantastique.

— C'est ce qui se produit quand les particules solaires entrent en contact avec le champ magnétique de la Terre.

— Je préfère les mythes et les légendes. Aurore était la déesse romaine de l'Aube, déclara Robyn en installant un trépied et en ajustant son appareil. Le peuple sami considérait que ces lumières étaient les âmes des morts et devaient être traitées avec respect.

Quelle que soit l'origine du phénomène, Alix savait qu'elle

n'oublierait jamais ce moment. Un flot d'émotions l'envahit tandis qu'elle regardait les rubans vaporeux bleus et verts onduler dans le ciel.

Comment avait-elle pu croire que cette veille de Noël était gâchée ? C'était sans conteste le plus beau 24 décembre de sa vie.

Elle voulait revivre ce genre d'expérience. Elle voulait voyager. Et explorer. Elle prendrait peut-être même une année sabbatique. S'agissait-il d'une idée un peu folle ? Ou y songeait-elle sérieusement ? Elle s'attarda sur cette idée, la testant en silence. Oui, peut-être qu'elle était sérieuse. On n'avait qu'une vie, après tout. Vivait-elle la sienne pleinement ? Elle pensa à Robyn, qui avait voyagé vers le nord, à la recherche de quelque chose qu'elle avait fini par trouver ici.

— C'est incroyable, n'est-ce pas ? demanda Zac en s'approchant d'elle.

Elle hocha la tête, trop impressionnée par le spectacle lumineux pour ressentir autre chose que de l'émerveillement. La main qu'il posa doucement sur son épaule lui indiqua qu'il comprenait.

— Inoubliable.

— Joyeux Noël, Alix.

Il passa le bras autour d'elle, et, ensemble, ils observèrent le ciel.

— Joyeux Noël, répondit-elle.

Et c'était sincère. Même si elle souffrait, elle se souviendrait de ces quelques jours comme d'un moment heureux. Si Zac ne voulait pas aller plus loin, c'était son choix. Elle n'allait pas lui en tenir rigueur. Et il fallait qu'il le sache, non ? Ils avaient pris du bon temps. La vie était trop courte pour la gaspiller en silences pesants.

— Il fait froid, on devrait y aller, lança Robyn en rangeant son appareil-photo. Profitez des dernières minutes pendant qu'Erik et moi nous occupons du matériel.

Alix attendit qu'ils se soient éloignés pour se tourner vers Zac.

— Je me suis vraiment éclatée. Toute la semaine. C'était génial. Je ne regrette rien.

Elle l'étreignit, gênée par leurs gros vêtements, mais aussi parce qu'elle se livrait rarement de la sorte.

— Je ne veux pas que tu te sentes mal à l'aise ou coupable à propos de quoi que ce soit. Aucune règle ne dit qu'il faut s'impliquer émotionnellement. On est deux adultes sans attaches. Tout va bien, il n'y a pas de souci.

Il recula d'un pas. Son visage était à moitié caché par sa capuche et son écharpe.

— Qu'est-ce que tu veux dire ? Tu n'es pas impliquée émotionnellement ?

— Je parlais de toi. Je disais seulement que ce n'était pas grave si tu ne voulais pas aller plus loin.

— Qui a dit que je ne voulais pas aller plus loin ? Tu sais ce que je ressens, Alix. Je croyais avoir été clair.

— Tu as dormi sur le canapé, répondit-elle, perplexe. J'en ai conclu…

— C'est pour ça que tu agis bizarrement ?

— C'est toi qui agis bizarrement.

Dans ses yeux, elle vit de la confusion et de la peine.

— Un instant, on génère assez d'électricité pour illuminer toute la Scandinavie, l'instant d'après, tu dors sur le canapé.

— Je l'ai fait pour toi.

— Pour *moi* ?

Elle secoua la tête.

— Ça confirme une fois de plus que je ne comprendrai jamais rien aux relations. En quoi est-ce bon pour moi que tu dormes sur le canapé ?

— Je te donnais un peu d'air. Je me montrais prévenant. Je savais que tu avais des doutes, et je ne voulais pas que tu te sentes obligée de partager un lit avec moi.

— Eh bien, mince alors…

Elle se mordit la lèvre.

— Comment étais-je censée savoir tout ça ?

— Je croyais que c'était évident.

— En matière de relations, rien n'est évident pour moi. Alors tu as dormi sur le canapé parce que tu pensais que c'était mieux pour moi.

Pourquoi avait-il pensé ça ? se demanda-t-elle, avant de décider que cette question était sans importance. C'était rassurant de savoir qu'il pouvait se tromper, lui aussi. Qu'elle n'était pas la seule à comprendre certaines choses de travers.

— Je trouvais que c'était ce qu'il y avait de plus correct à faire, mais maintenant, je n'en suis plus si sûr. Normalement, tu ne passes pas toute la nuit avec un homme, et ça faisait des jours que tu étais coincée dans un chalet avec moi.

Il sautilla sur place pour tenter de se réchauffer.

— C'était censé être un geste romantique. Je pensais que tu m'empêcherais de le faire.

Derrière eux, les chiens hurlèrent et jappèrent, mais ils étaient trop concentrés l'un sur l'autre pour y prêter attention.

— Je croyais que c'était un message. Je croyais que ça voulait dire que tu n'étais pas intéressé.

— J'attendais que tu prennes ta décision. Mais quand tu es rentrée, tu m'as traité comme un client que tu croiserais dans un couloir d'hôtel, pas comme quelqu'un contre qui tu avais pressé ton corps nu toute la nuit.

Elle tourna la tête, mais Robyn et Erik étaient en train d'atteler les chiens au traîneau.

— Je pense qu'il y a eu un malentendu.

Quand elle reporta son attention sur lui, il souriait.

— On dirait bien.

Il l'attira contre lui.

— Tu m'as fait une de ces peurs, Alix. J'ai cru que c'était fini. Je ne supportais pas l'idée que ce soit fini.

Elle l'enlaça à son tour, soulagée, bouleversée et, surtout, optimiste.

— Alix, Zac, lança Robyn. On devrait y aller avant d'être pétrifiés sur place.

Zac garda le bras autour d'elle.

— Cette conversation n'est pas terminée.

— Non.

Elle se rendit soudain compte à quel point elle était transie de froid.

— Je suis congelée. Pas toi ?

— J'ai tellement froid que je ne sens plus aucune des parties essentielles de mon corps.

Il la lâcha, et ils se dirigèrent vers le traîneau.

Cette fois, il s'assit derrière elle, l'entourant de ses bras et de ses jambes.

Malgré la température polaire, elle avait le cœur léger et ne pouvait s'empêcher de sourire. Il avait voulu lui donner un peu d'air. Il avait essayé d'être prévenant.

Cette balade en traîneau la transportait d'enthousiasme, et elle ne l'oublierait jamais. Elle se sentait honorée d'être dans cet endroit magnifique, au cœur de cette forêt glacée.

Mais surtout elle savait qu'elle n'oublierait jamais ce moment avec Zac.

Que se serait-il passé s'ils n'avaient pas eu cette conversation ? Ils seraient peut-être repartis chacun de leur côté, sans jamais savoir qu'il s'agissait d'un simple malentendu. Et c'était elle la responsable. Son bouclier défensif s'était remis en place. En essayant de se protéger, elle avait failli détruire sa chance au bonheur.

Plus jamais. Elle ne laisserait plus jamais ses angoisses se mettre en travers de son chemin.

Et maintenant, elle avait hâte de rentrer au chalet pour qu'ils puissent parler sans être dérangés et profiter l'un de l'autre.

Une fois descendus du traîneau, ils remercièrent Robyn et Erik, saluèrent chaleureusement les chiens et marchèrent jusqu'à leur chalet.

Ils ôtèrent leurs bottes et leurs blousons puis, sitôt franchi le seuil, Zac la prit dans ses bras.

Il grogna et couvrit son visage de baisers.

— Dire qu'on a perdu toute une nuit…

— Il y en aura beaucoup d'autres, répondit-elle en posant la main sur sa joue râpeuse. Enfin, quelques-unes, en tout cas. Jusqu'à ce que je gâche tout.

— Tu pourrais arrêter de penser que ça va tourner au désastre ? Et non, tu ne vas pas tout gâcher.

Il la fit tournoyer et la porta dans la chambre.

— Je l'ai déjà fait, protesta-t-elle. Alors qu'on est ensemble depuis moins de vingt-quatre heures, on a déjà eu un gros malentendu.

— C'est moi le responsable. Je n'aurais pas dû dormir sur le canapé. Moi aussi, je peux me planter, Alix. La différence, c'est que je ne renonce jamais.

Il l'étendit sur le lit, puis se positionna au-dessus d'elle.

— Mais pour minimiser les risques de malentendus, à partir de maintenant, on va dire à voix haute tout ce qu'on pense. La moindre chose. Là, à quoi penses-tu ?

— Heu… tu es lourd ?

Il sourit et se décala légèrement.

— En général, que fais-tu la veille de Noël ?

— J'accroche ma chaussette avec celle de Christy, et on fait semblant de dormir pour ne pas interrompre le Père Noël. Il se trouve que ma chaussette est dans le chalet de Christy. J'espère que ça ne va pas trop perturber le Père Noël.

— Je suis sûr qu'il s'en sortira. Et comme tu ne peux pas être avec Christy, j'ai une suggestion à propos de ce qu'on pourrait faire de notre soirée.

Il baissa la tête et l'embrassa.

— Sauna, et ensuite, on se blottit sous la couette pour regarder la neige et les étoiles.

— Tu crois que tu vas me faire voir des étoiles ?

— Je compte faire de mon mieux.

Il lui caressa doucement la joue.

— Je veux que ce soit le meilleur réveillon que tu aies jamais vécu.

— C'est déjà le cas.

Elle eut un instant d'hésitation.

— Zac… je ne sais pas comment tout ça va finir.

— Aucune importance, répondit-il en posant les doigts sur ses lèvres. Personne ne sait jamais comment quoi que ce soit va finir. On commence par le commencement et on va de l'avant. C'est un rancard, Alix. C'est tout. Un rancard. Si on passe un bon moment, on en prévoira un autre. Et puis peut-être un autre.

— Un millier de premiers rancards.

— Exactement.

Il se leva et lui tendit la main.

— On va commencer par un sauna. Qui sait, on verra peut-être le Père Noël. Ça te tente ?

Elle n'aurait pas pu rêver de plus beau cadeau.

— Ça m'a l'air parfait.

20

Christy

— Dire qu'on est entourés de toute cette neige à Noël. C'est comme un conte de fées. Malheureusement, j'ai trop mangé pour sortir en profiter. Si jamais j'avale autre chose, je vais exploser.

Alix était allongée de tout son long sur le canapé, la tête sur les cuisses de Zac, les pieds sur les jambes de Christy.

Christy lui donna un petit coup de genou.

— Allez, debout. Il faut qu'on range tout ce papier d'emballage. Robyn arrive dans une minute.

Alix ferma les yeux.

— Ranger, c'est un boulot pour les adultes présents dans la pièce. Seb et toi. Et j'espère que Robyn n'apporte pas plus de nourriture.

— Elle amène Suka, et on va s'amuser avec la luge.

Alix ouvrit un œil.

— Tu t'attends vraiment à ce que je bouge après un tel repas ?

— Viens au moins nous encourager. Ce n'est pas n'importe

quelle luge. Erik a une superbe luge traditionnelle en bois. C'est un objet de famille. On va mettre Holly dessus et la tirer. C'est l'activité de Noël idéale.

— En d'autres termes, je remplace les chiens, lança Seb.

Il prit sa fille dans ses bras avant qu'elle ne puisse satisfaire son ambition d'escalader l'arbre de Noël.

Alix referma les yeux.

— Zac et moi, on va surveiller les cadeaux.

La journée de Christy avait commencé dans la joie et l'enthousiasme. Après avoir vidé leurs chaussettes bien garnies, ils étaient passés aux bonshommes et aux boules de neige. Zac et Alix les avaient rejoints pour le petit déjeuner. Ensemble, ils avaient ouvert le reste des cadeaux que Christy avait disposés avec soin sous l'arbre.

Après un délicieux déjeuner, ils se prélassaient dans le salon, bavardant et profitant de la compagnie des uns et des autres.

Christy remarqua la main de Zac posée sur l'épaule d'Alix. C'était un geste affectueux et intime. Ils étaient à l'aise ensemble, comprit-elle. Quand avait-elle vu Alix aussi à l'aise ?

Jamais.

Elle était impatiente d'en savoir plus, mais toute conversation privée était impossible étant donné leur position.

Elle pouvait attendre, bien sûr, sauf qu'elle n'en avait aucune envie.

Se souriant à elle-même, elle sortit son téléphone de sa poche et envoya un SMS à Alix.

Alors, cette balade romantique ? Ça t'a plu ? Tu as vu des étoiles ? Et côté sexe ? C'était comment ?

Elle appuya sur Envoyer, puis entendit le son indiquant que

le message était arrivé sur le portable d'Alix. Elle la vit regarder l'écran et sourire.

Ses doigts pianotèrent rapidement, et sa réponse s'afficha sur le téléphone de Christy quelques secondes plus tard.

J'ignore de quoi tu parles.

Christy était sur le point de répondre lorsqu'elle vit Zac jeter un coup d'œil sur le portable d'Alix, puis un autre, plus attentif cette fois-ci.

Il s'empara de l'appareil.

Christy se tassa sur le canapé. *Zut flûte crotte.* Alix allait la tuer.

Zac tapa une réponse.

Christy osa à peine regarder son téléphone.

Côté sexe, c'était génial. Merci de demander.

Alix lui arracha son portable.

— Tu ne devrais pas lire mes messages.

— Pourquoi pas ?

— Parce que c'est personnel. Occupe-toi des tiens.

— Mais tes messages sont plus intéressants que mes messages.

— Ce n'est pas mon problème, répliqua Alix en fourrant son téléphone dans sa poche. J'ai droit à un moment privé avec mon amie une fois de temps en temps.

— Notre amie.

Il se mit à jouer avec ses cheveux.

— On participait ensemble à la mission « Offrir un Noël mémorable à Holly ».

— C'était ma responsabilité. Toi, tu as toujours été le suppléant.

Et voilà, le match de tennis verbal était lancé. En les écoutant, Christy eut envie de sourire. Elle avait déjà vu Alix aussi détendue et amusante, mais jamais comme ça avec un homme.

Alix la poussa avec son pied.

— Pourquoi est-ce que tu souris ?

— Je souris parce que je suis heureuse.

Pour toi, songea Christy. *Je suis heureuse pour toi.*

Ils continuèrent à se taquiner jusqu'à ce que Robyn et Erik arrivent avec Suka.

Dix minutes plus tard, ils s'étaient tous bien couverts et cherchaient la meilleure pente pour s'aventurer sur la neige.

Christy passa le bras sous celui d'Alix.

— Je ne t'ai jamais vue aussi heureuse.

Alix sourit.

— J'adore la Laponie.

— Tu es sûre qu'il n'y a que la Laponie que tu adores ? Pardon !

En riant, Christy lâcha le bras d'Alix et leva les mains en signe d'excuse.

— J'ai promis de ne pas m'immiscer dans ta vie amoureuse quoi qu'il advienne.

— Je me suis bien immiscée dans la tienne.

— On va sûrement continuer à le faire. On ne peut pas s'en empêcher.

— Maman !

Le cri aigu de Holly fendit l'air glacial.

— Regarde-moi ! Regarde-moi !

Christy suivit des yeux sa fille qui volait sur la neige. La luge était guidée avec précaution par Erik, tandis que Robyn courait à côté, prête à intervenir en cas de besoin.

Profitant de ce moment de tranquillité, Seb et Zac rejoignirent Christy et Alix.

— Quel dommage qu'on n'ait pas de neige comme ça en Angleterre.

— Je sais. Je n'ai pas envie que ça s'arrête.

Christy n'avait jamais ressenti un tel bonheur. Certes, des problèmes les attendaient sûrement à la maison, mais c'était la vie, après tout. On ne pouvait pas la contrôler. On devait apprendre à négocier les obstacles et à être souple dans ses attentes.

Elle avait savouré ces quelques jours décontractés, sans structure. Elle était résolue à recréer cette sensation à la maison, même si ce n'était que pour une brève période chaque jour ou pendant les week-ends. La vie était là pour être appréciée et explorée. Étrangement, elle l'avait transformée en une liste interminable de tâches à accomplir.

— On vous est très reconnaissants à tous les deux d'être venus plus tôt et de vous être aussi bien occupés de Holly. Vous êtes des amis fantastiques. Les meilleurs qui soient.

— Oui, acquiesça Seb en passant le bras autour des épaules de Christy. On aurait dû prévoir une prime de risque.

Alix jeta un coup d'œil vers Zac.

— On s'est bien amusés.

Holly accourut vers eux.

— L'année prochaine, je veux que le Père Noël m'apporte une luge exactement comme celle-là.

Christy la souleva dans ses bras.

— À moins que le Père Noël ne livre aussi de la neige, elle ne servira pas à grand-chose à la maison.

— On peut revenir ici ? demanda Holly en enlaçant le cou de Christy. Je veux passer tous les Noëls avec tante Robyn et Erik et Suka.

Comme Robyn les rejoignait au même moment, Christy éprouva une pointe d'embarras.

— Elle a tendance à dire exactement ce qui lui passe par la tête. Pas de panique. On ne va pas débarquer ici tous les Noëls.

— Je n'aurais rien contre. Je pense que ce serait le début d'une nouvelle tradition familiale merveilleuse.

Robyn tendit les bras à Holly, qui n'hésita pas à changer de porteur.

— Tu aimerais venir voir tante Robyn à Noël ?

— Oui, répondit la fillette en l'étreignant. Je t'aime, tante Robyn.

Christy vit les yeux de Robyn se remplir de larmes.

— Moi aussi, je t'aime.

Elle renifla, puis reposa Holly par terre à côté de Suka.

— Je ne sais pas pourquoi je suis aussi émotive. Vous restez encore trois jours. Il faut qu'on en profite au maximum. Mais si vous aviez envie de revenir passer Noël ici l'an prochain, Erik et moi, on serait vraiment ravis. Tout ce que vous avez à faire, c'est regarder les prix des billets d'avion.

— Mais vous avez toutes vos activités à gérer, et vous serez peut-être complets.

— Il y a toujours de la place pour la famille.

La famille.

Christy se sentit réchauffée de l'intérieur.

Elle était probablement censée dire des choses raisonnables comme « Attendons de voir ce que donne le boulot de Seb » ou « On doit voir combien d'argent le cottage engloutit ». Au lieu de ça, elle prit la main de Seb, qui lui serra les doigts avec intensité. Elle savait qu'il pensait la même chose qu'elle. Ils en avaient discuté la veille, estimant formidable que leur petite famille se soit agrandie.

— Ça nous plairait beaucoup.

— Et Alix et Zac aussi, bien sûr. Allons bon, la voilà repartie…

Robyn courut après Holly qui poursuivait Suka dans la neige.

— Vous l'avez entendue, déclara Christy. Vous devez revenir l'année prochaine.

— Elle ne parlait pas de nous, répondit Alix. Elle était polie, c'est tout. Parce qu'on était là.

— Si on vient, vous venez.

Seb suivait sa fille des yeux.

— Vous ne croyez quand même pas qu'on peut gérer Holly tout seuls ? Il faut au minimum quatre personnes pour s'occuper d'elle, mais six, c'est plus confortable pour tout le monde. En comptant aussi Suka, on a une petite chance de la garder en vie.

Alix jeta un coup d'œil vers Zac.

— Eh bien, évidemment, on ne sait pas du tout…

— Non, en effet, l'interrompit Zac en passant le bras autour d'elle. Mais, quoi qu'il arrive, on viendra en tant qu'amis. Alix dormira sur le canapé.

— Merci, c'est sympa. Tu as beaucoup plus d'expérience que moi pour ce qui est de dormir n'importe où.

L'échange aurait sûrement duré, mais Erik arriva, portant un plateau de boissons.

— C'est Noël, et il fait un froid de canard, mais on devrait quand même porter un toast avant de rentrer nous réchauffer.

Alors qu'ils prenaient tous un verre, Robyn les rejoignit, sans quitter Holly du regard.

— On trinque à quoi ?

Christy leva son verre. Ce n'était pas difficile de savoir ce qu'ils célébraient.

— À la famille et aux amis, lança-t-elle. Et au meilleur Noël de tous les temps.

Épilogue

Robyn

— Oh ! quelle excellente nouvelle ! C'est fantastique. Félicitations !

Tout en riant dans le téléphone, Robyn croisa le regard interrogateur d'Erik et agita la main.

— Tu te sens bien ? Mmm… Non, aucun problème… Oui j'en suis sûre, mais Erik et moi, on peut garder Holly si tu veux te reposer… Non, vraiment. Erik viendra vous chercher à l'aéroport… Un service ? Bien sûr ! Demande-moi tout ce que tu veux.

Elle écouta la requête de Christy et sentit son cœur se gonfler.

— Ça me ferait très plaisir. Je vais tout faire pour que ça arrive, même si je dois d'abord en parler avec Erik, évidemment…

Quand elle raccrocha enfin, il posa une tasse de café devant elle et attendit.

Il était l'homme le plus patient de l'univers, c'était certain.

— C'était Christy.

— J'avais compris, répondit-il en remplissant sa propre tasse. Tu comptes me raconter ou je vais devoir te questionner ?

— Elle est enceinte.

Erik se pencha pour gratter Suka derrière les oreilles.

— Ils ont le temps pour un autre enfant ? Je ne suis pas spécialiste en la matière, mais j'ai eu l'impression qu'empêcher Holly de se fourrer dans le pétrin était un boulot à plein temps pour au moins deux personnes.

— Ils s'en sortiront. Les gens y arrivent. Et Holly sera une merveilleuse grande sœur.

Avec un pincement au cœur, Robyn eut une pensée pour Elizabeth.

— Si tout se passe bien, elle aura un ami pour la vie.

— Et de quoi étais-tu censée me parler ?

— Elle veut qu'on vienne chez eux en août après la naissance du bébé. Je pourrai l'aider et m'occuper de Holly.

Elle jeta un coup d'œil vers la fenêtre. Tout en contemplant le paysage enneigé, elle imagina un village anglais au plus fort de l'été. Des roses autour des portes, des pelouses bien tondues et des jardinières explosant de couleur. Le cottage de Christy et Seb, avec son toit de chaume et son charme pittoresque.

— Et tu veux y aller ?

Elle n'était pas retournée là-bas depuis si longtemps. Pas depuis l'exposition.

— Je n'avais jamais eu de raison de le faire, et maintenant, j'en ai une. Mais il y a aussi l'hôtel, et tout le travail, et…

— Et il y a la famille, déclara Erik en prenant place à table. C'est ça le plus important. Et en parlant de famille, mes nièces peuvent filer un coup de main ici. Ma sœur aussi, en cas de besoin. Elles vont adorer. Et selon le nombre de clients, je pourrai peut-être venir passer une semaine avec vous. Ils n'ont pas l'intention de déménager ?

— Non. Christy semble s'être habituée au cottage, et depuis que Seb a son nouveau boulot et peut travailler à la maison une partie du temps, ils apprécient la vie de village plus qu'ils ne le pensaient.

— Je dois dire que je préfère ça, parce que je suis beaucoup plus attiré par la campagne que par la ville.

Erik tourna lentement sa cuillère dans son café.

— Mais ils viennent quand même pour Noël ?

— Oui. Et Alix et Zac ont confirmé qu'ils venaient aussi. Oh ! Erik…

C'était presque trop.

— Je meurs d'impatience de les revoir. J'ai tellement hâte.

— Alix et Zac, répéta Erik en reposant sa cuillère. Ils sont ensemble ?

— Comment ça, « ensemble » ?

— Eh bien, la dernière fois, ils n'étaient pas vraiment ensemble, n'est-ce pas ? Je crois que j'avais mal compris ce que m'avait dit Christy. Ils n'étaient pas en couple, au début.

— Mais à leur départ, ils l'étaient.

Robyn prit sa tasse de café et le rejoignit à table.

— Autrement dit, tu es un excellent entremetteur.

Il poussa un grognement.

— Ça veut surtout dire que je ne comprends rien aux femmes. Apparemment, « ensemble » a plus d'un sens, et je n'en savais rien du tout.

— Christy m'a dit qu'ils ne s'étaient pas quittés depuis leur retour. Alix a apporté ses affaires dans l'appartement de Zac, déclara Robyn, avant de froncer les sourcils. Je ne suis pas sûre d'être censée être au courant officiellement. Ne dis rien, d'accord ? Elle n'est pas du genre à se poser, d'après ce que j'ai compris.

— Les chances que je me rappelle qui habite chez qui sont à peu près inexistantes.

Il but une gorgée.

— Et tu n'étais pas du genre à te poser, toi non plus. Mais les gens changent, n'est-ce pas ?

Et c'était tant mieux, songea Robyn. À quoi ressemblerait sa vie aujourd'hui si elle n'avait pas voyagé vers le nord et rencontré Erik ? Elle ne pouvait pas imaginer vivre ailleurs que dans ce superbe paysage glacé qui offrait le cadeau de la nature au quotidien. Elle n'imaginait pas vivre sans la forêt, la neige, les chiens et les aurores boréales.

— On leur donnera les mêmes chalets que la dernière fois, puisque ça a eu l'air de marcher. Il faut qu'on réfléchisse à ce qu'on peut acheter à Holly pour Noël. J'en parlerai à Christy.

— Pas la peine.

Erik termina son café et se leva.

— Je travaille sur quelque chose qui devrait lui plaire. J'ai commencé dès qu'ils sont partis.

— Ça signifie que tu vas enfin me dire ce que tu fabriques là-dedans depuis six semaines ?

Intriguée, elle le suivit dans son atelier, où il stockait aussi du bois et tous les outils dont il avait besoin pour entretenir les chalets. Au milieu de la pièce se trouvait une luge traditionnelle en bois poli et verni, avec un siège rembourré.

— Oh ! Erik...

Elle s'approcha pour étudier les détails et fut impressionnée par son savoir-faire.

— C'est pour Holly ?

— Je l'ai entendue dire qu'elle voulait en commander une au Père Noël.

Il se frotta la mâchoire.

— J'ai décidé de donner un coup de main au Père Noël.

— Elle va l'adorer. Comment as-tu fait pour que le bois soit arrondi à l'avant ?

— C'est courbé à la vapeur. Ça lui donne de la souplesse.

Tandis qu'il en faisait la démonstration, glissant la main sur le patin, elle ressentit une bouffée d'admiration et de fierté.

— Tu pourrais fabriquer ça.

— Je l'ai fabriquée.

— Ce que je veux dire, c'est que tu pourrais en fabriquer plus. Tu adores travailler le bois. Pourquoi ne pas en faire plus ?

— Apparemment, je vais déjà devoir en fabriquer une autre s'il y a un petit frère ou une petite sœur qui arrive, déclara-t-il en se penchant pour caresser Suka. J'ai pensé qu'on pourrait garder la luge ici. Comme ça, Holly la retrouvera à chacune de ses visites. C'est quelque chose que tu peux faire avec elle, qu'elle ne fera avec personne d'autre. Une activité qui vous permettra de nouer des liens, qui sera réservée à Holly et tante Robyn.

Il avait pensé à elle. Il avait tout fait pour l'aider à se rapprocher de la famille qu'elle avait perdue. Il savait combien elle avait souffert de l'absence de ses proches et combien ça comptait pour elle de les avoir à nouveau dans sa vie.

Elle sentit sa gorge se nouer. L'avenir s'annonçait riche et bien rempli, enthousiasmant.

— C'est parfait.

Elle imagina à quoi ressembleraient leurs vies dans les années à venir. Christy, Seb et Holly viendraient à chaque Noël. Alix et Zac aussi, avec un peu de chance. Et la prochaine fois la famille aurait un nouveau membre. Un bébé ne pourrait pas être emmené en balade dans le froid lapon, mais Robyn le garderait avec plaisir. Christy avait affirmé qu'elle faisait partie de leurs vies à présent. Alors elle les aiderait, et elle serait là pour eux, quoi qu'il arrive.

Elle n'avait pas réussi à le faire avec sa sœur, mais elle y parviendrait avec la fille de sa sœur.

Et elle savait qu'Elizabeth aurait approuvé.

Remerciements

Être écrivaine implique de passer de nombreuses journées seule devant mon portable et d'avoir la tête remplie de personnages imaginaires (qui me semblent complètement réels !), alors j'ai beaucoup de chance d'avoir dans mon entourage des vrais humains dotés d'une incroyable patience et qui me soutiennent bien plus que je ne le mérite.

Je remercie mes équipes éditoriales de HQ Stories et HQN Books pour leur enthousiasme permanent et leur travail acharné. Publier un livre en pleine pandémie a été un défi inédit, mais elles l'ont relevé avec leur détermination, leur flexibilité et leur ambition habituelles. J'apprécie énormément, et j'admire, leurs efforts. Un grand merci à Lisa Milton, Manpreet Grewal, Loriana Sacilotto, Margaret Marbury et Susan Swinwood.

Merci à ma merveilleuse éditrice Flo Nicoll, pour son soutien indéfectible et son talent pour savoir exactement comment améliorer une histoire.

Mon agente Susan Ginsburg est tout simplement la meilleure, ainsi que son assistante Catherine Bradshaw et le reste de l'équipe de Writers House.

J'adresse un remerciement particulier à Nicola Cornick pour son amitié, son aide et son inspiration créative.

J'exprime tout mon amour et ma gratitude à ma famille, pour leur patience et leur compréhension quand je suis aux prises avec des personnages imaginaires.

Et à tous ceux qui achètent mes livres, qui parlent de livres et m'envoient des messages encourageants… merci.

Vous avez aimé ce roman de Sarah Morgan ?
Découvrez *Destination Happy End* !

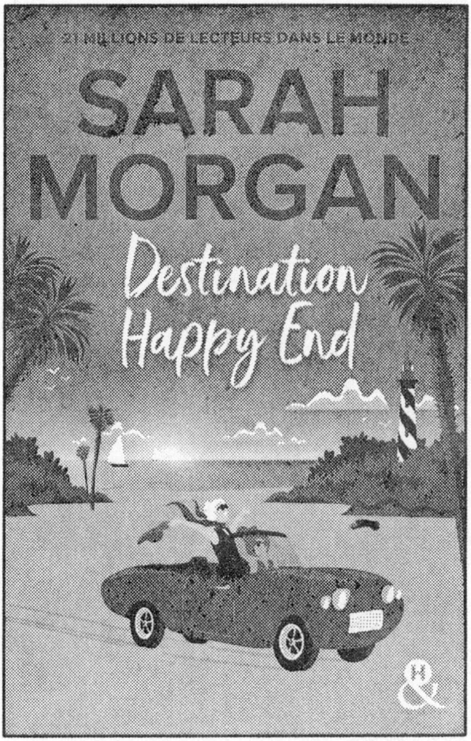

« Quand il s'agit d'un roman de Sarah Morgan, je ne dis jamais non. Il faut dire que cette grande dame possède un don inné pour que ses lecteurs passent un pétillant et chaleureux moment. »
Mon Paradis Des Livres

Tournez vite la page pour décrouvrir un extrait !

Extrait

1

Kathleen

La tasse de lait lui avait sauvé la vie. Ainsi que le bacon trop salé qu'elle avait fait frire quelques heures plus tôt pour le dîner, et qui lui avait donné soif.

Si elle n'avait pas eu la gorge sèche, si elle était restée endormie au premier étage sur ce matelas au prix astronomique qu'elle s'était offert pour son quatre-vingtième anniversaire, elle n'aurait pas eu conscience du danger.

Et donc, elle se tenait devant le réfrigérateur, le carton de lait dans une main et la tasse dans l'autre, quand elle avait entendu un bruit sourd. Celui-ci était un peu louche dans cette paisible campagne anglaise, où les seuls sons à percer l'obscurité et les feuillages étaient le hululement des chouettes et, à l'occasion, le bêlement d'un mouton.

Elle posa le verre et tourna la tête, essayant de localiser le son. La porte de derrière. Avait-elle encore oublié de la fermer ?

La lune projetait une lueur pâle dans la cuisine, et elle se félicita de ne pas avoir allumé la lumière. Cela devait lui donner l'avantage, non ?

Elle remit le lait à sa place et ferma silencieusement la porte du réfrigérateur, certaine à présent qu'elle n'était pas seule dans la maison.

Quelques minutes plus tôt, elle dormait encore. Pas très profondément, cela n'arrivait plus que rarement désormais. Mais elle se laissait transporter par un flot de rêves. Si quelqu'un lui avait dit quand elle était plus jeune qu'elle continuerait de rêver d'aventures à quatre-vingts ans, elle aurait eu moins peur de vieillir. Or, elle vieillissait bel et bien, impossible de l'oublier.

Les gens lui disaient qu'elle était merveilleuse pour son âge, mais la plupart du temps elle ne se trouvait pas merveilleuse du tout. Les réponses à ses chers mots croisés flottaient curieusement hors de sa portée, aux frontières de son esprit. Les noms et les visages refusaient de s'harmoniser au bon moment. Se rappeler ce qu'elle avait fait la veille devenait difficile, en revanche si elle remontait vingt ou trente ans en arrière, sa mémoire était claire. Et puis, il y avait les changements physiques. Sa vue et son audition étaient bonnes, Dieu merci. Mais ses articulations craquaient et elles étaient douloureuses. Se baisser pour donner à manger au chat était un défi quotidien. Monter l'escalier lui demandait plus d'efforts qu'elle ne l'aurait voulu, et elle le faisait toujours en posant une main sur la rampe, *au cas où*.

Elle n'avait jamais été le genre de femme à prendre des précautions, *au cas où*.

Sa fille, Liza, aurait voulu qu'elle porte une alarme sur elle, un de ces systèmes médicaux avec un bouton sur lequel vous pouviez appuyer en cas d'urgence. Kathleen refusait. Dans sa jeunesse elle avait voyagé partout dans le monde, avant que cela ne passe de mode. Elle avait sacrifié la sécurité pour l'aventure, sans l'ombre d'une hésitation. À présent, elle avait l'impression d'être devenue quelqu'un d'autre.

Le fait de perdre ses amis ne l'aidait pas. Ils tombaient les uns après les autres au bord du chemin, emportant avec eux les souvenirs du passé qu'ils avaient en commun. Àchaque perte, c'était une petite partie d'elle-même qui s'envolait. Elle avait mis des dizaines d'années à comprendre que la solitude ce n'était pas de ne pas avoir des gens autour de soi. C'était de ne plus être entourée des gens qui vous connaissaient et vous comprenaient.

Elle luttait férocement pour conserver les habitudes de celle qu'elle avait été. C'est pourquoi elle avait résisté à diverses demandes de Liza. Enlever le tapis du salon, cesser d'utiliser un escabeau pour attraper les livres sur l'étagère du haut, et laisser une lampe allumée la nuit. Chaque compromis était une entaille dans son indépendance. Or, sa plus grande peur était de perdre son autonomie.

Kathleen avait toujours été la rebelle de la famille. Elle se considérait encore comme telle, bien qu'elle ne fût pas sûre qu'on puisse être rebelle avec des mains qui tremblaient et un cœur qui s'emballait au moindre effort.

Elle entendit des pas lourds. Quelqu'un explorait la maison. Dans quel but, exactement ? Quels trésors cet inconnu espérait-il trouver ? Et pourquoi n'essayait-il même pas de cacher sa présence ?

Ayant jusqu'ici résolument ignoré toute suggestion tendant à prouver qu'elle était vulnérable, elle se trouvait obligée de reconnaître que c'était une possibilité. Peut-être n'aurait-elle pas dû être aussi entêtée. Combien de temps se serait-il écoulé entre le moment où elle aurait pressé le bouton de son alarme, et l'arrivée de la cavalerie ?

En réalité, la cavalerie s'appelait Finn Cool, et celui-ci vivait à trois champs d'ici. Finn était musicien, et il avait acheté la propriété précisément pour ne pas avoir de voisins proches. Ses excentricités provoquaient des rumeurs au village. Il organisait tard le soir des fêtes tapageuses, auxquelles assistaient d'illustres Londoniens qui terrorisaient la population locale en roulant à un train d'enfer avec leurs luxueuses voitures de sport sur les petites routes de campagne. Quelqu'un avait affiché une pétition à la poste pour interdire ces fêtes nocturnes. On avait parlé de drogues, de femmes à moitié nues, et tout cela avait paru si amusant que Kathleen avait été tentée de s'inviter chez Finn. C'était sûrement plus drôle que ces sinistres groupes de bonnes femmes qui se réunissaient pour faire de la pâtisserie et du tricot, ou échanger des recettes de *banana bread.*

Finn ne lui serait d'aucune utilité en ce moment. Selon toute probabilité, il devait être dans son studio d'enregistrement avec des écouteurs sur les oreilles. À moins qu'il ne soit ivre mort. Dans les deux cas, il n'entendrait pas ses appels à l'aide.

Appeler la police ? Il faudrait qu'elle traverse la cuisine et le hall pour se rendre dans le salon, où se trouvait le téléphone. Elle ne voulait pas révéler sa présence. Sa famille lui avait bien acheté un téléphone portable, mais il était toujours dans sa boîte. Elle n'y avait pas touché. Son esprit d'aventure ne s'étendait pas à la technologie. L'idée d'être suivie à la trace par une personne sans nom et sans visage ne lui plaisait pas.

Il y eut un autre bruit, plus fort cette fois. Kathleen pressa une main contre sa poitrine. Son cœur battait trop vite, mais au moins il n'avait pas lâché. Elle aurait dû s'en réjouir.

Ce n'était pas du tout ce qu'elle avait en tête, quand elle s'était plainte de ne pas avoir une vie plus animée. Que faire ? Elle n'avait ni bouton sur lequel appuyer, ni téléphone pour appeler au secours. Il ne lui restait plus qu'à gérer la situation elle-même.

Elle croyait déjà entendre Liza : *Maman, je t'avais pourtant prévenue !*

Si elle survivait à cette aventure, elle n'aurait pas fini d'en entendre parler.

Tout à coup, la peur céda la place à la colère. À cause de cet intrus, elle allait être cataloguée comme « Vieille et Vulnérable » et être obligée de passer le reste de ses jours enfermée dans une chambre avec des cerbères qui lui couperaient sa viande, lui parleraient trop fort et l'accompagneraient à la salle de bains. La vie qu'elle avait toujours connue serait terminée.

Eh bien, cela n'arriverait pas.

Elle préférait encore mourir sous les coups d'un cambrioleur. Au moins, sa notice nécrologique serait intéressante.

Mieux encore, elle n'allait pas mourir, et prouver à tous qu'elle était capable de mener une vie indépendante.

Elle balaya la cuisine d'un coup d'œil, à la recherche d'une arme providentielle. Son regard s'arrêta sur la lourde poêle en fonte dont elle s'était servie pour faire cuire le bacon.

Agrippant solidement le manche, elle la souleva en silence et alla à la porte qui donnait dans le hall. Le carrelage était froid sous ses pieds qui, par chance, étaient nus. Pas un bruit. Rien pour trahir sa présence. Elle avait l'avantage.

Elle pouvait le faire. N'avait-elle pas repoussé un agresseur, un soir, dans une obscure ruelle parisienne ? Certes, elle était beaucoup plus jeune à l'époque, mais cette fois l'effet de surprise jouait en sa faveur.

Combien étaient-ils ?

S'il y en avait plus d'un, cela poserait un problème.

Avait-elle affaire à un cambrioleur aguerri ? Non, aucun professionnel n'aurait été aussi bruyant ni aussi maladroit. Si des gamins espéraient lui voler son poste de télévision, ils allaient être déçus. Ses petites-filles avaient essayé de la persuader d'acheter une télé « moderne », mais à quoi bon ? Son poste actuel lui convenait parfaitement, merci bien. La technologie lui donnait toujours l'impression d'être une complète idiote. Elle n'avait pas besoin d'un appareil plus intelligent que celui qu'elle possédait déjà.

Ils n'entreraient peut-être pas dans la cuisine. Elle pouvait rester cachée pendant qu'ils prenaient ce qu'ils voulaient et repartaient.

Ils ne devineraient jamais sa présence.

Extrait

Ils…

Une latte de parquet craqua non loin d'elle. Kathleen connaissait par cœur tous les bruits et les craquements de cette maison. Quelqu'un se tenait juste devant la porte.

Elle se liquéfia.

Oh Kathleen, Kathleen.

Ses deux mains se crispèrent sur le manche de la poêle.

Pourquoi n'avait-elle pas pris des cours de self-défense, au lieu de choisir le yoga pour personnes âgées ? Plutôt que d'apprendre la posture du « chien tête baissée », elle aurait mille fois mieux fait de prendre un chien de garde !

Une ombre entra dans la pièce. Sans réfléchir, elle souleva la poêle et l'abattit de toutes ses forces, aidée par le poids de l'objet. Il y eut un bruit sourd, et une vibration quand la poêle entra en contact avec le crâne de l'inconnu.

— Je suis désolée… je veux dire…

Pourquoi s'excusait-elle ? C'était ridicule !

L'homme leva un bras en tombant, par réflexe. Mais le geste renvoya la poêle sur la tête de Kathleen. Aveuglée par la douleur, elle crut sa dernière heure arrivée et eut tout juste le temps de penser qu'elle donnait enfin l'occasion à sa fille d'avoir raison. Puis il y eut encore un bruit mou, suivi d'un craquement, lorsque l'homme s'écroula et que sa tête heurta le carrelage.

Kathleen se figea. Etait-ce terminé, ou bien allait-il soudain se relever et l'assassiner ?

Non. Contre toute attente elle était toujours debout, alors que le rôdeur gisait inerte à ses pieds. Il émanait de lui une forte odeur d'alcool et Kathleen fronça le nez.

Un ivrogne.

Son cœur battait maintenant si fort qu'elle craignait qu'il ne lâche d'un instant à l'autre.

Elle se cramponna à la poêle.

Extrait

L'homme avait-il un complice ?

Retenant son souffle, elle se prépara à voir quelqu'un d'autre franchir la porte en courant pour comprendre ce qui se passait. Mais le silence régnait.

Elle s'approcha de la porte avec précaution et passa la tête dans le hall. Celui-ci était vide.

Apparemment, l'homme était seul.

Elle se décida enfin à lui jeter un coup d'œil.

Grand, corpulent, entièrement vêtu de noir, il était toujours allongé, immobile, à ses pieds. La boue qui maculait le bas de son pantalon laissait deviner qu'il avait traversé les champs situés à l'arrière de la maison. Elle ne pouvait voir ses traits, puisqu'il était tombé face contre terre, mais du sang s'écoulait d'une plaie sur sa tête et s'étalait sur le sol de la cuisine.

Un peu étourdie, Kathleen pressa une main contre sa tempe douloureuse.

Qu'était-elle censée faire, maintenant ? Devait-on administrer les premiers secours pour une blessure qu'on avait soi-même causée ? Était-ce une réaction normale, ou de l'hypocrisie ? À moins que cet homme n'ait plus besoin de secours d'urgence, ni même de soins quels qu'ils soient ?

Elle poussa le corps du bout de son pied nu, sans obtenir de réaction.

L'avait-elle tué ?

L'énormité de cette pensée lui fit un choc.

S'il était mort, elle était une meurtrière.

Quand Liza avait exprimé le désir de voir sa mère logée en toute sécurité dans un lieu où elle pourrait lui rendre visite régulièrement, elle ne songeait probablement pas à une prison.

Qui était cet homme ? Avait-il une famille ? Quelles étaient ses intentions quand il était entré chez elle par effraction ?

Kathleen posa la poêle et, bien que tremblant de tous ses

membres, parvint à gagner le salon. Quelque chose lui chatouilla la joue. Du sang. C'était le sien.

Elle décrocha le téléphone et pour la première fois de sa vie composa le numéro de police secours.

Cependant, sous le choc et l'effet de la panique, elle ressentait quelque chose qui ressemblait fort à de la fierté. Quel soulagement, de découvrir qu'elle n'était pas aussi faible et sans défense que tout le monde semblait le croire !

Une femme répondit, et Kathleen s'exprima d'une voix claire, sans la moindre hésitation.

— Il y a un corps dans ma cuisine, annonça-t-elle. Je suppose que vous allez devoir venir le récupérer.

Également disponibles en poche

Harper Collins
POCHE

Composé et édité par HarperCollins France.

Achevé d'imprimer en septembre 2022.

CPI
FIRMIN-DIDOT

à Mesnil-sur-l'Estrée (Eure)

Dépôt légal : octobre 2022.

Pour limiter l'empreinte environnementale de ses livres, HarperCollins France s'engage à n'utiliser que du papier fabriqué à partir de bois provenant de forêts gérées durablement et de manière responsable.

Imprimé en France